Herencia

Jesús Gallego nació en Jaraicejo (Cáceres) en 1968, donde vivió hasta los trece años. Licenciado en Periodismo por la Universidad Complutense de Madrid, trabaja en la Cadena SER desde 1990, donde ha cubierto todo tipo de acontecimientos deportivos y ha dirigido y presentado programas como *Carrusel deportivo* u *Hora 25 Deportes*. En la televisión ha presentado espacios en Cuatro, Movistar o Gol TV. Ha colaborado en los diarios *AS* y *El País*, y escribió una biografía de José Antonio Camacho titulada *Fútbol indómito*. Ha sido profesor en cursos de periodismo de varias universidades españolas. *Herencia* es su primera novela.

JGALLEGOonfire
jgallego68

Herencia

Jesús Gallego

rocabolsillo

Penguin
Random House
Grupo Editorial

Primera edición en Rocabolsillo: enero de 2026

© 2025, Jesús Gallego Izquierdo
© 2025, 2026, Roca Editorial de Libros, S.L.U.
Travessera de Gràcia, 47-49. 08021 Barcelona
Diseño de la cubierta: Penguin Random House Grupo Editorial / Helena Boet Serrano
Imagen de la cubierta: © Paul Popper / Getty Images

Printed in Spain – Impreso en España

ISBN: 978-84-10197-43-5
Depósito legal: B-19.559-2025

Compuesto en Mirakel Studio, S. L. U.
Impreso en Black Print CPI Ibérica
Sant Andreu de la Barca (Barcelona)

RB 9 7 4 3 A

Para mis padres y mis abuelos,
que tuvieron una vida mucho más difícil que la mía

La ficción es capaz de ir a lugares a los que el periodismo y la historia no pueden ir y eso es lo que vale la pena hacer en las novelas. El periodismo y la historia hacen muchas cosas mejor que la novela, pero la novela hace algunas cosas que el mejor periodismo y la mejor historiografía no pueden hacer. Porque la novela nos habla de lo que ocurre a nivel emocional y moral, de lo que ocurre en el alma de los personajes, de una manera que solo le está permitida a la escritura imaginativa, a la imaginación literaria.

JUAN GABRIEL VÁSQUEZ

1

Las nueve palabras

En la austera cocinilla de su casa del pueblo, con la pequeña lumbre recién encendida para combatir el intenso frío de aquella madrugada de noviembre, Manuela entraba en calor mientras ponía a hervir una cacerola con leche de vaca en el butano. Como no había pegado ojo en toda la noche, dando vueltas en la cama, inquieta por lo que podía pasar de un momento a otro, decidió levantarse antes de lo habitual y poner en marcha su rutina de ama de casa rural. Con su bata de guatiné puesta encima del largo camisón de invierno, vigilaba las llamas y sorbía un café caliente esperando que la radio emitiese el parte con las últimas noticias; faltaban unos instantes para las seis de la mañana. En el grueso transistor de pilas colocado encima de la chimenea, cesó la música y apareció la voz de un locutor.

Atención, españoles, habla el ministro de Información y Turismo, don León Herrera y Esteban.

Manuela recordaba vagamente el rostro del ministro, lo había visto alguna vez en la televisión, un señor mayor, con poco pelo y gruesas gafas de pasta. Su voz, levemente distorsionada por la defectuosa sintonización de la emisora, sonaba grave y severa.

Con profundo sentimiento doy lectura al comunicado siguiente:

Día 20 de noviembre de 1975. Las casas Civil y Militar informan a las 5.25 horas que, según comunican los médicos de turno, su excelencia el Generalísimo acaba de fallecer por parada cardiaca como final del curso de su shock tóxico por peritonitis. Posteriormente será facilitado un comunicado médico detallado por el equipo que habitualmente ha asistido al jefe del Estado.

En ese momento, coincidiendo con la pausa en la alocución del ministro, Manuela se santiguó y suspiró profundamente. Había llegado el inevitable momento que todos esperaban, unos con ansiedad, otros con miedo y todos con inquietud. Iba a salir corriendo para despertar a su marido y decírselo, pero el ministro siguió con el comunicado y se paró a escuchar.

Desde la inmensa tristeza de esta España a la que Franco entregó sin reservas toda su vida, yo pido una oración por su alma, un sentimiento de gratitud para su obra ingente y un recuerdo muy respetuoso y muy entrañable para su familia, que está hoy en la vanguardia del inmenso dolor nacional.

Manuela no pudo contener las lágrimas al pensar en la familia del difunto, su esposa doña Carmen, su hija, sus nietos y bisnietos. Esa familia que, según había visto todo el mundo, pues era habitual de las revistas y de la televisión, era un modelo de convivencia, rectitud y religiosidad. Se apiadó de ellos y los acompañó en el sentimiento de tristeza. Secó sus lágrimas, apuró el café y, antes de ir a avisar a Francisco, su esposo, decidió quedarse a vigilar la cazuela que estaba al fuego y que parecía a punto de hervir. Bastante mal había empezado el día como para que además se derramase la leche poniendo todo perdido. Supuso que ese día sus hijos no irían a la escuela y por lo tanto no habría que despertarlos tan pronto. Al menos ellos disfrutarían esa mañana de unas horas de sueño regaladas, aunque seguramente, más pronto que tarde, empezarían a doblar las campanas de la iglesia del pueblo en señal de duelo por la muerte del caudillo y sería imposible seguir durmiendo. Apagó el fuego del butano donde ya hervía la cazuela de leche y encendió otro más pequeño donde puso a calentar una sartén con las migas que el día anterior había preparado su madre, Antonia, que ayudaba mucho con la cocina y la crianza de los nietos. Salió al patio y orinó en el albañal sintiendo en sus piernas el frío de la madrugada. A sus treinta y nueve seguía viviendo en una casa sin un aseo en condiciones. Luego fue a despertar a su marido y contarle que la radio acababa de decir que Franco había fallecido.

—¡Ay, Francisco! Que ya se ha muerto el pobre.

La noticia de esa muerte había llegado mucho antes al despacho en el que Jaime Llopis-Bofill llevaba toda la noche trabajando. En su lujoso piso de la madrileña calle de Alfonso XII, con vistas al parque del Retiro y cerca del Palacio de las Cortes, al que tenía que asistir con frecuencia en su condición de procurador, Jaime llevaba horas hablando por teléfono con decenas de personas. Había llegado a los sesenta y cinco años conservando una parte importante del vigor que siempre caracterizó su figura desde joven —alto, imponente, convincente—, y esa noche, impecablemente vestido de traje oscuro, por si tuviera que salir con urgencia de su casa, desplegó toda su concentración y energía para hacerse cargo de la situación. La tarde anterior ya le habían contado, una fuente directa que había estado en el hospital La Paz, que el general afrontaba sus últimos momentos en este mundo, así que se dispuso a pasar las horas siguientes pendiente del teléfono y de sus contactos para saber en qué momento se producía definitivamente el deceso, cómo se transmitía al país y qué reacciones inmediatas se producían. Había que estar alerta. Fue hablando sucesivamente con muchos políticos y militares, algunos de ellos veteranos de la guerra como él, con los que seguía manteniendo un estrecho contacto a través de la Confederación Nacional de Excombatientes. El despacho desde el que llamaba era un reflejo de su pasado militar: retratos, insignias, armas y estandartes poblaban las paredes, destacando entre todos los elementos decorativos una fotografía suya con el caudillo. También habló con algunos periodistas, pues tenía buenos contactos en varios periódicos y las redacciones echaban humo aquella noche. En una pequeña mesa lacada de color marrón situada en una esquina estaba encendido desde hacía horas el televisor, al que prestaba atención de vez en cuando esperando las intervenciones de los locutores de Televisión Española que iban informando del estado del moribundo.

Televisión Española considera que el estado crítico de su excelencia el jefe del Estado aconseja la sustitución de los programas habituales de la noche de los miércoles y por ello a partir de estos momentos les ofreceremos el *Telediario*, después el largometraje titulado *Objetivo Birmania* y *Últimas noticias*.

Una película de la Segunda Guerra Mundial para una noche de tensión. Las imágenes de los soldados americanos saltando en paracaídas tras las líneas japonesas para internarse en la jungla birmana, atravesar los incómodos pantanos y destruir una estación radar nipona acompañaron esas horas a media España. Jaime, entre llamada y llamada, iba mirando las escenas de acción, sobre todo al personaje que interpretaba Errol Flynn, el héroe de la película, y se veía a sí mismo hacía cuarenta años lleno de juventud, valor y temeridad. La juventud la había perdido, aunque se mantenía delgado y esbelto, pero seguía repleto de las otras dos virtudes. Poco después de las cinco de la mañana sonó otra vez el timbre del teléfono.

—Ya lo han dado —le comunicó una voz al otro lado del auricular.

—¿Quién? ¿Dónde lo han dicho? —preguntó Jaime.

—La agencia Europa Press. Han lanzado un teletipo con la noticia. Si lo dan estos es que va a misa.

La primicia se dio a las 04.58 de la madrugada en la redacción de la agencia en el paseo de la Castellana, cuando el teletipista José Luis Blanco pulsó tembloroso el botón que lanzó a todos los medios asociados un mensaje de nueve palabras:

Franco ha muerto.
Franco ha muerto.
Franco ha muerto.

La fórmula de repetir la misma frase tres veces estaba pensada de antemano para que no hubiera dudas sobre su veracidad en las redacciones que recibieran el teletipo. El encargado de confirmar la noticia fue el periodista Marcelino Martín Arrosagaray después de recibir la llamada desde el hospital La Paz de un compañero, Mariano González, que le informó de la extraña llegada de autoridades importantes a esas horas intempestivas. Marcelino consultó telefónicamente a sus fuentes, cinco personas cercanas al Gobierno y a la familia del general, que no pudieron negarle los hechos. Después de consultar al director de la agencia, decidieron lanzar la primicia adelantándose a los medios oficiales del Régimen. Estaban nerviosos, con la boca seca, estresados ante la trascendencia de su mensaje y sus posibles consecuencias. A los pocos minutos, cuando las nueve palabras volaban ya por todo el mundo periodístico, recibió una reprimenda desde la Dirección General de Información.

—¡Marcelino, te vas a tragar el teletipo! ¿Quién te ha dicho que Franco está muerto?

Aunque a las 05.00 de la mañana el boletín de Radio Nacional solo anunciaba que el estado de Franco había llegado a su último extremo para dar paso a continuación al toque de silencio, Jaime ya sabía por su contacto periodístico que su muerte era definitiva. Llamó primero a uno de sus camaradas del requeté carlista de Barcelona para advertirle de lo ocurrido y confirmar que ponían en marcha el plan que previamente habían dispuesto. Después habló con dos colegas procuradores, con los que se vería en las próximas horas, pues estaban avisados de que se quería llevar a cabo inmediatamente la proclamación del rey en una sesión extraordinaria de las Cortes. Unas prisas que demostraban la ansiedad de algunos por pasar las páginas rápidamente y ventilar a toda velocidad el sistema, pensó. Por último, habló con sus amigos militares, que ya estaban al corriente de todo, y contrastó los diferentes estados de ánimo por los que pasaban: unos querían transmitir serenidad, sabiendo que en las nuevas circunstancias había que actuar con prudencia; otros, los más cercanos, los más veteranos, no disimulaban sus nervios y su ardor. Les sucedía lo mismo que a Jaime, la muerte del líder había encendido los rescoldos de todos sus recuerdos.

—¿Desea el señor que le traiga ya el desayuno? —interrumpió sus pensamientos Felisa, la señora que trabajaba como interna en su lujoso domicilio, una casa de soltero empedernido pero con una gran vida social.

—Sí, Felisa, gracias. Y tráigame también la botella de coñac buena, la Hennessy, que la mañana va a ser larga. Ah, y el café muy cargado, por favor —contestó Jaime mientras miraba en la pantalla de la televisión el documental de pingüinos que Televisión Española programó finalmente después de *Objetivo Birmania*.

En la cafetería de la estación de Chamartín, José Luis Murillo pidió un café con leche y un pincho de tortilla. Había llegado en un taxi que, como todo el país, sintonizaba los avances de Radio Nacional para conocer la última hora sobre el estado de Franco. Cuando subió al coche, sonaba en la radio la «Marcha Real».

—Ha salido un ministro a decir que el pobre hombre ya se ha muerto. Que Dios lo tenga en su gloria —le dijo el taxista al iniciar la carrera.

A continuación, tras los compases del himno, una voz profunda emitió un mensaje de condolencia:

El punto final de la biografía excepcional de Franco es el signo luctuoso que orla en estos momentos a la patria y la profunda pena que ahoga los corazones de todos los españoles, renacidos por él y en él a una esperanza nacional.

—Ustedes los jóvenes no tienen ni idea de lo que Franco hizo por España. Parece que les da igual lo que pueda pasar ahora —le reprochó el taxista, un hombre mayor que debería de estar a punto de jubilarse y que buscaba su mirada en el espejo retrovisor.

José Luis no había dicho nada, ni lo iba a decir. Una de las consignas que le dieron cuando lo enviaron a Madrid fue la de no hacerse notar y pasar lo más desapercibido posible. Tenía el aspecto de cualquier joven de veinticinco años: vestía un pantalón de pana marrón algo acampanado, una camisa de cuadros azules y verdes y una cazadora de piel granate; llevaba el pelo castaño algo largo, una melena corta con flequillo que le tapaba a veces la cara, donde lucía una barba mediana y bien recortada que disimulaba su juventud. Se limitó a sonreír y a mirar por la ventanilla para demostrar que no le interesaba entablar ninguna conversación. Se dedicó a repasar mentalmente sus instrucciones: recoger un bolso con dos paquetes en la consigna de la estación, luego alquilar la habitación del hotel que le habían indicado y esperar allí la llegada de un enlace que le informaría de la acción en la que iba a participar. También debía llevar algo de comida, por si la espera se demoraba. Cuando llegaron a Chamartín, después de pagar al taxista, que lo despidió con un gesto despectivo, comprobó la excitación existente en el ambiente de la estación. Los viajeros acudían a los quioscos buscando las ediciones de los periódicos recién salidas a la calle. Había corrillos de personas por todos los sitios comentando la noticia. Esperó un rato en uno de los bancos del vestíbulo principal, observando el movimiento de los policías que patrullaban por la terminal, y le pareció que estaban más tristes que alerta. A la hora marcada, las diez de la mañana, se dirigió a la consigna y recogió el bolso. Luego, con calma, intentando mostrar naturalidad, fue hasta una cafetería cerca de la entrada y ocupó una mesa alejada de la barra, donde en ese momento la gente se agolpaba cerca del televisor para escuchar lo que decía un hombre mayor vestido de negro que, con gesto apesadumbrado y a punto de llorar, parecía estar leyendo unos papeles. Reconoció en la pantalla al presidente del Gobierno, Arias Navarro. «Ahí está ese hijo de puta», pensó. Desde su mesa no escuchaba lo que decía, pero supuso que estaría comunicando algo sobre la muerte del dictador. Cuando terminó la intervención televisiva, un camarero se acercó a su mesa y tomó nota de lo que iba a consumir. Al regresar con el café y la tortilla, José Luis le preguntó quién era la persona que ocupaba ahora la pantalla de televisión y que el camarero había estado escuchando durante un instante mientras esperaba a recoger en su bandeja el pedido de la barra.

—Es uno de los médicos de Franco, que está contando la causa de la muerte. Que ya se la digo yo, ha muerto de viejo, no hace falta ser muy listo para saberlo —contestó con un gesto de picardía.

La lectura de ese último parte médico del general tenía lugar en la ciudad sanitaria de La Paz y fue retransmitida por radio y televisión.

Desde el último parte médico, la evolución de su excelencia el Generalísimo continuó empeorando progresivamente. Aparecieron trastornos en la conducción intraventricular e hipotensión arterial mantenida, y a las cinco horas y veinticinco minutos sobrevino una parada cardiaca irreversible.

Diagnósticos clínicos finales: Enfermedad de Parkinson, cardiopatía isquémica con infarto agudo de miocardio anteroseptal y de cara diafragmática, úlceras digestivas agudas recidivantes con hemorragias masivas reiteradas, peritonitis bacteriana, fracaso renal agudo, tromboflebitis ileofemoral izquierda, bronconeumonía bilateral aspirativa, shock endotóxico y parada cardiaca.

Madrid, a las siete y treinta horas del 20 de noviembre de 1975.

En aquella cafetería de la estación de Chamartín donde José Luis tomaba café y encargaba unos bocadillos para llevar mientras cuidaba con celo de la bolsa que tenía a sus pies, en la cocina de la casa del pueblo en la que Manuela preparaba el desayuno a su marido y en el lujoso piso del barrio de los Jerónimos donde Jaime degustaba un coñac francés esperando a que sonara otra vez el teléfono, la incertidumbre era la misma que en todos los rincones del país. Ellos representaban a tres generaciones distintas que se enfrentaban a un momento clave de su existencia futura, eran conscientes de que lo que fuera a suceder podía marcar su vida y sus esperanzas. Lo que no sabían es que su destino ya había estado conectado en un momento del pasado de una manera muy particular y aquellos sucesos, ocurridos hacía muchos años, también habían marcado su devenir actual.

2

El viaje a palacio

—Podíamos ir a ver lo de Franco —le soltó Manuela a Francisco una vez que se habían metido en la cama, antes de accionar la pera que apagaba la tenue luz de la mesilla.

Había pasado el día enfrente del televisor, el primero que entraba en su casa y que pagaban a letras, viendo en Televisión Española los espacios donde anunciaban los actos que iban a tener lugar en Madrid para despedir al caudillo. Un presentador veterano del canal, David Cubedo, vestido con traje y corbata negros, leía con tono monocorde un papel y levantaba los ojos de vez en cuando para mirar a los espectadores con expresión doliente:

La capilla ardiente pública se instalará en el Salón de Columnas del Palacio de Oriente, quedando abierta desde las 08.00 horas del viernes día 21 para que toda persona que lo desee pueda rendir su último homenaje ante el cadáver de su excelencia. El desfile del público podrá hacerse a cualquier hora del día y de la noche hasta las 07.00 horas del domingo día 23. Simultáneamente tendrán lugar los turnos oficiales de vela. A partir de las 08.00 horas del viernes entrará en vigor un «plan de silencio» para la zona próxima al Palacio de

Oriente, suspendiéndose la circulación rodada según normas
que serán publicadas oportunamente…

Francisco se quedó algo sorprendido con la propuesta de su
mujer, no entendía lo de querer ir hasta Madrid y meterse en
aquel follón de gente, pero, como siempre, se dejó convencer
con facilidad. Él era viajante de comercio e iba con frecuencia
a la capital, no le suponía ningún desafío, el problema era que
tenía otros compromisos laborales hasta el mismo sábado. Podían ir ese día por la noche, ver la capilla ardiente de madrugada, así habría menos gente, y volver el domingo. Manuela
se puso contenta con la idea y le dio un beso cariñoso de agradecimiento, nada más, no eran momentos para que intentasen
otro tipo de amor, algo que, por otra parte, cada vez tanteaban
menos.

—¿Y los niños? ¿Les decimos dónde vamos? —preguntó
Francisco.

—No hace falta, ellos se quedan con mi madre tan felices.
Están como de vacaciones.

Por orden del Ministerio de Educación y Ciencia se comu-
nica que quedan suspendidas todas las clases y actividades
académicas en los centros docentes, tanto oficiales como pri-
vadas, debiendo reanudarse el jueves día 27. Se declara luto
nacional durante treinta días. Se suspenden todos los espectáculos y actos públicos desde el día de hoy hasta las 18.00 horas del domingo día 23.

El viernes lo pasó Manuela pensando en el viaje: ¿a qué
hora saldrían?, ¿qué ropa se pondría?, ¿haría mucho frío si
tenían que hacer cola durante mucho tiempo?, ¿qué zapatos
serían los más adecuados? Incluso en la misa que aquella tarde se celebró en la iglesia del pueblo en memoria del difunto,
como las que tuvieron lugar en todas las iglesias del país, y a

pesar de que su tristeza por la muerte era sentida y profunda, sus pensamientos se iban a los detalles del viaje del día siguiente y se olvidaba de seguir las oraciones del cura. Estaba nerviosa. Quería ir con el pelo arreglado, así que cogió hora con la peluquera para el sábado por la mañana. Pensó en hacerse un recogido con moño, pero le pareció demasiado llamativo y optó por un moldeado de ondas suaves que estaba muy de moda y que tan bien le sentaba a su cabello castaño. Nada excesivo, pues tampoco quería dar demasiadas explicaciones en la peluquería. Si le preguntaban, y en la peluquería siempre había alguien que quería saberlo todo, diría que iba a visitar a unos familiares de su marido que vivían en Madrid.

—Pues, hija, se van a quedar con la boca abierta los familiares de Francisco, porque te he dejado el pelo como para ir a una boda. Estás genial —bromeaba la peluquera mientras le retocaba unas ondas.

A sus casi cuarenta años, con una niña de once y un niño de siete, Manuela había visto cómo la delgada figura que tenía antes de casarse, era bajita pero aparente, había entrado ya en esa etapa en la que el cuerpo se va ensanchando sin remedio y las curvas se hacen largas. Lo normal cuando se llegaba a cierta edad, se decía. Le gustaba cuidar su aspecto y seguía encargando algún vestido a la modista del pueblo de toda la vida sacando ideas de los modelos que lucían las famosas en las fotos de las revistas del corazón, pero cada vez tenía que hacerse antes un arreglo ella misma para agrandárselo en las caderas o la cintura. Era una buena costurera, había aprendido prácticamente de niña, y tenía buena mano para los patrones. No le había quedado otro remedio, pues en su casa nunca hubo mucho dinero para gastarse en ropa nueva y las prendas se arreglaban una y otra vez.

Francisco llegó de su viaje de trabajo el sábado por la tarde. Mientras se aseaba y cambiaba de ropa, Manuela y su madre prepararon una merienda-cena con un poco de embutido, chorizo, lomo y queso, una tortilla francesa con jamón y unas latas de sardinas y mejillones. Comieron con los niños y se despidieron de ellos prometiéndoles que les traerían algún regalo a la vuelta del viaje, el domingo por la tarde. Salieron del pueblo a las diez de la noche, una hora en la que las calles estaban ya desiertas y ningún vecino se iba a interesar por su destino. No querían chismes. La carretera Nacional V estaba despejada y el Seat 1500 que conducía Francisco —por supuesto Manuela no tenía carnet de conducir ni había pensado nunca en sacárselo— circuló casi en solitario todo el trayecto.

—Tú duérmete, cariño, yo estoy acostumbrado a conducir solo.

Pero ella no estaba para dormirse, sino que, a medida que se acercaban a la ciudad, empezaba a alterarse. Recordó las semanas que llevaba inquieta con el deterioro de la salud del Generalísimo, desde que un mes atrás se empezara a decir que Franco tenía una gripe severa. Se preocupó más cuando el ministro de Información y Turismo, el hombre calvo de las gafas oscuras de pasta, dio una rueda de prensa para reconocer oficialmente que se trataba de un problema de corazón y que el general se mantenía en una situación cardiológica estable. A partir de ese momento, rezó cada día por él, como se hacía en todas las iglesias del país, con la esperanza de que aquel corazón que tanto había dado a los españoles pudiera superar ese pequeño contratiempo. Ella, como el resto de los orantes, estaba engañada, porque el caudillo había sufrido ya una grave crisis cardiaca con edema pulmonar que llevó a administrarle preventivamente la extremaunción debido al severo peligro de muerte que enfrentaba. Aquellos días revueltos, en las conversaciones entre los amigos y conocidos del pueblo, siempre había un espacio para comentar el estado del enfermo, porque todos eran conscientes de que se aventuraban a un momento incierto. ¿Qué pasaría después?

—¿Tienes frío? ¿Quieres que suba la calefacción? —le dijo Francisco al verla removerse en el asiento del copiloto.

—No, estoy bien, solo algo revuelta por el viaje. ¿Cuánto falta?

—¿Quieres que paremos un rato? Todavía nos queda un poco.

—No, no. Cuanto antes lleguemos, mejor, que lo mismo hay que estar mucho tiempo de pie —contestó nerviosa.

Las últimas semanas Manuela había llevado en silencio su desasosiego, aparentando una tranquilidad que no tenía, rezando para prolongar la vida de un hombre que, aunque ella no lo supiera, pues los partes médicos no eran nunca demasiado claros, ya estaba cianótico, ausente y sin capacidad de liderar el país como ella lo había visto hacer desde que tenía uso de razón. Su infancia, su juventud, su madurez, su maternidad, todos los momentos de su vida habían estado amparados por esa figura omnipresente que ocupaba un lugar preferente en todas las actividades: en la escuela, en la iglesia, en el trabajo, en la educación, en la moral, en la seguridad, en la tranquilidad. Desde pequeña le habían enseñado, y ella misma había comprobado a lo largo de los años, que bajo el faro benefactor del padre de la nación todo era más sencillo, llevadero y feliz. Y ahora estaba allí, camino de Madrid, acercándose al lugar donde se encontraba el cuerpo frío y embalsamado de ese hombre, porque su alma, de eso no había ninguna duda, estaría ya camino del cielo.

3

Camaradas en El Escorial

Jaime Llopis-Bofill y Roca sabía hacía tiempo que Franco iba a ser enterrado en el Valle de los Caídos, pues había sido informado puntualmente de las deliberaciones sobre el asunto. Como miembro del Consejo Nacional del Movimiento y procurador en Cortes, nombrado directamente por el caudillo, tenía contactos en todas las altas esferas de poder y desde hacía unos meses estaba al corriente de todo lo que se estaba preparando ante la posible muerte del general, tanto oficial como extraoficialmente. Dedicaba a ello casi todo su tiempo, pues una de las ventajas de ser soltero era que no se tenía familia que requiriese tu atención. Nunca se había casado, y eso que no le faltaron pretendientes, porque un excombatiente de buen porte y bien situado, como él siempre lo estuvo desde que terminó la guerra, era un excelente partido para cualquier señorita que quisiera asegurarse un futuro de estabilidad. Varias mujeres habían rondado su vida, pero ninguna logró penetrar en su esfera más íntima. En cuanto parecía que una relación podía llegar a ser seria y aparecía el menor atisbo de aquello que podía ser lo que algunos llaman enamoramiento, él la enfriaba rápidamente. Le gustaban más los compromisos del compañerismo, la amistad y la entrega a una causa política como el Movimiento Nacional.

—Yo estoy casado con la patria, que es mucho más exigente que una esposa. Pero también me da más libertad que a vosotros vuestras respectivas, porque me deja hacer lo que quiera y con quien quiera —les decía a sus colegas entre risas.

Jaime, a pesar de su aparente seriedad y rectitud, había conocido hacía unos años una parte de la canalla noche madrileña, aquellos lugares en los que lo mismo podías encontrarte a Ava Gardner o a un marqués o a un ministro. Los tablaos, Florida Park, Chicote y otros sitios ocultos en los que no se preguntaba quién era nadie. Ahora, superados los sesenta, llevaba un tiempo retirado de los lugares públicos y prefería organizar encuentros en su estupendo piso de la calle Alfonso XII. Allí se reunían sobre todo gentes importantes de la política, pero también periodistas, escritores o altos funcionarios del Régimen, por supuesto, siempre cercanos a las ideas del anfitrión. En uno de esos últimos encuentros, cuando el único tema de conversación era la grave enfermedad de Franco y las intrigas en torno al príncipe Juan Carlos, fue cuando le contaron la intención de algunos allegados del general de enterrarlo en el panteón familiar de El Pardo. Jaime entró en cólera.

—¿Cómo va a tener el Generalísimo el mismo lugar de reposo y honor que una persona cualquiera de su familia? ¡No se dan cuenta de que España necesita seguir teniendo vivo el recuerdo de su guía! ¡Lo quieren borrar del mapa en cuanto muera!

Al final se tomó la decisión, y Jaime influyó todo lo que pudo en ella, de enterrarlo en el Valle de los Caídos, al lado de la tumba donde reposaban los restos de José Antonio Primo de Rivera. El líder de Falange había sido trasladado allí en 1959, el año en que se había inaugurado la monumental obra para celebrar el vigésimo aniversario del fin de la cruzada. Aquel día, ante decenas de miles de correligionarios, Franco lanzó un discurso reivindicando la justicia de la guerra y del Movimiento Nacional y pidiendo a todos los presentes que ayudasen a que su herencia perdurase en el tiempo. Jaime estuvo presente en el acto y recordaba perfectamente cómo le impresionaron las palabras del caudillo y la petición que les hizo a todos:

> Nuestra guerra no fue una contienda civil más, sino una verdadera cruzada, la gran epopeya de una nueva y trascendente independencia. En todo el desarrollo de esa cruzada hubo mucho de providencial y milagroso, porque solo así se puede calificar la ayuda decisiva recibida en tantas vicisitudes de la divina protección. Interesa al mundo que inculquéis a vuestros hijos y proyectéis sobre las generaciones que os sucedan la razón permanente de nuestro Movimiento para así cumplir con el mandato sagrado de nuestros muertos.

Fue un acto extraordinario de afirmación y compromiso con los ideales del Régimen, se emocionaba al recordarlo, pero la despedida del Generalísimo tenía que serlo aún más, tenía que proyectar un mensaje de unión y fuerza que llegase a todos los rincones del país.

—Todos aquellos a los que verdaderamente les importaba el caudillo y están comprometidos con su legado van a estar allí presentes. El entierro de Franco será algo inolvidable, te lo garantizo. Está todo preparado, puedes estar tranquilo. ¡Arriba España! —gritó Jaime antes de colgar el teléfono de su despacho y pedirle a Felisa que le preparase el traje de oficial del requeté carlista con el que se iba a vestir.

Aunque los planes del entierro eran conocidos por mucha gente, la mayoría de los españoles se enteró por Televisión Española, en la voz de aquel periodista vestido de negro y con cara consternada, de cómo se iban a desarrollar los acontecimientos del adiós:

El domingo día 23 tendrá lugar en la plaza de Oriente una misa de cuerpo presente que será de carácter público y a la que asistirán sus majestades los reyes de España. Acto seguido se procederá al traslado de los restos mortales de su excelencia el jefe del Estado al Valle de los Caídos en cuya basílica será inhumado…

Desde que se conoció la noticia, las calles de San Lorenzo de El Escorial se fueron convirtiendo poco a poco en un hervidero de gente. A partir del viernes, miles de personas habían ido llegando al pueblo en todo tipo de transportes, una marabunta que fue llenando las calles y plazas, los bares y restaurantes, los hoteles y pensiones, incluso aparecieron algunos campamentos improvisados en los alrededores para acoger por un tiempo esa tremenda marea humana. El camino hacia Cuelgamuros era un alboroto de coches, autobuses y motos entre los que se movía una constante hilera de personas que subían animosas hacia la basílica de la Santa Cruz. Los casi quince kilómetros desde el pueblo se hacían cortos en ese ambiente enfervorecido, donde había casi más de celebración que de duelo, y la camaradería provocaba una excitación general que a menudo explotaba en cánticos y aclamaciones, brazos en alto y gestos firmes. El sábado por la noche los bares del pueblo estaban llenos y el trasiego de tapas y bocadillos era tan intenso como el de los licores que ayudaban a espantar el frío de finales de noviembre: anís, coñac, pacharán y orujos varios animaban el compañerismo y la charla, el abrazo y el canto. Por doquier había grupos uniformados, camisas pardas, azules o negras, gorros verdes, boinas rojas, en una confraternización multicolor que aventuraba más un desfile patriótico que un entierro. Entre ellos, impregnándose de esa atmósfera que tantos recuerdos le traía, estaba Jaime, que a sus sesenta y cinco años seguía conservando esa figura espigada y nervuda que tanto llamó la atención en los campos de Belchite o en el valle del Ebro. Desde que en 1936 se alistara en el Tercio de Requetés de Nuestra Señora de Montserrat para combatir en la guerra, su vida había seguido los caminos de la lealtad, la espiritualidad y el respeto por la herencia de los antepasados. Esa doctrina le había llevado hasta allí ahora para despedir y honrar a quien en su día le concedió la Cruz Laureada de San Fernando por su heroicidad en la batalla y recientemente le había nombrado consejero nacional del Movimiento y procurador en Cortes. Era un hombre importante, un carlista respetado, una personalidad del Régimen que podía haber estado ocupando un lugar destacado en el funeral que iba a tener lugar al día siguiente en el Palacio Real, pero él prefería estar allí con los suyos, los que de verdad constituían el exponente máximo de españolidad y de heroísmo. Muchas cosas habían pasado los últimos años con las que no estaba de acuerdo, algunas decisiones erróneas del líder que podían conducir al desmantelamiento de todo lo que habían construido durante cuarenta años. Tiempo habría de preocuparse de ello e intentar evitarlo. Ahora lo que tocaba era unirse a sus iguales, vestir su uniforme, formar, marchar, entonar y rendir el gran homenaje que merecía el difunto. Salió del coche oficial y se echó por encima el abrigo de cuello de piel de conejo para protegerse del frío de noviembre. Se colocó con cuidado la boina roja, sin cubrir del todo el todavía abundante pelo cano que le daba un aire aún más distinguido. Todo su porte llamaba la atención, las relucientes condecoraciones que llevaba en el pecho, el lustroso cuero de los correajes, la cartuchera y las elegantes botas. Seguido por su ayudante y su chófer, se encaminó con paso firme al restaurante que había sido designado punto de reunión de los veteranos oficiales carlistas. A su paso, algunos jóvenes lo saludaron con el brazo en alto.

—¡Dios, patria y rey! —gritaron.

Jaime les devolvió el saludo con una sonrisa.

—Lo veis. Esa juventud no se merece que la abandonemos, hay que seguir teniendo fe en España —les dijo a sus acompañantes.

4

La planta veintitrés

Hacía tiempo que debía haber llegado el contacto y José Luis empezaba a inquietarse. Ya le habían advertido de que, en ocasiones, por precaución y seguridad, los planes se suspendían en el último momento y entonces lo más indicado era abandonar el escenario y esperar nuevas comunicaciones por los canales seguros. El enlace que esperaba en aquella habitación de la planta veintitrés del Hotel Plaza de Madrid acababa de llegar a la ciudad con una misión inminente, según se le había comunicado, una misión que José Luis todavía desconocía. Siguiendo las instrucciones recibidas, se había registrado en aquel gran hotel de la plaza de España con un carnet de identidad a su nombre, José Luis Murillo Domínguez, nacido en Zamora en 1950, hijo de Antonio y María del Carmen. Lo único que se había falsificado en el documento era el domicilio, porque residir en Rentería esos días significaba estar marcado y ser sospechoso. Y, si bien hacía ya algún tiempo que no vivía en la casa familiar, allí había pasado sus primeros años de vida, la infancia, la adolescencia y el inicio de su juventud. La muerte de Franco el día anterior le había hecho recordar la primera vez que vio al dictador, cuando tenía once años y su padre lo llevó a San Sebastián para ver la comitiva del jefe del

Estado que acudió a un partido de pelota vasca en un famoso frontón de la ciudad. Le venían a la mente imágenes vagas de la multitud aclamando desde ambos lados de la calle a aquel señor mayor, que llegó en un coche muy grande rodeado de motoristas y descendió entre aplausos acompañado de una mujer delgada que llevaba un gran collar de perlas y una flor en la cabeza.

Miles de personas aclamaron la llegada de su excelencia el jefe del Estado al frontón Urumea de San Sebastián, donde acudió a una importante exhibición de pelota vasca. El Generalísimo fue recibido cariñosamente y saludado por las primeras autoridades, así como por los directivos de las federaciones deportivas. En la exhibición se jugó un partido a remonte entre Elorriaga y Bengoechea contra Olaberri y Arbizu, y un partido a cesta punta entre Orbea y Churruca contra Abengoa y Larrañaga. Todos estos jugadores son considerados como los mejores en su especialidad. Al término de los partidos, los pelotaris fueron llamados al palco de su excelencia que departió amablemente con ellos. La esposa y la hija del Generalísimo se interesaron también por esta modalidad deportiva.

Era 1961, y entonces él no entendía lo que Franco representaba, pero pocos años después supo que aquella visita, como tantas otras, fue utilizada para intentar demostrar que el general era bien recibido y querido por los vascos.

—Lo que no sabéis es que cada vez que ese hombre viene a San Sebastián la policía mete en la cárcel a mucha gente para asegurarse de que nadie protesta. La mayoría de los que van a aplaudirle lo hacen porque tienen miedo.

Esas palabras se las dijo Amaya, la madre de su amigo Ander, un día que fueron a su casa a merendar chocolate, después de una excursión con el colegio. En casa de Ander siempre había chocolate La Campana de Elgorriaga, que les gustaba muchísimo, y su madre les ponía un rato la televisión en blanco y negro que tenían en el salón. Aquella tarde se anunció un reportaje especial y aparecieron unas imágenes de barcos en la bahía de San Sebastián, donde había arribado hacía unos días el yate del general, que, como todos los veranos, pasaba unos días de vacaciones en la ciudad.

En viaje desde la costa coruñesa fondea en la bahía de San Sebastián el yate Azor, que trae a la capital donostiarra a su excelencia el jefe del Estado y a su esposa doña Carmen Polo de Franco. Cumplimentan al Generalísimo varios ministros, autoridades civiles, militares y eclesiásticas y la corporación municipal. La muchedumbre congregada en el embarcadero y a lo largo del itinerario recorrido por la comitiva aclama el paso de Franco, que recorre la ciudad en coche descubierto acompañado del alcalde hasta el Palacio de Aiete, donde su excelencia pasará la segunda etapa de sus vacaciones veraniegas.

—Mientras él pasa sus vacaciones en ese palacio, hay mucha gente reprimida, vigilados por la policía o encarcelados, que a más de uno le habrán pegado una paliza sin haber hecho nada, solo por pensar de otra manera —comentaba Amaya mientras José Luis y Ander devoraban el chocolate y miraban en la pantalla las imágenes de la gente aplaudiendo al paso del Rolls-Royce negro descapotable donde dos personajes en pie, Franco y el alcalde José Manuel Elósegui, saludaban sonrientes.

En la casa de Ander, mucho más grande que la suya, mientras jugaban a un futbolín plegable o a los Juegos Reunidos Geyper, que eran sus entretenimientos preferidos, fue donde José Luis escuchó por primera vez hablar de la libertad, de la opresión, de la lucha por las ideas y del nacionalismo. Los padres de su amigo, Amaya y Aitor, eran de las personas que estaban orgullosas de ser vascas y hacían gala de ello. Parecían mucho más jóvenes que sus padres, vestían de manera más moderna, tenían una vida social intensa y a menudo invitaban a personas a su casa, donde bebían, fumaban, hablaban de política y cantaban, a veces en euskera.

—Estas canciones os las tenéis que aprender —les decía a los pequeños el padre de Ander— porque dentro de unos años las cantaréis con vuestros amigos de la cuadrilla.

Luego, con el tiempo, irían llegando las charlas, las reuniones, los pasquines y las lecturas que lo fueron acercando a un mundo que sus padres desconocían por completo y que habían acabado llevándolo hasta la habitación del hotel donde estaba ahora.

Aunque hacía mucho tiempo que simpatizaba con la organización, fue sobre todo desde el Proceso de Burgos de 1970, con aquellas condenas a muerte que luego se conmutaron por cadenas perpetuas, y tras el asesinato de Carrero Blanco en 1973, tomado por muchos jóvenes vascos como una gran acción heroica, cuando empezó a pensar en dar el paso de entrada. Había tomado la decisión definitiva hacía medio año, el último mes de abril, después de que el Gobierno, a raíz de los últimos atentados en los que murieron dos policías, decretase un nuevo estado de excepción en Vizcaya y Guipúzcoa. Se produjeron otra vez todo tipo de abusos por parte de las fuerzas del orden, y las detenciones, interrogatorios y torturas se extendieron por las dos provincias durante tres meses, con la policía secreta y la Guardia Civil actuando sin freno en operaciones de las que no se conocía casi nada debido a que se había declarado materia reservada toda la información sobre el estado de excepción. Era una ley mordaza con represalias muy duras y nadie se la saltaba por miedo a los cierres de medios y las multas, así que, fuera de esas dos provincias, en el resto del país no se sabía mucho de lo sucedido aquellos días. Pero Guipúzcoa era casi el escenario de una guerra y en la cuadrilla de José Luis, como en tantas otras, desde hacía tiempo no se hablaba de otra cosa que de la lucha contra los ocupantes y el sacrificio de algunos jóvenes por el pueblo.

—Si no hacemos nada nosotros, ¿quién lo va a hacer? ¿Nuestros padres? —se preguntaba Ander.

—Al menos tus padres tienen conciencia política y saben lo que pasa. Los míos, los pobres, están sometidos por el miedo. Nunca hablan de nada que tenga que ver con la política, no saben lo que es la libertad —los disculpaba José Luis.

No le fue difícil encontrar la manera de conectar con alguien de dentro de la organización. Al poco tiempo de ese contacto, Mari Carmen, su madre, le entregó una carta que habían dejado en el buzón a su nombre y sin remite:

Hola, amigo:

Hemos recibido noticias sobre el interés y preocupación que muestras ante la opresión social y nacional que sufre Euskal Herria desde hace tiempo. Por eso nos dirigimos a ti...

—¿Quién te escribe, hijo? Si se puede contar —intentaba sonsacarle su madre imaginándose algún origen sentimental en lo escrito.

—Cosas mías, *ama*. No quiera saberlo todo. —Y dejaba un beso rápido en la mejilla de Mari Carmen y a ella le sabía a gloria, porque le devolvía a aquel niño que con la edad estaba perdiendo.

Su rápida entrada en acción también vino acelerada por la necesidad de cubrir las numerosas bajas provocadas en la banda por la Operación Lobo. El Servicio Central de Documentación del Gobierno (SECED) había conseguido infiltrar un topo en la cúpula de ETA y durante el último año habían caído muchos comandos y militantes, sobre todo en Madrid, donde la organización llevaba un tiempo sin poder actuar. Las condenas a muerte y los fusilamientos del mes de septiembre de 1975, con los que el Régimen quiso dar un mensaje de fortaleza y resistencia, habían supuesto para José Luis un decisivo acicate moral, la concienciación definitiva de que la razón estaba de su lado. El consejo de guerra y la ejecución de aquellos cinco jóvenes, dos de ETA y tres del FRAP, demostraban que la lucha no podía abandonarse por mucho que el dictador desapareciese, porque no solo había sido una respuesta de Franco, había sido una respuesta del Estado, de los que querían seguir perpetuando su poder a través de la represión y el miedo. Todavía recordaba aquel último fin de semana de septiembre, cuando, tras darse el viernes el Gobierno por enterado de la firmeza de las cinco condenas a muerte, se desató una oleada de protestas por toda Europa. En Londres, París, Roma o Lisboa, donde llegaron a provocar un incendio en la embajada española, los manifestantes pidieron el perdón para los sentenciados y la condena del régimen franquista por la comunidad internacional. Muchos países y autoridades enviaron mensajes y peticiones de clemencia a Madrid, pero de nada sirvió. Cuando se anunció que los miembros de ETA, Juan Paredes Txiki y Ángel Otaegui, habían sido fusilados, José Luis lloró de rabia abrazado a un compañero que conocía a los familiares de Ángel y que le contó cómo estos no pudieron acompañarlo en la cárcel burgalesa de Villalón, donde fue ejecutado. La familia tuvo que esperar en un bar de carretera el cumplimiento de la sentencia al amanecer para luego ir a reclamar su cadáver y pagar las cincuenta mil pesetas que costaba el traslado de los restos en coche fúnebre a su pueblo. Esa imagen, la de los familiares de Otaegui que acompañaban a su madre soltera esperando varias horas para enterarse en la televisión de un bar de la ejecución, le quemaba la sangre. No habían pasado ni dos meses desde entonces y era el momento de seguir demostrando que no se iban a rendir. Aunque la cabeza del sistema hubiera muerto en una cama de hospital, ese no era el final del yugo para el pueblo vasco, tal como recalcaban siempre sus superiores en la organización. Había que evitar que todo siguiera igual, y por eso estaba allí, en la planta veintitrés de un hotel madrileño, esperando mientras escuchaba en un pequeño transistor las noticias sobre la preparación de los funerales de Franco.

Llegan continuamente al Palacio de El Pardo, al de las Cortes y al de la Zarzuela telegramas y comunicaciones de autoridades españolas y de jefes de Estado y primeros mandatarios de todo el mundo que expresan su pésame y condolencias por el fallecimiento de Franco. Señalamos, por ejemplo, los telegramas enviados por el presidente de los Estados Unidos, el papa Pablo VI, la reina de Inglaterra, el rey Balduino de Bélgica, el presidente federal de la República Austriaca, la reina Margarita de Dinamarca, el presidente de la República de Senegal, el rey de Suecia, el rey de Noruega, el emperador de Japón, el presidente de la República de Túnez, el rey de Tailandia, el príncipe de Mónaco, el presidente de la República Chilena, el presidente de la República de Brasil, el presidente de la Federación Suiza, el príncipe soberano de Liechtenstein, el superior general de los Jesuitas, el gran maestre de la Orden de Malta y el presidente del Comité Olímpico Internacional, entre otros muchos. A lo largo de las últimas horas han llegado al aeropuerto de Barajas, y lo seguirán haciendo durante todo el día de hoy, las embajadas enviadas por decenas de países para rendir un último homenaje al Generalísimo y asistir a su entierro. En las instalaciones del mismo aeropuerto ha sido instalada una mesa de condolencias que recoge los mensajes de las autoridades nada más pisar suelo español…

Madrid estaba blindada por las fuerzas del orden, pero él había conseguido pasar desapercibido en el frío de noviembre y se había infiltrado en el corazón de la ciudad.

5

La mano dura de Pinochet

—He estado con Pinochet —le dijo Jaime a su ayudante Bofarull— y ese tío sí que tiene un par de cojones.

Estaban en la plaza de la Cruz de San Lorenzo de El Escorial, donde se habían reunido los miembros del Tercio de Montserrat para luego marchar juntos desde allí al Valle de los Caídos. Mientras los veteranos habían subido a la primera planta del edificio para charlar con tranquilidad, las escuadras de jóvenes esperaban en la calle desplegando animosas sus banderas y pendones. Jaime saldría dentro de un rato al balcón para arengar a la gente y calentar los ánimos, pero antes le contó a Bofarull lo de Pinochet.

Como procurador en Cortes, nombrado directamente por el Generalísimo hacía cuatro años en el Palacio de Aiete, Jaime Llopis-Bofill había asistido la mañana del sábado a la proclamación de Juan Carlos I como rey de España, que había tenido lugar en el Palacio de las Cortes, en la Carrera de San Jerónimo. Nunca entendió muy bien las prisas en proclamar a este monarca ilegítimo con el cadáver de Franco todavía caliente. Todos habían visto al nuevo rey jurar sobre la Biblia y acatar los principios del Movimiento Nacional, encargados, en teoría, de perpetuar el Régimen, pero había muchas dudas sobre el cumplimiento de aquel juramento. A la ceremonia asistió como invitado el general Augusto Pinochet, que había venido desde Chile, según dijo él mismo en el aeropuerto de Santiago, «a rendir homenaje al guerrero que ha sorteado las más fuertes adversidades». Pinochet había sido uno de los pocos respaldos internacionales del Régimen en los últimos tiempos e intercambió con Franco algunas cartas de apoyo, como la que escribió tras la oleada mundial de críticas que recibió España por los cinco fusilamientos de septiembre y que fue publicada por *La Vanguardia*:

> Ante la infame campaña internacional que enfrenta España, estoy cierto que de esta dura prueba emergerá una España aún más fuerte, unida y respetada por la fortaleza de sus convicciones y la reciedumbre de sus actitudes y abrigo la esperanza de que en el futuro se valorizará mejor el esfuerzo de los pueblos de carácter para forjar su destino propio.

En definitiva, el presidente chileno era un fiel aliado al que se había recibido en Madrid como se merecía, con todos los honores militares y el todavía príncipe Juan Carlos dándole la bienvenida al pie de la escalerilla del avión en la pista de aterrizaje acompañado de los ministros de Asuntos Exteriores, Ejército y Presidencia. Tras firmar en el libro de condolencia, el general concedió unas declaraciones a Radio Nacional de España:

> Franco en este momento ha entrado en la historia, es un caudillo ejemplar y un jefe de Estado que nos ha mostrado el camino a seguir a los que luchamos contra el comunismo.

Cientos de personas lo aclamaron cuando salió de Barajas mientras él saludaba desde el asiento trasero del Dodge Dart negro, proporcionado por el Gobierno español, que utilizó en todos sus desplazamientos. Jaime quería conocerlo y, tras la ceremonia de proclamación en las Cortes, se desplazó al Hotel Ritz, donde se hospedaba Pinochet con todo su séquito. En uno de los salones reservados para la expedición chilena, tras pasar varios controles de seguridad, encontró al presidente departiendo con algunos militares españoles. Les mostraba la Gran Cruz al Mérito Militar, la máxima distinción de la institución española, que Franco le había concedido y le había sido impuesta por el jefe del Estado Mayor del Ejército, el teniente general Emilio Villaescusa, el pasado mes de septiembre en Santiago de Chile. El general, que era un hombre supersticioso, decía que la condecoración le estaba dando suerte en la dirección de su país.

—Cada vez que luzco la medalla de España en un acto oficial, me dan una buena noticia; lo tengo comprobado. Lo mismo caen muertos un atajo de rojos subversivos que se revaloriza el peso o se le pasa el mal humor a mi esposa —bromeaba el chileno ante las risas de los españoles.

Tras la presentación, sellada con un recio apretón de manos —la mano dura en el saludo era una señal de determinación—, Jaime le quiso aclarar rápidamente que, aparte de procurador en Cortes, él era un soldado veterano que había combatido en la Guerra Civil. Le habló de sus acciones en Zaragoza y el Ebro y le mostró su Cruz Laureada de San Fernando, concedida por sus acciones de valor en la contienda.

—Usted entonces es de los que saben de verdad lo que valen la vida y la muerte —dijo Pinochet—, porque quien ha luchado y matado conoce los sacrificios que hay que hacer para mantener el orden público, no como los que carecen de valor moral para denunciar y combatir los excesos del terrorismo y protestan contra la rigurosa aplicación de las penas prescritas por la ley de un Estado soberano.

—¡Cuánta razón tiene usted, mi general! —Jaime estaba entusiasmado con la contundencia de sus comentarios—. Aquí últimamente nos estamos acostumbrando a que nos golpeen casi a diario los asesinos, parece que buscan que nos amansemos, y eso no se debería consentir.

Hacía cuatro días que ETA había asesinado a su última víctima, el guardia civil Manuel López Treviño, que recibió tres disparos en las calles de Zarauz, y no habían pasado dos semanas de la explosión de una bomba que mató a tres guardias civiles e hirió gravemente a otros dos en Oñate. Si no había mano dura, coincidían ambos, el libertinaje destruiría todo lo que habían construido, por eso era necesario actuar con contundencia. Jaime le preguntó por la situación de la oposición terrorista en Chile. Pasados dos años del golpe que derrocó a Allende, la policía secreta chilena, la DINA, seguía en plena campaña de exterminio de la oposición. Pinochet le explicó que batallaban sin descanso y que incluso se había traído a algunos de sus muchachos a Madrid para planificar un trabajito especial. El militar chileno, hombre astuto y taimado, intuyó una gran complicidad en su interlocutor y le inquirió sobre la ceremonia de proclamación del rey a la que ambos acababan de asistir desde distintos lugares del hemiciclo. Jaime explicó que muchos políticos y militares, y él estaba entre ellos, dudaban de si el rey sería capaz de ser fiel guardián de la herencia de Franco como había prometido en su discurso. Estuvo a punto de contarle algo más, una información que corroboraba esas sospechas y que le habían hecho llegar hacía unos días, pero esa noticia era muy delicada y, por ahora, era mejor que no se divulgara. Por cambiar de tercio, Llopis señaló que el momento más emocionante del acto le había parecido cuando, al final de la sesión, una vez que Juan Carlos había abandonado la tribuna, toda la cámara se volvió hacia el palco que ocupaba la familia del caudillo y rompió en un estruendoso aplauso, coreando al unísono «Franco, Franco, Franco» mientras su hija, Carmen Franco Polo, agradecía emocionada la ovación. Pinochet, con gesto implacable, mostró su extrañeza porque Juan Carlos solo había nombrado una vez al general en todo el discurso de coronación y no hizo ninguna alusión ni agradecimiento a la familia del difunto allí presente.

—Fue un gesto de ingratitud que no se aviene con la hidalguía española, no me esperaba eso del joven rey —dijo Pinochet mientras Jaime y los demás militares asentían con la cabeza y bajaban la mirada, como reconociendo que ellos también habían visto mal ese detalle.

Al momento, un hombre vestido de paisano se acercó a comentar algo al oído del general y este se levantó disculpándose porque tenía una reunión urgente preparada por los servicios secretos de su país:

—Ya ven, ni a miles de kilómetros de la patria deja uno de velar por la seguridad de los chilenos.

Se despidieron efusivamente y Pinochet se dirigió con su escolta hacia otra sala privada del hotel. Ese hombre tenía una energía tremenda, la necesaria para encauzar y ordenar el camino de un país, dispuesto a sacrificar lo que fuera con tal de salvar a su nación.

—Un hombre así nos haría falta ahora a nosotros —le dijo Jaime a Bofarull, y se dispuso a salir al balcón para animar a su compañía.

Quedaban unas cuantas horas para iniciar la subida a Cuelgamuros y había que calentar el frío ambiente de ese noviembre gris en la sierra de Madrid.

6

El animoso doctor Pozuelo

Manuela y Francisco llegaron a la fila de personas que esperaban para ver el cadáver de Franco sobre las tres de la madrugada del domingo. Estaban en la acera de la calle Onésimo Redondo que subía hasta el subterráneo del eje Ferraz-Bailén para girar a la derecha y enfilar hacia el Palacio Real. Hacía frío, aunque afortunadamente no llovía. Cuando preguntaron a quienes estaban los últimos en la cola por el tiempo estimado que se tardaba en llegar hasta la capilla ardiente, les dijeron que unas cuatro horas. Los dos días anteriores la espera había sido más larga, pues hubo mucha más gente en la fila. Algunos estuvieron más de quince horas en esa lenta procesión que los llevaba hasta el Salón de Columnas del palacio, donde se había dispuesto que el pueblo despidiera a su eterno guía vestido con el uniforme de capitán general. La capilla estaba presidida por un gran lienzo con el escudo de Franco sobre el que se había colocado un enorme crespón y el féretro abierto estaba rodeado de seis grandes velones y un cristo dorado en la cabecera. Manuela lo había visto ya en la televisión recién comprada que tenía en el salón de su casa en el pueblo, ese aparato en blanco y negro en el que un locutor de voz grave comentaba las imágenes:

El dolor es patente en los rostros de los miles y miles de españoles que desfilan para mostrar su respeto y cariño por el Generalísimo. Son infinitos los registros de la pesadumbre de este pueblo que tanto amaba a su caudillo y salvador.

Ante el cadáver se veían escenas de todo tipo —llantos, gritos, sollozos, rezos, invocaciones, reverencias, saludos militares o fascistas...— y Manuela se emocionaba contemplando las imágenes en aquella televisión aún por pagar y que perdía la señal con frecuencia por deficiencias de la cobertura radioeléctrica. En ese televisor había visto dos días antes el lacrimoso discurso del presidente del Gobierno, Arias Navarro, anunciando oficialmente el fallecimiento del caudillo y leyendo su testamento. Recordaba aquellas primeras palabras que dejó escritas Franco y que tanto la impresionaron:

Españoles, al llegar para mí la hora de rendir la vida ante el Altísimo y comparecer ante su inapelable juicio...

¡Pobre Franco! ¿Qué final habría tenido? En la fila, que avanzaba despacio, la gente hablaba del asunto: unos decían que llevaba muerto varios días, otros que le habían alargado la vida sin ton ni son y le habían hecho todo tipo de perrerías innecesarias que lo habían martirizado. Ella callaba. Qué podía saber de lo verdaderamente sucedido si vivía en un pueblo de Extremadura donde las únicas informaciones eran las de la radio y la televisión, y las de las revistas del corazón, *Lecturas*, *¡Hola!* y *Semana*, que nunca habían hablado de los padecimientos de Franco. Allí había visto las fotos del médico personal del caudillo, Vicente Pozuelo, ese hombre que lo había acompañado día y noche los últimos meses. Ojalá, pensó Manuela, el doctor hubiera impedido el sufrimiento del paciente más importante de España.

El doctor Pozuelo estuvo apenas dos años al cuidado del jefe del Estado porque Franco había tenido desde la Guerra Civil como médico personal a Vicente Gil García, un antiguo camisa vieja de la Falange que terminó siendo casi un amigo del general. Vicentón, como le llamaban por su osadía, era muy impulsivo y capaz de meterse en asuntos políticos.

—Está usted rodeado de sinvergüenzas, mi general —le había dicho en varias ocasiones.

Una vez, en presencia de Franco, llegó a coger de la pechera a un ministro acusándole de falso falangista y cagón.

—¡Tú no tienes los huevos que hay que tener para ser ministro y para respetar ser falangista a la vez! —le había soltado ante el sonrojo general del resto de ministros franquistas.

Vicente había sido muy crítico con casi todo el gabinete que el presidente del Gobierno, Arias Navarro, había elegido para sustituir al del difunto Carrero Blanco:

—Hay por lo menos cuatro ministros que son rojos y masones, mi general. Mejor le iría a España si en el Gobierno hubiera gente como Girón o Iniesta.

José Antonio Girón de Velasco, falangista y exministro de Trabajo, y el general Carlos Iniesta Cano, director general de la Guardia Civil, formaban parte del círculo ultra con el que el médico se relacionaba y que, a su vez, intentaba influir a través del galeno en el enfermo. Vicente era más que un médico, era de la familia, pero en 1974, a raíz de una flebotrombosis detectada al caudillo en una pierna, se enfrentó a Cristóbal Martínez-Bordiú, el yerno del general, que por entonces quería supervisar directamente la salud de su suegro. Esa pelea le costó salir del Palacio de El Pardo. Cristóbal movió sus hilos para que doña Carmen, la suegra, cediera a sus peticiones y abriera la puerta de salida al doctor falangista. La mujer del general le comunicó la sentencia con delicadeza:

—Mira, Vicente, médicos hay muchos, pero yerno solo tengo uno.

Así fue como Cristóbal designó como nuevo médico personal de su suegro a Vicente Pozuelo Escudero, jefe del Departamento de Endocrinología de la Seguridad Social.

El doctor Pozuelo se encargó de la salud del caudillo cuando este ya estaba muy desmejorado por la enfermedad de Parkinson. El dictador octogenario se movía poco, le faltaba vitalidad y tenía el ánimo siempre decaído. En su intento de vivificar el espíritu del anciano, al médico se le ocurrió incluso obligarle a escuchar música y le ponía himnos y marchas militares, que siempre le habían gustado mucho. Las notas y los ritmos de su juventud impulsaron ligeramente la movilidad del general, que, jaleado por el médico y animado por los recuerdos, se atrevía incluso a dar algunas vueltas tambaleantes al despacho del palacio intentando marcar el paso, pero sin conseguirlo. Como el dictador no tenía fuerzas ni para cantar, era el médico quien tarareaba las letras mientras le ayudaba con los pasos y el ritmo para activar la circulación venosa de esas piernas avejentadas.

—¡Vamos, que ya llegamos al final! —Cristóbal aceleraba la canción para ver si Franco daba algún paso más—. ¡Soy un novio de la muerte que va a unirse en lazo fuerte con tan leal compañera!

El empeoramiento definitivo de su salud llegó a mediados de octubre, cuando una noche Franco se despertó en la cama con dolores en el pecho y en un hombro. Superada la crisis de madrugada, se diagnosticó que había sufrido su primer infarto. Al doctor Pozuelo no le sorprendió el episodio porque el paciente llevaba sin dormir varias semanas. Desde los fusilamientos de septiembre y la posterior y unánime reacción internacional en contra de su Régimen, estaba siempre muy nervioso y tomaba muchos tranquilizantes. Apenas comía, solo le gustaba picar un poco de *foie*, el antojo de un yogur natural mezclado con Nescafé y tomar un poco de Fanta, su bebida favorita. Perdía peso constantemente. La trémula imagen que había dado el 1 de octubre, en el multitudinario acto de afirmación patriótica de la plaza de Oriente, era solo un síntoma de su estado. Aquella voz temblorosa que advirtió a los españoles del eterno contubernio comunista y terrorista en su contra denotaba un hombre al límite de sus fuerzas. Una semana después del infarto, llegó una nueva crisis cardiaca, esta vez con edema pulmonar. Franco ya no salía de su dormitorio, ese cuarto en el que guardaba la mano incorrupta de santa Teresa, un relicario recuperado por las tropas nacionales en Málaga durante la Guerra Civil. Era tal su devoción hacia la mano que cada vez que salía de viaje la llevaba con él para rezar de rodillas ante ella al terminar el día. En su mustia y oscura habitación de El Pardo, convertida casi en una UVI de hospital, también se guardaban los mantos de la Virgen de Guadalupe y del Pilar que le habían regalado para que lo ayudaran a recuperar la salud.

El deterioro físico continuó imparable con hemorragias intestinales, trombosis, peritonitis y sangrados rectales. A primeros de noviembre el doctor Pozuelo tuvo que extraerle un gran coágulo de sangre de la garganta.

—Qué duro es esto, doctor —susurraba el caudillo con un hilo de voz—. Déjenme ya, por favor —llegó a suplicar agotado.

El médico decidió que había que operar inmediatamente para cortar las hemorragias y se improvisó un quirófano de urgencia en el botiquín del Regimiento de la Guardia de El Pardo. Era una sala de operaciones mísera y deprimente, en la que faltaban muchos instrumentos e incluso no había luz suficiente para los cirujanos. Hubo que apagar la iluminación de todo el Regimiento para garantizar la corriente eléctrica en el botiquín, donde, en cuatro tensas horas de operación, se le cauterizaron once úlceras sangrantes. El suplicio por el que estaba pasando el caudillo era desconocido por los ciudadanos, que tampoco podían imaginar las deficientes condiciones sanitarias del lugar en el que se le intentaba alargar la vida.

Manuela no había imaginado esa agonía para Franco. En sus numerosas visitas aquellos días a la parroquia del pueblo para rezar por él, una costumbre natural interiorizada desde pequeña siguiendo los cánones impuestos por el nacionalcatolicismo, se imaginaba al general marchándose de este mundo tranquilo, en su cama, rodeado de familiares y religiosos, en un silencio de recogimiento y casi de santidad. Realmente, los sacerdotes que había conocido a lo largo de su vida, los que habían pasado por su pueblo, porque no conocía otros, siempre habían dibujado al Generalísimo como un santo, salvador de la Iglesia católica y de la patria, escogido por la gloria de Dios para salvar a España al frente del Movimiento Nacional y Católico. Esas palabras, pronunciadas una y otra vez por los curas, habían dibujado en las mentes de muchos fieles un escenario casi celestial para el paso del caudillo a la vida eterna. Sin dolor, sin sufrimiento, como llevado en volandas por un coro de ángeles a la presencia del Señor. Pero la cama en la que agonizaba el dictador no olía a incienso ni a santidad, sino a sangre y descomposición. Los múltiples sangrados manchaban una y otra vez las sábanas y su cuerpo exhalaba un olor nauseabundo. Las enfermeras, Lina y Nani, cambiaban una y otra vez la ropa y aseaban al enfermo. Franco estaba entubado, rodeado de cables y válvulas, inconsciente la mayor parte del tiempo. A veces el general parecía quejarse de algo e intuyeron que la molestia se debía al tubo de la garganta, pero su voz era un hilo apagado y no se le entendía. El doctor Pozuelo sabía que el general no quería que lo vieran en esa situación, que habría preferido morir en sus aposentos como un antiguo emperador, una muerte medieval, serena y tranquila, pero, finalmente, se decidió trasladarlo a la ciudad sanitaria de La Paz para agotar las posibilidades de vida. Tras dos semanas de nuevas operaciones —en una de las cuales se le realizó una resección casi total del estómago—, varias diálisis diarias, transfusiones, inyecciones de dopamina y una constante respiración asistida, se llegó al momento final. El electrocardiograma y el encefalograma apuntaban a la muerte. No había respiración ni latido. El masaje cardiaco de reanimación se le realizó casi por cumplir el trámite. Todo había terminado. Allí solo quedaba el cuerpo maltrecho, ajado, destruido, recortado, cosido, consumido y sin vida del general.

Dentro de pocas horas, pues la fila de penitentes parecía avanzar a mayor velocidad hacia la capilla ardiente, Manuela tendría ese cuerpo enfrente de ella. Agarrada del brazo de Francisco para buscar calor, pensaba en sus hijos, que estarían dormidos en casa al cuidado de la abuela, arropados en aquellas camas de colchones de lana atemperados con las eternas bolsas de agua caliente. En el frío de aquella madrugada de noviembre, pasando ya por debajo del paso elevado Ferraz-Bailén, se hablaba en voz baja, se susurraban palabras de ánimo, se escuchaban algunos suspiros y se rezaba.

7

El adiestramiento de Mamarru

Desde la habitación del Hotel Plaza, José Luis miraba hacia el oeste la fría puesta de sol del otoño en Madrid, el verdor de la Casa de Campo, la estación del Norte, la plaza de España, el Palacio Real. Empezaba a haber mucho movimiento en los alrededores con la preparación de los funerales del dictador, había seguridad por todos los sitios, policías, guardias civiles, soldados, pero el paso por la zona no era complicado porque se debía permitir que los miles de personas que querían despedirse de Franco fueran acercándose a la fila que llevaba hasta el palacio. Seguramente, esa agitación en las calles, que, por otra parte, permitía no llamar demasiado la atención, estaba retrasando la llegada de los compañeros que esperaba. No sabía de dónde venían, si de fuera de Madrid o si ocupaban uno de los pisos francos que la organización tenía en la ciudad. Había que saber lo menos posible para así, en caso de ser detenido, contar lo menos posible. Todos conocían ya, pues eso formaba parte de la instrucción de la banda, los métodos que utilizaba la Brigada Político-Social de la Policía para sacar información a los detenidos, la tortura física y psíquica que algunos inspectores habían instaurado y promovido entre los agentes y que habían llegado a bautizar con nombres como el repasito, el saco de golpes o la bañera. José Luis conocía a muy pocos miembros de la organización, solo había tenido contacto con uno de los supuestamente importantes, Mamarru.

Isidro Garalde Bedialauneta, alias Mamarru, era un joven de Ondárroa que había entrado muy pronto en la organización. En diciembre de 1970, cuando tenía dieciocho años, vivió con toda intensidad el Proceso de Burgos, aquel consejo de guerra militar en el que fueron condenados a muerte dieciséis miembros de ETA y que provocó una tremenda reacción popular de protesta en el País Vasco. Se convocaron paros en muchos sectores laborales, huelgas estudiantiles, manifestaciones que terminaban siempre en enfrentamientos con la policía, que llegó a reprimir a tiros alguna concentración. Hubo heridos de bala y uno de ellos, Roberto Pérez Jauregui, un chaval de veintiún años afiliado al Partido Comunista, falleció a consecuencia de esos disparos. El Gobierno decretó el estado de excepción en Guipúzcoa y lo amplió luego a toda España. En el entierro de Roberto en Éibar apenas pudo participar nadie porque el pueblo estaba literalmente tomado por la Guardia Civil. En ese ambiente, Isidro Garalde decidió meterse en la banda. En aquellos años hubo una adhesión social colectiva a ETA en el País Vasco, como si fuera la única respuesta para romper el silencio impuesto por las autoridades y el mejor rechazo a la violencia que veían ejercer a las fuerzas del Estado. Isidro, como muchos otros jóvenes terroristas que apenas tenían formación intelectual o política, se vio deslumbrado por aquella efervescencia social y buscó entregarse a la acción. Y en esa acción entraban el asesinato, la crueldad, la barbarie, la deshumanización y la locura, pero él, como la mayoría de los que aquellos días entraban en la banda, quizá no se daba cuenta entonces.

José Luis lo había conocido hacía unos meses, durante un corto periodo de adiestramiento que Mamarru impartió en territorio francés. Isidro era el encargado de entrenar a los nuevos reclutas etarras que estaban llegando y que tenían que cubrir las bajas habidas el último año por las numerosas detenciones policiales. Esos días de prácticas en el sur de Francia, al margen de calibrar las habilidades de los nuevos a la hora de disparar armas de fuego, manejar explosivos, memorizar procedimientos de detonación o rutinas de seguimiento y actuación, los jefes, y Mamarru ya lo era, examinaban la personalidad y el espíritu de los recién alistados. ¿Quién era valiente o demasiado valiente? ¿Quién recibía bien las órdenes? ¿Quién tenía iniciativa propia? También se medían las convicciones y el grado de implicación moral con la causa, no fuera a ser que alguno pudiera derrumbarse cuando se enfrentara al abismo de matar.

—No podéis tener escrúpulos, ellos no los tienen. Cada acción represiva del Estado debe tener una réplica contundente. La violencia es la única respuesta efectiva a la violencia.

Esas eran algunas de las frases más repetidas en aquel campamento.

A José Luis lo vieron desde el principio preparado para la acción. Se mostraba interesado en cada explicación, en cada ejercicio, hábil con las armas, persuasivo en las ideas y seguro en sus convicciones. El hecho de que sus padres fueran *maketos* y él hubiera nacido fuera del país no le quitaba un ápice de euskaldún, tenía fuerza y ganas de luchar por el pueblo vasco. Insistía en querer golpear lo más fuerte posible al franquismo, como se había hecho en 1973 con la Operación Ogro, aquel atentado contra Carrero Blanco que había dado una nueva dimensión a ETA. La contundencia que mostraba en todo hizo que Mamarru le bautizase como Mailua, «martillo».

Garalde, aparte de entrenar a los cachorros, era entonces el responsable de la sección de logística y armamento de ETA militar, el ala dura de la organización, los que creían de verdad en la acción armada. No dudaba en explicar a sus alumnos cómo se había producido esa escisión en la banda: por un lado, la rama político-militar, partidarios de potenciar la actividad política, las huelgas, las movilizaciones, la propaganda internacional; y, por otro, el frente militar, los *milis*, dedicados exclusivamente al enfrentamiento armado contra el Estado y sus fuerzas de seguridad.

—Los que exploran la vía política están condenados a ser detenidos, ya lo estamos viendo —advertía Isidro— y terminarán con toda la organización dentro de la cárcel. Nosotros sabemos protegernos de los infiltrados de las fuerzas represoras.

Ellos, con su amigo Domingo Iturbe, alias Txomin, a la cabeza, habían elegido otro camino, el de la clandestinidad armada, y, aunque al principio habían sido minoritarios, ahora estaban sosteniendo el peso de todas las acciones y aspiraban a llevar a cabo algunas de gran efecto.

—Estuvimos a punto de dar un golpe de los que te gustan, Mailua —le dijo sonriente Garalde, captando la atención de José Luis y los otros novatos.

Estaban en una casa perdida en un bosque de Las Landas, donde habían pasado el día disparando con pistolas, subfusiles y con un rifle con mira telescópica.

—Si no hubiera sido por un chivatazo, habríamos pillado un pez bien gordo para negociar. Lo teníamos todo preparado, el dispositivo del secuestro, la cárcel del pueblo, las reivindicaciones. Habría tenido una repercusión internacional tremenda, incluso más que lo de Carrero.

Ahí se calló, y, por mucho que José Luis le incitó a contar más para no dejarlos con la intriga, Mamarru no abrió la boca. Se refería al plan que habían diseñado en 1974 para secuestrar a don Juan de Borbón, el padre del príncipe Juan Carlos. ETA se enteró de que el príncipe Raniero de Mónaco había invitado a la familia real española a la inauguración de un gran casino en el principado y don Juan tenía previsto acudir navegando en su velero Giralda desde Mallorca. Un dispositivo de once etarras se dividió en tres grupos: unos alquilarían un yate de gran potencia, el Stovezen, para abordar el barco en alta mar y secuestrar a los pasajeros; otros serían los encargados de recogerlos en tierra y trasladarlos a una vivienda que habían captado y acondicionado en Niza; el tercer grupo sería el que habitaría la casa con normalidad y se ocuparía de atender a los secuestrados. Cabía incluso la posibilidad de que en el barco viajara algún otro miembro de la familia real. La llamaron Operación Pesca y la idea era pedir trescientos millones de pesetas y la libertad de unos cien presos a cambio del rescate. El golpe de propaganda mundial para la banda habría sido impresionante. Mamarru se quedó pensativo, dándole vueltas al nombre del esquirol que los traicionó advirtiendo a un político del PNV en el exilio de los planes del secuestro. La información llegó a la policía y finalmente se canceló el viaje de don Juan a Mónaco. Conocía el nombre del traidor, era uno de los suyos, y más tarde o más temprano recibiría su merecido. Pero eso no se lo iba a contar a los nuevos *gudaris*, no podía darles ninguna señal de debilidad porque debían afrontar en breve misiones arriesgadas y tenían que salir de allí convencidos de la fortaleza y capacidad de la organización.

Pocos meses después de aquellos entrenamientos, cuando José Luis había vuelto a España y formaba parte de un comando legal de la banda a la espera de órdenes, recibió una comunicación directa de Isidro:

—Mailua, te pones en marcha, tienes una misión urgente y sales para Madrid.

De eso habían pasado veinticuatro horas y allí estaba, esperando en la planta veintitrés del Hotel Plaza, con todo preparado para que llegara su contacto y le explicase lo que iban a hacer.

8

El ladino Hasán II

—¡Este hombre nos ha defendido a todos contra la conspiración de la clase política internacional y las intolerables injerencias extranjeras en los asuntos de España! —gritó Jaime Llopis-Bofill desde el balcón que daba a la pequeña plaza de El Escorial repleta de carlistas que escuchaban atentos—. Vamos a despedirle como se merece, con el compromiso y la fidelidad a su mandato para seguir defendiendo la dignidad de España, cumpliendo con nuestras obligaciones y sin que nos tengan que venir desde fuera a decir lo que debemos hacer. ¡Viva España! ¡Arriba España!

Los boinas rojas contestaron al unísono con unos estruendosos ¡viva! y ¡arriba! y después rompieron en un largo aplauso. Jaime esperó a que se apagaran los vítores. Se emocionaba ante el ardor de los jóvenes requetés. Respiró profundamente y concluyó su arenga:

—¡Coged fuerzas para mañana, demos ejemplo de rectitud y demostremos a los españoles que seguimos siendo fieles al credo y a los valores por los que luchamos en la guerra y que seguiremos defendiendo a España ante los ataques internos y externos que quieren acabar con la unidad y la paz de los españoles! ¡Cantemos todos!

Y entonó una estrofa de la canción del Tercio de Montserrat que las escuadras corearon al unísono:

La boina roja es testigo
de que la lleva un valiente
y le dice al enemigo:
«Con este color te obligo
a que apuntes a mi frente.
Mi frente no vale nada,
mi pecho debo guardar,
porque en él llevo encerrada
la Virgen de Montserrat».

Mientras las escuadras cantaban, Jaime se retiró del balcón con sus ayudantes, que le felicitaban por su alocución. Durante el discurso, se le vinieron a la cabeza recuerdos del gran acto de afirmación patriótica que se había vivido hacía unas semanas en una abarrotada plaza de Oriente. Ese día, el 1 de octubre, se celebraba el trigésimo noveno aniversario de la exaltación de Franco a la jefatura del Estado, pero, sobre todo, se trató de demostrar con una gran concentración la unidad del Régimen ante las críticas llegadas desde todo el mundo tras los fusilamientos de los cinco terroristas de ETA y el FRAP. Él había estado allí, en el balcón del Palacio Real desde donde Franco se dirigió al pueblo. Pudo ver, entre los miles de banderas nacionales, las consignas que rezaban las pancartas que los fieles al movimiento sostenían entre la multitud: ESPAÑA NO ES COLONIA DE EUROPA. DEFENDAMOS NUESTRA DIGNIDAD. NO A LAS PRESIONES EXTRANJERAS. ESPAÑA: UNA, GRANDE Y LIBRE.

Se emocionó escuchando el atronador «Cara al sol» que todos entonaron al final de la breve alocución del Generalísimo y los gritos de unidad territorial que se corearon. Pero todo aquello estaba ahora en peligro y corría el riesgo de derrumbarse rápidamente. Había empezado por el Sáhara.

El rey de Marruecos, Hasán II, siempre le había parecido a Jaime un ladino peligroso. Se había salvado milagrosamente de dos intentos de golpe de Estado por parte del propio ejército marroquí y se había mantenido en el trono con todo tipo de artimañas y pactos, incluidas alianzas internacionales desconocidas para la mayoría. Ahora, Hasán había aprovechado la situación en España para apoderarse del territorio del Sáhara. Sabiendo la débil salud del caudillo y la incertidumbre que vivía el país, anunció la Marcha Verde, que no era otra cosa que una invasión del territorio español, aunque tratase de hacerlo con población civil. El artero monarca se había beneficiado también de la situación internacional de aislamiento del Régimen para forzar a España a negociar.

—¡Con Franco bien de salud y de cabeza no se habrían atrevido a hacer nada de esto! Al hombre le han ocultado lo que estaba sucediendo, como tantas otras cosas —comentaba Jaime indignado a sus compañeros carlistas, esperando la cena que iban a servirles en el mejor restaurante de El Escorial.

En el último consejo de ministros presidido por el caudillo, celebrado en el Palacio de El Pardo un mes antes de su muerte, no se habló de la crisis con Marruecos. Franco, que acababa de sufrir su primer infarto y que estaba advertido por los médicos de que si no guardaba reposo absoluto podía morir en cualquier momento, se empeñó en presidir la reunión para dar un mensaje de normalidad a la nación. Cuando Arias Navarro y sus ministros llegaron al salón en el que se reunían habitualmente, el general los recibió sentado en el sillón que presidía la mesa, cuando lo normal es que lo hiciera de pie, saludando uno por uno a los miembros del consejo. Franco se mostraba hierático, inexpresivo, sin hablar, moviendo apenas la cabeza para asentir de vez en cuando. La razón, aparte de su deteriorada salud, era que tenía oculto bajo la ropa un dispositivo para medir su ritmo cardiaco, conectado mediante unos disimulados cables a un ecógrafo en el que los médicos, en la habitación de al lado, estaban controlando en todo momento las reacciones de su corazón. Ante cualquier alteración, estaban autorizados a interrumpir el consejo para evitar una crisis cardiaca irreversible. De los asistentes a la reunión, solo el presidente Arias Navarro era conocedor de la circunstancia y, por recomendación de los doctores, fue quien sacó del orden del día todas las posibles referencias al asunto del Sáhara y el anuncio de la Marcha Verde hecho por el rey Hasán II. Los cardiólogos habían comprobado que algunos temas críticos provocaban claras alteraciones en el debilitado corazón de Franco, con episodios de arritmias o anginas de pecho asociadas siempre a estados de nerviosismo. Solo se trataron asuntos de rutina, en un consejo de ministros muy corto, que apenas duró cuarenta minutos, si bien estos fueron angustiosos para los médicos que controlaban el ecógrafo en la habitación de al lado.

—Han dejado tirados a nuestros militares, los han obligado a retirarse como vencidos sin disparar una sola bala. Ha sido el oprobio —se quejaba Jaime mientras el resto de los comensales escuchaba en silencio.

La vergüenza del Sáhara tenía, según Jaime, varios responsables. Uno era el Gobierno de Estados Unidos, que había favorecido a Marruecos en su rivalidad con Argelia por el territorio, en una carta sabiamente utilizada por el astuto Hasán; y el otro culpable era el niño Juan Carlos, como le llamaban irónicamente algunos miembros del entorno más cercano de Franco, que nunca habían aceptado la elección del hijo de don Juan como heredero. Al principio, como jefe del Estado en funciones, Juan Carlos no quiso meterse en el asunto del Sáhara, pero luego terminó allanando el camino al que decían era su amigo marroquí. Todos recordaban el viaje del entonces aún príncipe a El Aaiún hacía un mes, en teoría para dar ánimos a las amenazadas tropas españolas y garantizarles el apoyo del país, cuando en realidad estaba negociando por detrás la salida de nuestros soldados.

—¡Fue una pantomima! Hacía una semana que los marroquíes habían volado tres Land Rover de nuestro ejército, matando a un caballero legionario e hiriendo a otros cinco, y el niño se presenta allí a pedir calma para que nadie respondiese a las provocaciones. Nos tomaron el pelo —bramaba Llopis dirigiéndose a su ayudante Bofarull.

Jaime, que como consejero del Movimiento Nacional estaba en contacto con el núcleo duro del franquismo y era un miembro importante de la Confederación Nacional de Excombatientes, vivió con tensión la jornada en la que los cientos de miles de civiles marroquíes, acompañados de veinte mil soldados del Ejército Real, invadieron el territorio español del Sáhara. Hasán II había cumplido su amenaza pese a las peticiones de negociación. Durante unas horas pareció que podía iniciarse un conflicto armado y los militares españoles estaban preparados para responder.

—Si nuestras tropas hubieran entrado en combate, habrían acabado con la marcha en pocas horas, pero nos habían engañado, porque aquella Marcha Verde ya había sido pactada entre Juan Carlos y Hasán —susurró bajando el tono—. Fue un teatro que sirvió para que los marroquíes se retirasen a cambio de que les entregásemos todo el territorio. No nos dejaron actuar.

Apurando otra copa de vino, se preguntó en alto cómo sería el ambiente entre las tropas del Sáhara, cómo estarían esos hombres que habían pasado años de sacrificios por mantener la españolidad de aquellas tierras y ahora se veían obligados a marcharse con el rabo entre las piernas. Aquellos militares habían colocado sesenta mil minas para evitar la Marcha Verde y los obligaron a retirarlas. Gente de honor, recta, fiel a unos valores y no se les permitió ni defenderse. Sentía tristeza y rabia. Las negociaciones con Marruecos y Mauritania, controladas y dirigidas por los interesados estadounidenses, habían establecido rápidamente un calendario para la retirada de los soldados españoles. El secretario de Estado norteamericano, Henry Kissinger, había sido el gran cómplice del rey Hasán y había influido en la respuesta débil y tibia del Gobierno español.

—Kissinger movió los hilos para convencer a Juan Carlitos y chulear a Arias Navarro. Si Franco hubiera levantado la cabeza, esos dos se habrían tenido que ir inmediatamente de España —sentenció Jaime.

Todo se había hecho deprisa mientras el caudillo agonizaba en una habitación de La Paz, sin respetar la memoria del hombre por el que aquellos legionarios darían una vez más la vida sin pensarlo. Cuánta razón tenía el caudillo cuando había advertido en su testamento: «No olvidéis que los enemigos de España y de la civilización cristiana están alerta». Pero quizá no todo estaba perdido. El contingente español aún ocupaba sus puestos y había muchos oficiales dispuestos a defender a sus compatriotas del Sáhara, porque el Sáhara era una provincia de España. Jaime no quería que, por la cobardía de un Gobierno sin alma, sus compañeros fueran a salir humillados, entregando sus acuartelamientos a un enemigo mucho más débil. Había que demostrar valor, el mismo valor por el que en su día le concedieron la Cruz Laureada de San Fernando que brillaba en su pecho. Terminada la cena, después de despedirse efusivamente de los otros mandos del tercio, se retiró acompañado de su ayudante hacia las habitaciones dispuestas para el descanso de los jefes. El vino de la cena se le había subido a la cabeza. Ya no aguantaba como antes, cuando las sobremesas nocturnas se alargaban bañadas en alcohol y daban paso a juergas que terminaban de día. Intentó mostrarse firme a pesar del mareo y rechazó amablemente la ayuda que Bofarull le ofreció para ayudarle a desvestirse y preparar su ropa para el día siguiente.

—Tranquilo, Josep, estoy bien. Gracias por su fidelidad. España necesita mucha gente dispuesta como usted —le dijo mientras lo abrazaba.

Josep Bofarull, un requeté que estaba a punto de llegar a los cincuenta años y que llevaba mucho tiempo al lado del procurador, se emocionó al verlo algo desvalido.

—Siempre a sus órdenes, don Jaime, ya sabe que estoy aquí para lo que necesite.

Jaime apenas pegó ojo aquella noche pensando en lo que los esperaba el domingo.

9

La llamada a filas de Gervasio

A Manuela le iba a llegar pronto el turno de pasar por delante del cadáver. Como se acercaba la hora del gran funeral, que iba a tener lugar el domingo a las diez de la mañana, y seguía habiendo mucha gente en la cola, se decidió bajar el féretro del general desde el Salón de Columnas al vestíbulo del palacio y establecer dos filas que pasaran más deprisa a los lados del ataúd. Además, en esa zona del edificio la temperatura era más baja y se evitaba que el calor pudiera afectar al maquillaje del muerto, como había sucedido en su anterior ubicación. La calefacción, la acumulación de personas, que además se entretenían a rezar delante del féretro, y el calor de los focos que lo iluminaban provocaron la evaporación y condensación de los fluidos volátiles con los que se había embalsamado el cuerpo del dictador y apareció una gota de líquido en su frente. Hubo cierta alarma en la sala cuando una señora, que iba a postrarse ante el caudillo, gritó que el pobrecito estaba sudando. Un rumor de inquietud recorrió la capilla ardiente. Rápidamente se localizó a los responsables del embalsamamiento y del maquillaje cadavérico que se había realizado para la exposición pública del extinto. Se quitó la gota y no aparecieron más.

El embalsamamiento de Franco lo llevó a cabo un equipo de cuatro personas al frente de las cuales estaba Bonifacio Piga, catedrático de Medicina Legal y director de la Escuela de Medicina Legal de Madrid. El hijo de Bonifacio, Antonio Piga, era el director del hospital donde trabajaba el médico de Franco, el doctor Pozuelo, y este fue quien le había contactado hacía unas semanas:

—Antonio, te tengo que decir una cosa muy confidencial. El caudillo está muy grave, el Gobierno ha activado el plan que tienen preparado en caso de muerte y hay que llevar a cabo un embalsamamiento porque su cadáver va a ser expuesto durante unos días.

Con el susto en el cuerpo por la responsabilidad y la información confidencial que manejaban, los Piga montaron inmediatamente un dispositivo para estar preparados en cualquier momento de cara al embalsamamiento. Avisaron a dos especialistas, el doctor Modesto Martínez Piñeiro, un profesor experto en anatomía que estaba ya jubilado, y a Antonio Haro, que en ese momento era ayudante técnico sanitario del Instituto Anatómico Forense de Madrid. Se dispusieron dos grandes maletas con todo lo necesario para la operación —batas, guantes, líquidos, cánulas, bisturís y hasta una bomba de inyección mecánica— y se colocaron en el maletero del coche de Antonio Piga, que era el contacto que iba a recibir el aviso cuando el deceso se produjera. Este hombre tenía que estar localizable las veinticuatro horas del día: si iba al cine o a cenar, tenía que llamar previamente indicando su ubicación. El día 19 de noviembre les comunicaron que un coche pasaría a buscarlos para llevarlos a La Paz, donde entraron por una puerta de servicio para no levantar sospechas, ya que no se había anunciado todavía el óbito. Se les condujo a una habitación del ala de reanimación en la que solo había una cama con un cadáver cubierto por una sábana. Cuando la retiraron, a todos les impresionó ver el cuerpo desnudo de Franco, consumido por la agonía que había sufrido, lleno de suturas, cicatrices y hematomas provocados por el sinfín de vías arteriales y venosas que le habían practicado. Tenía una herida sangrante en la boca provocada por el tubo endotraqueal que había tenido puesto tantos días.

—La muerte nos iguala a todos —comentó en tono bajo uno de los cuatro embalsamadores, pero nadie hizo ningún otro comentario y se pusieron a trabajar.

Empezaron por una limpieza a fondo del cuerpo y las cavidades con productos desinfectantes, luego llevaron a cabo el taponamiento de todos los orificios, la sutura de la boca, el drenaje de la sangre y la introducción de los líquidos conservantes a través del sistema circulatorio. Pasadas unas dos horas, comprobaron que todo el organismo del Generalísimo estaba endurecido y que el líquido había llegado a los pies. Poco después llegó un escultor amigo del general para tomar un molde de escayola del rostro y las manos. Una vez terminó, lo lavaron, lo maquillaron y lo vistieron con el uniforme de capitán general.

Así lo iba a ver Manuela, que empezaba a emocionarse porque ya tenía muy cerca la puerta de acceso al vestíbulo del palacio. Acababa de amanecer y los militares y guardias civiles que organizaban las filas de visitantes los apremiaban a pasar más rápido porque la capilla ardiente se cerraría en poco tiempo. Manuela vestía falda larga y jersey negros y abrigo oscuro.

—¿No vas demasiado de luto? —le había preguntado su marido antes de salir del pueblo.

—Voy como hay que ir, que lo he visto en la televisión.

El luto era la indumentaria más abundante entre las mujeres que iban a despedirse del caudillo. Muchas de ellas llevaban en las manos algún objeto religioso, una cruz, una estampa de un santo o de una virgen o un rosario. Se veían muchas monjas. Un poco delante de ella había un grupo de religiosas que llamaban la atención porque todas estaban leyendo periódicos. Se fijó entonces en que había mucha gente con diarios en sus manos. Las últimas horas todos habían sacado a la calle varias ediciones, que se habían agotado nada más llegar a los quioscos. El titular FRANCO HA MUERTO dominaba todas las portadas, aparecía en el *ABC*, el *Ya*, incluso en un diario deportivo como *Marca*, donde acompañaban los grandes rótulos con una foto del general montando a caballo. El diario *Arriba*, uno de los que más circulaba entre los hombres de la cola, llevaba a toda página un contundente ADIÓS A ESPAÑA. Otros periódicos recogían en sus portadas imágenes de la larga hilera de visitantes de la capilla ardiente, destacando la unánime tristeza de los presentes. Rostros llorosos, gestos de pesar, personas afligidas que representaban, como destacaba el diario *Pueblo* a toda página, EL DOLOR DE ESPAÑA. Manuela pensó entonces en su padre y se preguntó si, como solía hacer, habría comprado ese día el periódico. ¿Cómo reaccionaría Gervasio si se enterase de que su hija estaba entre esos miles de personas que aparecían en las fotografías haciendo cola para rendir homenaje al dictador muerto?

Gervasio Deán había nacido en 1909 y a sus sesenta y seis años parecía ya un anciano, seguramente debido a la vida complicada que había tenido. Hijo de labradores, abandonó muy pronto la escuela del pueblo, apenas sabiendo leer y escribir, para ayudar en las labores del campo. Siempre fue un joven despierto y a los dieciocho años mostraba gran inquietud por conocer las noticias que llegaban de Madrid, en aquellos tiempos convulsos de la dictadura de Primo de Rivera tan condicionados por la guerra de Marruecos. Pero el aislamiento de las zonas rurales, unido al atraso económico y a la pervivencia de costumbres ancestrales, impedía a los jóvenes adquirir otra vida que no fuera la que habían tenido sus antecesores. Se casó pronto y fue padre muy joven, por lo que pudo librarse del angustioso servicio militar que suponía un martirio para muchos reclutas, la mayoría de ellos de procedencia humilde, que se tomaban ese largo servicio al rey y a la patria con resignación. «Si te toca te jodes, que te tienes que ir...», cantaban los que se iban a África a luchar. Cuando llegó la República, ese hervidero de derechos y libertades que agitó la vida del pueblo con mítines, manifestaciones y campañas electorales, Gervasio lo vivió con intensidad y, aunque no se hizo militante de ningún partido, porque bastante tenía con trabajar de sol a sol en el campo para alimentar a su mujer y a su hijo pequeño, simpatizó con las ideas de la izquierda. Le entusiasmaban los aires de una libertad que hasta entonces no se habían ni imaginado y que afectaban al pensamiento, a las costumbres sociales, a la religión o a las relaciones sentimentales. La sencilla rutina de los pueblos, hasta entonces muy influida por la religiosidad y el clero, considerados por los poderosos como fuentes de orden y control, vio cómo el laicismo se abrió paso en las formas y hábitos de comportamiento y aquello provocó muchas tensiones entre vecinos. Salieron a relucir antiguas afrentas y empezó a fraguarse una tremenda división entre los que querían cambiarlo todo y los que no querían cambiar nada. La revolución agraria, que muchos querían llevar a cabo en aquellas tierras extremeñas, chocaba directamente con el poder establecido de los terratenientes. Hubo episodios de violencia de un lado y de otro, falangistas y comunistas se retaban en las mismas calles donde algunos habían jugado juntos cuando eran niños pequeños. Llegaron las peleas, las agresiones y, finalmente, las muertes. El ambiente en el pueblo estaba cargado de incertidumbre y presión. Mientras tanto, en aquel entorno electrificado, Gervasio y su mujer, Antonia, esperaban su segundo hijo y estaban más metidos en la vida familiar que en la política. Casi al mismo tiempo que nacía Manuela, estallaba la Guerra Civil y lo cambiaba todo.

En su pueblo no hubo combates. Los partidarios del alzamiento tomaron rápidamente el poder en el ayuntamiento y el rápido avance del ejército nacional en su zona obligó a huir a los que se habían identificado notoriamente con la izquierda republicana. Gervasio pensó en marcharse, tuvo incluso preparada su mejor yegua y un petate para el viaje, pero, con un hijo de pocos años y una hija recién nacida, la decisión no era fácil. Una de sus hermanas fue a hablar con el cura del pueblo para preguntarle abiertamente si su hermano corría peligro quedándose.

—Tu hermano no entró en política ni tiene delitos, no le va a pasar nada —la tranquilizó el sacerdote.

Era cierto que no había militado oficialmente en ningún partido, pero la represión que habían puesto en marcha las fuerzas rebeldes en la zona parecía impredecible. Hubo fusilamientos y asesinatos indiscriminados. Los falangistas realizaron correrías de castigo y se llevaron violentamente a muchos hombres de sus casas, hombres que no habían hecho nada y que fueron señalados solo por sus ideas progresistas. Se multiplicaron las palizas, torturas y humillaciones. Muchos salvaron la vida cuando fueron encarcelados por las nuevas autoridades para que los incontrolados no los asesinaran. En los campos que rodeaban el pueblo aparecían cada cierto tiempo cadáveres: uno en el río, otro en la sierra, otro en una cuneta… Allí donde los verdugos hubieran decidido llevar a cabo la ejecución. El miedo se instaló en todas las casas porque, aunque no hubieras cometido ningún crimen, estabas expuesto a la venganza. Simplemente con que no fueras a misa, y Gervasio no iba, te podían señalar como rojo.

Después de unos meses de incertidumbre, con la vida constreñida al trabajo en el campo y a la crianza de los hijos, y con la guerra encarnizada y sin visos de terminar pronto, el bando franquista movilizó a Gervasio. Ni el hecho de tener dos hijos pequeños ni sus veintisiete años fueron obstáculo para que el ejército nacional lo llamara a filas. Además, al ser visto en el pueblo como un no afecto al Movimiento, su alistamiento obligatorio era tomado por muchos como una limpieza moral, una forma de expiar su equidistancia y su tibieza con el golpe. Se convertía en un soldado a la fuerza que no solo iba a tener que jugarse la vida, sino que iba a ser adoctrinado en la cruzada apelando al combate por Dios y por España. Además, sería sometido a una estrecha vigilancia disciplinaria porque los militares sabían que entre los reclutas obligados la deserción, el cambio de bando o la automutilación para volver a casa eran prácticas muy comunes. Tras un breve periodo de instrucción donde, aparte de ser adiestrado en el manejo de las armas, empezó a comprobar cómo se banalizaba la violencia y se legitimaban todo tipo de barbaridades como «cosas de la guerra», fue trasladado al frente de Aragón. La experiencia traumática que vivió Gervasio en la contienda, tanto en primera línea como en la retaguardia, condicionó su vida y la de su familia. Una vida que, ahora, había llevado a su hija Manuela hasta estar delante del cadáver del hombre que había liderado a los vencedores de la guerra.

10

El asesinato de Manuel López Treviño

Mailua no podía dormir. Era su primera misión y debía estar alerta, no podía permitirse ningún despiste ni distracción. Tenía hambre, así que decidió comerse un bocadillo de los que había comprado en la cafetería de la estación cuando fue a recoger los dos paquetes que debía trasladar al Hotel Plaza. Mientras masticaba, sentado en la silla que —junto al pequeño escritorio, la cama y la mesilla de noche— integraba el mobiliario de la habitación, fijó su vista en una de las cajas de cartón que había dejado en el suelo, al lado de la ventana que daba a la plaza. Esa caja alargada era similar a otras que había visto en la casa de Las Landas donde había recibido su adiestramiento militar. Si no recordaba mal, de una de aquellas cajas sacó Mamarru el cañón del rifle con mira telescópica con el que estuvieron practicando varias tardes. Les había enseñado a montar el arma completa con el mecanismo de carga, la culata y la mira telescópica. Recordaba que era un rifle Winchester, pero los comandos no solían utilizar ese tipo de arma en sus acciones, lo más habitual eran las armas cortas o las metralletas. Le vino a la cabeza que la última *ekintza* de la banda, llevada a cabo hacía un mes más o menos, fue el ametrallamiento de un guardia civil.

Manuel López Treviño había venido al mundo en 1927 en Monterrubio de la Serena, un pueblo de la provincia de Badajoz muy cerca de la frontera con Córdoba. Cuando tenía once años, le tocó vivir de cerca la batalla de La Serena, una operación militar en la que las fuerzas rebeldes conquistaron una gran parte de la comarca pacense, que era fiel a la República. Monterrubio fue uno de los pueblos más castigados en los combates, pues sufrió varios ataques y contraataques hasta caer definitivamente en manos franquistas. El niño contempló impresionado los soldados, los cañones y los aviones de la Legión Cóndor y los cazas italianos que apoyaron también allí a los rebeldes. El ejército republicano, inferior en número y en material, tuvo un gran número de bajas y los nacionales hicieron miles de prisioneros en lo que se denominó el cierre de la bolsa republicana de Mérida. Manuel, como todos los críos de la zona, sufrió una posguerra durísima por las carencias y por la represión. Apenas a veinte kilómetros de su pueblo, los vencedores abrieron el Campo de Concentración de Castuera, en el que recluyeron a soldados, políticos, sindicalistas y civiles republicanos apresados en la zona. El campo, que llegó a reunir más de diez mil reclusos, fue un centro de represión, tortura y asesinatos en masa, con ejecuciones diarias durante meses, y todos los pueblos de los alrededores se vieron afectados por el horror, el miedo y la influencia macabra de aquella instalación. Se hablaba, en silencio, de fosas, de cuerdas de presos que desaparecían, de la boca de una mina desde donde se oían los lamentos de los heridos que habían sido arrojados entre cadáveres a sus profundidades. En ese ecosistema de violencia y opresión, que se prolongó mucho tiempo después de que se cerrase el campo, vivió Manuel su adolescencia. No había otra posibilidad para la gente que el trabajo de la tierra, el olivo y el aceite, que eran la riqueza de la zona, y el sometimiento al Régimen, al orden y al poder de los vencedores. Y ese orden lo vigilaba la Guardia Civil, así que Manuel, como muchos otros muchachos que querían ser algo más que un labrador, decidió ingresar en el cuerpo. Siempre recordaría las palabras que les dijo el primer instructor de la academia cuando vio llegar al grupo de muchachos desarrapados que iniciaban la formación:

—No es que os vayáis a librar de la miseria, porque los guardias tampoco vivimos en la abundancia, ni del peligro, porque os jugaréis la vida en muchas ocasiones, pero con este uniforme seréis respetados, y ser respetado en la vida es un privilegio, no lo olvidéis y sed dignos de ese respeto.

En 1953, cuando tenía veintiséis años, Manuel fue trasladado a Zarauz. Con su familia a cuestas, recorrió los casi mil kilómetros que le separaban de la costa guipuzcoana dispuesto a emprender una nueva vida a orillas del mar Cantábrico. Los primeros años, pese a que las costumbres y la forma de vida de los vascos eran muy diferentes a las de su tierra, los López consiguieron integrarse muy bien entre los zarauzanos. El trabajo del padre en el puesto de la Benemérita era conocido por sus vecinos y no había en la familia sensación de ser excluidos de la vida social. Los seis hijos del matrimonio tenían los hábitos de cualquier niño de su edad, sin que la profesión de su padre significara ningún desdén o reproche por parte de nadie. Vivían con tranquilidad y con la impresión de que Manuel era un hombre querido en Zarauz. Pero todo cambió en 1968, cuando ETA asesinó a su primera víctima. A partir de entonces, la familia de Manuel empezó a ver cómo quienes antes los trataban con normalidad, igual que al resto de vecinos, les iban dando la espalda, los evitaban; habían dejado de ser considerados buena gente, ya no los querían.

—Llevamos quince años en este pueblo y nunca me he sentido como ahora. Nos miran mal cuando pasan por delante del cuartel y eso antes no ocurría —confesaba Manuel a su esposa.

—Tenemos amigos aquí, nuestros seis hijos se han criado en Zarauz, nos conocen, ¿por qué van a hacernos daño? —se preguntaba ella.

Los atentados y la tensión en las calles, los estados de excepción decretados por el Gobierno y las actuaciones represivas de las fuerzas del orden crearon un ambiente pesado en todo el País Vasco, que se convirtió en asfixiante en Zarauz después de que, en septiembre de 1975, fueran condenados a muerte por un tribunal militar y ejecutados dos miembros de ETA, siendo uno de ellos Juan Paredes Manot, alias Txiqui, vecino de la localidad. Curiosamente, Txiqui también era de origen extremeño y había nacido en Zalamea de la Serena, que distaba apenas veinte kilómetros del pueblo originario de Manuel. Su familia había emigrado a Zarauz cuando él tenía diez años y muy pronto, después de dejar el colegio y empezar a trabajar en una fábrica de plásticos, entró en EGI, la organización juvenil del Partido Nacionalista Vasco. A los dieciocho años pasó a ETA, donde formó parte de varios comandos e intervino en algunas acciones, hasta que fue detenido en Barcelona y acusado de la muerte de un cabo de la Policía Armada en un atraco cometido en esa ciudad. El consejo de guerra al que fue sometido y su posterior ejecución habían provocado un clima irrespirable en Zarauz, con permanentes manifestaciones y protestas violentas en las calles e intervenciones de las fuerzas del orden. Los guardias civiles eran señalados como *txakurras* y las pintadas callejeras con amenazas y peticiones de venganza por la muerte del «mártir de la patria vasca» inundaron el pueblo. Manuel López sabía que estaba en el punto de mira, pero no cambió sus rutinas.

—¿Por qué un chaval nacido en un pueblo de Badajoz que llega aquí con ocho años termina matando policías para, supuestamente, liberar al pueblo vasco? —Esa pregunta se la hacía una y otra vez Manuel cuando pensaba en el etarra ejecutado.

La vida familiar de los López había cambiado radicalmente y en la casa era imposible disimular el miedo y la tristeza. Los hijos mayores, que conocían perfectamente el clima en las calles, procuraban no hablar de ello delante de sus padres y sus hermanos pequeños. Intentaban aparentar una normalidad que se rompía en cuanto alguien encendía la radio o la televisión. María Dolores, la hija preferida de Manuel, se sorprendió un día cuando su padre se acercó a ella y le dijo en el tono más cariñoso que recordaba:

—Hija, te quiero mucho. Quiero que sepas que estoy muy orgulloso de ti.

Eran palabras impropias de un hombre al que le costaba expresar sus sentimientos y que era más bien cerrado y taciturno. Ella no sabía que Manuel acababa de recibir una carta que decía:

Torturador.
Asesino.
Hijo de puta.
Estás manchado de sangre.
Ha llegado tu hora.
RIP.

El sábado 18 de octubre, hacia las ocho de la tarde, cuando Manuel regresaba vestido de paisano a su domicilio desde el puesto de la Guardia Civil, dos individuos le seguían los pasos. En un momento dado, estando ya muy cerca, uno de ellos le disparó una ráfaga de ametralladora. Tres balas impactaron en su cuerpo, dos de ellas en la cabeza. Manuel murió en el acto mientras los autores del asesinato huían en un vehículo en el que los esperaba otro miembro del comando. Algunos vecinos se acercaron al cuerpo tendido en la acera y varios fueron a pedir ayuda a la Casa de Misericordia cercana al lugar del atentado. Mientras un médico certificaba la muerte del agente, una pareja de novios que paseaba por la avenida de San Ignacio se acercó al grupo de personas que rodeaban el cadáver. El espanto en la cara del muchacho horrorizó a todos. Acababa de comprobar que el asesinado era su padre.

A los dos días, después del velatorio que se había llevado a cabo en el cuartel, tuvo lugar el funeral en la iglesia de Santa María la Real de Zarauz. El ataúd, cubierto con la bandera nacional, fue trasladado por las calles del pueblo a hombros de compañeros del guardia civil, en un cortejo al que asistieron un centenar de vecinos. La misa fue oficiada por el párroco José María Astigarraga.

—Un nuevo hecho sangriento ha segado en nuestro país una vida humana, perteneciente a un miembro de nuestra comunidad parroquial. También nosotros condenamos como cristianos todo acto violento, máxime cuando lleva derramamiento de sangre…

A la salida de la iglesia, que estaba completamente llena, y delante del féretro, se leyeron los decretos de concesión al fallecido de la Medalla al Mérito Policial, por el ministro de la Gobernación, y la Medalla al Mérito Militar, por el ministro del Ejército. El director general de la Guardia Civil, el teniente coronel Ángel Campano López, que se había desplazado desde Madrid para asistir al acto, tomó la palabra:

—Manuel López Treviño ha servido fielmente a la patria y lo hubiera seguido haciendo si el odio de unos asesinos no hubiera cortado su vida cuando tanto la necesitábamos todos, porque hoy necesitamos la vida de todos los hombres buenos.

Tras el discurso del coronel, se cantó el «Cara al sol» y se lanzaron vivas a España, al Ejército y a la Guardia Civil.

Al entierro asistieron numerosos vecinos, que se acercaban a dar el pésame a la familia y muchos de ellos los abrazaban con cariño. Pero desde el día siguiente dejaron de relacionarse con ellos. Ni los miraban. Habían sido marcados. A las pocas horas de la inhumación, la tumba de Manuel López Treviño ya había sido profanada con pinturas e insultos.

De esa operación pasaba ya un mes, recordó José Luis, y desde entonces habían seguido las movilizaciones y detenciones, pero no había habido posibilidad de actuar, de golpear al Estado represor. Ahora, en este momento trascendental para todo el país, parecía que tenían una oportunidad de seguir mostrando su capacidad de respuesta. Por lo pronto, él seguía esperando a que llegara su contacto a la habitación del Hotel Plaza y se esforzaba en recordar el proceso de montaje del Winchester que había aprendido en el entrenamiento recibido en Francia.

11

¡Tarancón al paredón!

Estaba amaneciendo el domingo y debía estar ya todo previsto para que en pocas horas tuviera lugar el funeral del Generalísimo en la plaza de Oriente. Jaime Llopis, aunque no iba a asistir porque había preferido acompañar a sus correligionarios carlistas en la espera del cadáver en el Valle de los Caídos, quería asegurarse de algunas cosas sobre la ceremonia. Después de asearse en su habitación y ponerse su uniforme de gala con todas las condecoraciones, pidió en el hotel un lugar para llamar por teléfono con privacidad y le condujeron a un pequeño despacho donde quedó a solas. Marcó el número del domicilio de Ángel Salas Larrazábal y, cuando una voz femenina preguntó quién quería hablar con el señor, se identificó como el procurador Jaime Llopis-Bofill y Roca. Un momento después, Ángel Salas se puso al teléfono.

—Dime, Llopis.

—¿Cómo está la cosa? —preguntó Jaime en tono serio.

—Todo controlado, parece… —respondió Salas dubitativo.

—¡Espero que no dejéis hablar otra vez al cabrón de Tarancón como el otro día!

—Tranquilo, que hoy no va a montar el número del jueves. No le conviene ni a él ni a nadie. Estará calladito.

Se referían a lo ocurrido en el funeral privado oficiado en el Palacio de El Pardo a las pocas horas del fallecimiento del caudillo. Certificada la muerte en el hospital La Paz y con el país impactado por la noticia, el cadáver del general fue trasladado hasta El Pardo por los empleados de la empresa Servicios Funerarios de Madrid, que habían traído el ataúd elegido por la familia, un modelo de doble capa, la externa de madera de caoba y la interna de zinc. La imagen de los empleados de la funeraria vestidos con sus batas azules y llevando el ataúd con cierta informalidad y dificultad hasta el coche fúnebre que lo iba a trasladar a El Pardo, y que pudo ver todo el mundo en televisión, no gustó ni al entorno del dictador ni a los militares. ¡Eso no podía pasar más! Franco tenía que ser llevado siempre en volandas por miembros del ejército, de su guardia o, como último caso, por sus familiares, nadie más. Una vez en la capilla de El Pardo, tuvo lugar el funeral al que asistieron la viuda del general, Carmen Polo, sus hijos —al yerno se le consideraba un hijo— y sus nietos. También asistieron los príncipes de España, el presidente del Gobierno y los tres miembros del Consejo de Regencia. Uno de esos miembros era Ángel Salas Larrazábal, teniente general del Ejército del Aire y héroe de la Guerra Civil, consejero del Reino y procurador en Cortes como Jaime, y la persona que le había contado el tremendo desplante que el arzobispo de Madrid, Vicente Enrique y Tarancón, había tenido delante del cadáver de Franco y de su familia doliente. La tensión por las palabras de Tarancón en la homilía fue tal que los familiares del general se negaron a darle la mano al arzobispo al final de la misa. Esos hechos, por supuesto, se habían ocultado a la opinión pública, pero Ángel se los había relatado a quien tenía que conocerlos.

Ángel Salas Larrazábal tenía sesenta y nueve años y era el teniente general más veterano del ejército español. Esa condición le había permitido, cuatro años antes, entrar a formar parte del Consejo del Reino, una especie de órgano asesor del jefe del Estado, y convertirse también en procurador en Cortes. Además, según estipulaba la ley de sucesión, a la muerte de Franco se convirtió en uno de los miembros del Consejo de Regencia encargados de asumir los poderes del Estado hasta la proclamación del rey. Pero Ángel era mucho más que todo eso; era un héroe de la aviación española que había combatido en el bando nacional durante la Guerra Civil y con los alemanes en la Segunda Guerra Mundial. Había nacido en 1906 en Orduña, Vizcaya, en una familia de tradición castrense, y muy joven se convirtió en el número uno de la segunda promoción de la aviación militar española. Afiliado a la Milicias de la Falange Española Tradicionalista, cuando estalló la Guerra Civil, siendo ya capitán, se pasó inmediatamente al bando sublevado. Su primera misión, el mismo día después del alzamiento, fue llevar a cabo el enlace aéreo entre el general Emilio Mola en Pamplona con Francisco Franco en Tetuán y Queipo de Llano en Sevilla. Dos días después, pilotó uno de los aviones que participó en el bombardeo del pueblo vizcaíno de Ochandiano, en el que murieron más de sesenta personas, entre ellos muchos niños. Fue la primera masacre aérea de la guerra. Ángel se convirtió en el piloto más activo de la aviación nacional, con récord de acciones durante toda la guerra, donde alcanzó el grado de comandante. En 1941 se presentó voluntario en la División Azul para ir a combatir al lado de los alemanes contra la Unión Soviética como jefe de la Primera Escuadrilla Expedicionaria, la Escuadrilla Azul. En su misión de apoyo a la Luftwaffe derribó siete aviones rusos en seis meses y recibió la Cruz de Oro Alemana y la Cruz de Hierro. En España también le fueron otorgadas todo tipo de condecoraciones, entre ellas, el propio Franco le concedió en 1942 la Encomienda con Placa de la Gran Orden Imperial de las Flechas Rojas. En definitiva, Ángel era un militar del Régimen desde el inicio de la cruzada, en la que participó activamente y tuvo un papel principal, y un firme creyente en los valores del Movimiento y el nacionalcatolicismo. Ahora, en su condición de miembro del Consejo de Regencia, había presenciado un nuevo desaire del cardenal «rojo» a Franco en aquella ceremonia en la que todos, la familia, los príncipes, e incluso los sacerdotes que acompañaban a Tarancón, se quedaron de piedra cuando escucharon al religioso decir:

—Nos hemos reunido aquí para rezar. No debéis esperar de mis palabras ni un juicio histórico ni tampoco un elogio fúnebre. Ni este es el momento de tales juicios ni es función de la Iglesia el formularlos.

Las miradas de sorpresa se cruzaron entre los asistentes. El príncipe Juan Carlos agachó la cabeza para no tener que dar la razón a los ojos que lo interrogaban pidiendo su desautorización, pues todos sabían de su buena relación con el arzobispo de Madrid. Algunos militares asistentes susurraron enfurecidos varios insultos. Hubo quien apretó los puños para no saltar y romper la solemnidad de la ceremonia. Ángel miraba indignado a los otros dos miembros del Consejo de Regencia: Alejandro Rodríguez Valcárcel, presidente de las Cortes, y, sobre todo, al arzobispo de Zaragoza, Pedro Cantero Cuadrado, que era un firme defensor del Régimen frente a los religiosos aperturistas como Tarancón. Los familiares de Franco mostraban tristeza y cólera a la vez. Se cortaba la tensión en el ambiente de la capilla.

—Con lo que hizo Franco por la Iglesia —explotaba Jaime al otro lado del teléfono desde El Escorial—. ¡Con lo que hicimos todos! Dando nuestra sangre para salvar a miles de religiosos y devolverles el respeto de la gente. No tiene vergüenza este Tarancón. Llevamos años aguantando sus ofensas y sus desprecios, como si le debiésemos algo, cuando es él quien tendría que postrarse y rendirnos pleitesía. Que si la Iglesia no puede estar con el Estado, que si faltan libertades, que si los derechos de los vascos, que si nos amenaza con la excomunión… Un traidor, no me extraña que le griten lo de «¡Tarancón al paredón!».

—Hay tantos traidores, Jaime. Tarancón solo es uno más —dijo con rabia el miembro del Consejo de Regencia.

Vicente Enrique y Tarancón era hijo de una familia de labradores de Burriana, había nacido en 1907 y siempre quiso ser cura. De formación tradicionalista, en sus primeros años vio marcado su pensamiento por el trauma que supuso el anticlericalismo desatado durante la Guerra Civil. Es más, llegó a escribir sobre lo beneficiosa que sería la unión del apostolado de la Unión Católica con la Falange Española:

> La primera se ocuparía de engrandecer el espíritu, la segunda de engrandecer el país, y entre las dos forjarían la España grande y católica que todos deseamos, reencarnación gloriosa de aquella España tradicional en la que el sentimiento religioso y el sentimiento patriótico se fundían en un solo anhelo en el corazón de todos los españoles.

Es indudable que Tarancón se alineó con la cruzada en sus inicios, pero en 1949 inició un cambio en su pensamiento cuando empezó a tener un contacto directo con la carestía de la vida de los obreros y agricultores. Escribió entonces una carta pastoral titulada «El pan nuestro de cada día» en la que criticaba a los políticos del Régimen que se enriquecían con el estraperlo a costa de los pobres. Ese fue el inicio de muchos otros choques con el régimen político y sus gerifaltes, ante quienes contó con un aliado extraordinario, el papa Pablo VI, que llegó a mantener una estrecha colaboración con Tarancón en su propósito de modernizar la Iglesia española.

En 1973, tras el asesinato de Carrero Blanco por ETA, el arzobispo, que ya entonces había llegado al cargo de presidente de la Conferencia Episcopal promocionado por el papa, vivió uno de sus momentos más difíciles durante el entierro del almirante. Tarancón, que ya era criticado abiertamente en la prensa de ultraderecha por su tibieza con los opositores y los nacionalistas y por sus llamadas al aperturismo, decidió acompañar el féretro del presidente del Gobierno en el recorrido del entierro por el centro de Madrid a pesar de las advertencias de la policía sobre la existencia de un gran ambiente en su contra. Cuando el cortejo fúnebre circulaba por el paseo de la Castellana, en medio de un mar de gorras militares, saludos fascistas y cantos del «Cara al sol», aparecieron varias pancartas con lemas como: ¡FUERA OBISPOS ROJOS! ¡JUSTICIA PARA OBISPOS ROJOS! (con el dibujo de un cura ahorcado) y ¡TARANCÓN AL PAREDÓN! Este último grito fue coreado varias veces en el recorrido desde el Ministerio de Presidencia hasta la plaza de Gregorio Marañón y fue nítidamente escuchado por todas las autoridades del cortejo, entre ellas el príncipe Juan Carlos. Tarancón andaba despacio, tocado con la mitra blanca y la casulla dorada, solo llevaba a su lado a un escolta y a su secretario personal, José María Martín Patino, y escuchaba los gritos y amenazas con las manos juntas delante de su pecho. Aunque quería mostrarse impasible, su rostro denotaba nerviosismo e inquietud. Varios falangistas exaltados estuvieron a punto de romper el pequeño cordón policial que protegía a las autoridades y gritaban señalando al arzobispo:

—¡Asesino! ¡Traidor! ¡Fariseo! ¡Comunista! ¡A Zamora tenías que ir!

Se referían a la cárcel concordataria de Zamora, la prisión donde el Régimen tenía encarcelados a todos los curas disidentes, la mayoría de ellos vascos, que habían defendido en sus homilías la reivindicación de derechos, las movilizaciones pidiendo libertad o habían denunciado las torturas de las fuerzas del orden con los detenidos. Fue un momento de máxima tensión y demostró el riesgo que suponía la presencia del cardenal en la calle. Al día siguiente Tarancón ofició el funeral de Estado en la basílica de San Francisco el Grande, al que asistió Franco. Cuando, en medio de la misa, se acercó a dar la paz a los miembros del Gobierno, el ministro de Educación, Julio Rodríguez, le negó la mano con desprecio. Ni le miró a la cara.

Pero el gran enfrentamiento con el régimen franquista había tenido lugar hacía poco más de un año, en marzo de 1974, cuando el obispo de Bilbao, Antonio Añoveros, repartió por las parroquias de su diócesis una homilía titulada «El cristianismo, mensaje de salvación para los pueblos» en la que se afirmaban cosas como que «el pueblo vasco, igual que los otros pueblos del Estado español, tiene derecho a conservar su propia identidad, cultivando y desarrollando su patrimonio espiritual, dentro de una organización sociopolítica que pueda reconocer su justa libertad». También defendía el derecho a usar la lengua vasca en la enseñanza y en los medios de comunicación, pidiendo a las autoridades que terminaran con esas restricciones y conminando a la jerarquía de la Iglesia a estar siempre cerca de los oprimidos y de los que sufren. La reacción del Régimen, que consideraba la homilía separatista y contraria a la unidad nacional, fue inminente y el mismo presidente del Gobierno, Arias Navarro, decidió que monseñor Añoveros tenía que ser expulsado del país. Por medio del jefe superior de Policía de Bilbao se comunicó al obispo que quedaba en arresto domiciliario y que, en breve, llegaría un avión al aeropuerto de Sondica para trasladarlo a Roma. Añoveros llamó por teléfono a Tarancón desde su domicilio contándole la situación.

—Usted niéguese a salir de casa y dígales a los policías que solo abandonará su domicilio con una orden expresa del papa Pablo VI. ¡Téngame al corriente de todo y que no lo saque nadie de ahí! —le ordenó Tarancón.

Mientras tanto, el cardenal convocó una reunión urgente del Comité Ejecutivo del episcopado y redactó una nota donde recordaba que se aplicaría la pena de excomunión a quien «directa o indirectamente impidiese la jurisdicción eclesiástica de un obispo». El escrito, que estuvo preparado para ser enviado a los medios, amenazaba directamente al Gobierno e indirectamente al jefe del Estado. Las negociaciones fueron tensas y Arias Navarro ordenó preparar un documento en el que anunciaba que España rompía relaciones con la Santa Sede, con todo lo que eso suponía. Tarancón, que fumaba sin parar sus famosos Ideales y estaba en permanente contacto con Roma, mantuvo el pulso con el Gobierno hasta que, finalmente, Franco tuvo que intervenir para solucionar el conflicto. El caudillo llamó a Arias Navarro y le conminó a ceder:

—Carlos, ¿dónde nos quiere llevar usted con esto? ¿A qué nos conduce? Vamos a arreglar este conflicto antes de que se convierta en eterno.

La crisis se solucionó con una carta de Añoveros y otra del episcopado en las que se daba por demostrado el amor a España y a su unidad nacional por parte del obispo de Bilbao, quien, tras unas breves vacaciones obligadas fuera de Vizcaya, volvió a su puesto sin más consecuencias. Franco, que veía cerca el final de su vida y era cada vez más temeroso de Dios, no podía ni pensar en la excomunión y había cedido ante la amenaza. Los sectores más duros del Régimen lo tomaron como una derrota política del Gobierno, que no pudo resistir las presiones de la Iglesia e hizo el ridículo ante las maniobras del astuto Tarancón.

—La misa de la plaza de Oriente la oficiará Monseñor González Marín, que es de los nuestros, y Tarancón no dirá una sola palabra, puedes estar tranquilo —le dijo Ángel Salas en tono recio a Jaime.

—Más le vale, porque te aseguro que lo de la pancarta de Tarancón al paredón se podría quedar en una broma. Ya está bien de humillarnos. Por mucho que le proteja el papa, hay que parar los pies a este hombre, y lo vamos a hacer —contestó firme Jaime.

—Hay que tener cuidado porque es muy cercano a don Juan Carlos —advirtió Salas.

—Eso ya lo veremos. Te mando un abrazo fuerte, Ángel, y ¡arriba España!

Y colgó el auricular mientras desde el otro lado del teléfono se escuchaba a Salas contestar:

—¡Siempre!

12

Santiago Carrillo, el desconocido

Cuando Manuela llegó junto al féretro de Franco, se puso nerviosa. Había estado mucho tiempo pensando en lo que haría al llegar ese momento, porque suponía que iba a ser muy emocionante. Tanto en el Salón de Columnas, donde primero estuvo la capilla ardiente, como en el vestíbulo, donde se encontraba ahora, se habían visto todo tipo de actitudes entre los visitantes: los que se santiguaban o persignaban; los que saludaban con el brazo extendido al estilo fascista; el saludo militar llevándose la mano abierta a la sien; el simple gesto de respeto inclinando la cabeza; la genuflexión; hasta hubo quien clavó sus dos rodillas en el suelo o quien directamente se tumbó boca abajo pegando el rostro a las baldosas como si implorase perdón. Algunas mujeres rezaban, otras lloraban en silencio, otras suspiraban y gimoteaban exclamando palabras de dolor:

—¡Gracias, mi caudillo! ¡Cuánto le queremos! ¿Qué será ahora de nosotros? ¡Ayúdenos desde el cielo, por Dios!

Había hombres que se dirigían al general como si estuviera vivo, «¡A sus órdenes, mi general!», mientras se quedaban firmes y no se movían; o que entonaban alguna estrofa del «Cara al sol»:

Formaré junto a mis compañeros,
que hacen guardia sobre los luceros.

Estos comportamientos eran amablemente reprimidos por los ujieres de palacio, que vigilaban el paso y no permitían que nadie se entretuviese demasiado tiempo en sus gestos de afecto o de lealtad. Había que pasar rápido, y más ahora que quedaba poco tiempo para que se cerrase la capilla ardiente.

Como para acelerar el avance en el interior del vestíbulo se habían dispuesto dos filas que pasaran por los laterales del féretro, Manuela no podría demorarse delante de Franco. Le tocó la que pasaba por la derecha del ataúd abierto y, al irse acercando al estrado donde estaba colocado, observó una gran cantidad de pequeños papeles y tarjetas depositados entre los velones de cera y el cordón ornamental que rodeaba todo el montaje. Eran mensajes escritos que algunos habían dejado al pasar ante el cadáver. ¿Cómo no se le había ocurrido a ella? Podía haberle dedicado una pequeña oración de su puño y letra, un agradecimiento o un mensaje de afecto. Mientras pensaba qué podría haber escrito, le asaltó la duda de si entre tantos mensajes de cariño o respeto los habría también de odio. ¿Podía haber alguien dispuesto a soportar horas y horas de cola para volcar su odio en un cadáver? ¿Habían pasado por ese lugar enemigos de Franco para comprobar o regodearse en su efectiva muerte? Porque enemigos había muchos, pero unos más que otros, y los que más los comunistas. A ella, desde que tenía uso de razón, le habían hablado de los peligros del comunismo y de las atrocidades que eran capaces de cometer las personas poseídas por esa ideología. Se lo habían explicado en la escuela, en los pocos años que asistió a la misma, porque, aunque era una buena alumna, tuvo que dejar las clases para ayudar en casa. La posguerra fue muy dura en su pueblo y en las familias humildes los niños tenían que echar una mano a los adultos. Las niñas ayudaban en las tareas del hogar desde muy jóvenes: aprendían a cocinar, lavaban la ropa en el río, iban a por agua a la fuente, cosían, limpiaban… Pero también colaboraban en otras labores: recogían y daban de comer al ganado, ordeñaban a las cabras —vacas lecheras no había—, hacían queso o llevaban la comida a los hombres cuando estos estaban trabajando en el campo. Manuela había hecho todo eso desde muy pronto porque el encarcelamiento de su padre por orden de un tribunal militar dejó a su madre sola con tres niños pequeños durante unos meses. Fue una época que marcó su personalidad; una familia sin padre, sin que ella supiera muy bien qué había pasado porque entonces tenía diez años y sus familiares adultos, madre, tíos o abuelos, no le contaban todo.

—¿Dónde está padre? ¿Cuándo vuelve? —preguntaba Manuela a su madre mientras esta ponía el puchero en la lumbre.

—Se ha ido a hacer unas cosas a Madrid y estará un tiempo allí. Deja de preguntar tanto y anda a ver si hay huevos en el gallinero.

Pero en el pueblo sí se sabía que su padre había sido detenido y ella intuía las miradas de lástima, el señalamiento y los cuchicheos a sus espaldas al pasar por la plaza o en la iglesia. ¿Qué culpa tenía ella de lo que pudiera haber hecho su padre? Ella era buena, religiosa, hacía caso a sus maestros y a los sacerdotes, iba a misa, participaba en todas las celebraciones, se sabía el catecismo y los himnos religiosos, se confesaba, rezaba. En la iglesia también le habían explicado la maldad de los comunistas. Allí, en el gran centro neurálgico de la vida en el pueblo, donde el cura repartía doctrina moral y política y recibía en confesión a más mujeres que hombres, se imponían las penitencias necesarias para mantener a todos controlados y a salvo de los demonios. Si una familia iba a misa, estaba a buen recaudo. Si una familia iba a misa, no le podía pasar nada. Si ibas a misa, estabas protegida. Porque los que no iban a la iglesia no eran buenos, como esos comunistas que no creían en Dios ni en la religión y solo hablaban de libertad, como si la libertad diera de comer. Manuela no sabía nada de la libertad ni de la democracia, pero sabía que la guerra había sido muy mala y que los culpables de aquel terrible desorden, del que tampoco sus mayores querían hablar mucho, habían sido los comunistas y los anarquistas. Sobre todo, los comunistas. Y el comunista español más famoso era Carrillo. Tampoco sabía mucho sobre él, pero su padre, Gervasio, una vez que volvió de la cárcel, lo citaba a menudo, sobre todo cuando se emborrachaba. Seguro que Carrillo era una de las personas que más se estaba alegrando de la muerte del caudillo; él y su padre, claro, pensó.

Santiago Carrillo se había alegrado de la muerte del dictador, como los cientos de miles de exiliados que estaban fuera de España y tenían la esperanza de que ese fallecimiento supusiera el inicio de un proceso de apertura que les permitiera volver pronto a su tierra. Fue un día inolvidable, pero, según él, sin grandes celebraciones:

—Yo aquel día no bebí champán, como hicieron otros. Yo tenía un sentimiento muy contradictorio. Por una parte, sí, había muerto Franco, menos mal, pero por otro lado era una vergüenza que ese hombre hubiera muerto en su cama, en su puesto de dictador de España.

A Carrillo, que recibió la noticia en París con su familia y algunos compañeros del partido, su experiencia le decía que la desaparición del dictador no iba a implicar la inmediata caída del Régimen. Ni mucho menos. Había muchos sectores, políticos, económicos y religiosos, que se iban a aferrar más que nunca al poder para no perder sus prerrogativas, para intentar que nada cambiase o que el cambio fuera mínimo. Franco ya no estaba, pero todas las estructuras del país seguían llenas de sus correligionarios, combatientes que habían hecho la guerra a su lado, herederos de los vencedores y de sus privilegios que iban a hacer lo que fuera por impedir la llegada del cambio. Sin duda era un momento crucial para el devenir político de España y eso suponía no solo un enorme desafío, sino una gran responsabilidad. En aquellas horas, mientras recibía constantes felicitaciones y buenos deseos, Santiago Carrillo pensaba en que no podía equivocarse en los pasos que iba a dar, porque en su acierto no iba solo su futuro, que era lo que menos le importaba, iba el futuro de millones de españoles.

Realmente, hacía más de un año que estaba en marcha la estrategia de esta nueva etapa. En julio de 1974, Carrillo, como secretario general del Partido Comunista de España, había participado en la fundación de la Junta Democrática de España, una coalición heterogénea en la que se habían unido partidos políticos, sindicatos y otras organizaciones para promover el cambio de régimen en España. Coincidió además su puesta en escena con el ingreso hospitalario de Franco debido a una tromboflebitis y el nombramiento como jefe del Estado interino del príncipe Juan Carlos. La Junta Democrática aglutinaba a personalidades ideológicamente muy alejadas, desde comunistas republicanos a monárquicos liberales pasando por intelectuales cercanos a la Iglesia. En la presentación ante los medios, realizada en un hotel de París, comparecieron Santiago Carrillo y Rafael Calvo Serer, un escritor e intelectual español miembro del Opus Dei que se había tenido que exiliar tres años antes por escribir un artículo en *Le Monde* donde criticaba al régimen franquista. La foto de aquella rueda de prensa, con Carrillo, al que en España se seguía viendo como un tentáculo de Moscú, al lado de un numerario del Opus y unidos contra Franco, supuso un shock para muchos. Pero ¿cómo un miembro del Opus podía aliarse con un asesino comunista con las manos manchadas de sangre inocente y católica? La noticia tuvo tal relevancia que no pudo ser ocultada ni por los medios controlados por el Régimen, que se dedicaron a desprestigiar y a burlarse de la iniciativa: EL COMUNISMO SE ENMASCARA TRAS EL SONORO NOMBRE DE JUNTA DEMOCRÁTICA. CARRILLO Y SU TRISTE HISTORIA, NO YA DE TRÁNSFUGA, SINO DE TRAIDOR, decía el *Ya*. BUFONADA, titulaba *La Hoja del Lunes*. CARRILLO CAMBIA LAS CHECAS POR LOS RESTAURANTES Y EL PUÑO CERRADO POR LA MANO TENDIDA, indicaba el diario *Arriba*. Algo de razón tenía ese último enunciado porque Carrillo no era, ni mucho menos, el hombre que había iniciado aquel exilio que duraba ya treinta y siete años.

Desde que fuera nombrado secretario general del partido comunista en 1960, Santiago había tenido claro que la vuelta de la democracia a España solo podría conseguirse mediante el diálogo con los vencedores de la guerra. Ya en 1963 dio muestras de ello en un episodio ocurrido en Radio España Independiente, la emisora del partido que transmitía desde Bucarest. El régimen franquista había condenado a muerte y ejecutado al comunista Julián Grimau, que fue detenido unos meses antes y sometido a un juicio sumarísimo fraudulento e infame. La condena internacional fue unánime y los trabajadores de la radio del partido pusieron en marcha una programación especial para denunciar la crueldad del Régimen asesino. Desde el día de la ejecución y varias veces cada jornada, un locutor repetía en antena los nombres de los ministros del Gobierno franquista que se habían dado por enterados de la condena a muerte decidida por el tribunal militar y los tildaba de asesinos.

Manuel Fraga Iribarne, asesino.
Gregorio López-Bravo, asesino.
Fernando María Castiella, asesino.

Y así los nombres de veinte ministros.

A los pocos días, Carrillo llamó por teléfono a la redacción en Bucarest para que los locutores dejaran de hacer ese recuento de los asesinos del Gobierno.

—Seguramente, con algunos de esos políticos tengamos que ponernos de acuerdo en el futuro —les dijo.

Desde finales de los años sesenta, una vez rotas las relaciones del partido con Moscú por la invasión en 1968 de Checoslovaquia, Carrillo se embarcó en el nuevo proyecto del eurocomunismo y en todas sus intervenciones o entrevistas insistía en la idea del acuerdo y pacto entre todos los españoles. Se le podía ver en la televisión francesa hablando con ese acento español que nunca perdió su francés:

—La solución al problema de España es la reconciliación entre los españoles y la superación de la Guerra Civil. Y esto no lo pueden hacer solo los republicanos. Hace falta que el conjunto de la sociedad española que está a favor de la libertad y la democracia se una para instaurarlas.

En las discusiones internas del partido, cuando algunos compañeros reivindicaban que no se podía olvidar a todos los que se habían sacrificado por la democracia, Carrillo reflexionaba:

—Por supuesto que hay que recordar a los que lucharon y murieron por nuestros ideales, pero sin odio ni afán de venganza. No se pueden repetir las trincheras del pasado. Hay que conseguir que vengan al campo democrático los hijos de los que fueron nuestros adversarios.

El ogro comunista, el supuesto asesino de Paracuellos, el ladrón del oro de Moscú, el cerebro de lo antiespañol era en realidad una persona que apostaba por la conciliación y el perdón.

Unos meses antes de la muerte del general, Carrillo fue protagonista de dos encuentros que sondeaban el cambio de Régimen y buscaban vías para suavizar posturas. El primero tuvo como protagonista al jefe del Alto Estado Mayor del Ejército español, el teniente general Manuel Díez-Alegría, un militar aperturista que no comulgaba con las fuerzas inmovilistas que estaban intentando sujetar el cambio desde los cuarteles. Díez-Alegría fue contactado por el presidente rumano Ceausescu, un líder comunista muy particular y alejado de Moscú, para hablar de las relaciones entre los dos países. El militar aceptó viajar a Bucarest sin saber que el encuentro lo había planeado Santiago Carrillo porque consideraba que Díez-Alegría podía, desde su alto rango militar y su carácter moderado, ser una figura adecuada para participar en una transición tranquila y pacífica en España, papel para el que no veía capaz al príncipe Juan Carlos. Carrillo tenía una relación cercana con Ceausescu y le pidió ayuda para establecer el contacto:

—Mi intención es mostrar de primera mano a Díez-Alegría la política de reconciliación nacional de nuestro partido y al mismo tiempo intentar saber cuál es el pensamiento oficial del alto mando del ejército —planeaba Carrillo.

Pero, en esos momentos, un encuentro entre el secretario general del Partido Comunista de España y el jefe del Alto Estado Mayor del Ejército sería una bomba si se llegara a conocer, por lo que había que mantener un secretismo absoluto. Con todos los protagonistas en Bucarest, se produjo la reunión entre Ceausescu y el militar español, en la que el presidente rumano le cuestionó sobre el papel que, según su criterio, las Fuerzas Armadas debían tener en el nuevo momento político de España. Díez-Alegría se mostró partidario de que el ejército no interviniese en el cambio político que fuera a producirse. Carrillo, que esperaba en otra parte del edificio por si pudiera producirse el encuentro en un entorno totalmente secreto, le había pedido al presidente rumano que preguntase a Díez-Alegría si estaría dispuesto a ser la figura angular de ese proceso de cambio y el militar dijo que no. Cuando se le insinuó la posibilidad de encontrarse secretamente con Carrillo, sin dudarlo, también lo rechazó. A las pocas horas, el militar y el líder comunista español salieron de Bucarest en el mismo avión, pero ni se habían conocido. A su llegada a España, el militar fue fulminantemente destituido por el presidente del Gobierno. Arias Navarro, aunque había autorizado el viaje para hablar con el presidente rumano, tuvo que ceder a las presiones del sector más conservador del ejército, que consideraba una traición intolerable el encuentro de Díez-Alegría con Ceausescu. El búnker del Régimen, como se denominaba ya al grupo de generales que se oponían a la apertura, estaba ganando la batalla.

El otro encuentro de Carrillo para hablar de la transición fue con un sobrino del general Franco. ¡Un sobrino de Franco que actuaba en nombre del príncipe Juan Carlos! Nicolás Franco Pascual de Pobil, hijo del hermano mayor del caudillo, era consejero nacional del Movimiento por La Coruña y mantenía desde pequeño cierta amistad con el príncipe. Juan Carlos, que nunca fue bien visto por los inmovilistas del Régimen, por considerarlo blando e ilegítimo, y tampoco por la oposición democrática en la clandestinidad, que lo tenía por una marioneta heredera directa del franquismo, le encargó a Nicolás que sondease la postura del partido comunista ante la posible desaparición del general. Quería saber hasta dónde podía contar con la colaboración de los comunistas, de su mesura o impaciencia por el cambio, sabiendo que se trataba de un asunto fundamental por la oposición frontal del ejército y otros sectores del Movimiento Nacional al comunismo. Carrillo aceptó intrigado el encuentro, pues nunca supo que el sobrino era emisario del príncipe, pero lo veía como una oportunidad más de hacer llegar a quienes fueran los promotores su postura de reconciliación y acuerdo para una transición calmada. Se encontraron en un restaurante de París.

—Ya ven ustedes que no tengo cuernos ni rabo como dicen algunos en España —bromeó Carrillo al ver cómo le miraban de arriba abajo sus interlocutores.

—Yo tampoco me como a los niños proletarios —contestó el sobrino de Franco para seguir con la distensión.

Pero Manuela no sabía nada de eso. Allí, delante del cadáver de Franco, no podía imaginar de ninguna manera que esa muerte pudiera traer algo bueno para los españoles. Cuando al fin estuvo a un metro del féretro y pudo ver el rostro ajado del dictador, se detuvo un instante, se santiguó.

—Descanse en paz y que Dios lo acoja en su gloria —susurró mientras agachaba la cabeza en señal de respeto y continuaba la marcha aliviada, como si se hubiera quitado una presión del pecho y respirase mejor.

Su esposo Francisco pasó detrás de ella y realizó un simple gesto de respeto hacia el féretro. Él no estaba conmovido ni emocionado. Por supuesto que participaba de la incertidumbre general por lo que pudiera venir, pero lo hacía con cierto pragmatismo: «Lo que tenga que ser será y ya habrá alguien que nos diga lo que hay que hacer». Le había tocado vivir el mismo tiempo que a Manuela, tenía la misma edad, pero su percepción de la vida había sido diferente. Su padre no había hecho la guerra, no había estado en la cárcel, no tenía ideas políticas y, por lo tanto, en su casa solo se habían dedicado a trabajar y salir adelante en aquellos tiempos duros de escasez. Francisco, que también dejó muy pronto la escuela, ayudó desde niño en todas las tareas que sustentaban la economía familiar: fue pastor de cabras y ovejas, aró y sembró la tierra, segó y trilló la cosecha, llevó el grano al molino, vareó los pocos olivos que tenía su padre, recogió las aceitunas, aprendió a sacar la miel de las colmenas, cortó leña, hizo picón…, una infinidad de labores que ocuparon su adolescencia y primera juventud. Él también iba a misa, como era lo normal, pero en la iglesia atendía poco a lo que decía el cura y desconocía la mayoría de las oraciones. Con saberse el padrenuestro y el avemaría, más dos o tres frases que se repetían varias veces en las ceremonias, era bastante. Los hombres en las homilías solían sentarse en la parte de atrás del templo, donde había más libertad para evadirse de lo que decía el sacerdote desde el púlpito y hasta estaba permitido hablar en tono bajo. Desde allí se fijaba habitualmente en Manuela, que ocupaba siempre los bancos más cercanos al altar.

—Si quieres podemos dar un paseo y compramos unos altramuces —la invitó un día al salir de la iglesia.

—Claro, pero tendrás que hablar tanto como en la misa, que he visto que no callas —contestó con ironía Manuela, y los dos se rieron.

El noviazgo se desarrolló con la naturalidad que tenían las relaciones en los pueblos, las familias ya se conocían, pertenecían al mismo estrato social y no tenían más aspiraciones para sus hijos que la felicidad de encontrar una buena persona con la que vivir. Después de unos meses de muchos paseos y cientos de pasodobles y boleros en el baile del pueblo, llegó el servicio militar de Francisco, un año y medio destinado en Sidi Ifni, en la llamada África Occidental Española, sin volver ni una sola vez a la península durante ese tiempo, manteniendo el contacto solo a través de las cartas que semanalmente se enviaban.

Querida Manuela:

Espero que estés bien y que tu familia también lo esté. Por aquí todo normal, deseando que pasen los meses para poder estar contigo lo más pronto posible.

Recibe todo el amor de este soldado tuyo que te quiere,

FRANCISCO

Para compensar las pocas palabras, pues lo suyo no era escribir, Francisco acompañaba los escritos de alguna foto vestido de uniforme acompañado de algunos compañeros del cuartel, o subido a un camión de los que conducía, o al lado de unos camellos. Cuando regresó de la mili, donde se había sacado el carnet de conducir especial, se compró una furgoneta y se hizo viajante. Se casaron enseguida, pues Manuela estaba deseosa de salir de casa de sus padres, donde el ambiente no era el mejor. Francisco no tuvo nunca demasiada relación con su suegro, no le gustaban la política ni tampoco los bares, por donde Gervasio iba demasiado, según su yerno. Nunca había hablado con él de la guerra, de Carrillo ni de Franco, entre otras cosas porque eso le habría costado una reprimenda de su mujer.

—Ni se te ocurra hablar de política con mi padre, que se altera enseguida y no le conviene. Además, que a ti la política ni te va ni te viene.

Francisco no tenía ideología, su gran objetivo existencial era darles a sus hijos una vida mejor que la que él había tenido; sobre todo que estudiaran, que pudieran llegar a ser alguien y tuvieran un futuro próspero, aunque para ello se vieran obligados a irse lejos del pueblo. Y esa meta, que fue su hoja de ruta con Franco, seguiría siendo su guía ahora, viniera lo que viniese.

Salieron del palacio cogidos del brazo cuando estaba amaneciendo en los cielos de Madrid. En la plaza de Oriente había bastante movimiento con el montaje de toda la infraestructura para la misa que se iba a celebrar allí en unas pocas horas. Se estaban colocando barreras, palcos, sillas, bancos y carteles identificativos de cada espacio que iban a ocupar las numerosas autoridades políticas, religiosas y militares que iban a asistir. Manuela quería coger un buen sitio para verlo todo de cerca y no perderse nada.

13

Los coreanos

José Luis se había quedado medio dormido. La espera en la habitación del Hotel Plaza se estaba haciendo larga y decidió tumbarse un momento en la cama para descansar o, al menos, relajarse un rato de la tensión que estaba sobrellevando desde hacía horas. Debía estar alerta, así que dejó al alcance de su mano la pistola Astra A-70 de 9 mm que le acompañaba desde hacía meses. Solo la había utilizado en entrenamientos, nunca en acciones, pero la manejaba bien, era un buen tirador. En el duermevela, confundidos con las imágenes del sueño en el que había caído involuntariamente, escuchó algunos ruidos, una especie de murmullo que provenía del pasillo de la planta, y saltó de la cama sigilosamente. Empuñó el arma y se pegó a la pared apuntando hacia la puerta. El rumor parecía que se iba alejando. Agudizó el oído, pero ya no se escuchaba nada. Sin soltar la pistola, se acercó despacio hasta la mirilla y echó un vistazo. Nada. Falsa alarma. Aguantó aún unos instantes, preparado y alerta, hasta que se convenció de que no había movimientos fuera. Se acercó al ventanal y comprobó que todavía era de noche. Decidió que esperaría hasta el amanecer y, si no aparecía su contacto, abandonaría su puesto y acudiría al piso de seguridad que le habían indicado y que estaba en una población dormitorio de las afueras de Madrid. Al imaginarse en ese piso, le vino a la cabeza otro, su casa, donde estaría ahora su madre, en la que llevaba tiempo sin pensar.

El cuarto que ocupaba José Luis Murillo, alias Mailua, en el Hotel Plaza era bastante más grande que la estancia donde dormía en el piso familiar de Rentería, una infravivienda construida en el proceso de desarrollo industrial y urbano incontrolado de la década de los sesenta. Esa casa, a la que habían accedido sus padres después de unos meses realquilados en una habitación de unos conocidos zamoranos, había sido su lugar de crecimiento y de integración en la sociedad vasca. Antonio, Mari Carmen y el niño José Luis formaban parte de la masiva emigración que recibió el País Vasco en esa época desde Castilla y Extremadura. La expansión industrial y los servicios adjuntos necesitaban cubrir muchos puestos de trabajo y hubo un efecto llamada en las regiones en que la crisis agraria había sumido a la mayoría de habitantes en la penuria. Hubo casos de pueblos enteros que emigraron a las vascongadas. Era gente pobre, que dejaba atrás su pasado, sus costumbres y, a veces, a su familia para ganarse el sustento en un trabajo que solía ofrecer precarias condiciones laborales, sueldos bajos y horarios infernales, pero era mejor que lo que había en su tierra. El rápido crecimiento de la población dio lugar a una desatada expansión urbanística que promovió la especulación y la construcción de muchas viviendas de baja calidad. Un pequeño piso de alquiler en las afueras, en uno de los muchos bloques con los que algunos constructores hicieron fortunas, era el hogar habitual de todos los que venían de otras zonas de España a ganarse el pan. Antonio trabajaba en una fábrica de niquelados y Mari Carmen limpiaba casas, además de la suya, por supuesto. También cosía para afuera, en lo que era otra manera de arrimar unas pesetas a la economía familiar. El resto del tiempo se le iba en supervisar la ropa, la higiene y la comida de sus hombres, cocinando para que el marido se llevara su tartera al trabajo y el hijo se alimentara bien y creciera fuerte y sano. No tenían tiempo para el ocio ni para tomar potes con los autóctonos, que tenían otras costumbres y otra vida distinta, con menos estrecheces. Al poco de establecerse en Rentería ya se dieron cuenta de que no se les trataba igual que a los oriundos de la zona. Sin quererlo, sin saberlo, se habían convertido en una clase social diferente, los coreanos.

Desde hacía tiempo se había instaurado entre los vascos el término *maketo* para referirse a los inmigrantes que llegaban desde otras zonas de España. El vocablo despectivo provenía del mísero hatillo, bolso o pequeña maleta donde los recién llegados traían todas sus pertenencias, y su origen se atribuía a Sabino Arana, el considerado padre del nacionalismo vasco. Pero ese calificativo, acuñado el siglo anterior, había dejado paso a otros motes más actuales que se fueron expandiendo entre las nuevas generaciones, como «coreano», que hacía referencia a la guerra de Corea, el último conflicto bélico de interés mundial, donde se habían visto aquellas lastimosas imágenes de los refugiados, delgados, hambrientos, pálidos y sucios. A eso aludía el apelativo «coreano», a la pobreza, el desaliño y la indefensión de los inmigrantes. Había incluso otra variante geográfica del apodo, manchurianos, por los desplazados en la guerra de Manchuria.

—No me tratan mal —le decía Mari Carmen a su marido cuando este preguntaba por su trabajo en las casas—. Yo hago mi trabajo y tampoco me puedo entretener. En algunas casas a veces me preguntan si mi familia está bien y todo —añadía, intentando darle un cierto aire de cordialidad a sus relaciones.

—Es cuestión de que pase el tiempo y nos vayan aceptando —contestaba Antonio—, pero la cosa política no ayuda con todos estos follones.

Esos follones a los que se refería eran, entre otras cosas, los varios estados de excepción que el Gobierno había decretado en Guipúzcoa desde que ellos habían llegado a Rentería. Durante esos meses, en los que las fuerzas del orden llevaban a cabo una represión activa, con registros domiciliarios y detenciones diarias entre los supuestos opositores políticos y sindicales, el matrimonio apenas salía de casa para trabajar y procuraban que el niño estuviera poco en la calle. Alguna vez el pueblo fue prácticamente tomado por un convoy de autobuses llenos de policías que entró por la calle de Biteri arrasando con todo lo que encontraban por delante. Los días siguientes a estas acciones, los coreanos notaban más la distancia con algunos vecinos vascos.

—Digo yo que estos problemas con la policía se tendrán que terminar algún día, porque así no se puede vivir —se decía a sí misma Mari Carmen, intentando animarse e imaginando un futuro más tranquilo y feliz—. Seguro que esto pasará y nuestro hijo tendrá aquí una buena vida.

Con el paso del tiempo se fueron dando avances para la integración social de los inmigrantes y muchos tenían que ver con los hijos. La relación con otras madres en las escuelas o en los grupos de excursión a la montaña, a los que se apuntaba a los niños y adolescentes, acercaba a las familias de fuera y Mari Carmen hizo todo lo posible para relacionarse en ese ámbito. Allí se compartía y se hablaba con menos distancia y los que tenían afán por mimetizarse tomaban buena nota de por dónde iban las costumbres, los pensamientos, las ideas de los de la tierra. Todo fuera por que José Luis hiciera amigos y encontrase una buena cuadrilla de esas que tenían todos los muchachos de por allí.

—En la cuadrilla al niño lo tratan como si fuera un igual, le enseñan y lo protegen como a uno de los suyos. Y nadie le llamará coreano como nos llamaban a nosotros —le explicaba Mari Carmen a Antonio cuando este preguntaba por los amigos de su hijo.

Luego estaba el tema del idioma, el euskera, totalmente incomprensible para los de fuera y que parecía hasta agresivo cuando lo hablaban delante de uno que no lo entendía. Era imposible enterarse de nada, pero un *maketo* que intentase hablar o entender el euskera parecía menos *maketo*. Durante los primeros años sesenta empezaron a aparecer las *ikastolas*, las escuelas donde se enseñaba en vasco, que estaban perseguidas por el Estado y eran un movimiento semiclandestino de carácter popular. Funcionaban mediante la autogestión y, por supuesto, sin licencia alguna. Mari Carmen apuntó a su hijo, pese a las reticencias del padre.

—A ver si nos vamos a meter en líos, que eso de la *ikastola* no es legal. ¿No sería mejor apuntarle a algo de la iglesia? —preguntaba Antonio.

—Pero si el local donde se van a dar las clases de vasco se lo ha dejado un párroco de la zona, que tiene mucho contacto con los vecinos y con los chicos jóvenes del pueblo —replicaba ella, que estaba cada vez más informada.

Precisamente, en aquel local precario se refugiaron varias veces los grupos de jóvenes que se enfrentaban a la policía cuando esta interrumpía manifestaciones de protesta o asambleas populares, y allí fue donde José Luis vio por primera vez los folletos y las pegatinas con los lemas FUERA FUERZAS DE OCUPACIÓN, FUERA CIPAYOS o la foto del que llamaron el primer mártir del pueblo, Txabi Etxevarrieta. Un día José Luis llegó a casa contando que el tal Txabi se había llamado en realidad Francisco Javier y que, como él, muchos de sus conocidos se habían cambiado el nombre español a su equivalente en vasco. Ellos podían hacer lo mismo; Antonio sería Antxon, Mari Carmen podría ser Carmentxu y él podía elegir entre llamarse Joseba o Koldo, lo mismo le daba. Su padre dijo que hasta ahí se había llegado, que estaba bien lo de ir a la *ikastola* y a las charlas sobre la historia vasca, incluso pasaba por lo de los pósteres revolucionarios y la *ikurriña* en la habitación del hijo, pero lo de cambiarse el nombre no iba con él. A Mari Carmen le pareció algo hasta divertido y se imaginó a sí misma respondiendo al nombre de Carmentxu en las casas donde trabajaba, en la pescadería, en la iglesia o en las cafeterías en las que, de vez en cuando, se juntaba con un par de conocidas a tomar algo. Porque, por fin, había conseguido hacer unas amigas que no eran otras emigrantes de Zamora como ella, sino unas vascas de verdad. Eran las madres de unos compañeros de José Luis en EGI, una asociación que organizaba actividades para los críos: excursiones a la montaña, clases de guitarra o charlas sobre los problemas de los jóvenes. Le costó un tiempo contactar, pero un día se acercó a ella una mujer, que se presentó como Amaya, para decirle que José Luis era muy majo y que hacía muy buenas migas con su hijo Ander. Luego, Amaya le presentó a otras dos madres y una tarde la invitaron a que se quedara con ellas a charlar después de dejar a los niños en la sede de la asociación. Hablaron de lo que habían hecho de comer, de lo bien que le salía a Amaya el bonito con tomate, de lo cara que estaba la ternera, de lo que le gustaba el pollo al hijo de Begoña, de que la niña de Arancha tenía novio y de política. Todo empezó por un comentario de Mari Carmen sobre lo sucias que estaban las calles de la zona y lo feos que quedaban algunos edificios con las pintadas.

—Esas pintadas son necesarias —dijo Amaya en tono rotundo—. Si no, nadie se va a enterar de lo que pasa aquí con los *txakurras*.

Mari Carmen no sabía a qué se refería Amaya, prefirió no preguntar y se calló, pero enseguida salió de dudas porque Arancha le recordó que el último mes habían tenido lugar al menos dos intervenciones de la Guardia Civil en las que habían detenido a varias personas del pueblo.

—Entraban tres o cuatro coches en fila, llegaban a una casa, sacaban a quien venían a buscar y se lo llevaban al cuartel de San Sebastián donde dicen que les hacen de todo.

—Hay algunos que han tenido suerte, pero otros han vuelto llenos de moratones por todo el cuerpo —añadió Amaya—. Y muchos son solo un poco mayores que nuestros hijos, por eso hace falta protestar, porque esto no se cuenta en los periódicos ni en la radio ni en la televisión.

Mari Carmen no le contaba estas conversaciones a su marido, le decía que sus nuevas amigas estaban muy preocupadas por todo lo que estaba ocurriendo y que todas coincidían en desear que acabasen pronto los problemas políticos y se calmara la situación. Nada más. Bastante tenía el pobre con los apuros en el trabajo.

La fábrica donde trabajaba Antonio se había visto afectada por la conflictividad laboral durante los últimos años. Los trabajadores habían ido a la huelga varias veces y los paros habían enrarecido el ambiente con la dirección y la propiedad. Él no era un hombre de reivindicaciones; acostumbrado toda su vida a recibir y cumplir órdenes, le costaba entender las posturas de fuerza y algunas iniciativas violentas de los sindicatos. Por supuesto que secundaba los paros, no era un esquirol, eso sería meterse en más problemas, pero no acudía a las manifestaciones ni a los piquetes que convocaban los cabecillas sindicales porque se ponía muy nervioso. Más de una vez había intervenido la policía y se había montado una pequeña batalla campal con lanzamiento de botes de humo y pelotas de goma por parte de unos y piedras y botellas ardiendo por parte de los otros. El ambiente alrededor de la fábrica estaba siempre muy cargado y permanentemente aparecían pintadas referentes a la lucha obrera de los trabajadores vascos. Antonio, que era hombre de poco hablar, escuchaba a sus compañeros gritar en las asambleas que el Gobierno protegía a los empresarios explotadores, que era necesario tomar posturas de fuerza para conseguir derechos y que la lucha en la calle era legítima y oportuna. Él los veía a todos muy jóvenes. Camino de los cincuenta años, se veía ya sin esa energía y esas ganas de luchar, quizá por haber vivido en un mundo constreñido, en el que había pocas cosas que se pudieran hacer sin pedir permiso. La guerra le pilló siendo niño para entender muchas cosas y luego fue educado en la obediencia y el acatamiento de las normas, la familia, el trabajo, la religión y el vivir en paz. Antonio no estaba para ponerse delante de un policía a caballo o para correr delante de un todoterreno de la Guardia Civil, y tampoco creía que así se fueran a conseguir muchas cosas. Se enteró de que su hijo andaba de vez en cuando en algunas protestas de esas, se encontraba a veces por casa octavillas y panfletos llamando a la defensa del pueblo trabajador vasco, y pensaba que lo mismo el niño les iba a salir sindicalista. Para nada imaginaba que podía juntarse con esa gente que andaba por ahí con pistolas y que entonces ya había matado a dos personas.

A partir de finales de 1970, cuando José Luis cumplió los veinte años, ya nada fue igual en casa. Sus relaciones con el mundo nacionalista, o *abertzale* como él lo llamaba, ocupaban la mayor parte de sus actividades. El Proceso de Burgos contra dieciséis supuestos militantes de ETA que fueron condenados a muerte provocó un cataclismo en todo el País Vasco. Las huelgas convocadas como protesta por trabajadores y estudiantes paralizaron la vida normal de las ciudades. La ciudadanía fue llamada a manifestarse contra las condenas y todos los sectores de la sociedad se movilizaron. Se declaró un nuevo estado de excepción en Guipúzcoa.

—¿Dónde vas, José Luis, que está la policía en las calles?

Era la pregunta o, más bien, la súplica que le hacía esos días Mari Carmen a su hijo.

—Hay que salir a defender la libertad contra estos opresores. Que están deteniendo y torturando a la gente, *ama*, que no podemos quedarnos quietos. Tú tranquila, que a mí no me va a pasar nada —le decía con un par de besos después de haber mirado por la ventana por si había algún coche policial en su calle.

—Hijo, ten cuidado, por el amor de Dios.

Después, metida en la cama con Antonio, escuchaban el sonido de las sirenas, las explosiones, las escopetas, las carreras, los gritos, sin atreverse ni siquiera a mirar por la ventana o encender la luz. Hubo muchos días en los que José Luis llegó a casa de madrugada y otros que no llegó, y ellos dos pasaron esas horas en vela, sufriendo la incertidumbre de lo que le pudiera pasar al niño. Una vez, cuando apareció a eso de las ocho de la mañana, su padre fue a la cocina donde José Luis se preparaba un ColaCao y le preguntó dónde había estado.

—Donde tienen que estar los que quieren defender los derechos de los trabajadores, *aita*.

Antonio tuvo un pequeño impulso de orgullo por su hijo, pero en su interior prevaleció el miedo a que fuera detenido, a que se lo llevaran y no supieran nada de él. El Gobierno había suspendido durante seis meses el artículo 18 del Fuero de los españoles («Ningún español podrá ser detenido sino en los casos y en la forma que prescriben las Leyes. En el plazo de setenta y dos horas, todo detenido será puesto en libertad o entregado a la Autoridad judicial») y eso suponía que una detención ni se comunicaba ni se sabía cómo podía terminar.

Pero la situación familiar se iba a complicar mucho más en los años siguientes, sobre todo a raíz del asesinato por ETA del presidente del Gobierno, Luis Carrero Blanco, en 1973. Ese magnicidio supuso un salto de nivel mediático en la banda, que pasó a ser conocida internacionalmente y llegó incluso a legitimarse en algunos países el haber actuado contra el que decían iba a ser el heredero de Franco y por tanto iba a prolongar su régimen dictatorial. El comando que llevó a cabo la voladura del coche del almirante pasó a ser considerado en el

País Vasco una especie de banda de Robin Hood, unos héroes por haber liberado a España del sucesor del caudillo. Una tarde, cuando volvía a casa de trabajar, Mari Carmen escuchó a unos jóvenes cerca de su portal que entonaban una canción infantil, por entonces muy popular, a la que habían cambiado la letra:

—Jueves antes de almorzar, Luis Carrero fue a rezar, pero no pudo rezar porque tenía que volar. Así volaba, así, así, por las calles de Madrid...

Entre los jóvenes estaba su hijo José Luis. Cuando pudo hablar con él, cosa cada vez menos habitual, le dijo que no le parecía bien burlarse así de una muerte tan terrible y que a ella no le gustaría que su hijo fuera uno de los asesinos.

—*Ama*, esos jóvenes no son asesinos, son *gudaris*, guerreros del pueblo. Sus familias deben estar orgullosas de ellos. Y tú también tendrías que estarlo de mí —contestó cariñosamente José Luis mientras acariciaba la cara de su madre, le daba un beso y la abrazaba.

Ella, con el rostro oculto en los hombros de su hijo, lloraba. A los pocos meses José Luis recibió varias cartas anónimas a su nombre. Por supuesto que ella, cuando recogió alguna antes que él, nunca pensó en abrirla y se la entregó sin preguntarle nada. Por entonces ya sabía que, tarde o temprano, su hijo se marcharía y fue preparando al padre para ello.

—Me parece que tu hijo habla con los de ETA, pero no le digas nada, que será peor.

Antonio también se imaginaba algo desde hacía meses, pero, como prefería no tener certezas, dejó correr el asunto sin hacer preguntas. Era mejor no saber nada. Poco tiempo después, tras finalizar otro estado de excepción repleto de incidentes, al levantarse una mañana encontraron en la mesa de la cocina una nota:

Ama:

Cuando termines de leer esta carta, quémala.

La actual situación del país me obliga a comprometerme con la lucha por la libertad de nuestro pueblo.

Sabed que vuestro hijo os quiere mucho y que asume orgulloso esta responsabilidad.

Mari Carmen gritó de dolor mientras Antonio, que había leído la nota desde atrás, la abrazaba con fuerza.

Esa escena la desconocía Mailua, que no había vuelto a saber nada de sus padres desde que salió aquella noche de casa. Habían pasado muchas cosas desde entonces: la clandestinidad, el paso a Francia, el entrenamiento, la vuelta al País Vasco para vivir emboscado en un piso y el viaje a Madrid hasta llegar a su primera acción y a esa habitación de hotel desde donde miraba ahora por la ventana que daba a la plaza de España y comprobaba cómo se iba clareando el cielo. De pronto, volvió el rumor en el pasillo y esta vez estaba más cerca de la puerta. Se puso de nuevo en posición de alerta y empuñó su pistola. Después de unos segundos de silencio, llamaron a la puerta.

14

El León de Fuengirola

—Los chicos ya están subiendo para Cuelgamuros —dijo Bofarull mientras dejaba en la mesa del despacho una bandeja con café, leche y media docena de churros que habían llevado de la cafetería del hotel.

—Perfecto —contestó Jaime Llopis—. Siéntese, Josep, que tengo que contarle algo.

Con su ayudante sentado frente a él, el procurador sacó unos folios de una cartera de piel, los ojeó y le pasó uno a su interlocutor.

—Lea usted en alto —ordenó.

—«La monarquía solo puede ser entendida como continuidad del Estado surgido del alzamiento del 18 de julio de 1936. Si la monarquía busca apoyos en otros escenarios diferentes al franquismo, será echada abajo por una oleada de violencia. Aquí han pasado muchas cosas y van a pasar muchas más. Nos impulsa el deber de cerrar el paso a quienes quieren arrebatarnos la victoria que conseguimos en la guerra» —leyó Bofarull con voz firme.

—¿Qué le parece? —preguntó Jaime, cruzado de brazos en actitud expectante.

—Que tiene usted toda la razón, don Jaime —respondió contundente Bofarull—. Que no podemos permitir que ahora, con Franco muerto, vayan a convertir esto en un descalzaperros político como con la República.

El procurador asintió sonriendo y aclaró:

—No son mías esas palabras, aunque pudieran serlo perfectamente. Son de Girón, uno de los pocos hombres valientes que nos quedan. Desde que le nombraron presidente de la Confederación Nacional de Excombatientes está señalando el camino correcto para que esto no se desmande. Ha parado los pies los últimos meses al inútil de Arias Navarro en el Gobierno, pero ahora, con la muerte de Franco y la llegada de este rey, va a ser muy difícil sujetar todo el desmadre.

Jaime hizo una pausa y torció el gesto. Sirvió dos tazas de café con leche notando cómo Bofarull, que se lo agradeció con un gesto servicial, la observaba, expectante por seguir escuchándole.

—Llevo en contacto con Girón muchos años, de manera muy intensa los últimos meses, y coincidimos en que se han producido movimientos equivocados que van a llevar al país al caos. El ilegítimo, porque usted y yo sabemos, como todo buen carlista, que Juan Carlos es un rey ilegítimo, está dando pasos que no debería dar. Si Franco no hubiera estado tan enfermo las últimas semanas, se lo habríamos contado y seguro que el caudillo habría tomado decisiones en consecuencia, pero, desgraciadamente, no ha habido tiempo. Como dice Girón, el aperturismo está traicionando al Régimen contactando con sus más antiguos enemigos, y nos consta que el rey forma parte de esa traición.

José Antonio Girón de Velasco era un camisa vieja de los pies a la cabeza. Había nacido en 1911 en Cervera del Pisuerga, Palencia, hijo único de una familia conservadora y católica. Estudió Derecho, como su padre, en la Universidad de Valladolid y ahí empezaron sus correrías ultraderechistas. Con veinte años, recién estrenada la Segunda República, se convirtió en miembro fundador de las Juntas Castellanas de Acción Hispánica, un pequeño partido de extrema derecha que más adelante se integró en las JONS, las Juntas de Ofensiva Nacional Sindicalista, un grupo que, imitando las corrientes fascistas europeas, defendía la acción violenta para conseguir sus objetivos políticos. Poco después las JONS se fusionaban con la Falange de José Antonio Primo de Rivera, a la que aportaron los símbolos del yugo y las flechas, la bandera roja e incluso el ideal de «España: una, grande y libre», que luego adoptaría el régimen de Franco. En esos años de violencia contra la República, Girón, con su enorme físico y su personalidad arrolladora, fue un militante participativo y protagonista en mítines, desórdenes públicos e incluso conatos de atentado. Fue expulsado de la Universidad de Valladolid, terminó la carrera en Salamanca y fue detenido en varias ocasiones por las autoridades, una de ellas en Asturias, adonde se había desplazado con otros falangistas a comprar dinamita para sus acciones. Fue encarcelado y se le trasladó a una prisión de Valladolid, donde tuvo la suerte de que se produjera el alzamiento militar, que triunfó rápido en la ciudad, por lo que fue liberado al instante. Quizá, si hubiera estado en una cárcel de otra ciudad, habría sido fusilado como otros muchos falangistas. Girón, nombrado jefe provincial de Falange, se puso inmediatamente al mando de las centurias falangistas vallisoletanas y se dirigió al frente de la sierra de Madrid, participando en los combates de la sierra de Guadarrama, en concreto en el estratégico Alto del León, y también intervino con sus milicias falangistas en los ataques del frente de los puertos asturianos, en Puerto Ventana, acciones por las que recibió la Medalla al Mérito Individual. Vio morir a muchos y mató a otros tantos. Era un hombre de acción, con arrojo en el combate, y llegó a elaborar un plan para rescatar al líder falangista José Antonio Primo de Rivera de la prisión de Alicante, aunque, después de aprobado por la jefatura nacional de milicias, finalmente no se llevó a cabo.

Terminada la guerra, siendo ya miembro del Consejo Nacional de Falange, Franco lo nombró delegado nacional de Excombatientes, un cargo importantísimo en el nuevo régimen porque desde ese organismo se decidió el reparto de puestos y beneficios para los que habían participado en la guerra. La nueva administración, la anterior había quedado completamente diezmada, fue copada por los ganadores de la cruzada, que incluso tenían un cupo de plazas aseguradas para excombatientes en todas las nuevas oposiciones que convocaba el Estado. El ascenso de Girón fue imparable. En 1941, con solo veintinueve años, fue nombrado ministro de Trabajo, cargo en el que permanecería dieciséis años y en el que se ganó cierta fama de ministro obrerista por impulsar algunas mejoras de las condiciones de vida de los trabajadores en aquella España destruida. A pesar de ser un fascista de escasa base doctrinal, se consideraba a sí mismo el fiel representante de la revolución falangista y sindicalista promovida por José Antonio y tenía un carácter fuerte, con el que imponía algunas decisiones frente a la oposición de otros miembros del gabinete franquista. Uno de sus lemas, para todo lo que hacía, era «corazón y pelotas». Cuando en 1957 salió del Gobierno por una gravísima crisis económica y social, rechazó varios de los ofrecimientos que se hacían a todos los exministros, como el de ser embajador, en este caso de Argentina por su afinidad hacia el peronismo, y decidió instalarse en Fuengirola para dedicarse al negocio inmobiliario. Aprovechando el boom de la Costa del Sol, realizó inversiones con beneficios multimillonarios. Uno de sus socios fue Hans Hoffmann Heinkeder, diplomático y empresario hispano-alemán, antiguo agente nazi, que tuvo un papel clave en las relaciones hispano-alemanas posteriores a 1945 y que también se estableció en la zona, como otros muchos gerifaltes del nazismo.

Pero a Girón, que seguía siendo miembro del Consejo Nacional del Movimiento y procurador en Cortes, no solo le interesaba el hacerse rico, sino que se mantenía pendiente de la evolución política. No se iba a quedar quieto ante lo que veía como la defenestración de la Falange ante el auge de los tecnócratas aperturistas. A pesar de que un accidente de tráfico sufrido en 1962 le había mermado físicamente, desde finales de los sesenta se dedicó activamente a reivindicar el merecido protagonismo para los azules, los que se consideraban auténticos portadores del espíritu fundacional del Régimen. En 1970 fue designado miembro del Consejo del Reino y fue entonces cuando el León de Fuengirola, como se le empezaba a denominar en algunos medios, desplegó toda una serie de mensajes y advertencias sobre el rumbo equivocado que algunos querían dar al país. Desde todas las tribunas y medios a su alcance, reclamó públicamente la recuperación de competencias para el Movimiento y el protagonismo para la Falange dentro de él.

> La Falange es la savia y la levadura de la unidad de España y, si un día se rompiera esa unidad, volveríamos a ofrecer la savia que iluminará el nuevo tiempo que vendrá [...] La sucesión de Franco no funcionará sin un encauzamiento ordenado de la diversidad [...] El pluripartidismo o el multipartidismo político son sencillamente catastróficos para la mentalidad y la vehemencia del temperamento español.

Sus postulados fueron recogidos con fervor por el sector más inmovilista de la dictadura, que vio en Girón un falangista puro, el jefe del Gobierno que necesitaría el país e incluso un candidato para dirigir el Estado a la muerte de Franco.

La oportunidad de ser nombrado jefe del Gobierno llegó tras el asesinato del almirante Carrero Blanco a finales de 1973. Franco, afectado por la muerte de su hombre de confianza y muy debilitado ya por la enfermedad de Parkinson, debía elegir entre una serie de candidatos entre los que estaba Girón, muy defendido por el núcleo ultra de los ayudantes del caudillo, entre ellos su médico personal, Vicente Gil. Pero, al final y de manera sorprendente, el general designó para el cargo a Carlos Arias Navarro, que además rechazó a Girón como vicepresidente de su gabinete. El nuevo presidente, que había recibido un decisivo apoyo de la esposa del dictador, intentó llevar a cabo una apertura política conocida como el Espíritu del 12 de febrero, por el día en que anunció sus intenciones ante las Cortes, pero entonces explotó, con toda la fuerza para oponerse a los cambios y para convocar a la movilización de los sectores más reaccionarios, el llamado Gironazo.

José Antonio Girón, animado por las quejas del ministro José Utrera Molina, que acusaba a Arias Navarro de no respetar a la secretaría general del Movimiento, decidió lanzar lo que él mismo consideró «un pepino del quince y medio en plena siesta». Llamó al director del periódico *Arriba*, el diario falangista que había sido mucho tiempo órgano principal del Movimiento, y le avisó de que iba a dictarle a su secretaria una declaración política. Cuando el periodista, Antonio Izquierdo, leyó el comunicado, llamó a Girón:

—Ya lo he leído…

—¿Qué te parece?

—Bueno…, es un poco dura. Vamos, ¡la leche de dura! Esto es dinamita —gritaba el periodista.

—¿Tienes algún inconveniente en publicarla?

—En absoluto, me lo voy a pasar fenomenal. Pero ¿has hablado con el ministro secretario?

—Tú no te preocupes de eso. Yo aviso a todos, pero tú saca el texto en primera página, por encima de todo y pase lo que pase —sentenció Girón.

El 28 de abril de 1974 el periódico *Arriba* publicaba la declaración política de José Antonio Girón con una gran foto a toda página del autor, que suponía un ataque frontal a la debilidad del Gobierno de Arias y a su aperturismo político, al que calificaba de traidor al Régimen. En su artículo de tres páginas Girón proclamaba además su desconfianza en la monarquía, reivindicaba a la Falange e insinuaba la posibilidad de una intervención militar.

> Proclamamos el derecho de esgrimir, frente a las banderas rojas, las banderas de esperanzas y realidades que izamos el 18 de julio de 1936, aunque a ello se opongan los falsos liberales o quienes, infiltrados en la Administración o en las esferas de poder, sueñan con que suene vergonzante la campanilla para la liquidación en almoneda del régimen de Francisco Franco. Nosotros queremos que España culmine su proceso de vertebración bajo la tutela de las Fuerzas Armadas, que tanto han entregado a este pueblo nuestro, y la serena vigilancia de Francisco Franco.

La arenga recorrió todos los sectores de la sociedad española y fue recibida con euforia en los más conservadores, especialmente en el ejército. El diario *Arriba*, junto con la revista ultra *Fuerza Nueva*, eran las únicas publicaciones que se leían en las salas de banderas y estandartes de los cuarteles.

—Con su permiso, don Jaime, tiene usted una llamada de Madrid. Dicen que llaman de la Confederación Nacional de Excombatientes. —Se cuadró un joven a la puerta del despacho en el que Llopis y Bofarull desayunaban y repasaban escritos.
—Pásemela. Debe de ser Girón, que estará a punto de salir para el acto de la plaza de Oriente —dijo Jaime advirtiendo a Bofarull de que guardara silencio llevándose el dedo índice de su mano derecha a los labios.
Cuando descolgó el auricular, un hombre joven le anunció que le ponía con el presidente y allí apareció la voz de trueno de José Antonio Girón de Velasco.

—¡Arriba España, Llopis! ¿Cómo estamos?

—Preparados y dispuestos, camarada. En breve salgo para el Valle, me dicen que el ambiente es tremendo. Los accesos están llenos de coches y autobuses venidos de toda España y del extranjero. No va a faltar nadie en el entierro. ¡Han venido fascistas italianos, viriatos portugueses y hasta guardias de hierro de Rumanía! —contestó exultante Jaime.

—No podía ser de otra manera, Jaime. La ejemplaridad, el sacrificio y el legado de Franco merecen que estemos todos unidos en su despedida. Debemos tener el arrojo de enfrentarnos a esta situación con la serenidad y el valor con los que Franco se enfrentó al mundo. ¡Sobre todo valor, Jaime, mucho valor!

Girón, a pesar de estar hablando por teléfono con un amigo, adoptaba el tono mitinero que tan famoso se había hecho en sus discursos como ministro de Trabajo, en los que solía utilizar frases de José Antonio Primo de Rivera. Ahora también lo hizo.

—Ya sabes, Llopis, que, como dijo ese visionario que fue José Antonio, aquí nadie es nada, sino una pieza, un soldado en esta grande empresa que es la empresa de España.

—No dudes, Girón, que los carlistas estaremos, como siempre hemos estado, a la altura de lo que la patria necesita de nosotros. Tú y yo luchamos en la guerra por las dos causas fundamentales de nuestro tiempo, la causa de Dios y la causa de España, y en eso vamos a seguir hasta el final. ¿Vendrás por delante para rendir honores con todos o llegarás con el cortejo?

—Iré en un coche del Consejo Nacional del Movimiento con Blas Piñar —contestó Girón—. No quiero juntarme con algunos traidores que van llorando al lado del féretro de Franco cuando de verdad se están relamiendo de ambición. Bastante voy a tener con verles la cara ahora en la misa de la plaza de Oriente. Salgo para allá, querido, así que nos vemos luego en Cuelgamuros. Mucha fuerza, Llopis, sabes que en esto estamos todos juntos, y ¡arriba España!

—¡Arriba siempre! —contestó Jaime y se quedó con el auricular en la mano mirando a Bofarull—. No te puedes imaginar lo que ha hecho este hombre en el año y pico que lleva presidiendo la Confederación Nacional de Excombatientes. Ha sido el que ha parado los pies al inútil de Arias Navarro y el que ha impedido que el príncipe tomara el mando permanente antes de la muerte del caudillo. Lástima que Franco no haya vivido más para ponerle al corriente de todo lo que estaban haciendo algunos aprovechándose de su enfermedad, porque muchos llevaban meses queriendo declararle incapaz.

El procurador en Cortes aludía al episodio sucedido en agosto de 1974, cuando Franco fue ingresado por una tromboflebitis en el hospital que llevaba su nombre en Madrid. Se había montado un tremendo despliegue en el centro: el caudillo ocupaba la habitación 609, su esposa la 608, y en la 606 se había instalado una especie de Estado Mayor con comunicación directa con todas las altas instancias del Régimen. Cuando el presidente del Gobierno visitó la habitación del caudillo y comprobó su delicado estado de salud, decidió proponer que se abriera un proceso para que el Generalísimo cesara en su cargo por incapacidad, encontrándose con la inmediata oposición del yerno de Franco, el marqués de Villaverde, Cristóbal Martínez-Bordiú. El marqués, que tenía contacto directo y buena relación con Girón, le comunicó las intenciones de Arias Navarro y el León de Fuengirola tuvo una fuerte discusión con el presidente, dejándole claro que no iban a permitir que se declarase la incapacidad permanente del caudillo de ninguna manera. Los gritos se escuchaban desde varias plantas del hospital. El enfrentamiento se resolvió con el príncipe Juan Carlos asumiendo temporalmente la jefatura del Estado, en la que estuvo dos semanas mientras el núcleo duro del entorno de Franco, el llamado búnker, intensificó sus gestiones para que el general destituyera al presidente del Gobierno y nombrase a un militar de la vieja guardia o al propio Girón de Velasco en su lugar. Pensaban que, si Juan Carlos llegaba al trono con Arias Navarro al frente del Ejecutivo, la catástrofe política sería inevitable y el desgobierno pondría el futuro de la patria en riesgo.

—Y ahora que ha muerto el caudillo, ¿qué podemos hacer? —pregunto Bofarull con tono pesaroso.

—Pues exigirnos la conducta que de todo español bien nacido espera hoy esta patria sometida a todo tipo de torturas, vaivenes, zozobras, inquietudes, inseguridades, engaños e insultos —enumeró Jaime Llopis como si repasara la lista de las siete plagas de Egipto—. Ya lo dijo Girón en la asamblea de la Confederación Nacional de Excombatientes: si fuéramos inmovilistas no estaríamos aquí, porque nos hemos ganado el derecho al descanso, pero estamos aquí porque nos aguijonea la injusticia y nos impulsa el deber de cerrar el paso a quienes quieren arrebatarnos la victoria. El terreno de la acción es nuestro terreno y en él van a encontrarnos caminando hacia la grandeza de España.

—¡Qué grandes palabras! —exclamó Bofarull, emocionado, una vez más, escuchando a su jefe.

Él no había hecho la guerra como don Jaime, era mucho más joven, pero conocía perfectamente cada batalla en la que había luchado, cada trinchera que había defendido o conquistado y cada enemigo contra el que había disparado el requeté voluntario Llopis. Las acciones de guerra del Tercio de Montserrat habían sido su catecismo y cuando se las relataba el protagonista en primera persona las vivía como suyas, porque, además, su padre había estado allí.

—Cierre la puerta, Bofarull, que lo que le voy a contar ahora es mejor que no salga de este despacho —le ordenó Jaime mientras se quitaba los correajes y sacaba de su cartuchera una Beretta 34 italiana que le acompañaba siempre que iba vestido con el traje oficial del tercio.

15

La musa de Manila

Antes de coger un buen sitio en la plaza de Oriente para asistir a la misa, como vieron que aún había muy poca gente esperando, Manuela y Francisco decidieron ir a desayunar. Habían sido muchas horas haciendo cola de pie hasta llegar al féretro de Franco y, aunque se habían comido un par de bocadillos de queso que trajeron del pueblo, era conveniente recuperar energías y tomar algo con un café caliente porque el domingo también amanecía frío en Madrid. Fueron a El Anciano, un bar en la misma calle Bailén que empezaba a estar bastante concurrido. A Manuela, que solo había estado en la capital un par de veces antes, le gustaba el olor a café de máquina y bollería recién hecha que se percibía ya desde fuera del local. Era un aroma diferente al de sus desayunos de siempre en el pueblo, que tenían como protagonista al café de puchero, calentado en la lumbre de la cocinilla. Pensó en ese café negro ardiendo que se tomaba por las mañanas para empezar el día con fuerzas y con algo caliente en el cuerpo. En su casa del pueblo no había calefacción y en invierno, al margen de la cocinilla donde se hallaba el hogar y el salón donde se encendía un brasero de picón, las habitaciones estaban heladas. Era duro el invierno en Extremadura. A pesar de encontrarse en 1975, muchas de las comodidades de la ciudad no habían llegado aún a su casa, y no pensaba en las lavadoras automáticas o los lavavajillas que se anunciaban en la televisión o en la radio, sino en algo más básico, el agua caliente. En su domicilio, donde vivía de alquiler con su marido y sus dos hijos, solo había un grifo con agua corriente y estaba colocado en el patio, cerca de la cocina. Cuando «metieron» el agua en las casas, algo que había sucedido recientemente, los propietarios de la suya, que vivían en Madrid, decidieron que no iban a gastarse el dinero en la casa del pueblo que no habitaban, así que solo pagaron la instalación de ese único grifo, del que salía el agua para toda la vida doméstica: la cocina, el aseo personal, la limpieza, el lavado de la ropa o el riego de las plantas. Eso cuando había agua, porque en verano, con la sequía y el aumento de población estival, en el pueblo había cortes diarios en el suministro y se veían obligados a hacer lo que habían hecho toda su vida desde que ella tenía uso de razón: ir por agua a la fuente. Manuela había llevado muchos cántaros y muchos botijos llenos de agua, primero a casa de sus padres y luego, una vez casada, a la suya. De ese trabajo, como de todos los domésticos, se encargaban las mujeres, que luego debían calentar el agua en el fuego para el aseo del marido y los hijos, a los que ella era la encargada de arreglar cada mañana antes de irse a la escuela. Le vinieron a la cabeza los recuerdos de los últimos días en su casa.

—Mamá, ¿por qué estás triste? —le preguntaba su hijo pequeño.

—Por nada, por nada, que se ha muerto un señor y me da pena. Hoy te puedes quedar un rato más en la cama, que no hay escuela. —Intentó sonreír para que el niño se animase con esta noticia.

—¿Y por qué no hay?

—Porque toda la gente está muy triste, los maestros también, y por eso no pueden dar clase. Anda, vete otra vez a la cama, que allí estás más calentito.

Los niños dormían en una habitación a la que se accedía desde el salón, donde estaba el televisor en el que aquella mañana de la muerte, sentada en la mesa camilla al calor del brasero, vio al presidente Arias Navarro leer el testamento de Franco, con aquella despedida final del caudillo abrazando a todos los españoles:

> Quisiera en mi último momento unir los nombres de Dios y de España, y abrazaros a todos para gritar juntos por última vez en los umbrales de mi muerte: ¡Arriba España! ¡Viva España!

Lo mismo que Arias Navarro, Manuela lloró brevemente y en silencio, no quería que su hijo pequeño se asustara. Entonces escuchó las campanas de la iglesia del pueblo empezar a tocar a difunto. En la iglesia esos días se rezó y pidió sin parar por el alma de Franco, aunque lo de pedir por el general lo llevaban haciendo ya muchos años. Desde muy pequeña recordaba Manuela aquellas preces que dirigían los sacerdotes:

—Por el jefe del Estado, Generalísimo Francisco Franco, para que Dios guarde su salud y le siga manteniendo fuerte y lúcido en la dirección de nuestra patria y en la protección de todos nosotros, sus súbditos, roguemos al Señor. Te rogamos, óyenos.

Manuela había sido siempre asidua de los primeros bancos de la iglesia y, como fiel creyente y devota, llevaba a sus hijos con ella a todas las ceremonias para inculcarles la fe que a ella le había dado fuerzas para superar las pruebas a las que había debido enfrentarse. Por otra parte, las celebraciones religiosas eran el centro de la vida en el pueblo y vertebraban todos los actos sociales. No había fiesta ni acontecimiento que no tuviera su correspondiente hecho religioso. Misas, romerías, bautizos, bodas, comuniones, confirmaciones, procesiones, ofertorios, novenas, rosarios, entierros, funerales… Los ritos católicos inundaban la vida de las personas, que estaban condicionadas completamente por la religión. Las rutinas, las costumbres y los calendarios que dirigían la forma de relacionarse con los demás estaban marcados por el credo: la Navidad, la Cuaresma, la Semana Santa, las fiestas de la Patrona…, cada uno tenía sus ritos y sus convenciones sociales. Para ser considerado un miembro de la comunidad, con todos los derechos y deberes, para no ser discriminado, tu vida debía encauzarse desde el inicio por ese camino que señalaba primero el bautizo, luego la comunión, la confirmación y la boda católica, si es que querías tener una pareja, porque la convivencia en pecado estaba estigmatizada. La vida de Manuela y su familia, como la de todas las casas de aquel atrasado entorno rural, estaba ordenada por la Santa Madre Iglesia. Pero Manuela no era consciente de ese arbitrio, nunca se lo había planteado, y mucho menos donde se encontraba ahora, en medio de los preparativos de una de las ceremonias más trascendentes que habían tenido lugar en los últimos tiempos en España, sin duda la más importante a la que ella había asistido, el funeral del jefe del Estado.

Tomaron el desayuno en la barra, café con leche y dos raciones de churros, esos churros finos que hacían en Madrid tan distintos a las porras de su pueblo, pero que sabían tan bien. Estaban apretados porque el bar se había llenado rápidamente con la gente que empezaba a llegar de forma masiva para asistir al funeral.

—Venga, vámonos, que seguro que ya hay gente esperando para coger los mejores sitios —apremió Manuela a su marido para que terminara el café.

Francisco pagó la cuenta y salieron hacia los jardines de la plaza de Oriente buscando colocarse lo más cerca posible de la fachada principal del palacio, donde estaba la tribuna que iban a ocupar las principales autoridades y personalidades que asistirían a la misa de cuerpo presente por el alma del dictador. Cogidos del brazo para no separarse, fueron esquivando los numerosos corrillos de gente, que ya poblaban los jardines intentando aproximarse al cordón de policías que formaban el último límite hasta el que podía acercarse el público. Esa primera fila de gorras de plato hacía de linde con una amplia zona repleta de militares, que ocupaban completamente el asfalto de la calle Bailén, por donde luego tendría lugar el desfile militar que acompañaría al caudillo en su último viaje. Pidiendo permiso y haciendo algún esfuerzo para meterse por donde parecía no caber nadie más, llegaron tan adelante como pudieron, a pocos metros de las bandas militares que ya estaban preparadas para poner música a la ceremonia. Tenían una buena visión del altar, que se había dispuesto justo delante de la puerta de entrada al palacio, donde se hallaba colocada ya una pequeña tarima rodeada de grandes velones dorados y un crucifijo, el lugar donde iba a ser depositado el féretro durante la misa. Engalanaban la fachada barroca dos grandes pendones con el escudo nacional y un crespón en el centro y dos grandes coronas fúnebres decoradas también con telas negras. Había ya un gran movimiento delante, porque, aparte del incesante ir y venir de uniformes militares de todo tipo dándose órdenes y saludos, todos con el brazalete negro en señal de duelo, empezaban a llegar los coches que traían a las autoridades civiles y eclesiásticas. Numerosos religiosos descendían de sus vehículos, cardenales, arzobispos, obispos; dominaba el color negro en sus elegantes sotanas filetatas, pero se veían también esclavinas, solideos y bandas de color púrpura. También llegaron algunas de las pocas autoridades extranjeras que habían anunciado su presencia en los funerales, pues el aislamiento internacional del Régimen era cada vez mayor, sobre todo tras los últimos fusilamientos de hacía dos meses, y pocos mandatarios querían asociar su imagen a la de Franco. Manuela distinguió rápidamente al príncipe Raniero de Mónaco, que había venido sin su esposa, la actriz Grace Kelly, una pareja habitual de las revistas del corazón y cuya familia era conocida y respetada por los españoles. Luego distinguió a su llegada al rey Huséin de Jordania, un gran amigo de España, que asistió sin la compañía de su tercera esposa, la bella palestina Alia Al-Hussein.

—La mujer de Huséin no habrá venido porque está embarazada. Va a tener pronto su segundo hijo, lo vi hace poco en una revista. No sé los hijos que tiene ya este hombre —comentó Manuela al verlo.

Justo después, se bajó de un coche negro una mujer de un porte distinguido, vestida con elegancia de luto de los pies a la cabeza, que llevaba cubierta con un velo transparente. Colgaba de su cuello un largo collar de perlas negras, a juego con un vestido que resaltaba su esbelta figura y que dejaba intuir, detrás de las correspondientes medias negras, unas piernas estilizadas. Antes de dirigirse a la tribuna, se levantó un momento el velo para retocarse el peinado y Manuela pudo distinguir su bello rostro: era Imelda Marcos, la primera dama de Filipinas, esposa del dictador Ferdinand Marcos y, a sus cuarenta y seis años, una de las mujeres más poderosas del planeta.

Imelda Remedios Visitación Romuáldez y Trinidad había nacido en 1929 en una familia acomodada de origen mestizo, con antecedentes japoneses y españoles. Aunque estudió en un buen colegio de Manila, tuvo desde muy joven la ambición de ser reconocida y famosa, pues inicialmente no fue bien aceptada por las familias de la alta sociedad filipina. Con veinte años se presentó al concurso de belleza Miss Manila, en el que quedó finalista, pero no ganó. Sin embargo, Imelda ya demostró que no se rendía fácilmente y, después de conocer el fallo, decidió visitar al alcalde de la ciudad para convencerle de lo injusto de la decisión del jurado. Debió de ser muy persuasiva porque, aunque el alcalde no pudo cambiar el veredicto, dispuso crear ese día un nuevo galardón y la nombró Musa de Manila. Con ese título empezó a aparecer en revistas y a asistir a fiestas de la alta sociedad, recepciones y encuentros con políticos. En una visita al Parlamento conoció al joven político Ferdinand Marcos, entonces un prometedor congresista célebre por haber participado con el ejército filipino en la Segunda Guerra Mundial formando parte de la resistencia a los invasores japoneses. El flechazo fue inmediato y el supuesto héroe de guerra y la bella musa formaron una pareja mediática que, en solo dos semanas, pasó por el altar. Ambos encontraron lo que querían: ella un marido ambicioso con una esperanzadora carrera hacia el poder, y él una esposa mediática y con encanto, que podía ayudarle a conseguir apoyos y simpatía. El tándem funcionó a la perfección y, después de ir ganando durante unos años elecciones a diferentes cargos en el Senado y en el Partido Liberal, con Imelda haciendo de asesora, portavoz y hasta de estrella cantante en las campañas electorales, Marcos llegó a la presidencia de la nación en 1965.

—Hemos llegado donde habíamos soñado, pero no me voy a parar aquí. Quiero mucho más, quiero el mundo entero —le decía con la mirada perdida a su esposo en la cama aquella noche, tras la celebración del triunfo electoral mientras Marcos se afanaba en solicitar sus míticas artes amatorias.

Imelda había sido fundamental en el triunfo porque el pueblo los veía como una pareja de ensueño, capaces de llevar su país a la modernidad; eran los Kennedy filipinos y no tuvieron rivales que les pudieran hacer sombra. Los primeros años de la presidencia todo marchó bien entre ellos, con el papel secundario, pero a la vez importante, de Imelda como primera dama, hasta que el descubrimiento de una aventura sentimental de Ferdinand enfureció a su mujer y la llevó a reivindicar más poder e independencia, a querer mandar lo mismo que el presidente.

Lo sucedido fue que Marcos conoció a la actriz norteamericana Dovie Beams, que había llegado a Filipinas en 1968 para rodar una película, financiada por el propio Gobierno, que rememoraba las acciones de guerra del presidente. Tuvieron varios encuentros sexuales, el *affaire* empezó a ser conocido en ciertos sectores y esto supuso que Dovie recibiera varias amenazas de muerte. La actriz, sorprendentemente y, según ella, con el fin de defenderse, decidió dar una rueda de prensa donde puso a disposición de los medios unas grabaciones que había realizado colocando un magnetofón debajo de la cama en la que se acostaba con el presidente. En las cintas se escuchaban el rechinar del catre y los gemidos de Ferdinand mientras le suplicaba a la americana que le practicase sexo oral. La cinta cayó en manos de unos estudiantes rebeldes que la llevaron a una emisora universitaria donde la difundieron y fue escuchada en todo el país. Imelda se sintió humillada.

—No sabes lo que tienes, idiota. Dejarse arrastrar por una estúpida niñata americana. Te ha deslumbrado el creerte un conquistador, como a todos los hombres. Sois como niños —le espetó Imelda.

Pero su decisión, en lugar de separarse y perder el poder que ya tenía, fue multiplicar este hasta ponerse a la altura de su marido. Se hablaba de «dictadura conyugal», pero ella se había convertido en el verdadero icono de Filipinas, una estrella que viajaba por el mundo entrevistándose con los mandatarios más importantes del planeta.

Imelda había venido por primera vez a España en 1972 para asistir al matrimonio de la nieta de Franco, Carmen Martínez-Bordiú y Franco, con su alteza real don Alfonso de Borbón y Dampierre, hijo del infante Jaime de Borbón, nieto de Alfonso XIII, y primo del entonces príncipe Juan Carlos. La filipina recibió en todo momento el trato de un jefe de Estado e impactó a todos desde su llegada a Barajas cuando descendió por la escalerilla delantera del avión luciendo un impresionante y ajustado abrigo de piel de leopardo con las solapas elevadas. Su aspecto, más que de primera dama, era el de una actriz de Hollywood en todo su esplendor. Abajo, a pie de pista, la esperaban doña Carmen Polo y su hija Carmen, abuela y madre de la novia respectivamente, acompañadas de otras autoridades del Régimen. El vetusto aspecto de la esposa del dictador español, vestida de negro como en un funeral, realzaba aún más la exuberancia de la asiática. Una nube de reporteros reflejó el encuentro y luego las acompañaron a la sala de autoridades del aeropuerto, donde Imelda ofreció una conferencia de prensa en la que agradeció la invitación y se mostró orgullosa de representar a los filipinos ante el pueblo hermano de España. Los medios del Régimen recogieron la llegada, y la posterior recepción de Estado con el Generalísimo en el Palacio de El Pardo, como si se tratara de una personalidad de alto nivel mundial, que fue como los españoles la tomaron desde entonces. En la boda, celebrada en la capilla del Palacio de El Pardo con todo el boato de un enlace real, Imelda ocupó un lugar destacadísimo, muy cerca del altar, al lado de Raniero de Mónaco y Grace Kelly, quien, a pesar de su fama y belleza, no quitó un ápice de protagonismo a la mandataria filipina. El enlace fue seguido en todo el país como un gran acontecimiento; no en vano, Carmencita era la nieta preferida de sus abuelos Francisco y Carmen, y se la conocía por «la nietísima». Además, Alfonso de Borbón era visto por muchos como aspirante al trono de España, pues, aunque Franco ya había designado como sucesor a Juan Carlos, había partidarios de que el general revocase su decisión y eligiera príncipe a su nuevo «nieto», que, al margen de sus derechos dinásticos, tenía una personalidad más acorde con la ideología del Régimen. A pesar de que los príncipes Juan Carlos y Sofía asistieron al enlace, Imelda y muchos otros invitados a la boda pensaron que serían los contrayentes, Alfonso y Carmen, quienes se convertirían en los próximos reyes de España. Parecía lo natural, la descendencia del dictador se entronizaba con la realeza para continuar con el Régimen y legitimar de esa manera su permanencia en el poder. En la familia Franco y en los círculos militares más ultras que rodeaban al general se pensaba lo mismo y todavía se mantenían esperanzas de que hubiera un cambio de opinión de quien mandaba respecto al sucesor.

—Qué elegante va y qué guapa es —se comentaba en las primeras filas del público, donde Manuela no perdía detalle de los movimientos de Imelda.

Tras bajarse del coche en la calle Bailén, la filipina fue acompañada por dos militares hasta el lugar que tenía reservado en la primera fila de la tribuna de autoridades que iban a asistir a la misa funeral. Su paseo atrajo todas las miradas. Caminó hacia la zona ubicada a la derecha del estrado que soportaría el ataúd del dictador, donde el protocolo había colocado a los mandatarios extranjeros. Al llegar a la hilera de sillones engalanados, Manuela distinguió cómo Imelda era saludada por los dos primeros mandatarios allí ubicados, Raniero de Mónaco y Huséin de Jordania, luego por dos mujeres que no conocía y por un militar con capa y gorra de plato al que tampoco identificó. La Musa de Manila ocupó el sexto sillón en importancia de toda la delegación internacional; el militar que tenía a su izquierda, en el quinto puesto, era el general Augusto Pinochet. El dictador chileno había oído hablar de la peculiar mandataria filipina, de algunas de sus extravagancias y de su particular belleza, pero no la conocía en persona. Cuando Imelda se levantó el velo para hablar cara a cara con su compañero de fila, Pinochet quedó impresionado. Le costó entablar conversación y balbuceó un convencional saludo:

—Mucho gusto en conocerla, señora, aunque sea en estas circunstancias tan lastimosas —dijo el general, que no sabía si cubrirse con la capa o abrirla para que se vieran todas las condecoraciones que llevaba en el pecho.

—El placer es mío, mi general. He seguido muy de cerca los acontecimientos en su país y tengo que confesarle mi admiración y respeto por lo que está usted haciendo para poner orden en Chile —contestó Imelda con una mirada intensa de ojos abiertos y una sonrisa que acentuaba la altura de sus pómulos.

En aquella fría mañana de noviembre a Pinochet le sudaba el bigote de los nervios. Esa mujer era mucho más cautivadora de lo que se decía. A pocos centímetros de distancia pudo observar su bello rostro, con su boca pequeña y sus ojos negros; sus piernas estilizadas, que cruzaba con una elegancia exquisita; sus delicados pies, calzados por unos pequeños y elegantes zapatos negros; sus expresivas manos, enfundadas en unos refinados guantes; su olor, «un olor a hembra de alta categoría», pensó el general. La mina le gustaba, era bacana. Pinochet debió contenerse, no podía «tirarle los churrines», coquetear, allí mismo con ella, entre otras cosas porque tenía a su izquierda a su esposa, Lucía Hiriart, y le podía sacar pica, provocar celos. Lucía era una mujer de armas tomar, fuerte y dominante, pero al lado de Imelda parecía una abuela. El general se calmó unos instantes y decidió llevar la conversación al Gobierno de Filipinas. Sabía que en los últimos años se habían producido muchos disturbios e Imelda y su marido habían reprimido con dureza a los insurgentes. Se hablaba de torturas y muertes entre los opositores. Ahí seguro que se iban a entender.

Filipinas llevaba bajo la ley marcial desde hacía unos años, cuando las protestas estudiantiles, la oposición de izquierdas y algunos grupos guerrilleros acosaban por todos lados al régimen que encabezaba Ferdinand Marcos. La decadente situación económica y la aireada corrupción de la clase dirigente habían provocado revueltas en las calles y enfrentamientos con la policía, que finalmente recibió la orden de reprimir las manifestaciones con bombas lacrimógenas y fuego real, provocando muchos muertos y heridos. El Gobierno llevó a cabo una campaña de detenciones, juicios y encarcelamientos justificándose en el ideal de que la Nueva Sociedad necesitaba combatir la amenaza comunista y guerrillera para recuperar los valores políticos y morales. Mientras las fuerzas del orden actuaban sin control, se denunciaban torturas y ejecuciones de opositores, Imelda llevaba a cabo una intensa labor de propaganda apoyando a su marido en todas sus apariciones y encargándose tanto de recibir y agasajar a los mandatarios que visitaban Filipinas como de ser la primera diplomática y representante del país en sus numerosos viajes por el mundo. Ella era la vendedora en el exterior de esa idea de Nueva Sociedad, además de dedicarse a sus obras culturales y benéficas.

—Yo soy la esperanza y la última ilusión de muchos filipinos —decía sin ningún rubor en sus comparecencias ante la prensa extranjera.

Era muy habitual verla repartiendo billetes desde el coche entre los niños de los barrios desfavorecidos que visitaba. El tándem matrimonial mantenía con pulso firme el poder dentro de su país, sin contemplaciones ni piedad, y ella se encargaba de dulcificar la imagen del Régimen en el extranjero; de ahí salió su apodo de Mariposa de Hierro.

—¿Cómo van las cosas con los elementos subversivos de su país? ¿Lo tienen ustedes controlado? —preguntó Pinochet aprovechando un cruce de miradas.

—Nosotros cumplimos con nuestro deber de llevar a Filipinas hacia la paz y el progreso social. Y en eso hay que tener mano firme, para que haya orden en el país. Bien lo sabe usted, general, ¿no? —Imelda ladeó la cabeza y lanzó una mirada cómplice, de ojos muy abiertos, al dictador chileno.

—La responsabilidad de los que rigen un país siempre está llena de desencantos. Hay cosas que uno querría no tener que hacer, pero se está obligado a ello por el interés de la nación, y esos sinsabores hay que sobrellevarlos con entereza, buen ánimo y buenas formas, como veo que usted hace a la perfección —dijo el general mientras recorría con su mirada la figura de la filipina.

—Estoy obligada a dar una buena imagen de mi país e intento que sea la mejor posible. Pero la verdadera naturaleza de las personas está en su interior, querido general, no se deje llevar por las apariencias. A veces unas formas suaves y delicadas encierran una fiera indomable que puede arrancarte el corazón al menor descuido.

Pinochet tragó saliva entusiasmado por la respuesta, no sabía si sugerente o amenazadora, pero sin duda valiente.

—Por eso hay que ser aperrado, como decimos en mi país —contestó mientras se abría la capa y agarraba con su mano derecha la empuñadura del sable que portaba—. Hay que tener valor para utilizar las armas precisas para defenderse y también para atacar.

Imelda, sabedora de sus encantos y en posesión del control de la situación, quiso aprovechar para llevar la conversación a su terreno, a sus objetivos diplomáticos que nunca olvidaba.

—Tiene que venir usted a Manila, Augusto. —Utilizó ya el nombre propio del presidente para darle confianza—. Sería un honor recibirle y mostrarle los avances del pueblo filipino y que comprobase usted mismo nuestro cariño y cordialidad en primera persona.

—Estoy deseando hacerlo —decía el chileno cuando, en ese momento, la megafonía del acto interrumpió su charla reclamando la atención de los presentes.

Se ruega atención, por favor. En atención a las decenas de miles de españoles, procedentes de todas las regiones de España, que ocupan desde primeras horas de esta madrugada la explanada del Valle de los Caídos esperando ansiosos para rendir su último homenaje al caudillo, el presidente del Gobierno, con la aprobación de su majestad el rey, ha dispuesto que el cortejo que acompañará a los restos mortales del Generalísimo a la basílica del Valle de los Caídos se traslade en automóvil desde esta plaza de Oriente. En consecuencia, y en aras de la fluidez del cortejo, se ruega a las autoridades que estén atentos y dispuestos a la llegada de sus respectivos vehículos ante el altar, que será anunciada oportunamente desde estos mismos micrófonos.

—Estoy deseando ver ese Valle de los Caídos, dicen que es un mausoleo bacán. Si me impresiona tanto como cuentan, quizá decida construir uno igual para mí en Chile donde me entierren cuando me muera y me puedan recordar. ¿A usted no le apetecería ser recordada para siempre, Imelda?

—Yo soy más de disfrutar en vida. La riqueza, los lujos y los placeres son para deleitarse estando vivos. Antes que una gran sepultura prefiero mi palacio de Malacañán, que es un paraíso para gozar de la vida. Cuando venga usted a Filipinas, Augusto, se lo enseñaré. —Imelda sonrió con picardía—. Precisamente el año pasado estuvo allí el nuevo rey de España con su esposa.

—¿Y qué le parece a usted el nuevo rey? ¿Es tan livianito de sangre como aparenta? Quiero decir tan simpático y agradable, ¿o tiene doble vuelta? —dejó caer el general sin darle importancia a la pregunta.

—Entre nosotros, Augusto, yo pensé que nunca iba a ser rey y que Franco elegiría al marido de su nieta para que todo quedase en familia. Pero, si lo ha conseguido, debe de ser más listo de lo que aparenta.

—Me dicen algunos que está aserruchando el piso de muchos patriotas y que es un chupamedia de los izquierdistas, y eso sería muy peligroso —dijo el chileno torciendo el gesto mientras le interrumpía un rumor que se iba imponiendo al silencio que reinaba en la plaza.

Era la llegada del rey. Desde su posición, Manuela pudo ver acercarse la escolta motorizada que precedía a la comitiva real y, cuando esta se apartó, el Rolls-Royce Phantom IV que traía a los monarcas. Cuando Juan Carlos y Sofía descendieron del vehículo, hubo tímidos aplausos, pero entonces la megafonía anunció con voz solemne la llegada de la viuda del Generalísimo, doña Carmen Polo de Franco, y las pocas palmas se difuminaron. Luego, los reyes subieron a un pequeño estrado situado sobre la calle Bailén y sonó el himno nacional. Al terminar la corta interpretación, siguió el silencio entre la multitud. Juan Carlos no era el protagonista, ni mucho menos. Los reyes se dirigieron a la tribuna principal para ocupar el palco real, situado en el lado del Evangelio, a la izquierda del altar según miraba el público, pero antes fueron a saludar a la viuda de Franco, que ya ocupaba su sitio en el lado de la Epístola, a la derecha. Había un silencio tenso en toda la plaza y Manuela podía notar la emoción contenida y la tensión en todos los que la rodeaban. Ella misma estaba conmovida.

—Pobre doña Carmen, con lo que ha sido ella para Franco y ahora se queda tan sola —comentó Manuela.

—Pero si dicen que últimamente mandaba más que Franco —dijo Francisco bajando el tono para que nadie más pudiera oírle.

—¡Tú qué sabrás! Anda, que no sé dónde escucharás esas tonterías.

La megafonía, siguiendo con el tono ceremonioso, anunció que el féretro con los restos mortales del Generalísimo Franco estaba siendo trasladado en ese momento desde el interior del palacio hasta el túmulo que se encontraba en el altar. El silencio se hizo brutal, denso, profundo, y todas las miradas se dirigieron a la puerta de Oriente. Tras unos instantes, sonó una corneta y apareció el ataúd del dictador llevado a hombros por miembros de su guardia. Empezó a sonar el himno nacional, pero un tremendo rugido procedente de la plaza apagó sus notas con los gritos de «Franco, Franco, Franco». Los pañuelos blancos inundaron la plaza. Manuela se santiguó, iba a empezar la misa.

16

Billy el Niño se presenta

Mientras Mailua apuntaba con tensión su pistola hacia la puerta, volvieron a llamar a la misma con tres golpes.

—Servicio de habitaciones —dijo una voz masculina al otro lado.

José Luis estaba pegado a la pared, rígido, dudando si contestar o callar y esperar que el supuesto empleado del hotel se marchara.

—Señor Murillo, han dejado un sobre para usted en la recepción y me han pedido que se lo suba urgentemente, pero no puedo meterlo por debajo de la puerta porque es algo grueso. Si me abre, se lo entrego —se explicó el supuesto empleado del hotel.

Mailua respiró, la voz le parecía relajada y veraz, convincente. Podía ser que su enlace estuviera en un apuro y le hubiera enviado nuevas instrucciones de actuación. Decidió contestar.

—Un momento —dijo aproximándose despacio a la puerta.

Acercó su ojo izquierdo a la mirilla y en ese instante la puerta se le vino encima con un estruendo de maderas rotas, impulsándole violentamente hacia atrás, haciéndole trastabillarse y caer de espaldas al suelo. Cuando intentaba reponerse del impacto y levantar el brazo para utilizar la pistola que todavía llevaba en la mano, recibió un fuerte golpe en la cabeza.

—¡Quieto! ¡Suelta el arma, hijo de puta! —escuchó que le gritaban sin poder apreciar quién lo hacía porque el último golpe le había nublado la vista.

Recibió luego una patada en el brazo que le hizo perder la pistola y un nuevo impacto en el rostro que debió de romperle la nariz y lo dejó atontado. Alguien fornido cayó sobre él apoyándole una rodilla en el pecho y agarrándole del cuello.

—Si te mueves, te mato, cabrón —le dijo el atacante, aunque ya se veía que el maniatado no iba a poder ofrecer la menor resistencia.

Le dieron la vuelta, le pusieron las esposas y lo dejaron tumbado boca abajo con el rostro sangrando pegado a la alfombra.

—Registrad todo, rápido —dijo alguien mientras le ponía un pie en la cabeza y presionaba levemente—. Vete espabilando, perro, que tienes que contarle a Billy muchas cosas.

Eso fue lo último que escuchó Mailua antes de perder la consciencia un instante.

Lo despertó el agua fría en el rostro. Un hombre fornido, vestido de traje, que sostenía en la mano lo que parecía una jarra con agua, le dijo que la siesta había terminado. No veía bien, intuyó que alguno de los golpes en la cara le había provocado cierta hinchazón en ambos párpados. Le dolía mucho la nariz y notó que algo pegajoso, debía de ser una cinta adhesiva, le impedía abrir la boca. El individuo musculoso sacó un pañuelo del bolsillo del pantalón y le limpió la cara.

—Ponte guapo, que te vamos a hacer un reconocimiento, y a ver cómo te portas, que no podemos perder mucho tiempo. ¿Lo entiendes, José Luis... o como coño te llames? —le espetó mientras le echaba el resto de la jarra de agua por la cabeza para espabilarlo bien.

Por la ventana de la habitación del Hotel Plaza entraba ya la luz de la mañana e intuyó que lo habían sentado en una silla con las manos esposadas a la espalda, pues le hacían daño los grilletes en las muñecas. Sobre la cama creyó ver las piezas de un rifle Winchester con mira telescópica que, como había supuesto, debía de contener una de las cajas que él mismo había trasladado a la habitación. También le pareció que había dos pistolas con unos cuantos cargadores, que, imaginó, sería el contenido de la segunda caja. A un lado, detrás de él, vislumbró con dificultad la figura de un hombre hablando por el teléfono de la habitación.

—Localice al comisario Conesa rápidamente y que informe al Ministerio de la Gobernación y al SECED, sobre todo a estos, que son los que han organizado toda la seguridad del funeral con Presidencia del Gobierno. Que llame urgente al SECED y les cuente todos los detalles sobre la habitación, la vista de las calles Bailén y Ferraz y el rifle de mira telescópica. Está claro que querían reventar el entierro. ¿Quién nos dice que no puede haber más tiradores?

La voz se interrumpió, como si entonces estuviera hablando su interlocutor. José Luis ya asumía que lo había cazado la policía cuando volvió a escuchar al tipo.

—Sí, dígales que parte de la información era correcta, pero este tío no es Mamarru, es otro, la documentación dice que se llama José Luis, pero vete tú a saber. Ahora vamos a ver qué nos canta el pollo. Dígale al comisario Conesa que me llame en cuanto pueda, nos quedamos aquí hasta que él nos dé la orden de trasladarlo a la Puerta del Sol.

Mailua escuchó cómo el individuo colgaba el auricular y se acercaba hasta ponerse frente a él. Era un hombre bajito y regordete, llevaba el pelo largo, tenía los ojos saltones y la boca grande. Se quitó la americana beige, que le quedaba grande, la dejó doblada encima de la cama y empezó a desabotonarse los puños de la camisa. Llevaba una pequeña cartuchera al cinto con una pistola, la empuñó y se dirigió a él:

—Vamos a ver, saco de golpes, que eso es lo que eres, un saco de golpes. A ver si aprovechas la suerte que has tenido de conocer en persona a Billy el Niño —dijo mientras imitaba el movimiento de los pistoleros del Oeste haciendo girar el arma sobre el dedo que tenía en el gatillo.

Antonio González Pacheco, alias Billy el Niño, tenía veintinueve años y era oriundo del pueblo cacereño de Aldea del Cano. Nacido en plena posguerra extremeña de escasez, después de una dura infancia, sus primeros años jóvenes los pasó ayudando en un comercio familiar, pero cuando el negocio cerró, se preparó para ingresar en las fuerzas de seguridad del Estado, donde entró en 1969. Actualmente era ya subinspector segundo en la Brigada Político-Social de la Policía y su carrera estaba siendo meteórica en esa llamada policía secreta que se dedicaba a infiltrarse, denunciar, perseguir, reprimir, detener y desarticular todo tipo de elementos y organizaciones que tuvieran que ver con la oposición al Régimen. Asociaciones de estudiantes, sindicatos, organizaciones políticas clandestinas, militantes de izquierda, asociaciones culturales y, últimamente, grupos terroristas eran, entre otros muchos, los objetivos de la Brigada, que había sido creada al final de la Guerra Civil y había recibido en sus inicios asesoramiento de la Gestapo nazi y la policía fascista italiana. Desde el inicio de su trayectoria policial, Billy había recibido múltiples elogios de sus jefes y frecuentes premios en metálico por sus investigaciones: dos mil pesetas por la detección de veinticinco miembros de la Comisión Coordinadora Estudiantil; veinte mil por desmantelar el aparato de propaganda del Frente Revolucionario Antifascista y Patriota (FRAP); tres mil por la detención de varios agentes subversivos juveniles. En 1972, con solo tres años de servicio, ya se le había concedido la Cruz al Mérito Policial con distintivo rojo por su excelente conducta, abnegado valor y logros obtenidos.

Pero a Billy se le iba la mano. Los últimos dos años había recibido sendas condenas judiciales por haberse propasado con los detenidos, una multa por torturar a un profesor de la Universidad Complutense y militante de izquierda, Enrique Aguilar, y otra por una falta de malos tratos y coacciones a un estudiante de Políticas, Paco Lobatón. Las multas eran de mil pesetas y no conllevaban ninguna suspensión en el servicio, por lo que González Pacheco seguía haciendo de las suyas con los detenidos, eso sí, esmerándose en que la violencia utilizada con ellos cada vez dejase menores huellas. El Régimen, pasando por encima de sentencias judiciales, protegía a sus defensores, los que mantenían el orden, hasta el punto de que hacía unos meses, en septiembre de 1975, Billy el Niño había adelantado quinientos puestos de una vez en el escalafón de la Policía. Un salto hacia arriba de quinientos escalones justificado con solo tres palabras: «Reconocido por méritos».

Primero le soltó una bofetada con la mano abierta.

—Te podría destruir ahora mismo. Pero no lo voy a hacer. Eso sí, te prometo que vas a terminar contándonos toda tu vida y la de tus amiguitos de mierda.

Lo segundo fue un puñetazo en el estómago que lo dejó sin aire.

Mientras intentaba recuperar la respiración y llenar sus pulmones, Mailua pensó enseguida en la consigna que le habían repetido mil veces si se diera el caso de ser detenido y sometido a interrogatorios con torturas: debía estar al menos doce horas sin hablar para dar tiempo a que sus compañeros, los que pudieran estar en peligro por sus informaciones, se pusieran a salvo. Esas doce horas eran fundamentales. Si un contacto no acudía a una cita, si un comando desaparecía y no daba señales de vida, su círculo más próximo debía protegerse, separarse y cortar la comunicación para evitar una detención en cascada. Empezó a mentalizarse de lo que tenía por delante y a repetirse a sí mismo y convencerse de que él no sabía nada para gritarlo cuando le destaparan la boca y no pudiera aguantar más el dolor. Respiraba ruidosamente y con ansiedad. Billy se acercó a una cartera de piel que había en el suelo y sacó un pequeño cilindro de color negro.

—Mira, ¿ves esto?, es una porra telescópica, me la regalaron unos fascistas italianos. Es una porra milagrosa, porque no deja ninguna huella de sus golpes. Te puedes hartar de pegarle a alguien, que al día siguiente no tiene ni un moratón en el cuerpo.

La represión brutal y las torturas sistemáticas habían sido dos características inherentes a la Brigada Político-Social (BPS) de la policía franquista desde acabada la Guerra Civil. Con el asesoramiento directo de los nazis se había llenado el país de campos de concentración, donde se retenía y, en muchas ocasiones, se hacía desaparecer a los rebeldes sediciosos. Pero también había que mantener un exhaustivo control y vigilancia fuera de los campos para impedir que otros elementos subversivos pudieran organizarse y poner en problemas al Régimen. Se importaron los métodos de la Gestapo, con la que se cooperó abiertamente, y en aquellos primeros años la policía secreta campó a sus anchas sin control alguno y sin tener que dar explicaciones a nadie. El terror de las ejecuciones anónimas en las tapias de los cementerios, que todavía tenían lugar sistemáticamente en muchos lugares del país durante los años cuarenta, dejaba en segundo plano las detenciones, palizas, torturas, ultrajes e incluso violencia sexual contra las mujeres que llevaban a cabo los miembros de la BPS. Eran el aparato de vigilancia y terror del nuevo Estado, la guardia pretoriana de la dictadura. Más tarde, a mediados de los años cincuenta, con el inicio de las relaciones con EE.UU. en el marco de la Guerra Fría, el régimen franquista se convirtió en un aliado contra el comunismo de la URSS y fueron el FBI y la CIA los que asesoraron a la policía española en técnicas de espionaje, investigación e intimidación. Numerosos jefes policiales españoles fueron «becados» y viajaron a EE.UU. para recibir instrucción, también en los procedimientos de tortura, que en el caso de los americanos estaban muy orientados, además de para sacar la máxima información, a dejar el menor rastro posible.

Billy desplegó su porra telescópica y lanzó un primer golpe en el costado izquierdo de Mailua.

—Esto acaba de empezar y va a ser así hasta que nos digas lo que ibas a hacer con el rifle, qué ordenes tenías y quién más estaba en esto, ¿entiendes? —le gritó mientras lanzaba otro porrazo sobre una de sus rodillas—. Y no te creas muy listo porque si hemos venido a por ti es que alguien te ha delatado y ese alguien ya no está pasando el mal rato que vas a pasar tú si decides no colaborar.

El tercer golpe con la porra lo dirigió a las costillas flotantes del lado derecho, buscando el hígado. Mailua gimió de dolor. Billy se puso de nuevo frente a él y retiró la cinta que le tapaba la boca.

—¿Vas a contarnos algo? —gritó.

En ese instante el etarra empezó a vomitar. El subinspector, aunque se apartó rápidamente, no pudo evitar que la pota le manchase el pantalón.

—Hijo de puta —exclamó—, ¿ves como solo sois unos niñatos soñadores que no tenéis huevos? Habéis pasado del juego de quemar banderas y hacer pintadas a matar a personas, pero seguís siendo unos mierdas de los que se cagan en los pantalones.

Mientras intentaba limpiarse las manchas del pantalón, sonó el teléfono de la habitación. Lo cogió uno de los tres policías que acompañaban a Billy y le pasó el auricular anunciando que era el comisario Conesa.

—Llevamos un cuarto de hora con él, comisario, por ahora no ha dicho nada, pero el rifle estaba en perfecto estado de uso y es de largo alcance. Un buen tirador le puede volar la cabeza a alguien a trescientos metros perfectamente, y tenían tres cajas de municiones —informó Billy.

—¿Han encontrado restos de explosivos o material de detonación? ¿Quizá hayan puesto alguna bomba en el posible recorrido del entierro? ¡Busquen bien! —ordenó Conesa, que se mostraba nervioso al otro lado del aparato.

—Negativo, señor comisario, el especialista en explosivos que está con nosotros ha revisado de arriba abajo la habitación y el cuarto de baño. Ni rastro. Aparte del rifle solo había dos pistolas con sus cargadores y la que tenía el que hemos cogido. Da la impresión de que habría dos individuos más en la operación, pero no han debido de estar aquí, porque el rifle y las pistolas estaban todavía embaladas en unas cajas. Ni las habían abierto.

—De acuerdo. Voy a informar otra vez a los responsables del SECED. Ya me han dicho que Presidencia del Gobierno ha decidido que no se van a suspender los actos. El entierro sigue adelante. Ya estamos registrando todas las dependencias del edificio y de la Torre de Madrid y se va a redoblar el número de policías que vigilen el acceso al recorrido del entierro, pero no se pueden dar muestras de pánico ni de nerviosismo. No quiero espectáculos públicos, ¿entendido?

—Sí, señor. Entonces ¿no trasladamos al detenido a las dependencias de la Puerta del Sol?

—No. Quédese ahí, Pacheco. —Conesa le llamaba por su segundo apellido—. No quiero carreras por el hotel ni por el centro de Madrid, que está lleno de gente. Intente sacarle a ese toda la información que pueda, que a usted eso se le da bien. Me interesa sobre todo lo de los explosivos. Le vuelvo a llamar en media hora.

Billy colgó el auricular y se dirigió a uno de los policías.

—Vete llenando la bañera, que este muchacho necesita un baño, y hablad con la dirección del hotel para que nos deje esta planta sin gente. Si hay alguna habitación ocupada, que los trasladen.

Roberto Conesa Escudero inició su carrera en la policía secreta del Régimen antes incluso de que este se instaurase. Presumía de que con veinte años, en el Madrid de la guerra, ya había sido un falangista en la clandestinidad, trabajando y pasando información a los rebeldes como parte de la famosa Quinta Columna camuflada en la capital. Cuando cayó la ciudad en 1939, con veintidós años, entró oficialmente como agente provisional en la Brigada Político-Social y uno de sus primeros trabajos fue infiltrarse en el Socorro Rojo, la organización que prestaba ayuda a los que intentaban salir del país para escapar de la represión. Haciéndose pasar por militante de izquierdas, entró en contacto con las Juventudes Socialistas, se ganó su confianza y fue el denunciante de las Trece Rosas, las trece menores de edad que fueron fusiladas una noche de agosto en las tapias del cementerio Este de Madrid. Desde entonces Conesa inició una brillante carrera en el espionaje y desarticulación de todo tipo de organizaciones de oposición, sobre todo sindicatos y partidos políticos clandestinos, en especial el Partido Comunista, del que fue enemigo número uno. La capacitación y el celo profesional que ponía en su trabajo eran elogiados por sus superiores y se convirtió en uno de los referentes en la maquinaria represora del Régimen, golpeando sin piedad a cualquier colectivo que intentara subvertir el orden establecido. En 1957 viajó a Washington para recibir un curso de formación de la CIA especializado en sabotaje y anticomunismo, actividad en la que se centró en la década de los sesenta, con numerosas detenciones de miembros del partido. Recibió decenas de premios en metálico por el gran número de arrestos que había provocado y en 1967 se le concedió la Cruz al Mérito Policial con distintivo rojo. Parecía que los secretas de Franco lo tenían todo controlado, pero entonces apareció en escena un elemento que cambió el panorama y sacó de su entorno de seguridad a la BPS: la banda terrorista ETA.

—Te digo, Conesa, que estos niñatos de las juventudes del PNV son la base de ETA. De ahí salen la mayoría, del sueño independentista y de ir colgando la banderita prohibida por todos lados. Pero si se les pega duro, te digo yo que no van más allá de eso —reflexionaba al teléfono el inspector Melitón Manzanas, el jefe de la BPS en San Sebastián, un falangista veterano de la guerra que se había convertido en el gran represor del nacionalismo vasco durante el franquismo.

Sus métodos de tortura y su implicación directa en las palizas y malos tratos a los detenidos eran famosos en la policía, pero también en todo el País Vasco.

—En eso llevas razón, Manzanas, con unos buenos confidentes y unas cuantas palizas administradas oportunamente se les puede mantener a raya. Lo de matar al agente Pardines fue algo que no habían planificado, surgió de forma espontánea. —Se refería Conesa al primer asesinado por ETA, un agente de la Guardia Civil de Tráfico—. Pero de todas formas deberías tener un poco cuidado y tomar algún tipo de precaución.

—Ni hablar, después de cuarenta años en esto, de haber estado en la guerra y luchado con la Gestapo, no van a venir a asustarme y a cambiarme la vida unos niñatos aspirantes a revolucionarios.

La banda terrorista llevaba tiempo planeando el asesinato del comisario de la BPS en Guipúzcoa. Con la bautizada como Operación Segarra, «manzana» en vasco, querían dar un salto en su respuesta al Estado opresor, golpeando a uno de sus agentes más relevantes, conocido por la crueldad de las torturas que aplicaba a los detenidos y en las que participaba activamente. La acción llevaba meses aplazándose hasta que el 2 de agosto de 1968 tres miembros de ETA esperaron a Melitón Manzanas en la puerta de su domicilio en Irún. Era un día lluvioso y el policía volvía a comer a casa como todos los viernes a esa hora. Bajó del autobús público que seguía utilizando sin ninguna precaución y se dirigió a la puerta del chalet Arana donde vivía y lo esperaban su esposa y su hija. Cuando su mujer le estaba abriendo la puerta, «Vienes mojado, cariño», uno de los etarras que estaban escondidos en el rellano de la escalera se adelantó y le dijo:

—Mira quién te mata, Melitón, ETA.

Y le disparó siete tiros, tres de ellos en la cabeza.

Mientras la esposa del comisario cerraba la puerta aterrorizada para que su hija no viera la terrible escena, los etarras salieron andando y subieron al coche que los estaba esperando para huir. Unas horas más tarde, aparecieron octavillas por toda la provincia reivindicando el asesinato:

MELITÓN MANZANAS EJECUTADO

El Pueblo había sentenciado al peón del capitalismo español y ETA ha ejecutado la sentencia. Esta acción es un importante paso adelante en nuestra lucha revolucionaria. Ya no podemos retroceder y seguiremos adelante mientras el Pueblo nos ayude, nos apoye y quiera que sigamos. Ser vasco y ser pueblo hoy significa lucha. O patria o muerte. El Pueblo Trabajador Vasco ya no puede detenerse hasta que Euskadi sea independiente y socialista.

La muerte de Manzanas fue tildada en algunos sectores de la oposición al franquismo como un hecho lícito. Por ejemplo, *Mundo Obrero*, el periódico del Partido Comunista, habló de un «acto justiciero porque el asesinado había sido un torturador de comunistas, católicos, socialistas y otros demócratas»; o la publicación del exilio republicano *Información Española*, que afirmaba que «con su muerte termina la miserable carrera de un esbirro».

El Régimen tomó el asesinato del comisario como una prueba de que con los independentistas vascos no se podía andar con contemplaciones. Se decretó el estado de excepción en Guipúzcoa durante tres meses, ampliado luego otros tres al extenderse a todo el territorio nacional, y en ese medio año los policías y guardias civiles, con la ayuda de las informaciones de la BPS, llevaron a cabo más detenciones que nunca en las tres provincias vascas: de las 434 personas detenidas en 1968 por participar, o ser sospechosas de hacerlo, en asociaciones o acciones ilegales, se pasó al año siguiente a 1953. Se suspendieron los derechos que regulaban la inviolabilidad del domicilio, la libertad de residencia o el periodo máximo de detención policial y se desató una tremenda represión. Como sustituto de Manzanas se envió al País Vasco al hasta entonces jefe de la BPS en Barcelona, Antonio Juan Creix, otro veterano con fama de duro y carente de escrúpulos con un largo historial de detenciones entre los elementos subversivos de Cataluña. Nada más llegar a su nuevo puesto, solicitó a Barcelona que le enviasen seis metralletas porque en la comisaría de Bilbao solo tenían pistolas. Era un hombre que salía siempre de casa con el cargador lleno y el seguro de la pistola abierto. Bajo su mando, las investigaciones, detenciones y confesiones, arrancadas mediante todo tipo de métodos, hicieron que fueran cayendo muchos miembros de la banda.

—Se creían estos que me iba a asustar por que me pusieran un ataúd con mi nombre en la puerta de la comisaría, ¡menuda soplapollez! —reía Creix contándole a Conesa los resultados de sus últimas detenciones de miembros de ETA—. O cuando repartieron pasquines con mi foto responsabilizándome de todas las torturas que la policía estaba realizando en el País Vasco. Pues no solo no me acojoné, sino que les di más fuerte, y ahí están la mayoría, entre rejas.

—Tienes las cárceles llenas y a la banda casi desarticulada por completo, la verdad es que has vengado bien a Melitón —lo elogiaba Conesa desde Madrid—. Y va a ser una magnífica lección que los asesinos vayan a ser condenados a muerte en el consejo de guerra de Burgos. Es necesario que se vea que no nos tiembla la mano en público para legitimar lo que hacemos en privado.

—Pero el juicio tiene que ser rápido y contundente porque si no me van a sacar a la calle a mucha gente. Cuanto más tiempo se tarde en ejecutar a esos indeseables, más movilizaciones van a organizar y más ruido van a formar por aquí. Menos mal que he conseguido levantar la moral de la gente, que cuando llegué aquí la tenían por los suelos y no se atrevían a pegar una hostia a nadie.

—Con estos dieciséis en la cárcel, la dirección de la banda está fulminada. No creo que, después de ver lo que les pasa a estos, se vayan a animar otros a salir con pistolas a hacerse los héroes. Hay que confiar en el proceso sumarísimo que han llevado a cabo los militares —tranquilizó Conesa a Creix.

Efectivamente, el Proceso de Burgos terminó con seis condenas a muerte para miembros de ETA, entre ellos para el supuesto autor de los disparos que mataron a Manzanas, Xabier Izko de la Iglesia, pero las movilizaciones que hubo por todo el país y las presiones internacionales pidiendo que se suspendieran llevaron a Franco a conmutarlas por la cadena perpetua. Era la Navidad de 1970 y el dictador quiso mostrar un gesto de benevolencia y perdón cristiano. Por entonces Billy el Niño cumplía sus primeros meses de servicio en la BPS y ya empezaba a demostrar su gusto por las técnicas de interrogatorio que ahora iba a poner en práctica en una habitación del Hotel Plaza.

—A partir de ahora, si alguno tenéis que mear, hacedlo en la bañera, que así nuestro amigo no encontrará tan fría el agua luego —dijo Billy al salir del cuarto de baño subiéndose la cremallera del pantalón—. Porque en un rato le vamos a dar un baño si no nos cuenta quién le ha mandado a esta habitación tan chula.

Luego se sentó delante de Mailua y le agarró el pelo para levantarle la cabeza. El etarra llevaba solo un instante adormilado, semiinconsciente; le dolían las rodillas, las muñecas, las costillas, la nariz, era un saco de golpes como ya le había advertido anteriormente su interrogador.

—A ver, cabronazo, tú no has venido solo a pasar el fin de semana a Madrid de turismo, así que tienes que decirnos dónde están tus otros amigos, no sea que anden por ahí poniendo un montón de dinamita como la que le colocaron a Carrero. ¿Te acuerdas de eso, cabrón? —Y le soltó un tortazo que a punto estuvo de tirarlo al suelo—. Solo tienes que recordar unas poquitas cosas como quién te mandó aquí, con quién te tenías que encontrar, qué órdenes os habían dado, a quién ibais a matar... ¡No es tan difícil! Venga, dinos algo.

Se quedó mirando fijamente a Mailua, que parecía querer decir algo. Le arrancó la cinta que le tapaba otra vez la boca y José Luis, con mucho esfuerzo y en un tono apenas perceptible, susurró que no sabía nada. Billy le dio otro guantazo fuerte y volvió a la carga.

—Sí que sabes. Sabes que tenías que alquilar esta habitación, traer los paquetes con el rifle y las pistolas y que desde esa ventana se podía disparar a alguien en el entierro de Franco. Todo eso lo sabías tú. Y ahora nosotros queremos saber si tú y tus compinches tenéis algo más preparado, por ejemplo, una bomba de esas que ponéis ahora, que le habéis cogido el gusto a las bombas desde que volasteis al presidente del Gobierno, hijos de puta.

Al éxito propagandístico que supuso el Proceso de Burgos para ETA, con un reconocimiento internacional que no había tenido hasta entonces, se unió en 1973 la operación de más repercusión que la banda habría podido imaginar: el asesinato del presidente del Gobierno, el número dos del Régimen, el almirante Carrero Blanco. La voladura del coche de la mano derecha de Franco por un comando de cinco personas que llevaban meses en Madrid dejó en evidencia a los servicios de información en general, al recién creado SECED y a la Brigada Político-Social en particular. Habían fallado todos. El golpe de efecto conseguido por la banda fue extraordinario, llegando a ofrecer en Francia una multitudinaria rueda de prensa en la que unos encapuchados explicaban los detalles del atentado: la vigilancia, la construcción del túnel, el explosivo, la detonación y la huida. La policía secreta había sido derrotada en el mismo corazón del Estado y ya nunca nada sería lo mismo. Al año siguiente, una mochila con explosivos estalló en la cafetería Rolando de Madrid, muy cercana a la Dirección General de Seguridad (DGS), matando a trece personas y causando cientos de heridos. ETA, sabiendo que la cafetería era frecuentada por los policías que trabajaban en la Puerta del Sol, esperaba provocar una masacre entre las fuerzas del orden, pero todas las víctimas fueron civiles menos un policía que resultó herido grave. Aunque Conesa, que ya era entonces jefe de la Brigada de Vigilancias Técnicas del Servicio de Asuntos Especiales de la DGS, defendió inicialmente que habían sido miembros del Partido Comunista los autores del atentado, las rápidas detenciones e investigaciones demostraron que no había sido así. Eso sí, el comando que colocó la mochila contó con el apoyo de un grupo de militantes de izquierda, que encabezaba la escritora y editora Eva Forest, que les dio cobertura e información durante su estancia en la capital. Forest y otras personas de su círculo más próximo, como la escritora feminista Lidia Falcón —aunque esta última no había tenido nada que ver con el atentado—, fueron detenidas y pasaron por la DGS, donde Conesa y Billy el Niño las interrogaron durante nueve días. Las tres primeras estuvieron sin comer ni dormir y fueron sometidas a diversas torturas, como «la rueda», en la que un grupo de policías iban pasando a su alrededor soltándole un puñetazo por turnos. Conesa las colgaba de las muñecas en una barra y Billy las golpeaba en el estómago y en el vientre:

—Puta, zorra, nos habéis querido matar. Yo te voy a machacar los ovarios y no vas a parir más —les gritaba.

Precisamente desde esas instalaciones de la DGS llamaba ahora de nuevo el comisario Conesa a la habitación del Hotel Plaza.

—Pacheco, las informaciones que llegan desde el Lobo dicen que ese individuo recibía órdenes directas de Mamarru, que es quien está formando en Francia a todos los comandos, y que seguramente querían actuar contra el rey. También me dicen que habría otras dos personas con él preparando el atentado. ¿Sabemos algo de su boca?

—Por ahora nada, comisario, ya ha empezado a hablar, pero dice que él no sabe nada. Supongo que con el siguiente paso se le refrescará la memoria porque voy a empezar con la bañera.

—De acuerdo, insista mucho con lo de los explosivos. Los jefes del SECED están preocupados sobre todo por la posibilidad de que hayan colocado una bomba. Se está peinando al milímetro el recorrido del cortejo hasta la salida por el Arco del Triunfo, se han identificado y retirado todos los coches que había aparcados cerca y se ha doblado la seguridad con policía militar, pero ya sabes que estos cabrones te ponen una bomba en cualquier sitio, como la de hace un mes en el santuario de

Aránzazu que mató a tres guardias civiles. Téngame al corriente de cualquier novedad —terminó Conesa la conversación.

Billy colgó el teléfono y ordenó a sus ayudantes que espabilaran a Mailua y lo llevaran al cuarto de baño. Allí lo colocaron de rodillas al lado de la bañera, que estaba llena de agua casi hasta el borde. Uno de los policías se abrió la cremallera del pantalón y empezó a mear dentro.

—¡Para que veas que el agua tiene sustancia, por si se te ocurre bebértela! Y, recuerda, en cuanto empieces a contarnos cosas, paramos; si no lo haces, allá tú —gritó Billy al rostro asustado del etarra antes de agarrarle por el pelo y empujar su cabeza hasta sumergirla completamente en la bañera.

En la mente de José Luis explotaban un montón de imágenes mientras contenía la respiración y agitaba la cabeza para salir del agua y tomar aire. Recordó algunos de sus primeros baños en el mar, en la playa de Zurriola, cuando, siendo un niño, su padre le hundía la cabeza en el agua para que perdiese el miedo y su madre se asustaba al verlo toser.

17

Muerte en Vilalba dels Arcs

Eran las diez de la mañana y había llegado el momento de subir a Cuelgamuros. Jaime Llopis-Bofill y su ayudante Bofarull salieron a la calle para esperar el coche oficial del procurador en Cortes que debía subirlos hasta el Valle de los Caídos. Eran de los últimos que quedaban en El Escorial del Tercio de Montserrat, pues la mayoría de los requetés habían ido subiendo durante las primeras horas del día para coger un buen sitio en la explanada de la basílica. Al llegar el coche, un hombre mayor, que vestía el uniforme del tercio con una elegante boina roja, se les acercó y preguntó:

—¿Me subirías contigo, Jaime? —Llopis lo miró fijamente, al principio con dudas, hasta que se le iluminó la cara al reconocer a su amigo Luis Rovira Gay.

—¡Por supuesto! —dijo Jaime abriendo los brazos—. Los compañeros de armas lo son hasta la muerte.

Y se fundieron en un largo abrazo.

Bofarull ocupó el asiento delantero, al lado del conductor, y Jaime y Luis se sentaron detrás.

—Te hacía en el funeral de la plaza de Oriente, Jaime, las personalidades importantes como tú tendríais un lugar reservado en esa ceremonia —dijo Luis con cierta ironía, como poniendo en valor los cargos políticos que ocupaba su amigo mientras el otro sonreía.

—Mi sitio estaba aquí con mis compañeros del tercio, con los que dimos nuestra sangre por España y por Franco, los que de verdad sentimos la pérdida y estamos preocupados por lo que pueda pasar en el futuro.

—Así estamos todos, preocupados y cabreados. —Luis asentía con la cabeza—. Se entera uno de cosas que le ponen los pelos de punta. Esta misma mañana, antes de salir de Madrid, he hablado con Blas Piñar y me ha puesto al corriente de algunas informaciones y encuentros que creo que tú también conoces.

Luis Rovira era un carlista del sector más tradicionalista. Excombatiente del Tercio de Montserrat en la Guerra Civil, luchó al lado de Jaime en la batalla del Ebro, no había tenido una participación política en el nuevo régimen ni ostentó cargos públicos de ningún tipo y se había dedicado a los negocios de su familia, que, eso sí, aprovechando sus buenos contactos con el poder, habían tenido un éxito boyante. Católico radical, solía repetir que «la esencia más radical de España es el catolicismo», era uno de los organizadores del vía crucis anual que tenía lugar en Montejurra, la montaña donde el carlismo celebraba sus tradiciones, y que desde el final de la guerra homenajeaba a los requetés que sacrificaron sus vidas en la contienda. Allí, en 1963, había conocido a Blas Piñar, un consejero nacional del Movimiento y procurador en Cortes por designación de Franco que se había dado a conocer por su defensa a ultranza del catolicismo político y que ya entonces venía defendiendo el peligro que suponía el aperturismo para la España Nacional, a la que, según él, se estaba acorralando desde diversos sectores del Gobierno. En aquella jornada de Montejurra se celebró un almuerzo en el restaurante El Oasis de Estella en el que Blas Piñar tomó la palabra y encandiló a los presentes con sus ideas y postulados sobre el camino que debía tomar el país.

—Se nos dice que tenemos que adaptarnos al nuevo mundo, que tenemos que adaptarnos a los nuevos tiempos, a Europa. Y yo me pregunto: si tenemos la verdad, ¿por qué tenemos que adaptarla a la mentira?; si tenemos la verdad, ¿por qué tenemos que adaptarla al error? ¿O acaso no sabéis aquello de Cristo: si no estáis conmigo, estáis contra mí? Lo que deberíamos hacer es navarrizar España y luego españolizar Europa.

Los carlistas, en su mayoría de la conservadora Comunión Tradicionalista como Luis, rompieron a aplaudir en numerosas ocasiones. Aquel discurso lo pronunciaba un hombre que decía que no era carlista, pero pensar así, sentir así y expresarse así era como serlo y su intervención fue reproducida íntegramente en las publicaciones carlistas *Boina Roja* y *Montejurra*, que entonces tenían una enorme tirada y repercusión. Desde aquel día Luis Rovira mantuvo una relación muy cercana con Blas Piñar, intercambiándose llamadas y escritos regularmente. En 1966, cuando Blas fundó la editorial Fuerza Nueva lanzando la revista del mismo nombre, Luis lo ayudó a promocionarla entre los carlistas, que se suscribieron por miles a la misma. Aquella revista llevaba años denunciando la desfiguración interna del Régimen y el vaciamiento ideológico del Estado por parte de una élite de traidores que iban a terminar con el Movimiento Nacional, y Luis Rovira estaba de acuerdo con esos postulados.

—Por supuesto que conozco esos hechos y me parecen gravísimos e inaceptables. Hay personas que no están actuando con la lealtad que se suponía debían tener —contestó Llopis removiéndose en el asiento trasero.

Rovira lo miraba con seriedad. Parecía dudar, no atreverse a decir algo, como si la presencia del chófer y de Bofarull lo inquietase. Hizo un gesto con la cabeza a Jaime señalando a los ocupantes de los asientos delanteros, esperando que este le corroborase que ambos eran gente de fiar y que podía expresarse sin temor. Jaime asintió conforme.

—Mira, Jaime, los dos sabemos que si el Estado y el Gobierno traicionan las esencias propias del Movimiento, van a quedar dominados por los enemigos del Régimen y estos van a terminar entrando en los cuadros dirigentes del país. Si todo esto se conoce, como se está conociendo, a nadie podría extrañar que los más leales, los más fuertes, los que más quieren a España se vean obligados a dar un paso al frente para defender lo que se ha conseguido estos cuarenta años.

Jaime Llopis permaneció en silencio, pensativo. El automóvil empezaba a subir las rampas de Cuelgamuros. En los márgenes de la carretera había coches y autobuses estacionados de cualquier manera porque los aparcamientos próximos a la basílica estaban ya abarrotados. Muchas personas subían a pie. Abundaban los uniformes, las camisas azules, pardas y negras, los gorros chapiris de la Legión y las boinas rojas. Llopis observaba ese desfile de gente desde su ventanilla, con la mirada perdida, como si estuviera mirando a otro lugar.

—¿Te acuerdas de Vilalba, Luis? —dijo en un tono lleno de melancolía.

En julio de 1938 el Tercio de Requetés de Nuestra Señora de Montserrat, donde estaban alistados Jaime y Luis, se encontraba combatiendo en la comarca de La Serena, Badajoz, en la operación denominada cierre de la bolsa de Mérida, donde el ejército nacional infligió una dura derrota a los combatientes republicanos del Ejército de Extremadura. Los requetés carlistas estaban descansando unas horas, aprovechando para bañarse y refrescarse del calor sofocante en el Guadiana, cuando llegaron las noticias del ataque republicano en el Ebro. Al principio no se conocía bien la dimensión de la batalla, pero rápidamente les comunicaron que se preparasen para el traslado a Cataluña, lo que supuso una alegría para todos, ¡volvían a casa!, ya que la unidad estaba integrada totalmente por ca-

talanes: los veintidós oficiales, treinta y tres sargentos y ochocientos cincuenta soldados requetés habían nacido en Cataluña, solo el comandante, Manuel Martínez Millán de Priego, no
era catalán. La composición social del tercio era muy variada,
la mitad aproximadamente de los voluntarios era de clase tra-
bajadora, la mayoría de ellos campesinos, aunque también
había artesanos y trabajadores industriales del sector textil. El
siguiente grupo más numeroso estaba compuesto por profe-
sionales asalariados y el último por miembros de familias aco-
modadas, los denominados propietarios, algunos de ellos terratenientes. La gran mayoría tenía entre dieciocho y treinta
años, eran jóvenes, animosos, y una unidad muy peculiar dentro del bando nacional. A pesar del recelo que despertaban los
nacionalismos y sus lenguas entre los sublevados, permitieron
que en el Tercio de Montserrat se hablase con normalidad en
catalán y, cuando no se combatía, los requetés organizaban celebraciones donde se bailaban sardanas e incluso se hacían
castells, las torres humanas que tanto llamaban la atención de
las unidades de otras regiones. Era una división muy respetada por su bravura en el combate, donde tenía un porcentaje de
bajas altísimo, hasta el punto de que hacía un año, en el frente de Aragón, la unidad había sido prácticamente aniquilada y
tuvo que ser reconstituida casi por completo. Ahora se los
reclamaba urgentemente en el Ebro y emprendieron un largo
viaje que los llevó primero en camiones hasta Cáceres y luego
en tren por Plasencia, Salamanca, Valladolid, Aranda de Due-
ro, Zaragoza, Alcañiz y Bot, su destino final en Tarragona. Tras
el largo viaje ferroviario y una vez descargado el equipo y la
impedimenta, se desplazaron hasta Vilalba dels Arcs, uno de
los pueblos donde los nacionales habían detenido momentá-
neamente el avance del ejército republicano y cuyas posiciones defensivas necesitaban urgentemente ser reforzadas. En
las trincheras, los viñedos, los barrancos y las quebradas que
rodeaban ese pueblo morían soldados sin parar.

Antes de la llegada del Tercio de Montserrat a Vilalba la defensa de los nacionales la estaban sosteniendo dos batallones de Burgos y una bandera de la Legión, que habían ido retirándose desde el Ebro a medida que los republicanos iban cruzando el río y avanzando con rapidez. La sorpresa del ataque pilló desprevenidos a los rebeldes, que, en esos primeros días de la batalla, no pudieron contener la ofensiva y perdieron mucho terreno y efectivos. En los montes de la Fatarella desaparecieron muchos soldados, unos muertos, otros extraviados, y era muy habitual que se perdieran y aparecieran en territorio enemigo. Además, miles de ellos fueron hechos prisioneros. La situación era muy complicada para los defensores, pero también para los atacantes porque el calor de esos días era abrasador y, a medida que se alejaban del río, la escasez de agua sometía a todos los combatientes a un verdadero tormento de sed. Muchos soldados llenaban sus cantimploras con vino de la tierra, que requisaban en las masías de la zona, con las negativas consecuencias posteriores que eso tenía para su estado físico e hidratación. Se decía que muchos legionarios de la 18.ª Bandera que defendían Vilalba cuando llegó el Tercio de Montserrat, aparte de agotados por días de combate, olían a vino y estaban totalmente borrachos.

—¡Una fe, una patria, un imperio! Esas son las consignas del requeté, de ese exponente máximo de españolidad, de espiritualidad y de heroísmo que sois vosotros —les gritaba el cura de su compañía cuando los soldados del tercio recogían sus equipos de los camiones que los habían trasladado a Vilalba.

Jaime y Luis, que siempre iban juntos, escuchaban la arenga del sacerdote mientras reunían las municiones de sus fusiles y las bombas de mano que les correspondían y ayudaban a trasladar los morteros y ametralladoras que componían el armamento pesado del tercio.

—¡Requetés! —volvía a gritar el religioso—. Sois orgullosos herederos de vuestros antepasados, y, como soldados selectos, entusiastas y leales, vuestras actuaciones hasta ahora han sido la revelación sublime de esta suprema guerra de España y del mundo. ¡Requetés! ¡Corazón de Jesús!

—¡En vos confío! —gritó al unísono la tropa.

—¡Ave María Purísima!

—¡Sin pecado concebida!

Todos los requetés llevaban guardado en su uniforme un devocionario que había sido aprobado por la autoridad eclesiástica y que contenía oraciones y jaculatorias para animar o consolar su alma en el combate. Esas páginas habían sido escritas para acompañar a los jóvenes en todos los trances de la guerra, incluso en la muerte:

Para morir, hemos nacido. Toda muerte es buena si abre las puertas del cielo. La muerte en el campo de batalla es la muerte ideal de las almas grandes. Si te llega ese trance, llama al confesor. Si no le hallares, haz un acto de contrición perfecta y quédate tranquilo y confiado en la misericordia de Dios.

En la misericordia inagotable de Dios y en la protección de la Virgen. Besa su medalla. No temas; descansa en la paz de Cristo, como el que duerme; porque el que muere en Dios descansa, descansa.

Habían llegado al pueblo sitiado por el único camino posible y estaban esperando al atardecer para ir a relevar a las fuerzas que estaban conteniendo el ataque republicano en la cuesta del cementerio. A lo lejos se escuchaban disparos y algunas explosiones. Los morteros del enemigo, de los calibres 50 y 81, barrían toda la línea defensiva y llevaban dos días causando muchas bajas y sembrando el pánico en algunas unidades.

—No te olvides el «Detente» —le dijo Luis a Jaime mientras le acercaba un escapulario del Sagrado Corazón—. Póntelo en el bolsillo de la camisa.

El escapulario tenía bordada la imagen de Cristo sosteniendo un corazón y el siguiente mensaje: DETENTE, BALA, EL CORAZÓN DE JESÚS ESTÁ CONMIGO.

—Con esta ayuda, nada nos puede pasar, que ya nos lo ha demostrado muchas veces —asintió Jaime.

Se podía decir que ambos eran ya veteranos de guerra, pues habían participado en la campaña de Aragón, en el frente de Belchite, donde el tercio sufrió muchísimas bajas y ellos salieron milagrosamente solo con heridas leves. Eran dos soldados atrevidos, de los que se ofrecían siempre voluntarios para las misiones más difíciles, conocían bien el riesgo, sabían cuándo podían tomarlo y cuándo era un suicidio. Habían participado en acciones audaces, rozando lo temerario, y estaban muy bien considerados por los oficiales. Una vez recogido y ordenado el equipo, colocaron sus mantas en la acera y se tumbaron a descansar, aunque el lejano ruido de las balas impedía relajarse del todo o echar una cabezada. De pronto, empezaron a pasar grupos de sanitarios que portaban heridos en varias camillas; iban camino del botiquín que se había improvisado en un almacén cercano a la plaza del pueblo. Algunos heridos gemían de dolor. Otros no decían nada, iban ya muertos.

Al llegar la noche, cuando la temperatura había descendido unos grados, aunque seguía haciendo calor, ordenaron a su compañía ponerse en marcha para relevar a un tabor de Ceuta que defendía la zona derecha de las afueras del pueblo, en un área denominada Cuatro Caminos, una posición sobre un cruce de comunicaciones que había que proteger a toda costa. Ocuparon un terraplén que dominaba una zona de cultivos, en su mayoría olivos y viñas, y levantaron algunos parapetos para protegerse, ayudándose de las piedras y troncos viejos que había por el lugar. Enseguida empezaron a disparar sobre ellos y cientos de balas luminosas pasaron por encima de sus cabezas. Ziu, ziu, ziu, y, de pronto, pafff, y un grito de dolor rompía el silencio de la compañía, pafff, otro herido. «¡Sanitario!». Los disparos provenían de una cota cercana ocupada por los republicanos, denominada Punta Targa, donde habían instalado varias ametralladoras que barrían todo el campo entre las dos posiciones. Jaime Llopis y Luis Rovira se dieron cuenta desde el principio de que aquello no tenía buena pinta. Su oficial se acercó al parapeto que ocupaban:

—Vamos a aguantar esta posición para impedir que los rojos puedan avanzar sobre el cruce. Vigilad que no haya avances de tropa desde la cota en la que están. Cuidado también con los desertores. Hay algunas unidades de la 84.ª División llegada del frente de Levante que se han desperdigado por esta zona y dicen que les faltan muchos hombres en posiciones avanzadas. Creen que algunos se pueden estar pasando al enemigo. A la menor sospecha, disparáis.

La deserción estaba castigada con la pena de muerte. No podía haber clemencia con los que se proponían cambiar de bando. Un soldado pillado en el intento de pasarse era fusilado sin abrirle expediente ni juicio alguno. En los requetés, voluntarios y convencidos en su ideología y en su lucha, no solía haber abandonos, pero entre los reclutas forzosos de las quintas movilizadas por el bando nacional después de iniciada la contienda era más habitual. Simples obreros, labradores o estudiantes, que en circunstancias normales no habrían cometido ningún acto violento, fueron obligados a combatir a muerte y a convivir con todo tipo de actos como robos, asesinatos o violaciones, que se justificaban tildándolos de «cosas de la guerra». Muchos no lo resistían. Otros reclutas, de ideología progresista, pero que no habían tenido más remedio que aceptar la llamada de su quinta para no ser señalados, se veían obligados a participar en fusilamientos o crímenes contra inocentes, convirtiéndose a la vez en víctimas y verdugos. Para evitar deserciones, los mandos avisaban a los soldados forzosos de las consecuencias que sus actos podían tener en la retaguardia: si no cumplían diligentemente con sus obligaciones, la pena no solo caería sobre ellos, sino sobre sus familiares. Hubo casos de padres de desertores enviados al frente como medida disuasoria para otros y también de ancianos o niños encarcelados por la deserción de hijos o padres. En el bando gubernamental también sucedía. Reclutas jóvenes, algunos casi niños, como los movilizados en la famosa quinta del biberón, que pertenecían a familias católicas o conservadoras y que habían quedado en la zona republicana, intentaban cruzar el frente en cuanto lo tenían cerca.

En la radio y en la prensa de los dos ejércitos había campañas contra la deserción. Se destacaba la masculinidad del soldado valiente y se ridiculizaba a los desertores, a los que se calificaba de inmaduros, cobardes, apocados y afeminados. La desesperación de muchos, incapaces de cruzar las líneas como era su deseo o simplemente afectados por la violencia, la crueldad y las atrocidades que veían, los llevaba a automutilarse. Aprovechaban momentos de soledad para hacerse cortes que provocaran abundantes hemorragias y así eran trasladados a hospitales de la retaguardia. Incluso hubo casos de algunos que llegaron a cortarse un dedo de la mano. También los había que se disparaban en un pie o un brazo afirmando haber sido alcanzados en el combate. En el bando nacional, la automutilación fue calificada como auxilio a la rebelión y condenada con la pena de muerte. En muchas ocasiones, los oficiales pedían que antes de trasladar a un soldado al hospital se observaran bien las heridas, porque la señal de pólvora que dejaba en la piel de alrededor un disparo cercano delataba a muchos sospechosos, que eran ejecutados allí mismo para dar una lección a los que pensaran en hacer lo mismo.

Jaime recordaba el amanecer del primer día en la posición de Cuatro Caminos, cuando su compañía empezó a recibir fuego de la artillería republicana. Los impactos parecían que iban a reventar los parapetos y las trincheras y dejaban a los soldados cubiertos de tierra y piedras. Había que estar pegados al suelo permanentemente. Escuchaban el silbido del obús que precedía al estruendo y a una especie de vacío en el aire en el que parecía que se les iban a romper los tímpanos. El ruido era infernal. Cuando uno levantaba la vista se encontraba a veces con un compañero despanzurrado.

—Así no podemos seguir, mi sargento —gritaba Jaime con el rostro cubierto de polvo—. Nos van a freír como a ratas.

El sargento, sentado en el suelo con la espalda recostada en el parapeto a unos tres metros de él, aprovechaba la pausa en el fuego para liarse un pitillo. Se podía fumar por el día, por las noches estaba prohibido porque la brasa podía delatar tu posición en la oscuridad.

—Hay que aguantar a que vengan nuestros aviones. El capitán ha pedido apoyo para que le den duro a sus morteros y a los nidos de ametralladora que tienen camuflados. Después, tiraremos nosotros. ¡Por ahora que nadie saque demasiado la cabeza y que la Virgen nos acompañe! ¡Al suelo! —gritó el sargento tirando su cigarro mientras se escuchaba el silbido de otro obús.

El día transcurrió rápido, la rutina del bombardeo hacía imposible tener momentos de descanso. Habían conseguido montar dos puestos de ametralladora bien parapetados para responder al fuego y poder mantener a raya a los rojos si estos se decidían a avanzar desde sus posiciones. A media tarde el calor era insoportable y muchos soldados habían agotado el agua de sus cantimploras. La aguada, que les habían dicho llegaría al mediodía, tuvo problemas porque un obús reventó a una mula del convoy y las otras salieron espantadas perdiendo todos los cántaros que llevaban en los cestones. Afortunadamente, al llegar la noche, refrescó un poco y, además, al final llegó el agua con algunas provisiones para una cena fría. La comida de los requetés era preparada por «las margaritas», las mujeres carlistas que hacían labores de intendencia en la retaguardia y que enviaban todo tipo de provisiones a sus tercios. Hacían colectas y compraban víveres donde podían; botes de mermelada y leche condensada, chocolate o dulces nunca faltaban en la dieta de los requetés. Esa era una gran diferencia con los republicanos que tenían enfrente, que ya tenían problemas de suministros y muchos soldados pasaban días enteros comiendo solo las famosas latas de sardinas «democráticas» y los frutos que recogían de los campos de cultivo. Almendras, avellanas, higos y aceitunas secas fueron su comida de muchos días. Las margaritas también enviaban al frente ropa limpia y, por supuesto, no podían faltar en sus cargamentos crucifijos, rosarios y medallas para ayudar al sostenimiento espiritual de sus hombres. En las trincheras carlistas se rezaba individual y colectivamente. Era habitual que, cuando el combate lo permitía, el cura del regimiento se acercase a la primera línea del frente para rezar el rosario con los soldados. No solo era una manera de mantener la moral y la confianza de la tropa en todo lo alto, sino también de demostrar al enemigo, que oía perfectamente los rezos, la fuerza espiritual que alentaba a sus contrincantes. Cuando en las trincheras republicanas escuchaban las oraciones, los soldados creyentes, que también los había, podían sentirse invadidos por la duda de si estaban o no en el bando correcto, aunque lo normal es que de las líneas rojas salieran comentarios sarcásticos y mordaces sobre la mojigatería de los carlistas.

—Carlistas, mientras vosotros estáis ahí rezando, vuestras mujeres estarán follando. Dejad las armas y volved a disfrutar con la familia antes de que os salgan los cuernos y no os reconozcan —les gritaban a menudo entre sonoras risotadas.

Después de cenar llegaron a la trinchera del cruce de Cuatro Caminos dos de los oficiales de la compañía. Primero hablaron con el sargento y luego llamaron a Jaime.

—Llopis —se dirigió a él uno de los oficiales—. Antes del ataque de mañana creemos que es necesario acabar con uno de los nidos de ametralladoras de Punta Targa. Está muy bien protegido y acorazado, va a ser difícil que la aviación pueda destruirlo. Si esas ametralladoras funcionan mañana, nos barrerán como a moscas cuando intentemos avanzar. Hemos pensado que dos hombres silenciosos y adiestrados en estas acciones podrían atravesar de noche la zona de nadie sin ser vistos y acercarse lo suficiente para volar el nido con bombas de mano.

—Cuenten conmigo como voluntario —contestó Jaime sin la menor duda.

—No esperábamos menos de usted. Le acompañará el sargento Bofarull, que es quien lo ha recomendado para la acción. Saldrán en una hora, prepárense.

Jaime y el sargento salieron de la trinchera a medianoche, no había luna y la oscuridad era casi total. Por si acaso, llevaban pintada la cara con carboncillo negro y se habían quitado anillos, cadenas y medallas que pudieran descubrirlos con un brillo. La primera parte del recorrido avanzaron agachados entre viñas y olivos, siempre intentando hacer el menor ruido posible, y, por supuesto, sin hablar. Jaime, que era el experto en estas acciones, iba primero, dirigiendo el camino hacia donde suponía estaba el nido de ametralladoras que iban a volar. Llegaron a las primeras alambradas defensivas y se echaron al suelo. Cortaron el alambre con unos alicates y empezaron a arrastrarse, haciendo largas pausas para escuchar. En esa oscuridad era fundamental tener buen oído y saber distinguir el menor ruido para identificar su origen acertadamente. Llegó un leve rumor de palabras, una especie de queja, pero estaba alejado y en otra dirección de la que Jaime pensaba conducía a su objetivo. Dudó un instante. No podía haberse equivocado. De pronto percibieron claramente un sonido metálico, muy cercano, como si alguien moviera una cuchara en una taza de metal y justo después un leve chis para llamar la atención y reclamar silencio. Ahí estaban los centinelas. Aguzó la vista y pudo distinguir por encima de ellos una fila de sacos terreros y un pequeño muro que podía ser de hormigón o de piedra en el que se veían perfectamente las dos troneras desde donde disparaban las ametralladoras. Le hizo una señal al sargento, señalándole las ventanas; él se encargaría de la derecha y el sargento de la izquierda. Sacaron las bombas de mano, cada uno llevaba dos. Debían retirar las dos espoletas y luego lanzar rápidamente las bombas acertando a meterlas por las troneras. No era fácil. Decidieron arrastrarse un poco más arriba y acercarse al parapeto para asegurar bien el lanzamiento. Estaban a apenas dos metros del nido. A una señal de Jaime, ambos retiraron las espoletas de sus bombas y las introdujeron por las ventanas, al tiempo que se dejaban caer rodando por la pendiente. Los gritos de alarma de los centinelas se confundieron con las explosiones mientras los dos carlistas se levantaban y empezaban a correr hacia las alambradas.

—Cabrones —se escuchó desde otro punto de la trinchera, y las balas empezaron a volar sobre sus cabezas.

Tenían que alejarse lo más rápido posible para quedar fuera del alcance de los disparos y estaban cerca de conseguirlo cuando Jaime fue alcanzado en una pierna. El impacto de la bala lo hizo caer al suelo rodando, yendo a parar a una pequeña hondonada entre olivos. Le quemaba el muslo y no podía mover la pierna. El sargento Bofarull, que había detenido su carrera al escuchar la caída de Jaime, estaba a unos metros agazapado en el suelo.

—¿Cómo estás, Llopis? ¿Te han dado? —preguntó jadeante.

—Siga adelante, mi sargento, a mí ya me recogerán mañana cuando iniciemos la ofensiva.

—No digas estupideces, voy a por ti.

Y se levantó para avanzar hacia la posición de Jaime.

Cuando estaba a punto de llegar a su lado, un objeto cayó en la hondonada en la que se encontraban. Era una granada.

La detonación reventó el cuerpo del sargento, que recibió toda la metralla del artefacto. Jaime, que se estaba tapando la herida del muslo por la que empezaba a perder mucha sangre, perdió el conocimiento por el impacto de la onda expansiva.

18

La espada y la cruz

Cuando se apagaron los gritos y el flamear de pañuelos que recibieron al ataúd del caudillo en la plaza de Oriente, la megafonía anunció que la ceremonia iba a ser oficiada por el cardenal primado de España y arzobispo de Toledo, monseñor Marcelo González Martín, lo que arrancó unos tímidos aplausos de aprobación entre los congregados, ya que este religioso era tenido por afecto al Régimen y cercano a los valores del Movimiento, en contraposición con el señalado cardenal «rojo» Tarancón. Luego sonó una música religiosa que llamaba al recogimiento y tomó la palabra el arzobispo:

—La paz esté con vosotros. Hermanos, antes de celebrar los sagrados misterios, reconozcamos nuestros pecados. Yo confieso ante Dios Todopoderoso y ante vosotros hermanos...

Manuela se unió al rezo del «Yo confieso», como había hecho en tantas ocasiones en la iglesia del pueblo. Desde que tomó la primera comunión, había sido asidua del confesionario, donde le contaba al cura de turno esas pocas cosas malas que una muchacha de su edad podía hacer en aquel pueblo: faltar alguna vez a misa, desobedecer o contestar a su madre, discutir con sus hermanos, decir alguna palabrota o tener envidia de una amiga. Luego, pasado un tiempo, esas cosas que había hecho o le había dejado hacer a su novio alguna vez. La confesión, los consejos, la pequeña penitencia y el perdón la inundaban entonces de una inocente felicidad.

Lo de hoy era otra cosa; más que una petición de perdón ritual, se trataba de una invocación y una demostración de solemnidad que se propagó por toda la plaza con el sonido de los golpes de pecho que algunos se daban para hacer más evidente su aflicción. En ese momento, en aquella ceremonia, estaba congregada la sustancia del Régimen: la Iglesia guía, el ejército salvaguarda, las élites dirigentes y el pueblo fervoroso.

—¡Oh, Dios! —prosiguió el arzobispo levantando el tono de su voz—. Siempre dispuesto a la misericordia y el perdón, escucha nuestra súplica por tu siervo Francisco, a quien acabas de llamar a tu presencia, pues creyó y esperó en ti. Condúcelo a la patria verdadera para que goce contigo de la alegría eterna.

—¡Amén! —rugió la plaza entera.

Mientras un sacerdote leía la primera lectura de la celebración, una del profeta Isaías que hacía referencia a un banquete celebrado en un monte donde el Señor proclamaba la salvación del pueblo, Manuela se fijó en la soledad de Juan Carlos y Sofía, que ocupaban un palco a la izquierda del altar donde estaba el ataúd y que contrastaba con la gran cantidad de acompañantes de la familia de Franco en el lado de la Epístola. Allí, detrás de la viuda del general, estaban sentados su hija Carmen y su marido Cristóbal Martínez-Bordiú, marqueses de Villaverde y duques de Franco, y también su nieta Carmencita con su marido Alfonso de Borbón y Dampierre, duques de Cádiz. Además, a su lado, estaban los cardenales españoles y los jefes de la Casa Civil y Militar del jefe del Estado.

—¿No ves a los reyes un poco apartados de todos? —preguntó.

—Es que el rey no es de la familia del muerto —contestó Francisco—. Es lo normal.

La segunda lectura fue una carta del apóstol san Pablo a los romanos:

> Hermanos, ninguno de nosotros vive para sí mismo y ninguno muere para sí mismo. Si vivimos, vivimos para el Señor; y, si morimos, morimos para el Señor. En la vida y en la muerte, somos del Señor.

Eran lecturas que Manuela había escuchado muchas veces a lo largo de su vida porque solían recitarse en los entierros y funerales. En su pueblo, la muerte, más allá del hecho doloroso natural, seguía siendo una representación más de la implicación e intervención de la Iglesia en la vida de todos. Los difuntos seguían siendo velados en sus domicilios, donde llegaban grupos de vecinas para rezar durante horas y pedir entre lamentos por el alma del muerto. Luego, anunciada por el duelo de las campanas de la iglesia, llegaba a la casa la comitiva eclesial, el cura, el sacristán, los monaguillos con la cruz de guía, para recoger el ataúd y trasladarlo hasta la iglesia en una procesión a la que se iban uniendo en silencio más vecinos cuando esta pasaba por sus casas. La familia doliente ocupaba los primeros bancos del templo y asistía a las lecturas y a las súplicas por el difunto. Más tarde llegaba el momento de invocar la resurrección y alegrarse porque, según les decía el sacerdote, su familiar, amigo o vecino estaba ya gozando de la vida eterna. Se cantaba el «Aleluya» y después se salía de la iglesia para llevar, otra vez en procesión, el ataúd hasta el cementerio, donde el cura, después de sumergir el hisopo en un caldero lleno de agua al que llamaban sítula, bendecía por última vez al difunto antes de cerrar la lápida. Al final, llegaba el momento de pagar las tasas de las exequias al cura y algún extra de agradecimiento para el sacristán y los monaguillos por la ayuda en la ceremonia. Una vez más, la Iglesia marcaba lo que habías sido en la vida: si el templo estaba lleno en la misa funeral, quería decir que el difunto había sido alguien importante, respetado, bueno, admirado o, esto también pasaba, que tenía poder e infundía un temor incluso a través de sus herederos; si el templo estaba vacío, no quería decir automáticamente que el fallecido hubiera sido una mala persona, un ser despreciable o dañino, sino que, por unas razones o por otras, impuestas o de verdad sentidas, no era visto con buenos ojos por la comunidad. La Iglesia seguía teniendo el baremo, la escala, la balanza del bien y del mal para la vida de muchos españoles, y por eso era tan importante lo que fuera a decir en su homilía, delante del cadáver del dictador y con España escuchando, monseñor González Martín.

—Quien cree en mí vivirá para siempre. Dejad que estas palabras crucen los cielos de la plaza de Oriente y lleguen al corazón entristecido de los españoles. Vuestra esperanza es al menos tan grande como vuestro dolor. Elevemos nuestras plegarias a Dios por el que ha sido hasta ahora nuestro jefe de Estado.

Marcelo González Martín había nacido en 1918 en Villanubla, un pequeño pueblo de Valladolid donde su familia tenía un comercio. Su padre, Minervino, murió muy joven, dejando a su viuda Costanza al cargo de Marcelo y su hermana Angelita. Las dos mujeres con las que se crio marcaron su carácter. Estudió Filosofía y Teología en la Universidad de Valladolid y se doctoró en Teología en la Universidad Pontificia de Comillas. A los treinta y cuatro años fue ordenado sacerdote y se hizo popular por su energía y temperamento recorriendo el país mientras desarrollaba todo tipo de obras sociales a través de las organizaciones Acción Católica y Cáritas Diocesana. Nombrado en 1961 obispo de Astorga, fue recibido en el Palacio de El Pardo por Franco, en lo que supuso su presentación oficial a los mandatarios del Régimen. En la ceremonia, además del Generalísimo, estaban el ministro de Justicia, como notario mayor del Reino; el teniente general jefe de la Casa Militar; el jefe de la Casa Civil; el general segundo jefe de la Casa Militar; el segundo jefe e intendente general de la Casa Civil; el director general de Asuntos Eclesiásticos, y otros ayudantes de campo de Franco. Después del acto, Franco y su esposa, doña Carmen, ofrecieron un almuerzo a todos los presentes, al que se sumaron el Gobierno en pleno y los presidentes de la Cortes y del Consejo del Reino. Ese día fue inolvidable para el cardenal, no solo había sido aceptado y bendecido por el poder político, sino que había conectado de manera singular con el Generalísimo, y siempre hubo en su larga carrera un agradecimiento cercano a la figura del dictador.

—Ante ese cadáver han desfilado tantos que necesariamente han sido pocos de los muchos más que hubieran querido hacerlo para dar testimonio de su amor al padre de la patria que con tan perseverante desvelo se entregó a su servicio. Esa gratitud que está expresando el pueblo y que le debemos todos, la sociedad civil, la Iglesia, la juventud y los adultos, la justicia social y la cultura extendida a todos los sectores. Con la gratitud por lo que hizo y siguiendo el ejemplo que nos dio, es necesaria, mirando al futuro, no solo la esperanza, sino algo más, la ilusión creadora de paz y progreso.

Don Marcelo, como le llamaban sus íntimos, era un luchador y había vivido uno de los episodios más difíciles cuando en 1967 fue nombrado arzobispo de Barcelona y se encontró con la oposición de la comunidad religiosa catalana, que demandaba el nombramiento de prelados naturales de la zona. Hubo manifestaciones en su contra ante la Institución Teresiana donde residía, con pancartas que rezaban VOLEM BISBES CATALANS, «Queremos obispos catalanes», y cánticos del «Virolei», un himno dedicado a la Virgen de Montserrat que se había convertido en un símbolo espiritual de los catalanistas.

Don Marcelo contestaba con ardor «yo no me siento extraño entre vosotros», y además prometió aprender catalán y permitió el uso de este en las homilías. Aguantó unos años en Barcelona y en 1971 fue enviado al arzobispado de Toledo, donde una de sus iniciativas fue reabrir las causas de beatificación y canonización de los muertos en la Guerra Civil por profesar la fe católica. Defendía el deber cristiano de conservar y vivir la memoria de esos mártires porque «cuando se logran esas beatificaciones, el corazón se ensancha al contemplar a esta Iglesia, madre fecunda, que en cualquier momento de la historia engendra estos hijos».

—Este hombre llevó una espada, que le fue ofrecida por la Legión Extranjera en 1926 y entregó al cardenal Gomá en el templo de Santa Bárbara de Madrid para que la depositara en la Catedral de Toledo donde ahora se guarda. Desde hoy, solo tendrá sobre su tumba la compañía de la cruz. En esos dos símbolos se encierra medio siglo de la historia de nuestra patria, que ni es tan extraña como algunos quieren decirnos ni tan simple como quieren señalar otros. Ojalá esa espada, él mismo lo dijo, no hubiera sido nunca necesaria. Ojalá esa cruz hubiera sido siempre dulce cobijo y estímulo apremiante para la justicia y el amor entre los españoles. ¡Brille la luz del agradecimiento por el inmenso legado de realidades positivas que nos deja este hombre excepcional!

La espada a la que se refería don Marcelo estaba colocada, junto con el bastón de mando del general, sobre la bandera que cubría el féretro de Franco y era un símbolo de la victoria en la Guerra Civil que había sido ofrecido a Dios como agradecimiento por su ayuda y la de la Iglesia durante la contienda. El acto de entrega, que tuvo una estética arcaica y casi medieval, tuvo lugar el 20 de mayo de 1939, un día después del desfile de la Victoria, en una ceremonia religiosa celebrada en la iglesia de Santa Bárbara de Madrid, también conocida como de las Salesas Reales. Franco, al que sus camaradas de la Legión habían regalado esa espada trece años antes por su ascenso a general de brigada, iba a recibir a cambio de ella la bendición de la máxima jerarquía de la Iglesia de España y de los representantes del papa Pío XII. Aunque el pontífice ya había felicitado a Franco nada más terminar la guerra mediante un telegrama:

> Levantando nuestro corazón al Señor, agradecemos sinceramente, con vuestra excelencia, la deseada victoria católica de España. Hacemos votos por que este queridísimo país, alcanzada la paz, emprenda con nuevo vigor sus antiguas tradiciones, que tan grande lo hicieron. Con estos sentimientos, efusivamente enviamos a vuestra excelencia y a todo el pueblo español nuestra apostólica bendición.
>
> Pío XII

El vencedor de la contienda había contestado con otro:

> Inmensa emoción me ha producido el telegrama de vuestra santidad con motivo de la victoria total de nuestras armas, que en heroica cruzada han luchado contra enemigos de la religión y de la patria y de la civilización cristiana. El pueblo español, que tanto ha sufrido, eleva también con vuestra santidad su corazón al Señor, que le dispensó su gracia, y le pide protección para su gran obra del porvenir.
>
> F. F.

Franco había llegado aquel día a la ceremonia escoltado por su Guardia Mora y vistiendo una indumentaria que representaba a los tres vencedores militares de la guerra: el uniforme de capitán general del ejército, la camisa azul de la falange y la gorra roja de los requetés carlistas. En su pecho llevaba la Cruz

Laureada de San Fernando, la máxima condecoración militar, que él mismo se había concedido tras ganar la guerra. Caminó por una alfombra hasta la puerta del templo, atravesando un pasillo de palmas sostenidas por jóvenes falangistas mientras un coro de la sección femenina entonaba el «Cara al sol». Allí le esperaba el cardenal primado de España, Isidro Gomá, el religioso que había encabezado el apoyo de la Iglesia a los sublevados, y otros veinte obispos; también el nuncio vaticano, monseñor Gaetano Cicognani. Franco se arrodilló, besó un crucifijo y el anillo que le ofreció uno de los obispos, tomó agua bendita de un hisopo de plata para santiguarse y entró bajo palio camino del altar. En el coro entonaron un «Te Deum» agradeciendo la victoria y la protección divina obtenida por el ejército nacional. La ceremonia había sido organizada por el servicio de propaganda de los vencedores para ponerla a la altura de otros momentos y entronizaciones históricos y se habían reunido en la iglesia toda una serie de reliquias del pasado: el Arca Santa de don Pelayo, el Pendón de las Navas de Tolosa y las cadenas de Navarra, la lámpara votiva del Gran Capitán, un farol de un barco de la batalla de Lepanto o la imagen de la Virgen de Atocha. En ese ambiente gótico y provenzal, propio de los libros de caballería, el caudillo fue ungido y reconocido como líder salvador de la patria. Después de muchos cánticos y oraciones, en medio de un emocionante silencio, Franco se adelantó para entregar su espada victoriosa al cardenal Gomá. Mientras muchos de los presentes no podían contener las lágrimas, el caudillo se dirigió a Dios:

—Señor, acepta complacido el esfuerzo de este pueblo, siempre tuyo, que conmigo, por tu nombre, ha vencido con heroísmo al enemigo de la verdad en este siglo. Señor Dios, en cuya mano está todo derecho y todo poder, préstame tu asistencia para conducir a este pueblo a la plena libertad del Imperio para gloria tuya y de tu iglesia. Señor, que todos los hombres conozcan a Jesús, que es Cristo, Hijo de Dios vivo.

Después, se hincó de rodillas ante el cardenal Gomá y este tomó la palabra para bendecir al caudillo:

—Dios, a quien todos se someten, a quien todas las cosas sirven, haz que los tiempos de tu buen siervo, el caudillo Francisco Franco, sean tiempos de paz y alegría, para que aquel a quien pusimos al frente de nuestro pueblo bajo tu guía tenga paz y días de gloria. Te rogamos hoy, Señor de los señores, para que mires benignamente desde el trono de tu majestad a nuestro caudillo Francisco Franco, al que diste un pueblo sujeto a su gobierno, asistiéndole en todo tu voluntad.

Terminado el acto, Franco y el cardenal Gomá se fundieron en un abrazo de hermanos. Al día siguiente, el diario *Arriba*, órgano de comunicación del nuevo régimen, glosaba el acontecimiento para la nueva nación:

> Franco, ungido como lo fueron todos los caudillos del mundo. Franco, bendito ya de España y de Dios. Servidor de Cristo, humilde ante la Providencia, depositando su espada, dando alto ejemplo de ser el primer servidor de los destinos de la Patria. Después de la victoria, la Iglesia, el Ejército, el pueblo han consagrado a Franco caudillo de España.

Habían pasado treinta y seis años de aquella ceremonia, que Manuela no recordaba porque entonces era una niña de tres añitos, pero ahora estaba asistiendo a otra de igual importancia, porque en ella se estaban marcando por parte de la Iglesia los caminos que debían transitar sus fieles. Eran tiempos de incertidumbre y el silencio con el que los miles de asistentes escuchaban a monseñor González Martín en aquella fría mañana de otoño denotaba la espera de una señal, una guía que indicara a los buenos cristianos la senda por la que debían transcurrir los próximos años de sus vidas. Don Marcelo había elegido muy bien sus palabras para lanzar cada mensaje a diferentes destinatarios:

—La civilización cristiana, a la que sirvió con tanta grandeza Francisco Franco, y sin la cual la libertad es una quimera, nos habla de la necesidad de Dios en nuestras vidas. Sin él y sin sus leyes divinas, el hombre muere ahogado por un materialismo que envilece. Jamás han aparecido tantas incertidumbres en las conciencias de los hombres que se llaman libres. Tenemos una ardua tarea por delante para que la libertad sea eficiente y ordenada y el pluralismo nos enriquezca en lugar de disgregarnos.

En la tribuna donde estaban los cardenales, monseñor Enrique Tarancón, que ocupó intencionadamente un segundo plano en la ceremonia sabedor de que no era bien visto por muchos de los asistentes, escuchaba atento a su colega con la mano izquierda apoyada en la mejilla. Parecía estar examinando cada una de las frases y suponiendo el efecto que podían tener en los diferentes sectores que las recibieran. Esto no lo debía haber dicho, esto sí es apropiado, esto puede ser malinterpretado, pero sin hacer un solo gesto que denotase su rechazo o aprobación. Enfrente de él, en el palco real, el rey Juan Carlos escuchaba con aspecto inquieto. Su figura había estado hasta el momento ausente en la homilía de don Marcelo y había mucha expectación entre todos por ver qué decía el primado oficiante sobre su papel, sobre el que había grandes discrepancias: unos lo consideraban una marioneta del régimen franquista y otros un traidor a los valores del Movimiento Nacional que había jurado públicamente. Por fin llegó su turno:

—Para usted, majestad, que os toca presidir las exequias del hombre singular que os llamó a su lado cuando erais niño, pido al Señor que os dé sabiduría para ser rey de todos los españoles. Que el combate por la justicia y la paz, dentro del sentido cristiano de la vida, no cese nunca.

Fue un mensaje frío, carente de la emotividad con la que el cardenal había pronunciado otras partes de su discurso, quizá porque el religioso estaba centrado en elogiar la figura del difunto y no quería dar protagonismo a nadie más, pero entre algunos asistentes quedó la sensación de que se orillaba a don Juan Carlos al no señalarlo como guía espiritual de los nuevos tiempos.

Don Marcelo había tenido cierta confianza con el caudillo los últimos años y se había entrevistado con él en algunas ocasiones especiales, como en la crisis habida dos años antes por el caso Añoveros, cuando el Gobierno de Arias Navarro quiso expulsar al obispo de Bilbao y el episcopado dirigido por Tarancón lo defendió incluso amenazando con excomulgar a los responsables. Los partidarios de monseñor González Martín afirmaban que el enfrentamiento directo del Régimen con Tarancón había sido suavizado por el diálogo directo del jefe del Estado con don Marcelo, que, en una entrevista secreta en El Pardo, supo tocar el corazón de Franco para que obligase a Arias a arreglar el asunto y firmar la paz con la Conferencia Episcopal y el Vaticano.

—Encomendemos a Dios el alma de nuestro hermano Francisco difunto. Para que el Señor, en quien creyó con firmeza, le acoja en su seno, le perdone sus faltas, le premie generosamente sus buenas obras y le conceda la vida eterna. Amén.

Y amén contestó la plaza, pero lo hizo en un tono ciertamente cansado porque la homilía duraba ya más de cuarenta minutos y habían bajado bastante los ánimos enfervorizados que recibieron la salida del ataúd del caudillo por la puerta de Oriente del palacio.

Llegaba ya el momento de la eucaristía y, a la hora de santificar el pan y el vino, Manuela se arrodilló, como hacía siempre en ese momento de la misa. Realmente se arrodilló todo el mundo, el rey y la reina, la familia de Franco, los militares, los cardenales, los políticos, Raniero de Mónaco, Pinochet, Imelda, la banda de música… Todos menos los seis jóvenes militares que rodeaban el féretro del dictador y que llevaban ya una hora en posición de firmes sin mover un músculo de la cara. Cuando el primado terminó el rito y se disponía a enlazar con el padrenuestro, unos toques de corneta lo interrumpieron y la banda se arrancó con las notas del himno nacional. Luego, se rezó el padrenuestro cantado, lo que le dio a la ceremonia un aire medieval, y se pidió a los fieles que se dieran la paz. Tras ese momento se anunció por megafonía que «dada la imposibilidad de poder distribuir la sagrada comunión a todos los asistentes que desearían comulgar, se ha juzgado conveniente no distribuir la sagrada comunión en esta misa que se está celebrando». Mientras monseñor González Martín comulgaba en el altar y sonaba por los altavoces un canto gregoriano, entre el público de la plaza empezaba a haber rumores y movimiento. Sucedía como al final de las misas normales, cuando, antes de terminar, algunos fieles empezaban a abandonar la iglesia como si ya hubieran cumplido con lo importante y pudieran ahorrarse lo que quedaba. También había expectación por lo que viniera después de la misa porque, en aquellas circunstancias extraordinarias, todo lo que pasara podía tener un significado de cara al futuro del país.

—Que el Señor sea misericordioso con nuestro hermano Francisco, para que, libre de la muerte, absuelto de sus culpas, reconciliado con el padre y llevado sobre los hombros del buen pastor, merezca gozar de la perenne alegría de los santos, en el séquito del rey eterno. Descanse en paz. Amén.

Los sacerdotes que ayudaban al primado en la ceremonia le colocaron la mitra, que se había quitado para la lectura y la eucaristía, y don Marcelo se acercó a dar el pésame a la viuda del Generalísimo. Doña Carmen, cubierto el rostro con un velo negro, se arrodilló para recibir el consuelo del cardenal, que tomó sus manos y le habló con cariño:

—Su esposo ya está en la gloria de los justos.

Luego, el cardenal saludó con la cabeza al resto de la familia y a las autoridades, entró en el palacio y se retiraron los crucifijos y velones que rodeaban el ataúd. La Iglesia había terminado su labor. Había un silencio expectante y la megafonía se encargó de romperlo:

A continuación se va a proceder al traslado de los restos de su excelencia el Generalísimo a un vehículo militar que ha sido habilitado al efecto.

Volvieron a la plaza los gritos de «Franco, Franco, Franco», que arreciaron al ver llegar por la calle Bailén el camión militar que llevaba en su parte trasera un armón tapizado de terciopelo negro con dos grandes coronas de laurel. Los pañuelos blancos empezaron a flamear sobre las cabezas de los asistentes. La megafonía seguía informando:

El féretro que contiene los restos mortales del caudillo va a ser portado por guardias del regimiento de su excelencia y escoltado por una guardia de honor de cadetes de los tres ejércitos.

En ese momento, como una erupción volcánica que surge del interior de la tierra haciendo temblar todo y llenando el aire de un rumor intenso, creciente e imparable, comenzó a corearse el «Cara al sol».

19

La falanga

Billy sujetaba con las dos manos la cabeza de Mailua dentro de la bañera y, cuando notaba que este dejaba de ofrecer resistencia y de empujar hacia arriba, tiraba del pelo para sacarlo al aire y que respirase.

—Vamos, perro, que esto no ha hecho sino empezar. Pero estás a tiempo de parar cuando tú quieras. ¿Quiénes son tus compañeros y dónde te tienes que ver con ellos?

El etarra tosía y jadeaba con la boca abierta, por donde expulsaba un agua sanguinolenta que iba tiñendo la bañera de un color cada vez más oscuro.

Balbuceó entre toses y resuellos:

—No sé nada, de verdad, solo que tenía que reservar esta habitación y traer los paquetes desde la consigna de la estación de Chamartín.

—Estúpido —soltó el subinspector mientras le hacía una señal a uno de los policías que estaba con ellos en el cuarto de baño para que lo relevase y volviera a meter la cabeza de Mailua en el agua turbia—. Seguid un rato con esto. Que no descanse, pero que no se nos venga abajo, que tenemos que hacerle ahora unas cosquillas en los pies. A ver si con la risa se le suelta la lengua.

Se secó las manos y los brazos con una toalla y salió hacia el teléfono del dormitorio. Llamó a la Puerta del Sol y pidió que le pasaran con Conesa. Le dijeron que estaba reunido y que no podía atender llamadas, pero insistió en que era muy urgente y lo obedecieron.

—Dígame, Pacheco, ¿ha cantado algo el pájaro?

—Poca cosa, comisario, solo nos ha dicho que recogió las armas en la estación de Chamartín. Habría que mandar a alguien para vigilar la zona de consigna y los trenes del norte. Puede que estos cabrones tengan allí más material.

—Ahora mandamos a gente para allá. Por el momento se mantiene todo el operativo. Usted siga con lo suyo, a ver qué le saca a ese, que estoy con alguien importante en el despacho. Volvemos a hablar en media hora.

La visita que atendía Roberto Conesa era la de Manuel Contreras Sepúlveda, un general del Ejército de Chile que era jefe de la DINA, la Dirección de Inteligencia Nacional que Pinochet había creado en 1974 para investigar y reprimir todos los posibles movimientos de disidencia contra su Gobierno. El Mamo Contreras, apodo con el que se le conocía y que empezaba a infundir terror en todo Chile, había llegado a Madrid en la amplísima delegación que acompañó al presidente chileno en su viaje para asistir a los funerales de Franco y estaba aprovechando para supervisar los acuerdos de colaboración, que ya estaban en marcha desde hacía meses, con la policía secreta española. El Mamo, uno de los hombres más poderosos de la dictadura chilena y muy cercano a Pinochet, había diseñado personalmente la DINA con hombres de su absoluta confianza, convencidos como él de la necesidad de golpear duro a la disidencia, y estaba creando una red de conexiones internacionales para atentar contra los opositores al Régimen que vivían fuera del país. Su principal contacto en Europa no podía ser otro que el régimen de Franco, con el que las relaciones diplomáticas eran excelentes y se compartían muchos intereses comunes, el principal de los cuales era la represión de los elementos subversivos izquierdistas que se enfrentaban a sus respectivas dictaduras.

—Mire, comisario Conesa, nosotros en Chile hemos conseguido la paz en las calles combatiendo duro y eliminando a toda la basura terrorista y marxista que tenemos en el país. No se pueden andar con remilgos porque son como una plaga. Ustedes tienen a la ETA jodiéndolos, nosotros tenemos al MIR, por eso tenemos que actuar juntos y apoyarnos en todo para darles fuerte.

El MIR, el Movimiento de Izquierda Revolucionaria, era una organización de extrema izquierda que llevaba a cabo acciones armadas y de movilización social contra la dictadura chilena y estaba siendo perseguida y duramente reprimida por la DINA. En las calles de Chile, los agentes de Contreras actuaban con total impunidad, las detenciones y desapariciones eran habituales, y muchas redadas terminaban con tiroteos y muertos. El Gobierno hablaba de enfrentamientos, la oposición de ejecuciones.

—Por supuesto, general —asentía Conesa—. Ya estamos trabajando con sus agentes para organizar un grupo paramilitar que actúe en el País Vasco y en Francia. Creo que se llamará Batallón Vasco Español. Hay que golpearles donde creen que están protegidos y demostrar que no nos vamos a estar quietos mientras ellos matan a los nuestros. Ya ha habido varias acciones en Francia, y el mes pasado, cuando ETA asesinó con una bomba a tres guardias civiles, se ametralló como respuesta uno de sus sitios de reunión y cayó uno de sus apoyos, pero todavía tenemos que mejorar el operativo.

Conesa se refería al atentado que sufrió el 5 de octubre el hostal Etxabe-Enea, en el alto de Kanpazar, entre Arrasate y Elorrio, en el que tres encapuchados entraron en el restaurante, obligaron a los clientes a echarse al suelo, los rociaron con gases y luego dispararon varias ráfagas sobre uno de los propietarios, Iñaqui Etxabe, hermano del refugiado y antiguo miembro de ETA, Juan José Etxabe, que recibió dieciocho impactos de bala y falleció en el acto. Una acción que todavía no había sido reivindicada, pero que todos atribuían a grupos de ultraderecha próximos al Régimen.

—Bien hecho —asintió Contreras—. Pero hay que actuar con más contundencia. Precisamente hoy, el presidente Pinochet y yo estuvimos reunidos con uno de nuestros mejores hombres de por aquí, que anda coordinando unas operaciones para la DINA. Se trata de un italiano, Stefano Delle Chiaie. Creo que ustedes ya lo conocen, ¿no?

—Sí, claro, estamos trabajando con él —admitió Conesa—. Nos está ayudando a reclutar gente preparada, mercenarios que, además de estar implicados ideológicamente, tengan una experiencia a la hora de actuar. Aquí ya tenemos a los Guerrilleros de Cristo Rey, pero son muy impulsivos y demasiado vehementes, usted ya me entiende. Y tampoco es bueno que se implique directamente al ejército en estas acciones. Necesitamos un personal más solapado, cauteloso, que no puedan ser relacionados fácilmente con nosotros.

—Yo le garantizo, comisario, que con Stefano y sus agentes eso lo tienen asegurado. Con nosotros ya ha cerrado algunas operaciones importantes y hoy, con el presidente Pinochet, hemos estado planificando otras para los próximos meses.

El Mamo se había reunido con Stefano Delle Chiaie y con Pinochet en una de las muchas habitaciones que la delegación del dictador chileno ocupaba esos días en el Hotel Ritz. Delle Chiaie, que a sus treinta y nueve años era el líder de la organización fascista italiana Avanguardia Nazionale, había preparado por orden de la DINA el dispositivo que hacía poco más de un mes, el 6 de octubre, había atentado en Roma contra el exministro y diputado chileno Bernardo Leighton, uno de los más firmes opositores de la dictadura militar. Dos pistoleros reclutados por Delle Chiaie dispararon sobre Leighton y su esposa, Ana Fresno, a la entrada del apartamento romano en el que vivían, causándoles gravísimas heridas. La mujer quedó parapléjica y Leighton, aunque sobrevivió, sufrió un daño cerebral irreparable. Al llegar a la reunión y mientras estrechaba la mano del terrorista italiano, Pinochet había comentado con ironía:

—Entonces el viejo —refiriéndose a Leigthon— no se nos quiso morir del todo.

Tras hablar de los detalles del atentado de Roma, donde se cometió, según Delle Chiaie, el error de no dar a las víctimas un tiro de gracia al creerlos muertos, se pasó a concretar la próxima operación, que consistiría en atentar contra el político socialista Carlos Altamirano, que se encontraba exiliado en la República Democrática Alemana después de escapar de Chile oculto en el maletero de un coche. Altamirano, que se movía por toda Europa haciendo campaña contra la dictadura chilena y recabando apoyos para la oposición, había tenido contactos con miembros del MIR y se había convertido en un objetivo prioritario para la DINA.

—Sabe usted que cuentan con nuestro más firme apoyo y que procuramos colaborar en todo lo que nos solicitan desde su embajada en Madrid —dijo Conesa, que sabía que los chilenos habían montado en la sede diplomática madrileña una oficina de trabajo secreta que coordinaba todas las acciones en Europa para eliminar a exiliados opuestos al Régimen de Pinochet. También sabía que todos los movimientos de la DINA contaban con la autorización de su equivalente español, el SECED, el Servicio Central de Documentación que dependía de la Presidencia del Gobierno.

El SECED había sido creado en 1972 por el entonces subsecretario de la Presidencia del Gobierno, Luis Carrero Blanco, como una evolución de la antigua OCN, la Organización Contrasubversiva Nacional, surgida a finales de los años sesenta para responder y controlar los primeros movimientos estudiantiles de protesta aparecidos en España. Carrero era consciente de la importancia de los servicios de inteligencia y espionaje para enfrentarse a todos los movimientos opositores y puso al frente a su hombre de confianza, el teniente coronel José Ignacio San Martín, que reclutó a un grupo de militares seleccionado para dirigir un potente equipo contrasubversivo. El SECED llegó a tener doscientas personas en plantilla y más de cinco mil colaboradores, y muchos de sus altos mandos viajaron a Estados Unidos para recibir formación por parte de la inteligencia norteamericana; la CIA los instruyó en las últimas técnicas y estrategias de lucha contra los grupos de izquierda y organizaciones terroristas revolucionarias. Esa era una conexión más de los servicios secretos españoles con los de Chile, porque el Mamo Contreras, el jefe de la DINA, que había estado recientemente reunido con el subdirector de la CIA, Vernon Walters, en la central de la agencia en Virginia, no solo recibía asesoramiento directo de los americanos, sino que era su agente y cobraba un sueldo por ello.

Mientras tanto, en la habitación del Hotel Plaza, Antonio González Pacheco se disponía a poner en práctica uno de los métodos de interrogatorio que más resultados positivos le había dado últimamente: la falanga, una tortura que consistía en golpear fuertemente al interrogado en las plantas de los pies.

—Se acabó el baño, traedme al pajarillo, que le vamos a hacer cosquillas en los pies —ordenó Billy mientras sacaba de su maletín un rollo de cuerda plástica.

Los policías arrastraron a Mailua hasta el centro de la habitación. Su aspecto era lastimoso, aunque ya no sangraba por la nariz y el agua de la bañera le había limpiado los restos de sangre seca de la cara. Le quitaron las esposas de la espalda y lo volvieron a esposar, esta vez con las manos por delante. Lo tumbaron boca arriba, estirado, con los pies juntos. Mailua estaba consciente, pero ya no ofrecía ningún tipo de resistencia. Le estiraron las piernas hacia arriba y le ataron los tobillos con la cuerda plástica al respaldo de una silla que sujetaban los policías para que no resbalase y aguantara bien el peso. Las plantas de los pies de Mailua miraban hacia el techo, y en ellas empezó a golpearle Billy con su porra telescópica, la que le habían regalado los italianos.

La falanga era un método de tortura antiguo, pero se había puesto de moda con su aplicación por parte de la Junta de los Coroneles que dio un golpe de Estado en Grecia a finales de los años sesenta. Las fuerzas represoras de occidente copiaron la técnica de los militares griegos por el extremado dolor que producía en sus víctimas sin que pusiera en riesgo sus vidas. Los golpes en las plantas de los pies empezaban por causar dolor e hinchazón en la zona, pero rápidamente el dolor se extendía por los nervios de las piernas y subía por la espalda hasta la nuca. Muchos de los torturados por este método perdían el control con que se habían enfrentado a otros tormentos y quedaban rotos y desarmados psicológicamente. Billy disfrutaba del momento en que los detenidos le suplicaban que parase y empezaban a contarlo todo.

—¿Qué te crees, que los maricones de tus amigos cuando los cojamos, porque tarde o temprano los vamos a coger, van a guardar silencio como haces tú? ¡Una mierda! Esos cantarán rápido para cargarte el muerto y encima se salvarán de la paliza. ¡Sálvate tú! ¿Nos vas a decir algo? —preguntó mientras le pegaba una patada en el costado.

—Tenga cuidado, Billy, a ver si se nos va a ir la mano. Que a este no podemos tirarlo por la ventana y decir que intentó escaparse —le conminó uno de los policías.

—No lo tiramos, se tiró él. Y ten tú cuidado con lo que dices, no vaya a ser que te cierre la boca —le amenazó Billy.

En los últimos años había habido varios casos de detenidos que habían fallecido cuando intentaban escapar por una ventana del edificio en el que estaban confinados o al que habían sido trasladados para hacer un registro, siempre según la versión de la Dirección General de Seguridad. Fue el caso en 1967 del militante comunista de veintitrés años Rafael Guijarro Moreno, de cuya caída por una ventana durante el registro de su casa se envió esta versión oficial a los periódicos:

> A las seis de la mañana de ayer, funcionarios del Cuerpo General de Policía efectuaron un registro en el número 15 de la calle Jaime el Conquistador, domicilio de Rafael Guijarro Moreno, de veintitrés años, celador de un ambulatorio del Seguro de Enfermedad y alumno de la Escuela de Graduados Sociales, dependiente del Ministerio de Trabajo. Iniciada la diligencia por los inspectores consignados, en presencia de Guijarro Moreno, en búsqueda de pruebas documentales de determinadas actividades marxistas —en las que, al parecer, el joven estaba complicado— este pidió permiso a los funcionarios para beber un vaso de agua, para lo cual se dirigió a la cocina de la casa, seguido de su madre y de un inspector. Inesperadamente emprendió veloz carrera hacia una de las habitaciones contiguas, lanzándose por una ventana al vacío, sin que los esfuerzos de su madre, que se encontraba cercana, pudieran evitarlo.

Dos años más tarde le ocurrió lo mismo al estudiante de veintiún años Enrique Ruano Casanova, miembro del Frente de Liberación Popular, que, después de tres días de detención en la sede de la BPS en la Puerta del Sol, fue trasladado para el registro de una vivienda de la calle General Mola, utilizada supuestamente por la organización izquierdista como centro de reunión, y terminó cayendo desde un séptimo piso. La versión oficial de la policía fue que se había suicidado y se filtró a la prensa una supuesta carta escrita por la víctima en la que insinuaba su idea de quitarse la vida. La familia del joven demostró que la carta estaba manipulada y, a pesar de la campaña de algunos medios para dar veracidad al relato policial, nadie se creyó que el joven, que estaba acusado de lanzar en la calle propaganda de Comisiones Obreras, tuviera intención de suicidarse. Aquella muerte tuvo una gran repercusión en los ambientes universitarios, hubo muchas protestas y el Gobierno decretó el estado de excepción para controlar «algunas acciones minoritarias fomentadas por una estrategia internacional».

Mailua no aguantaba más y empezaba a derrumbarse. El dolor, que iba como una descarga eléctrica desde los pies hasta la cabeza, era intenso y constante, parecía que le fueran a estallar las sienes. El pánico se estaba apoderando de él. Empezó a pensar en qué podía contarles a los policías para que parasen. Como no sabía nada de los miembros del comando con los que se tenía que haber reunido ni de los planes que tenían, aunque el rifle con mira telescópica lo dejaba bastante claro, podía contarles algo de su actividad en el País Vasco, los miembros de su comando a los que conocía, los lugares de reunión, los colaboradores para las comunicaciones, el zulo donde habían escondido algunas armas o las rutas seguras de los pasos a Francia. Si les daba esos datos lo dejarían en paz. Solo quería dejar de sufrir y descansar. Pero sabía que esa información iba a provocar más detenciones y más sufrimiento. Y más venganza, porque, desde hacía meses, los miembros de ETA en Francia habían sido advertidos de que estaban vigilados por comandos de ultraderecha. Las acciones habían empezado con la explosión de artefactos en lugares afectos a la organización, como la librería Mugalde, en Hendaya, muy frecuentada por los refugiados vascos. También habían estallado explosivos en algunos coches, como el de José Antonio Urrutikoetxea, Josu Ternera, en la localidad francesa de Biarritz, o en algún restaurante regentado por exiliados, aunque sin causar víctimas mortales. Si daba nombres o direcciones, estaría poniendo en peligro a mucha gente; no debía hacerlo, pero el dolor era insoportable.

—Mire, comisario Conesa, nosotros ya le hemos dicho a sus jefes que las respuestas contra ETA en Francia tienen que ser más contundentes porque otra cosa es dar jugo, quiero decir, perder el tiempo. Tienen ustedes que dar piso a los que volaron a Carrero. —El Mamo Contreras hizo el gesto de cortarse el cuello—. Porque no puede ser que esos se estén paseando por ahí como si fueran héroes. Tienen ustedes que darles fuerte en su territorio, como hicimos nosotros en Argentina cuando Perón acogió a algunos traidores chilenos. ¿Qué se pensaban, que iban a poder vivir como reyes en Argentina mientras jodían a Chile?

—Lo del general Prats fue muy comentado por aquí —asintió Conesa.

Carlos Prats González fue un militar chileno que había llegado a ser comandante en jefe del Ejército y ocupó el cargo de ministro de Defensa en el último Gobierno de Salvador Allende. Después del golpe de Pinochet y sabiendo que corría peligro su vida, huyó a Argentina, donde fue bien recibido por el presidente Juan Domingo Perón y por el alto mando del Ejército argentino. La ascendencia que Prats mantenía sobre una parte de las Fuerzas Armadas chilenas hizo que Pinochet ordenase a la DINA el seguimiento permanente de sus movimientos en Buenos Aires y se montó una célula de información a su alrededor. Finalmente, se dio la orden de ejecutarlo y un operativo de seis personas al mando del comandante del Ejército chileno Raúl Iturriaga Neumann preparó el atentado. El agente norteamericano de la DINA Michael Townley, que había tenido y mantenía contactos con la CIA, fue el encargado de colarse en el garaje de la casa de los Prats y colocar el explosivo debajo de la caja de cambios del automóvil. El 30 de septiembre de 1974, cuando Prats y su esposa, Sofía Cuthbert, regresaban pasadas las doce de la noche a su casa, Townley hizo detonar la bomba mediante control remoto y los restos del coche quedaron esparcidos en un radio de cincuenta metros. El matrimonio Prats murió en el acto.

—Tenemos un gringo, Townley, que fue quien nos puso en contacto con Stefano Delle Chiaie. Ha viajado a España en varias ocasiones porque nos está creando una red de contactos por toda Europa. Si necesitan ustedes que los ayude con lo de las acciones en Francia, solo tienen que pedírselo, lo hará encantado —propuso el jefe de la DINA.

—Se lo comentaré al nuevo director del SECED, el comandante Valverde. Es quien sustituyó el año pasado al coronel San Martín, que llevaba directamente los contactos con Delle Chiaie —aclaró Conesa.

El italiano Stefano Delle Chiaie, que había organizado durante los años sesenta varios atentados terroristas de grupos de ultraderecha en su país, tenía desde hacía mucho tiempo contacto con organizaciones fascistas españolas e incluso había asistido en su día a un cursillo del Frente de Juventudes. Huido de Italia definitivamente en 1970, tras el golpe de Estado frustrado que iba a liderar el militar y político fascista Valerio Borghese, conocido como el Príncipe Negro, Delle Chiaie y sus compinches fueron recibidos y protegidos por los ultras españoles. Uno de los más cercanos fue Alberto Royuela, líder de la organización ultra Hermandad de la Guardia de Franco, que acogió al italiano en su domicilio de Barcelona y fue el encargado de tramitar su solicitud de asilo político ante el Gobierno franquista. Stefano también recibió la ayuda de Mariano Sánchez Covisa, un veterano de la División Azul que era cabeza visible de los extremistas Guerrilleros de Cristo Rey, que por entonces empezaban a actuar contra grupos de estudiantes de izquierda, librerías, asociaciones vecinales o incluso parroquias en las que se acogían movimientos apostólicos.

Sánchez Covisa puso en contacto al italiano con el coronel José Ignacio San Martín, el entonces director de los servicios secretos del SECED, y este preparó incluso un encuentro con el presidente del Gobierno, Luis Carrero Blanco. En septiembre de 1973, tres meses antes de que Carrero fuera asesinado por ETA, el presidente recibió a Delle Chiaie y a Valerio Borghese, que, además de solicitar refugio para los casi cien fascistas italianos que habían huido a España, le ofrecieron su colaboración en la campaña contra la subversión que estaban organizando.

—Tenemos que estar atentos al peligro de la subversión comunista, que es la fuente de todos los problemas actuales de España y que está afectando a la juventud, a los disturbios laborales e incluso a la moralidad —decía Carrero despacio, como si sus interlocutores italianos tuvieran problemas para entenderle—. Las fuerzas corrosivas están utilizando todo lo que tienen, la pornografía, las drogas, el desprecio a la autoridad y el rechazo de los valores patrióticos para corromper a la juventud española.

—Eso es *sicuro*, querido almirante —dijo Borghese, que, como Carrero, era oficial de Marina y había participado en la Guerra Civil española en uno de los submarinos italianos que, apoyando a los rebeldes, se dedicaban a interceptar barcos mercantes republicanos—. En Italia el comunismo ha logrado infiltrarse en todos los *estamenti* de la *societá*.

A Carrero le hacían gracia esas palabras italianas que se colaban en el discurso del Príncipe Negro.

—No queremos que eso pase en España y sabemos que es necesario iniciar acciones decisivas, contundentes, para atajar estos problemas. La nuestra es una nación básicamente sana, querido Valerio, pero hay que actuar para que estos conflictos no alcancen proporciones más serias. —Carrero dirigió su mirada en ese momento al director del SECED presente en la reunión—. El comandante San Martín tiene toda mi confianza para poner en marcha cualquier dispositivo antisubversión y pueden ustedes apoyarse en él y solicitar la ayuda que necesiten. Espero que la colaboración sea fructífera.

En aquella reunión quedó sellada la colaboración de los mercenarios italianos con los servicios secretos españoles, que les dieron apoyo logístico y financiero durante años, una cooperación en la que Delle Chiaie tendría un papel muy importante. No así Borghese, que, estando asilado en Cádiz, en un cortijo en Conil de la Frontera, murió al año siguiente de la reunión con el entonces presidente del Gobierno. Fue una muerte sorprendente, repentina, tenía sesenta y ocho años, y se especuló con que podía haber sido envenenado por los servicios secretos italianos, aunque otras versiones incluían a la CIA como parte del complot. Por otra parte, el atentado que acabó con la vida de Carrero Blanco afectó directamente al SECED, pues el nuevo presidente, Arias Navarro, decidió destituir al coronel San Martín y relevarlo por el comandante de Infantería y diplomado de Estado Mayor Juan Valverde Díaz, un militar más joven y moderno que San Martín, pero que no estaba al corriente de los bajos fondos donde se movían los servicios de información del Estado. La despedida del fundador del SECED en una carta enviada a todos los miembros del organismo dejaba claro su ideal y sus motivaciones:

En el momento en el que se produce mi relevo al frente de este servicio, deseo haceros presente que:

Siento la inmensa satisfacción del deber cumplido.

He tenido el enorme privilegio de haber mandado un núcleo de hombres excepcionales, a quienes volvería a elegir para que me ayudaran en el cumplimiento de cualquier otra misión, por delicada y difícil que fuera.

Tenemos que estar dispuestos a aceptar mayores sacrificios si queremos que el país recupere el tono moral indispensable para que se asiente un futuro prometedor para nuestra querida España.

El teniente coronel San Martín fue destinado a la base militar madrileña de El Goloso como jefe del Grupo de Artillería Autopropulsada n.º XII y desde ese puesto siguió de cerca todas las actividades de su antiguo servicio, donde las labores antisubversivas pasaron a estar casi exclusivamente protagonizadas por la Brigada Político Social. San Martín creía que era inevitable que los militares terminaran haciéndose con el poder debido al creciente clima de desobediencia civil y al ambiente político en general. Con el amplio conocimiento de los movimientos de todos los sectores políticos que había tenido al frente del CESED, pensaba que la única solución del país era que el Ejército entrase activamente en la política nacional, donde los actuales gestores estaban dejando al margen a todos los que llevaran un uniforme.

—De acuerdo, comisario, seguimos en contacto. Ahora tengo que ir a recoger a mi señora, que está haciendo unas compras con otras mujeres que han venido también de Chile acompañando a sus maridos.

El Mamo Contreras se levantó para marcharse, pero el comisario Conesa ofreció al chileno dar una pequeña vuelta por las instalaciones de la BPS en el edificio de la Real Casa de Correos donde estaban.

Lo llevaron por las oficinas y despachos, los archivos, los patios y los sótanos, donde estaban las salas de interrogatorio y los calabozos, aquella fila de celdas cubiertas de azulejos blancos en algunos de los cuales se podían ver restos de sangre.

—Les encantaría conocer nuestra Venda Sexy —dijo Contreras—. Es un lugar de detención de la DINA donde, como dice el nombre, las vendas en los ojos y las diversiones sexuales de los agentes provocan más confesiones que muchas palizas.

—Aquí también tenemos a veces algunas putitas rojas, pero es que la mayoría son muy feas —comentó jocosamente Conesa.

Contreras se despidió agradeciendo a Conesa el último favor que le habían hecho los policías españoles: conseguir que, a pesar de que todo el comercio estaba cerrado por los días de luto decretados en señal de duelo por el fallecimiento del Generalísimo, unos grandes almacenes abrieran sus puertas para que las esposas de algunos miembros de la expedición chilena que acompañaba a Pinochet pudieran pasar una mañana de compras en Madrid.

—Nuestras esposas lo estarán pasando chancho gastándose los pesos que ganamos dirigiendo el país, pero merece la pena tenerlas entretenidas, usted ya me entiende, comisario. —El Mamo le tendió la mano con una sonrisa—. Que así nosotros podemos atender nuestros temas.

—Gracias por todo, coronel, pásenlo bien y seguimos en contacto —lo despidió Conesa.

El comisario volvió rápidamente a su despacho y pidió que lo conectaran con González Pacheco.

—Está empezando a cantar, comisario, la falanga es lo que tiene, que es muy convincente.

—Tenga cuidado, Pacheco —le advirtió Conesa—. No se vaya a pasar de rosca. ¿Qué ha dicho?

—Que llegó ayer en un tren desde Burgos y que no sabe nada de explosivos. Nos ha contado que pertenece a un comando legal de la zona de San Sebastián, de los nuevos que está formando el hijoputa de Mamarru en Francia. Dice que ha venido solo y que estaba esperando a alguien, pero que no sabe los nombres. Ahora vamos a sacarle la información del comando al que pertenece, le estamos dando un respiro.

—En cuanto tenga algo bueno, llame directamente a la Comandancia de la Guardia Civil en San Sebastián para que se muevan rápidamente y luego ponemos a trabajar a los nuestros. Volvemos a hablar en media hora.

—Descuide, comisario, que algo bueno sacaremos, que este muchacho ya sabe lo que le conviene.

Mailua escuchaba de fondo a Billy el Niño sin prestar demasiada atención. Una vez que empezó a hablar, habían dejado de pegarle. Seguía teniendo dolor, pero era infinitamente menos que el sufrido hacía un rato, cuando le golpearon en las plantas de los pies. Lo habían dejado tumbado en el suelo y por un instante creyó que se iba a quedar dormido.

20

El rescate

A medida que el coche se iba acercando a Cuelgamuros había más gente en la carretera y el avance era más lento. Llegaron a una barrera que impedía el paso a los automóviles, pero, tras la identificación como el vehículo oficial del procurador en Cortes Jaime Llopis-Bofill, les abrieron el paso y les indicaron el camino reservado para las autoridades. Entonces, Luis Rovira contestó a Jaime:

—Claro que me acuerdo de Vilalba. ¿Cómo olvidarlo? Allí, y en muchos otros lugares de España, conseguimos esto que tenemos, una posición, un poder, un orden y un legado que no podemos dejar que se pierda. Se está preparando una traición a todo aquello que defendimos en sitios como Vilalba y no lo podemos consentir.

Pero Jaime seguía con la mirada perdida y con la cabeza en un olivar cercano a Punta Targa.

—Este está vivo, pero si no lo atiende nadie pronto se va a desangrar por la herida que tiene en el muslo.

—Déjalo ya y vámonos, que no es nuestro problema. No podemos hacer nada.

Jaime intuía estas palabras lejanas y difusas, como si estuviera en un sueño. Todavía aturdido por la explosión de la granada, iba recuperando la consciencia poco a poco y también el dolor del balazo que tenía en la pierna. Dejó escapar un gemido.

—Se está despertando, lo mejor es irnos ya y evitar problemas. Si nos ve, nos podría reconocer más adelante y podría ser un problema.

—Si nos vamos, este pobre se muere en diez minutos. No podemos dejarle así. Voy a hacerle un torniquete.

—¡No me jodas, Deán! Estamos a cien metros de las trincheras republicanas, es el momento, si tardamos un poco más, se nos pasa la oportunidad.

—Pues habrá que esperar otra, a este muchacho hay que salvarle la vida, que a bastantes hemos visto ya joderse. Mira el otro pobre ahí reventado, no lo van a poder ni reconocer. Pásame la correa que te sobra.

—¡Joder! No te das cuenta de que vas a salvar su vida, pero vas a poner en riesgo la nuestra.

Jaime notó la presión en la pierna y el dolor se hizo más intenso. Se estremeció. Unos golpes en la cara terminaron de espabilarle y al abrir los ojos, aunque todavía era de noche, pudo distinguir un par de figuras que lo observaban de cerca. No recordaba dónde estaba, pero le parecieron dos soldados nacionales.

—Chaval, has tenido suerte —le susurró uno de ellos—. Ahora procura estar calladito, que te vamos a llevar a que te curen. Si te duele, aprieta los dientes, pero no puedes hacer ruido porque entonces nos fríen a todos. ¿Me entiendes?

Jaime asintió con la cabeza y los dos soldados lo levantaron cada uno de un brazo y se lo echaron por encima. Salieron con dificultad de la hondonada en la que había estallado la granada y lentamente, descansando cada pocos metros para recuperar el resuello y hacer el menor ruido posible, se fueron alejando de la posición de Punta Targa. Tardaron casi una hora en llegar a las trincheras carlistas.

—¡Alto ahí! ¿Quién va? —gritaron los centinelas—. La contraseña o disparamos.

—¡Carlista! Traemos herido a uno de los vuestros, «Jaime Llopis» dicen sus papeles que se llama. —Habían encontrado su nombre escrito en el devocionario que Jaime llevaba en uno de sus bolsillos—. Somos soldados de la 84.

El centinela dio la alarma y rápidamente acudieron varios requetés en su ayuda. Trasladaron a Jaime a una camilla y lo llevaron hasta el botiquín improvisado en la trinchera principal. Enseguida llegó Luis Rovira, nervioso y alterado, preguntando por el estado de su amigo. Un sanitario lo tranquilizó:

—Parece que no es grave, tiene un balazo en el muslo y ha perdido bastante sangre, pero ya está controlado. Esos dos lo han encontrado y le hicieron un torniquete que le ha salvado la vida —dijo señalando a los soldados que estaban refrescándose y comiendo algo que les habían ofrecido los requetés.

—¿Y el sargento que iba con él, lo habéis visto? —preguntó Luis.

—Sí, lo había destrozado una explosión, debió de pillarle de lleno una granada.

Al momento llegaron dos oficiales que interrogaron a los soldados sobre el encuentro y el rescate, a la vez que les pedían sus identificaciones. Se llamaban Agustín Sánchez y Gervasio Deán y pertenecían a una compañía de la 84.ª División que había llegado desde el frente de Levante para contener la ofensiva republicana en el Ebro. Según decían, estaban defendiendo los alrededores de Gandesa, una población que distaba unos ocho kilómetros, pero, en la confusión y desorganización de los primeros combates, habían perdido contacto con su compañía y, esquivando al enemigo por barrancos y cárcavas, habían llegado hasta allí. Contaban que, cuando estaban aprovechando la noche para atravesar unos olivares en dirección a Vilalba, escucharon unas detonaciones en el alto que ocupaban los republicanos, seguidas de unos disparos de ametralladora y la explosión de varias granadas cerca de donde estaban ellos. Se echaron a tierra y, cuando el fuego paró y retomaron su camino, se encontraron con los cuerpos de los dos requetés. Comprobaron que uno estaba con vida y aceleraron la marcha para intentar salvarlo. Todos elogiaron su comportamiento, les agradecieron el rescate y los mandos les ordenaron ir a descansar a retaguardia antes de que se les reincorporase a su división en el frente de Gandesa. La pesadumbre por la muerte del sargento Bofarull se mezclaba con la alegría por ver recuperado a Jaime y la satisfacción de que ambos hubieran cumplido su misión. Estaba amaneciendo y dentro de unas horas aparecerían los aviones alemanes que iban a darle caña a los rojos de Punta Targa antes de la ofensiva.

Al poco rato aparecieron en la retaguardia un alférez y un sargento de la 84.ª División que decían venir desde la sierra de Pàndols en busca de soldados de su unidad con los que habían perdido contacto. Los oficiales del tercio les confirmaron que allí había dos y un capitán los condujo hasta Agustín y Gervasio, que estaban visitando en el improvisado hospital de Vilalba al recuperado Jaime mientras iba contándoles con exaltación el rescate que ambos habían protagonizado y alabando su valor. Pero, al llegar al hospital y reconocerlos, cambió el rictus de todos.

—Estos hombres son unos desertores —dijo con contundencia el sargento de la 84—. Abandonaron sus puestos de vigilancia ayer al caer la noche con la intención de pasarse al enemigo. Lo ha confirmado uno de sus compinches, que al final se rajó y se echó atrás.

Se hizo el silencio en el salón del bar que hacía de improvisada sala de hospital. Agustín y Gervasio, que se habían puesto en pie cuando vieron llegar al alférez y al sargento de su compañía, negaban con la cabeza y se disponían a dar sus explicaciones, pero el sargento les cortó en seco.

—No queremos escuchar vuestras mentiras, recoged vuestro equipo, que estáis detenidos. —Los apuntó con la pistola que acababa de desenfundar—. Vais a servir de ejemplo al resto de cobardes que piensen en desertar.

—Nosotros no hemos desertado, mi sargento —tembló la voz de Agustín—. Hubo una desbandada general cuando nos atacaron y tuvimos que correr para salvarnos, nada más. Quedarse allí era morir seguro. Y luego nos perdimos, no se veía nada, estuvimos andando toda la noche hasta llegar aquí.

—¡Mentira! No te pego un tiro aquí mismo porque prefiero que lo vean tus compañeros de batallón y sepan el castigo que tiene lo que habéis hecho.

En ese momento, el capitán de los requetés, que estaba serio y tenso como todos, se interpuso entre ambos y se dirigió al sargento con autoridad:

—Lo que fueran a hacer estos hombres no lo sabe nadie, pero sabemos lo que han hecho, y ha sido salvar la vida de uno de mis soldados arriesgando la suya. Ese requeté tumbado en la camilla, que se llama Jaime Llopis-Bofill, está vivo por ellos, y es uno de nuestros mejores hombres, así que todos aquí tenemos que estarles agradecidos por lo que han hecho.

Hizo una pausa y se dirigió a Jaime, que, aunque seguía algo débil, ya tenía otro color y era consciente de todo lo que pasaba.

—Jaime nos ha corroborado su versión. Escuchó cómo le decían que estaban perdidos y le preguntaban hacia dónde ir porque que no sabían cómo regresar a las líneas nacionales de una manera segura, ¿verdad, Jaime?

Mientras todos le miraban expectantes, el herido asintió desde la camilla. Luego, el capitán miró directamente al sargento y al alférez que habían venido buscando a los supuestos desertores.

—Voy a hablar ahora mismo con el comandante de su unidad, que es amigo mío, para que le haga llegar al general de su división lo que ha sucedido. Y les advierto de que, si algo les pasa a estos hombres antes de que el general conozca los hechos, ustedes serán los responsables y me encargaré personalmente de que paguen por ello. Y les aseguro que siempre cumplo lo que digo. ¿Me han entendido?

La tensión se cortaba en un silencio que se hizo eterno. Finalmente, el alférez, que no había hablado hasta entonces, apartó el brazo del sargento que seguía empuñando el arma y calmó los ánimos:

—Quizá nos hemos precipitado en sacar conclusiones, tiene usted razón, capitán. Y no estamos para dar ventaja ninguna a los rojos, así que estos dos soldados se reincorporarán a su compañía con total normalidad, se lo garantizo. Cojan su equipo y vámonos, que hay muchas cosas que hacer.

El sargento guardó el arma y se dio la vuelta. Agustín y Gervasio saludaron con agradecimiento al capitán y se dirigieron a la camilla desde donde Jaime les sonreía.

—Muchas gracias, estamos en paz —dijo Gervasio.

—Siempre me llevaréis la delantera. Id con Dios y mucha suerte —contestó el requeté.

¿Qué habría sido de aquellos dos hombres?, se preguntaba ahora Jaime en el asiento trasero de su coche oficial camino de la explanada del Valle de los Caídos. Quizá estuvieran enterrados allí, en ese glorioso mausoleo que Franco pensó para representar el sacrificio que había costado salvar a España del desorden y el caos. Allí reposaban muertos de los dos bandos, en una señal de hermandad que el caudillo había querido transmitir a todos los españoles. La patria había conseguido superar la enfermedad separatista y divisionaria, y ahora algunos estaban intentando que se desviara otra vez del camino correcto.

Aquella cruzada redentora había perdido a uno de sus pilares principales, pero el espíritu y la razón de esta estaban por encima de las personas y había que salvaguardar entre todos lo conseguido durante cuarenta años, que la ambición de algunos traidores iba a llevar al desastre.

—¿Tú sabes lo que le ofreció el sobrino de Franco a Carrillo? —le preguntó Luis a Jaime sacándole de sus recuerdos.

—Pues qué le iba a ofrecer, lo que le había dicho el principito, cualquier cosa para garantizarse el apoyo de los comunistas en el trono. Ya es indigno que el sobrino se dedique a vender a su tío estando este en el lecho de muerte, pero lo es más que un hombre traicione sus juramentos antes incluso de tomar posesión del cargo jurado.

—Necesitamos un rey que reine y gobierne atemperado por las instituciones y consejos del Movimiento y acompañado por la constante inspiración de la doctrina de la Iglesia católica —reflexionó Luis en voz alta—. España necesita una monarquía tradicional, no un engendro como el que quieren vendernos. Y el carlismo, el bueno, el tradicional, no ese que también coquetea con el comunismo, es el depositario por providencia divina de los valores de esa monarquía tradicional.

Habían llegado al aparcamiento dispuesto para los coches de las autoridades. Salieron del automóvil, el cielo estaba gris y hacía frío. El conductor sacó del maletero una caja con varias petacas que contenían coñac y las repartió entre los tres carlistas.

—Hay que ir entrando en calor —dijo Jaime mientras abría la suya y les hacía un gesto a los otros para que lo imitaran—. ¡Dios, patria y rey!

21

El calvario de Agustín Sánchez

Cuando terminó la misa en la puerta del Príncipe del Palacio Real, que había seguido absorta desde su posición, concentrada en lo que pasaba y se decía desde el altar, Manuela se dio la vuelta para observar el aspecto general de la abarrotada plaza de Oriente, donde en ese momento miles de pañuelos se agitaban, se cantaba el «Cara al sol» y se coreaba el nombre de Franco. El silencio que había acompañado a la ceremonia religiosa se había convertido ahora en un enorme rugido, como si la gente se hubiera estado aguantando las ganas de gritar y la pasión durante la última hora. Poniéndose de puntillas, Manuela observó que la gran mayoría de los presentes eran hombres, generalmente de edad madura, pero también había jóvenes que se hacían notar porque eran los que más gritaban. Las mujeres, que sí habían sido muchas desfilando ante el cadáver del general, ahora eran minoría. En realidad, pensó, todo lo concerniente a la política y el gobierno había estado siempre fuera del alcance de las mujeres, no ya porque no ocuparan cargos importantes, ella no conocía a ninguna, sino porque sus opiniones no se tenían en consideración para esos asuntos trascendentales.

—Eso son cosas de hombres, la mujer tiene que dedicarse a su casa y a sus hijos y a sostener la felicidad de esa columna vertebral de la vida que es la familia católica —les explicó una vez una señora de la Sección Femenina que dio una charla en el pueblo para jóvenes recién casadas.

Todavía recordaba un folleto que les entregó con los consejos para hacer felices a sus maridos y ser la esposa que ellos siempre habían soñado:

Ten lista la cena: planea con tiempo una deliciosa cena para su llegada. Luce hermosa, descansa cinco minutos antes de que llegue para que te encuentre fresca y reluciente. Sé dulce e interesante para que se olvide de su duro día de trabajo. Arregla tu casa, que debe estar impecable para que él valore tu trabajo. Cuida de su comodidad, prepara su ropa de casa o su sillón preferido. Prepara a los niños, que estén limpios, peinados y con la ropa reluciente cuando él los vea. Minimiza el ruido, que no estén en funcionamiento los electrodomésticos y que los niños no alboroten su descanso. Procura que se te vea feliz, porque tu felicidad es la recompensa de su trabajo. Escúchalo, deja que hable de sus temas, que son más importantes que los tuyos. No te quejes por insignificancias y comprende la mayor trascendencia de sus responsabilidades. Ayúdale a que se relaje y olvide las tensiones del trabajo.

Manuela leyó varias veces aquella guía de comportamiento, sobre todo al principio de su matrimonio, e intentó cumplir sus recomendaciones, aunque la relación con su marido nunca se basó en esa subordinación tan acentuada que el Régimen atribuía a las esposas, quizá porque él era un buen hombre, más generoso que otros a la hora de ayudar en casa y con los niños. Ahora que había terminado la misa, Francisco parecía más atento a lo que pasaba porque iba a empezar el desfile militar y eso siempre le traía recuerdos de su año y medio de servicio en las Fuerzas Armadas. No es que fuera un entusiasta del Ejército, pero aquellos meses de formación

y sacrificio en África habían dejado en él un poso de camaradería y nostalgia juvenil. Recordar la mili era evocar el tiempo del esplendor físico y los sueños por cumplir, por encima
de la disciplina y el rigor, muchas veces injusto, al que se
sometía a los reclutas.

Los soldados de la Guardia del Generalísimo levantaron a
hombros el féretro del dictador para trasladarlo hasta el camión que lo iba a llevar a su último destino y la banda militar
empezó a tocar la «Marcha Real», un tremendo clamor inun-
dó de nuevo la plaza y la emoción se hizo evidente entre todos
los presentes. Por megafonía, con un tono que había cambiado
del religioso al militar, se explicaban las distintas formacio-
nes de los soldados:

> Escolta al féretro de su excelencia una guardia de honor de
> cadetes de los tres ejércitos. Las fuerzas que rendirán honores
> al féretro del Generalísimo estarán al mando del capitán ge-
> neral de la I Región Militar, el teniente general don Félix Ál-
> varez Arenas. Las fuerzas de acompañamiento están manda-
> das por el general Milans del Bosch.

Los ocho soldados que portaban el ataúd tuvieron alguna
dificultad para subir por la rampa hasta el camión, un Pegaso
modelo 3050 del Ejército de Tierra recién salido de fábrica que
había sido acondicionado para llevar detrás el armón de artillería que sostendría el ataúd de Franco. Inicialmente estaba
previsto que, en su recorrido hasta el Arco de la Victoria de la
Moncloa, el armón fuera tirado por caballos, pero una reciente
comunicación del CESED había aconsejado que todo el trayecto se hiciera en vehículo a motor. Al parecer, la posibilidad de
algún imprevisto recomendaba no utilizar caballerías que pudieran descontrolarse en determinadas circunstancias. En ese
itinerario hasta la Ciudad Universitaria, partiendo de la calle
Bailén para seguir por Ferraz, Pintor Rosales, Moret y avenida

de la Victoria, estaban desplegados cuatro mil quinientos militares pertenecientes a distintas unidades de la I Región Militar, que iban a rendir honores al paso de la comitiva, pero que también estaban preparados para intervenir si fuera necesario. Asegurado sobre el vehículo el pesado doble ataúd, que estaba compuesto por una primera caja de zinc y una segunda mezcla de maderas nobles, cuyas tapas habían sido selladas por soldadura en presencia del notario mayor del Reino, el ministro de Justicia, don José María Sánchez-Ventura, para dar fe de que el cuerpo de Franco quedaba dentro, iba a comenzar el desfile militar en honor del difunto.

Las fuerzas de acompañamiento que van a rendir honores a los restos del caudillo de España estarán compuestas por un batallón de Marinería, una compañía de infantería de Marina, una compañía del Ejército del Aire, una escuadra de gastadores, un batallón de infantería del Ejército de Tierra, un batallón de ingenieros, un grupo de Caballería y la escolta de los lanceros a caballo del Generalísimo que guardarán la carrera de su ataúd por todo el recorrido.

Después de un toque de oración y una tensa espera de todos los presentes puestos en pie, interrumpida por los gritos espontáneos de la multitud, la banda empezó a tocar la primera marcha militar y se inició el desfile. Manuela presenciaba por primera vez desde tan cerca una parada militar. Últimamente había visto en su nueva televisión el desfile de las Fuerzas Armadas en el Día de la Victoria, pero las imágenes en blanco y negro del televisor no eran comparables a la atmósfera colorida y de contrastes que se vivía en ese momento. No le gustaban especialmente ni los militares ni los uniformes, más bien le infundían respeto y temor. A lo largo de su vida, siempre que hubo uniformes cerca, estaban asociados a problemas de su padre, porque Gervasio despotricaba en privado, y a veces en público, de todo lo castrense, y eso era un delito. Ella era muy pequeña cuando su padre regresó de la guerra, tenía entonces tres años, pero, según se hacía mayor, le fueron llegando retazos de la historia de muerte y represión, de miedo y angustia, que Gervasio vivió en directo y que marcó su carácter para siempre.

Cuando el ejército republicano cruzó el Ebro en julio de 1938 y sorprendió a las fuerzas nacionales, el mando rebelde tuvo que movilizar rápidamente a muchas tropas que luchaban en otros lugares para desplazarlas a la nueva batalla y contener el ataque de los rojos. La División 84, que formaba parte de la ofensiva nacional en el Levante y que, tras haber conquistado Castellón, estaba acercándose a Valencia, fue trasladada al Ebro y ocupó la zona de Gandesa para protegerla de los duros asaltos republicanos. En el tercer regimiento de esa 84 servían Gervasio Deán y Agustín Sánchez.

Los dos soldados habían sido movilizados por los rebeldes a principios de año y tuvieron su bautismo de fuego en la ofensiva de Aragón, en Teruel, en los pueblos de Montalbán y Utrillas. Como a todos los reclutas forzosos se les había adoctrinado y advertido sobre el castigo que podía suponer la deserción o el abandono del frente y, sobre todo, el pasarse al bando contrario. Los mandos militares, conscientes de que estas quintas estaban llenas de labradores, ganaderos, artesanos o incluso maestros que, ocupados sus pueblos por los nacionales, no tuvieron otro remedio que acudir al reclutamiento obligatorio, sabían que muchos de ellos no comulgaban con las ideas de la cruzada y que otros no resistirían la violencia de los combates. Unos y otros eran candidatos a la deserción y por eso había órdenes de reprimir con dureza a los que lo intentaban. Abandonar el batallón estaba penado con cuatro años de servicio obligatorio en el Ejército y conllevaba el traslado a una unidad de castigo. La deserción y el pase a las tropas enemigas era considerado alta traición y se castigaba con la pena de muerte.

—¡Si algún maricón abandona su puesto, voy a estar detrás de él para pegarle un tiro en el culo! —gritaba el sargento de la compañía que había ocupado una trinchera abandonada por los republicanos cerca de la sierra de Pàndols—. Los rojos van a tirar duro y van a venir en cuanto se haga de noche, pero vamos a resistir con cojones. No quiero repliegues que no se hayan ordenado. ¿Entendido?

—Sí, mi sargento —contestaron algunos soldados, pero la mayoría estaban ocupados en parapetarse bien y encontrar un sitio lo más seguro posible en la trinchera.

Había cadáveres de soldados republicanos abatidos en el último ataque y algunos hombres estaban aprovechando el momento de pausa para robarles lo que tuvieran de valor: dinero, tabaco, anillos, medallas o unas buenas botas si eran nuevas. Desvalijar a los muertos se había convertido para algunos en rutina. Gervasio no podía con ello:

—¿Cómo pueden abrir así sus bolsillos y carteras, con los cuerpos todavía calientes, tirando al suelo las fotos de sus mujeres o de sus hijos para robarles unas pesetas o unos cigarrillos? Esta rapiña me revuelve las tripas.

—Se han vuelto bestias salvajes, Gervasio, y a nosotros nos pasará lo mismo dentro de poco, cuando perdamos la poca humanidad que nos queda —contestó tumbado a su lado Agustín Sánchez.

—Yo tengo escrúpulos todavía y no estoy dispuesto a pasar por algunas cosas. Preferiría pegarme un tiro en el pie y quedarme cojo para siempre, si no fuera porque estos animales lo considerarían traición y terminarían fusilándome.

Hacía unos días, en los combates alrededor de Castellón, en medio de una tremenda balacera en la que las ametralladoras republicanas habían segado el frente dejando muchas bajas en su batallón, apareció un soldado con una herida en la pantorrilla. Cuando fue trasladado al hospital de campaña y revisado por los médicos, estos informaron al capitán de que la herida de bala tenía alrededor una clara señal de pólvora quemada, lo que delataba que ese disparo se había hecho a bocajarro, con el cañón del arma casi pegado a la carne. Los oficiales acusaron al soldado de haberse automutilado para ser evacuado del frente y, aunque el muchacho lo negó llorando a lágrima viva y gritando que tenía mujer y un hijo pequeño, lo acusaron de auxilio a la rebelión y lo fusilaron a la mañana siguiente. Gervasio lo había conocido. Era un joven débil, nervioso y sin ninguna maldad. No soportaba la tensión del combate, lo superaba, se bloqueaba cuando las balas zumbaban a su lado y veía caer a los compañeros. Las explosiones, los gritos y la sangre desconectaban su cerebro y lo paralizaban. Se quedaba quieto y no podía ni moverse, no reaccionaba a las órdenes y alguna vez tuvieron que llevárselo a rastras o golpearle para que espabilase y corriera. No tenía ideas políticas de ningún tipo, simplemente se moría de miedo y quería sobrevivir.

Agustín y Gervasio sí tenían ideas políticas, aunque desde que entraron en combate intentaron ocultarlas porque la represión era durísima y el más mínimo comentario podía costarte un juicio y un castigo ejemplar. A uno de sus compañeros de brigada, con el que habían compartido en secreto alguna conversación ideológica y que era muy bravo, se le ocurrió poner en duda una información que circuló en la compañía sobre que los mandos republicanos obligaban a sus soldados a violar a las monjas de los conventos de los pueblos que tomaban.

—Una cosa es que haya algún cerdo desalmado y otra que los oficiales impongan esos desmanes. Además, no vamos a hablar nosotros de lo que hacen los moros —dijo delante de un alférez.

Por esa frase fue acusado de rebelión, castigado con un recargo de tres años en el servicio y enviado a primera línea de combate. No volvieron a verlo. También se les advertía de que los familiares de los desertores sufrirían las consecuencias en la retaguardia y que se encarcelaba a ancianos o niños, madres o hijas sin reparos. A pesar de la opresión y las amenazas del mando, nunca desecharon del todo la idea de pasarse al otro lado. La propaganda republicana a veces llegaba a sus trincheras con mensajes libertarios y les revolvía la conciencia:

> ¡Soldados españoles! Os han obligado a entregar vuestra sangre en beneficio del fascismo y sus aliados. Vais a morir por unas ideas que no son las vuestras ni las del pueblo y nadie os recordará en el futuro. Pasaos a nuestro lado y seréis hombres libres luchando por una existencia digna y feliz para todos.

—Gervasio, estamos en primera línea y desguarnecidos. Esta noche van a venir con todo a recuperar la posición, va a ser muy difícil aguantar aquí y salir vivos. Quizá sea el momento de intentarlo —susurró Agustín para que no le pudieran escuchar los soldados que a unos metros ocupaban otro parapeto en la trinchera.

—No sé qué decirte. Ya hemos visto al sargento disparar a alguno de los nuestros por no obedecer en medio del lío, no quiero que me mate ese cabrón.

—En cuanto caiga el primer pepino esto va a ser un caos y no vamos a tener apoyo. La posición va a caer más tarde o más temprano con todos los que estemos aquí dentro, lo sabes. Te propongo salir por nuestra izquierda cuando empiece el jaleo y avanzar toda la noche rodeando la sierra. Es eso o morir.

Gervasio se quedó pensativo y asintió. Ya estaba oscureciendo y los oficiales recorrían la trinchera revisando las posiciones y advirtiendo que se esperaba un ataque inminente de los rojos para que todos estuvieran atentos al menor movimiento y con el armamento preparado. Se distribuyeron algunas granadas de mano y munición extra. También se repartieron algunas garrafas de vino que se habían requisado en bodegas de la zona. Hacía calor y, a falta de agua, muchos soldados apagaban la sed, y el miedo, con el vino de la Terra Alta.

Una bengala iluminó el cielo y lo siguiente fueron dos explosiones a unos metros de la trinchera. Empezaron los disparos y las balas zumbaban por encima de sus cabezas. Una granada cayó en un parapeto cercano hiriendo a dos soldados que gritaban de dolor. Ya estaban ahí. En ese momento Gervasio y Agustín se arrastraron hacia su izquierda y se lanzaron por encima de la trinchera, dejando que sus cuerpos rodasen cuesta abajo entre piedras y matorrales hasta quedar quietos. Tras un instante sin moverse y habiendo comprobado que no había nadie cerca, se levantaron y echaron a correr, a su espalda el estruendo y los fogonazos de los disparos y explosiones. Una alambrada de espino los detuvo en seco y cayeron al suelo. Rasguñados y doloridos, echaron un momento la vista atrás para ver el fuego infernal que tenía lugar en la trinchera que habían abandonado hacía un instante. Allí arriba debían de haber sobrevivido muy pocos. Liberados de los alambres, continuaron la marcha por un barranco hasta llegar al curso de un arroyo seco que bajaba de la sierra hacia el oeste. Después de unos minutos caminando deprisa en la oscuridad, el sonido del combate se iba alejando y era ya solo un rumor distante. Se pararon jadeantes a descansar apoyados en el tronco de un pino negro de los que abundaban en la zona y bebieron un trago de la poca agua que quedaba en sus cantimploras. No sabían muy bien dónde estaban, pero, por lo que Agustín había visto el día anterior en un mapa, suponía que en algún punto entre Gandesa y Vilalba del Arcs.

—Si seguimos bajando hacia el oeste y luego tiramos un poco al norte, llegaremos pronto a la zona republicana. Ahí más adelante tiene que estar Vilalba y a las afueras del pueblo está el frente —dijo Agustín señalando hacia su izquierda.

—Deja que me recupere un poco, que al caer por la pendiente se me han clavado dos rollos en las costillas que no puedo ni respirar —suspiraba Gervasio—. Espero que no te equivoques y que esté cerca. Y a ver cómo lo hacemos para que no nos peguen un tiro los otros.

—Tengo pensado que, cuando estemos cerca y nos den el alto, podemos cantar «La Internacional» para identificarnos, aunque también les puedo recitar alguna parte del *Manifiesto comunista*, que me lo sé de memoria, pero seguro que los milicianos no lo iban a reconocer —bromeó Agustín, que, a pesar de la tensión y del riesgo, estaba feliz de haber abandonado el ejército fascista, como él lo llamaba cuando estaba a solas.

Agustín Sánchez Domínguez era zamorano y era maestro. Había estudiado la carrera de Magisterio en Madrid y fue destinado a la escuela de un pueblo de Zamora un año antes de estallar la guerra. Agustín, cuyos padres habían muerto antes de iniciar sus estudios universitarios, estaba muy contento porque el pueblo no estaba lejos de su casa en Zamora y, además, vivían allí unos primos de sus padres, los Domínguez, que lo habían acogido en su humilde hogar como a un hijo mayor. Tenían una hija de once años, su prima Mari Carmen, que además iba a la escuela donde Agustín daba clase. Estuvo ejerciendo de maestro desde septiembre de 1935 hasta que estalló la guerra. Cuando, tras el alzamiento, los nacionales tomaron el poder en el pueblo y se lo entregaron a los falangistas, Agustín fue encarcelado por subversivo. El maestro no militaba en ningún partido político, pero tanto en sus clases como fuera del aula se había significado como defensor del régimen «democrático legalmente constituido» y había tildado el levantamiento como un golpe de Estado. Los días que estuvo en prisión sus familiares temieron por su vida, pues algunas partidas de falangistas se llevaron a varios detenidos y los fusilaron en los campos de alrededor, pero, finalmente, su tío, con la mediación del cura, consiguió que lo pusieran en libertad. Aunque Agustín no era creyente, algunos domingos que no se había ido a Zamora acompañó a sus tíos y a su prima a la iglesia y hablaba a menudo con el cura después de misa sobre los problemas del pueblo y la parroquia. Él era partidario del Estado y la educación laicos y había tenido mucho contacto con miembros del Partido Comunista, pero no era un anticlerical y esas conversaciones amables y esa cercanía con el sacerdote le habían salvado la vida. Eso sí, al salir de la cárcel se le prohibió ejercer su profesión y estaba obligado a presentarse regularmente en el ayuntamiento para evitar una posible fuga. Agustín quedó confinado en la casa de sus tíos, salía poco, se sabía amenazado y tanto el cura como el alcalde le aconsejaron que no se moviese del pueblo ni intentase desplazarse a Zamora, porque fuera de sus límites no podrían garantizar su seguridad. Así transcurrió un año, medio escondido, moviéndose lo menos posible y siguiendo las noticias de la guerra con pocas esperanzas de que el Gobierno de la República pudiera revertir la situación y se volviera a la normalidad. Luego llegó la orden de reclutamiento del ejército nacional que no pudo evitar.

—Al menos ahora, con el uniforme del ejército español, se supone que a los falangistas no se les ocurrirá hacerte nada —le decía su tía mientras le arreglaba las mangas de la camisa bajo la atenta mirada de su prima Mari Carmen.

Retomaron el camino y descendieron una quebrada repleta de vegetación donde encontraron una vereda que les facilitó el avance. Al llegar al llano vieron a lo lejos algunas luces que supusieron debían de ser de Vilalba y un camino de tierra que iba en aquella dirección. Decidieron ir acercándose, marchando paralelos al camino por los campos de cultivo que había a ambos lados. Atravesaron un par de viñedos y llegaron a un olivar. Escucharon voces y se echaron al suelo. Intuyeron a su izquierda, a unos cientos de metros, un montículo que tenía toda la pinta de ser un puesto fortificado. Desde allí había llegado el rumor de voces. A su derecha, al norte, algo más lejos, había otra elevación de terreno que también parecía una posición militar.

—Aquella tiene que ser la posición republicana —dijo Agustín—. Si vamos despacio por el olivar, podemos acercarnos más para asegurarnos cuando vaya aclarando el cielo.

—No podemos arriesgarnos a que haya luz porque estaríamos a tiro de unos y de otros, y a ver quién se explica con las balas silbando. Voy delante y te voy dando paso.

Gervasio avanzó agachado entre los olivos. Cada pocos metros se paraba y escuchaba. Si no había nada raro, hacía una seña a Agustín para que avanzase hasta él. Habrían recorrido unos doscientos metros cuando Gervasio escuchó algo y alertó a su compañero:

—Hay alguien ahí delante, no te muevas.

El fino oído de Gervasio, acostumbrado desde niño al campo y los animales, traducía el más mínimo ruido nocturno.

—Alguien se está moviendo en dirección al parapeto de ahí arriba. Lo mismo está intentando pasarse como nosotros, pero vete tú saber. Vamos a esperar aquí tumbados.

De pronto llegaron unos gritos desde arriba y se sucedieron varias explosiones. Al instante una ametralladora empezó a vomitar fuego desde la posición hacia los olivos que estaban a su izquierda. Alguien corría por allí y escucharon un quejido seguido de una caída muy cerca de ellos. No podían ver nada, pero alguien se estaba quejando a pocos metros de donde se encontraban. Luego, una explosión casi les revienta los oídos. Había sido una granada caída cerca de donde procedían los gemidos. Se hizo el silencio. Esperaron unos minutos así, sin moverse. Parecía que el fuego había cesado. Gervasio avanzó de un salto hacia la hondura donde se había producido la detonación. Le pareció ver los restos de un cuerpo que debía de haber sido destrozado por la explosión y al lado encontró a un soldado que parecía entero. Se acercó y comprobó que respiraba. Estaba inconsciente.

—Al otro lo han reventado y este tiene una herida en la pierna. Dame una correa, que le hago un torniquete porque, si no, la palma en unos minutos.

—Déjalo, Gervasio, no es nuestro problema. Si perdemos esta oportunidad, ya no podremos pasar al otro lado.

—No voy a dejar que este muchacho se muera aquí solo, y, además, con el fregado que tienen ahora ahí arriba, en cuanto te acerques te van a reventar. No te van a dejar decir ni mu, olvídate. Vamos a sacar a este de aquí, lo llevamos para atrás y… ya veremos qué pasa mañana.

—Mierda, Gervasio, nos han jodido —se lamentó Agustín.

—Nos llevan jodiendo mucho tiempo, pero ahora ayúdame con el torniquete y mira la documentación del chico, que parece un requeté carlista.

Tras el camino hasta las trincheras nacionales, los agasajos y el agradecimiento de los carlistas por salvar a su compañero y la llegada del alférez y el sargento de la 84 en su búsqueda, ahora estaban de nuevo camino de la sierra de Pàndols. Cuando llegaron a Gandesa, el alférez entró en el puesto de mando que se había dispuesto en el ayuntamiento para informar de lo que había sucedido y ellos se quedaron fuera con el sargento.

—A mí no me la dais, cabrones, os habéis intentado pasar, que os conozco como si os hubiera parido. Si por mí fuera, ya se estaba formando el pelotón para fusilaros, hijos de puta.

Agustín y Gervasio se mantuvieron firmes y no hicieron ademán alguno de contestar. Habían visto a ese hombre perder el control más de una vez y destrozar a golpes a cualquier soldado que se le enfrentaba. El alférez salió acompañado de un capitán que se dirigió con seriedad a ellos.

—Señores, vamos a olvidarnos de todo esto —dijo el capitán hablando al grupo—. Ustedes dos vuelven al frente, que falta nos hacen, y el sargento se encargará de que no pase nada que pueda provocar que mi colega el capitán carlista le toque los cojones al comandante y este me los toque a mí después. ¿Entendido?

Esa noche, de vuelta en su regimiento, que había retrocedido tras el ataque republicano del día anterior a posiciones más seguras, Gervasio y Agustín no pudieron dormir. El zamorano se arrepentía de no haber intentado al final el paso del frente, y la amargura de verse sometido de nuevo al ejército fascista le consumía. Gervasio se lamentaba de su mala suerte, pero estaba seguro de haber hecho lo correcto porque intentar acercarse a la trinchera que había sido atacada por los carlistas habría sido un suicidio, no habrían tenido ni una oportunidad. También estaba inquieto por el sargento. Ese hombre, a pesar de las órdenes del capitán, era capaz de cualquier cosa y en el frente siempre había oportunidades para saltarse la disciplina sin que nadie se enterase.

Al día siguiente fueron movilizados para tomar al asalto una nueva posición en la sierra. Su pelotón se separó en dos grupos: en uno, al mando del sargento, fue Agustín; en otro, al mando de un cabo, fue Gervasio. La operación, que terminó tomando con éxito la cota asediada, fue durísima para todo el batallón y hubo muchas bajas, entre ellas la de Agustín Sánchez. Gervasio se derrumbó cuando encontró el cadáver de su amigo, que tenía un disparo en el cuello por el que se había desangrado. Esa mañana, al despedirse antes de la misión, se habían abrazado y Agustín había bromeado con el hecho de que le hubieran asignado a la escuadra que dirigía el sargento que se la tenía jurada:

—Me ha tocado el gordo, Gervasio. Esta noche, si llego, te invito a cenar.

Mientras intentaba limpiarse las lágrimas que le inundaban la cara, rebuscó en los bolsillos del uniforme del maestro y encontró una carta y dos fotografías: en una Agustín posaba sonriente con sus tíos y su prima Mari Carmen; la otra era una foto de grupo con todos los alumnos de su escuela. La carta era de su prima, sus tíos no sabían escribir. Con su letra infantil le decía lo mucho que le querían todos y cuánto lo echaban de menos. Le contaba que no había podido apuntarse a enfermera voluntaria porque era demasiado pequeña, pero que no le importaba porque ella de mayor quería ser maestra, como él, y que lo mismo en el futuro podían dar clase en la misma escuela. Se despedía con la esperanza de que todo pasase:

> Esperamos verte pronto de regreso. Que pase la guerra y que puedas aconsejarme y ayudarme con los estudios. Te mandamos todos un abrazo muy fuerte, especialmente mi madre, que reza todos los días por ti.
> Cuídate mucho, querido tío.

> TU PRIMA MARI CARMEN

Manuela también soñó un tiempo breve con ser maestra, cuando era muy niña. Había sido una de las alumnas más aplicadas de la clase infantil a la que asistió en el pueblo, pero en 1946, cuando ella tenía once años, su padre fue detenido y encarcelado por la Guardia Civil y sometido a un juicio sumarísimo de urgencia por un tribunal del Ejército español. El mismo ejército que ahora desfilaba delante de ella, rindiendo honores al cadáver del Generalísimo Franco antes de que iniciase su último viaje por las calles de Madrid hacia el Valle de los Caídos. A unos metros del lugar que Manuela ocupaba entre la multitud y mientras la banda interpretaba la marcha de los voluntarios, comenzaban a pasar los soldados del batallón de Marinería que abría el desfile.

—¡Viva el Ejército! —gritó alguien, y ese viva se propagó entre las primeras filas en un aplauso unánime.

22

Operación Rentería

—Nos ha dicho que pertenece a ETA militar, que no tiene nada que ver con los polis-milis y que su organización está completamente al margen de los otros. Solo nos ha dado un nombre y un par de direcciones. ¿Es posible que sean tan pocos estos cabrones? —le preguntaba Billy el Niño a Conesa a través del teléfono desde la habitación del Hotel Plaza.

—Puede ser —asintió el comisario—. Según los informes del Lobo, cuando se pelearon el año pasado, la mayoría se quedó en ETA político-militar y los más duros decidieron crear una organización propia. Lo que pasa es que han tenido mucho cuidado de no exponerse y parece que han crecido muy poco. No hemos podido meterles mano como a los otros, son completamente clandestinos. ¿Qué ha cantado tu hombre?

—Que cuando volvió del entrenamiento con Mamarru en Francia, ocupó un piso franco en Pasajes con otro compañero, un tal Josetxu, que le conocía de las juventudes del PNV, y que inicialmente se estaban dedicando a labores de información, vigilaban las rutinas de policías y guardias civiles de la zona para preparar acciones y localizaban posibles zulos para esconder armas, incluso nos ha dicho que fueron a una cantera en Santander para robar explosivos. También nos ha cantado la dirección de su casa familiar en Rentería.

—¿Has llamado ya a San Sebastián para que manden a gente a registrar las casas? Es fundamental la información que podamos encontrar antes de que las limpien.

—Ya está en marcha el dispositivo, comisario —dijo Billy con aire servicial—. Me dicen que en breve llegarán los agentes a las dos direcciones. Les he dicho que, siendo domingo y la hora de la mañana que es, lo mejor sería que entrasen directamente y que no esperen movimientos.

—Perfecto, te dejo, que voy a hablar con el comisario Ballesteros en San Sebastián, a ver si les damos un buen golpe a estos «militares» de ETA.

La banda ETA se había escindido en 1974, después de muchas discrepancias internas que estallaron definitivamente tras el atentado de la calle Correo en Madrid, la primera masacre del grupo terrorista. Al margen de diferencias en el plano de la estructura organizativa, el debate entre ambas corrientes se llevó al ámbito político: mientras la rama político-militar promovía una organización capaz de unir la acción armada con la participación en actividades políticas de masas, los militares optaron por convertirse solo en una banda armada. La escisión poli-mili pensaba que, tarde o temprano, Franco caería y entonces habría que participar en las instituciones políticas que llegarían con la apertura, mientras que los militares no creían que esa apertura pudiera conducir a la independencia del País Vasco y consideraban que el príncipe Juan Carlos era el heredero del caudillo que iba a mantener el estado de opresión en su tierra. Los duros decidieron separarse totalmente de la actividad política para centrarse en desarrollar la lucha en la clandestinidad. Este modelo furtivo adoptado por los «milis» los protegió de los infiltrados policiales porque su estructura, cerrada y muy jerarquizada, impedía que la represión policial encontrase el más mínimo resquicio por el que penetrar en su organización. No sucedió lo mismo en ETA político-militar, donde el SECED consiguió introducir un elemento infiltrado que proporcionó información para detener a muchos terroristas. Los servicios secretos habían seleccionado a un joven vasco, nacido en Areatza, que hablaba euskera y con contactos en el mundo nacionalista, para que fuera acercándose poco a poco a la organización. Se llamaba Mikel Lejarza, alias el Lobo, y fue subiendo en el escalafón hasta convertirse en jefe de infraestructuras de la banda, encargado de conseguir pisos secretos para los diferentes comandos. La confianza de la dirección poli-mili en él era total y esto le permitió ir informando a la policía secreta de muchos movimientos que terminaron con redadas y detenciones. Durante el año 1975 la policía consiguió detener a más etarras que nunca y se desactivaron comandos en San Sebastián, Navarra, Cataluña y Madrid. Fueron arrestados algunos de los miembros más famosos de la banda, como José Ignacio Múgica Arregui, alias Ezquerra, considerado el número uno de ETA en el momento de su detención; Iñaki Pérez Beotegi, alias Wilson, que había participado en el asesinato de Carrero Banco; Juan Paredes, alias Txiki, o Félix Egia, alias Papi. Otros terroristas murieron en los enfrentamientos con las fuerzas del orden, como Jesús Múgica Ayestarán, alias Beltza, o José Ramón Martínez Antía, alias Montxo, del que la policía dijo que se había suicidado en medio de una operación llevada a cabo en las calles de Madrid, en la que estuvo a punto de ser herido el propio Lobo, Mikel Lejarza. La Brigada Político Social creía tener más o menos controlada a la organización terrorista, pero la rama militar de ETA había escapado de las filtraciones hasta ahora, por eso era tan importante la información, aunque fuera escasa, que le habían sacado a Mailua en el Hotel Plaza y que ya estaba en manos del comisario Manuel Ballesteros, un veterano de la policía política que, tras una larga etapa luchando contra la subversión en Valencia, había llegado a San Sebastián para aplicar sus contundentes métodos en la represión contra el terrorismo.

—Ya estamos allí, Conesa, pero en el piso de Pasajes no había nadie, parece que lo abandonaron hace unas horas porque hay rastros domésticos recientes. Han encontrado ropa y algunos papeles que traen para acá para revisarlos bien. Están interrogando a los vecinos para ver si nos cuentan algo, pero no confío mucho —dijo Ballesteros, al teléfono desde su despacho en la comisaría de San Sebastián.

—¿Y en la casa de Rentería? ¿Habéis entrado ya?

—Están llegando los coches ahora mismo. Parece que es un barrio obrero de las afueras, van a tomar posiciones antes de entrar, no sea que vayamos a tener respuesta en las calles. He pedido apoyo a la Guardia Civil. En cuanto sepa algo, te cuento.

Mari Carmen vio desde la pequeña ventana de la cocina un Land Rover de la Guardia Civil aparcado en su calle, pero no le dio más importancia, pues ya era una costumbre su presencia en el barrio con tanto estado de excepción. Cuando llamaron a la puerta, se acercó a abrir pensando que sería alguna vecina que necesitaba algo y preguntó quién era.

—¡Policía! Abra la puerta y levante las manos donde podamos verlas —gritaron desde el otro lado.

Durante un instante pensó inconscientemente que se habían equivocado, pero rápidamente se le vino a la cabeza su hijo José Luis y la angustia se apoderó de ella. Abrió temblorosa la puerta y se encontró con cuatro policías apuntándola con sus armas. Levantó las manos y se hizo a un lado, como invitándolos a entrar, estaba aterrorizada y no podía articular palabra. Uno de los agentes bajó su arma y, viendo que era una persona mayor y que estaba tiritando de miedo, le habló con un tono tranquilizador:

—Señora, tenemos que registrar su casa, no se preocupe, que a usted no le va a pasar nada. ¿Hay alguien más en el domicilio?

Ella negó con la cabeza mientras tomaba aire de forma compulsiva. Su corazón latía acelerado y parecía que iba a salírsele del pecho. El agente que le había hablado hizo una seña a sus compañeros y dos de ellos entraron en la casa apuntando con sus armas, preparados para disparar. Recorrieron en unos segundos las pequeñas estancias del piso y gritaron que estaba despejado. En ese momento Mari Carmen perdió el conocimiento y cayó al suelo.

Se despertó en la camilla de una ambulancia que iba haciendo sonar las sirenas camino del Hospital Provincial. Todavía aturdida y sin saber bien qué había pasado, escuchó a un enfermero que le hablaba muy cerca de la cara y le decía algo de un amago de infarto y de unas pruebas que le iban a hacer. Le dolía la cabeza, pero poco a poco iba siendo consciente de lo que había a su alrededor. Tenía una mascarilla con oxígeno y una aguja pinchada en el brazo con unos cables. El enfermero la tranquilizaba diciendo que ya había pasado el susto y le preguntaba si recordaba lo que había sucedido. Mari Carmen negó con la cabeza, pero entonces reparó en que detrás del enfermero había otra persona y reconoció al policía que le había hablado en la puerta de su casa. El enfermero le retiró la mascarilla de oxígeno y le hizo una señal al policía autorizándole a hablar con Mari Carmen.

—Mari Carmen, ya sabemos que es usted la madre de José Luis, que es por quien hemos ido hoy a su casa. Le tengo que hacer unas preguntas antes de llegar al hospital y necesito que me conteste. ¿Vale? ¿Cuándo ha visto por última vez a su hijo?

—Hace unos meses, cuando se fue de casa. ¿Le ha pasado algo?, ¿está bien? —preguntó angustiada.

—Tranquila, está bien, pero está detenido en Madrid. ¿Usted sabe que su hijo está en ETA?

Mari Carmen contestó que no, pero que suponía que José Luis estaba en algo raro porque andaba siempre fuera de casa y nunca les contaba nada, ni a ella ni a su marido. Antes incluso de marcharse, no sabían bien lo que hacía.

—¿Dónde está mi marido? ¿Han hablado con él? ¿Sabe dónde estoy?

—Su marido va camino del hospital en un coche nuestro, ahora en un rato podrá verle, tranquila. Dígame si conoce usted a algunos amigos de su hijo, es muy importante que hablemos con ellos para que José Luis no tenga problemas y salga del lío en el que lo han metido —le dijo con tono conmiserativo el inspector.

Le contó que José Luis tenía una cuadrilla, pero que ella solo conocía a Ander, el hijo de su amiga Amaya, aunque hacía mucho tiempo que no lo veía. También que sabía que su hijo había hecho bastantes amistades en la asociación EGI, a la que le habían apuntado para que hiciera excursiones y participara en actividades sociales con los chavales del pueblo, pero no sabía más.

—¿Hasta cuándo va a estar detenido mi hijo? ¿Va a poder volver pronto a Rentería? ¿Cuándo podremos hablar con él?

—Dentro de poco. Mientras tanto tiene que decirme dónde está la asociación EGI a la que estaba apuntado su chico. Es importante que podamos hablar con gente del grupo en el que se movía para que puedan ayudar a José Luis —decía el policía mientras apuntaba en una libreta.

Cuando la ambulancia llegó al hospital, llevaron a Mari Carmen hasta una sala de urgencias, la pasaron de la camilla a una cama y unas enfermeras le colocaron unos electrodos en el pecho para hacerle pruebas. Le parecieron unas jóvenes amabilísimas que la trataban con mucho cariño. Recordó que hubo un tiempo, durante la Guerra Civil, en el que ella estuvo a punto de hacerse enfermera voluntaria, pero solo tenía trece años y no se lo permitieron. Fue poco antes de que recibiesen en su casa la noticia de la muerte de su primo Agustín en el frente del Ebro. Su primo había sido para ella un modelo de persona. Un maestro joven, recién licenciado, que llegó al pueblo y revolucionó la escuela con su espíritu abierto y cosmopolita. La motivación que consiguió en los niños del colegio por conocer y expandir los límites de su mundo, que hasta entonces se limitaba a los de un pueblo pobre de Castilla, fue extraordinaria. Agustín era admirado y querido por todos los niños, aunque entre los adultos había quienes le consideraban un poco ateo y demasiado transgresor. Sus clases habían despertado en Mari Carmen una verdadera vocación por ser maestra y durante un tiempo soñó con compartir la enseñanza con su primo en el futuro, pero su muerte en la guerra y todo lo que vino después truncaron aquellas ilusiones.

Cuando llegó la carta que comunicaba la muerte en combate de Agustín Sánchez Domínguez, la desolación se apoderó de su casa. Sus padres, que querían al sobrino como a un hijo, cayeron en un silencio permanente, como si les hubieran arrebatado las ganas de vivir. Mari Carmen, que se pasó días enteros llorando, solo encontró consuelo en algunas amigas que también habían compartido las clases escolares de su primo. Juntas recordaban las explicaciones, las actividades, los juegos y las excursiones que llenaron aquel año de escuela. Ella guardaba con un cariño infinito un par de cartas que Agustín había mandado desde el frente. En una les contaba que estaba en un pueblo de la provincia de Teruel, Visiedo, que estaba bien, que no pasaba hambre, que le había llegado el jersey de lana que habían tejido entre la tía y la prima y que tenía muchas ganas de volver a verlos. En la otra, donde decía estar en Morella, un pueblo de Castellón, también comentaba cosas positivas como que había hecho algunos buenos amigos o que, si las cosas iban bien, sus oficiales les habían dicho que tendrían un par de días en la playa para descansar, bañarse y tomar el sol. Mari

Carmen no conocía el mar, nunca había salido de la provincia de Zamora, y aquella carta de su primo, a pesar de estar escrita desde la guerra, la transportó a unas playas de ensueño, de calor y de diversión. Una tarde de aquellos días mientras su madre tejía en casa en compañía de una vecina, la tía Teresa, un tiempo de costura al que ella a veces se unía y en el que estaba aprendiendo rápidamente, escuchó algunos comentarios sobre lo que decían las cartas de Agustín:

—¿Qué va a contar el pobre? Pues que está bien, para no preocuparnos y para que creamos que la guerra no es tan dura. Pero seguro que está viendo cosas horribles y sufriendo muchas penalidades. ¡Ay, Señor! —suspiraba la madre de Mari Carmen.

—La mujer del cartero me ha dicho —dijo la tía Teresa bajando el tono, casi en un susurro— que los soldados no pueden contar cosas malas porque entonces la censura rompe las cartas y no llegan a su destino. Y que al muchacho de un primo lejano suyo le habían metido unos días en la cárcel por escribir una carta donde decía que la comida era escasa y que los rojos comían mejor.

—Por eso escribe tan poco el pobre, porque tendrá que aguantarse para no decir algunas cosas.

A los pocos meses de la muerte de Agustín, terminó la guerra, pero la vida en el pueblo seguía siendo gris y pesarosa. El recuerdo de los muertos, las rencillas, las denuncias, las venganzas y las cuentas pendientes seguían creando un clima de desconfianza entre los vecinos. Eso sí, había una obligación general de participar en la vida pública del nuevo régimen: los homenajes a los caídos, la exaltación del caudillo y del ejército y los rituales de la religión que llenaban los doce meses del calendario. Como cualquier otra chica de su edad, Mari Carmen tuvo que seguir las recomendaciones de la Santa Madre Iglesia y encauzar su crecimiento por el camino y las tareas que la nueva moral católica imperante había reservado para el sexo femenino. Aquellas ideas de estudiar Magisterio y formarse para la enseñanza fueron difuminándose y quedando en el olvido. No había tiempo para los estudios. Por una parte, en los años duros de la posguerra tuvo que trabajar en casa para sacar adelante la economía familiar y la escuela pasó a un segundo plano: además de ayudar en las labores domésticas a su madre, echaba una mano con el ganado y en el huerto, incluso sacaba partido de su destreza con la costura para ganarse unas pesetas con los bordados que realizaba en casa. En aquellas tardes de hilo y agujas, sentadas al brasero y a la mesa camilla en invierno y a la sombra en verano, participaban hasta tres generaciones de mujeres: abuelas, madres e hijas transmitiéndose cariño, conocimiento y, también, resignación. Y luego estaban las consignas lanzadas desde el púlpito por los sacerdotes referentes al deber de la mujer, esposa y madre, el matrimonio, los hijos, el cielo y el infierno. Y, por supuesto, el decoro, el pudor, la vergüenza, la castidad y la decencia. Mari Carmen se fue convirtiendo, como todas las muchachas de su generación, en una jovencita recatada en edad de merecer. Tuvo varios pretendientes, todos del pueblo, menos uno que apareció un verano por las fiestas y bailó con ella tres veces la misma noche. Era el primo de una amiga suya, un estudiante de Madrid, que se arrimaba más de lo debido al bailar y que se pasó los dos días siguientes pidiéndole un beso furtivo. Después de dárselo el día antes de la despedida, ella estuvo ilusionada un tiempo, incluso se escribieron un par de cartas, pero al final aquello se enfrió y Mari Carmen volvió a hablar con otros chicos. El más insistente, y el que pareció ir más en serio, fue Antonio Murillo, un joven de su edad que acababa de volver del servicio militar y que trabajaba en una de las fraguas del pueblo que era de su padre. Después de un prudente tiempo de noviazgo, donde Antonio dejó claras sus buenas intenciones y consiguió la aprobación y el cariño de los padres de ella, se casaron. Ambos tenían veintitrés años.

Su vida no cambió demasiado inicialmente y se quedaron a vivir en el domicilio de los Domínguez, ocupando la habitación de soltera de Mari Carmen hasta que encontrasen otra cosa mejor. Pero en la fragua de la familia de Antonio trabajaban otros dos hermanos y no había para muchos dispendios económicos. Mari Carmen se quedó embarazada y, cuando nació José Luis, se plantearon marcharse del pueblo para darle a su hijo un futuro mejor. Algunos parientes le habían hablado a Antonio del País Vasco, donde había muchas fábricas que necesitaban trabajadores. Allí ganaría mucho más que en la fragua de su padre y en poco tiempo podrían dar la entrada para comprarse un piso propio, le dijeron. Animados por sus familias, que veían como, ante la falta de oportunidades, cada vez se marchaban del pueblo más jóvenes, se decidieron a dar el salto.

—Si quitamos el viaje de novios que hicimos a Santiago de Compostela para ver al Santo recién casados, nunca he salido del pueblo, me da miedo no adaptarme a la vida en otro sitio —susurraba Mari Carmen a su marido en la cama para no despertar al niño que dormía al lado en la cuna.

—Aquí no podemos seguir, cariño, viviendo con tus padres y durmiendo los tres en esta habitación. Piensa en nuestro hijo, necesita otro horizonte, aunque nosotros tengamos que sacrificarnos durante un tiempo.

—Anda, arrímate, que tengo frío. —Buscó el cuerpo caliente de Antonio arrimando sus caderas—. Por lo menos allí tendremos más intimidad.

A Antonio le llegó una oferta de trabajo de una fábrica de Rentería que aceptó inmediatamente. Fue a buscar algún sitio para empezar a vivir allí, pero los precios de los pisos para alquilar eran demasiado altos, así que apalabró arrendar una habitación en la casa de unos conocidos de otro pueblo de Zamora. Finalmente, llegó el momento definitivo de marcharse. Mari Carmen lloró al despedirse de sus padres en la plaza del pueblo antes de subirse al autobús que iba a llevar a la familia a las vascongadas.

—No llores, hija, que vas a asustar a la criatura —le dijo su madre mientras acariciaba la cara del bebé—. Ya verás lo bien que os va a ir y lo alto y fuerte que se va a hacer allí José Luis.

Antonio Murillo había salido aquel domingo de noviembre a dar un paseo por una alameda cercana a su casa. A pesar de que el frío apretaba ya esos días en Rentería, le gustaba caminar un rato los domingos por la mañana, luego iba a recoger a Mari Carmen para ir a misa y después a tomar un pincho antes de comer los dos solos en casa. Era una rutina agradable, que les hacía olvidarse por un instante de la falta de su hijo. Pero esa ausencia la llevaban en su interior permanentemente, como un órgano más de su cuerpo. Un día podía dolerles el estómago o los riñones, pero la ausencia del hijo dolía todos los días. Cuando regresaba a casa, se encontró con una ambulancia y varios coches de policía y la Guardia Civil en su calle y aceleró el paso instintivamente. Al entrar en su portal, un policía le dio el alto y le preguntó dónde iba. Cuando Antonio se identificó, el agente le advirtió de que su esposa había tenido un desmayo, pero ya estaba bien, no parecía serio y lo acompañó hasta el piso. Mari Carmen estaba sentada en una silla de ruedas, pues la estrechez de los pasillos y las escaleras hacía imposible su evacuación en camilla. Tenía un gotero puesto y un enfermero le estaba aplicando un respirador manual con mascarilla.

—¿Qué le ha pasado? —preguntó Antonio angustiado mientras un agente le impedía acercarse más a la silla en la que se encontraba su esposa.

—Tranquilo, está bien, parece que ha sido un amago de infarto, pero el médico ha dicho que está controlado. Ahora se la llevan al hospital para hacerle pruebas y atenderla bien. Nosotros lo llevamos a usted enseguida para que pueda reunirse con ella, pero antes tiene que contestarnos a unas preguntas sobre su hijo.

—¿Mi hijo? ¿Qué le pasa a mi hijo? ¡Yo no sé dónde está mi hijo! ¡Dígame usted dónde está mi hijo!

Antonio estaba a punto de entrar en estado de shock y un agente lo sujetó con fuerza del brazo para que no se descontrolase. Le dijeron que su hijo estaba bien, pero se encontraba detenido por ser un terrorista de ETA. Antonio negaba con la cabeza y sus ojos empezaban a llenarse de lágrimas.

—¿Qué ha hecho? ¿Qué es lo que ha hecho? Estoy seguro de que José Luis no ha hecho nada grave.

—Eso ya lo sabremos, ahora es importante que usted nos ayude a sacarle del problema en el que está metido.

En ese instante los enfermeros anunciaron que se llevaban a Mari Carmen a la ambulancia para trasladarla al hospital. Antonio, llorando, quiso acercarse, pero los agentes volvieron a sujetarlo para impedir que interrumpiera las maniobras de los enfermeros.

—No se preocupe, que ahora lo llevamos al hospital, pero antes tiene que colaborar con nosotros. Primero, venga un momento a esta habitación.

El cuarto de José Luis había sido ya registrado por los agentes, que habían descolgado los pósteres, las fotos y los mensajes que llenaban las paredes. Manifiestos relacionados con la resistencia del pueblo vasco, imágenes propias del activismo etarra y lemas de la lucha socialista revolucionaria estaban tirados por el suelo. Habían vaciado los cajones del escritorio y habían metido su contenido en unas bolsas de plástico. El agente que llevaba la voz cantante sacó una fotografía de una de ellas y se la mostró a Antonio. Eran un grupo de chavales posando a la puerta de un caserío de montaña entre los que estaba José Luis.

—¿Usted conoce a los jóvenes que están en esa foto con su hijo? ¿Podría identificarlos?

Antonio pensó en la cantidad de veces que le había dicho a su mujer que tenían que vaciar la habitación de su hijo. Todas esas cosas en la pared, las fotos, los papeles y los libros… No era bueno que siguieran en su casa mientras él no estaba. Casi convenció a Mari Carmen de guardarlo todo en bolsas y llevárselo a un almacén de su fábrica para que José Luis pudiera recuperarlo cuando volviera, pero al final la madre dijo que eso la iba a poner muy triste y que prefería ver el cuarto del hijo como estaba, porque así le parecía que seguía allí con ellos.

—No conozco a ninguno —contestó Antonio.

—Piénselo bien, porque esos muchachos lo mismo pueden ayudar a que su hijo salga del lío en el que se ha metido.

Pero Antonio ya había interiorizado que el lío en el que estaba su hijo era demasiado grande para solucionarlo tan rápido. Realmente, él no conocía a ninguno de los muchachos de la foto, pero tenía claro que la policía no los quería identificar para ayudar a José Luis. Aunque hubiera sabido quiénes eran, no habría dicho una palabra. No quería recordar todas aquellas historias que había escuchado en la fábrica sobre las palizas y torturas a las que eran sometidos los detenidos por colaborar con ETA. Solo podía pensar en su hijo y en su mujer y tenía unas ganas inmensas de llorar.

—Llévenme a ver a mi esposa, por favor.

Poco más tarde, el comisario Manuel Ballesteros hablaba con el inspector que había acompañado a Mari Carmen en la ambulancia hasta el hospital y ordenaba un dispositivo para registrar la sede de EGI en Rentería. También se mandaba un equipo al domicilio de Ander, el amigo de José Luis al que se había referido su madre. Había que actuar rápido para sorprender e impedir la destrucción de pistas y documentos. Mientras tanto, y a la espera de que hubiera más detenciones, se preparaban en la sede de la Brigada Político Social de San Sebastián las salas de interrogatorios en las que esperaban sacar toda la información posible a los detenidos sobre esa ETA militar que estaba escapando a la acción de la policía y que empezaba a demostrar su poder mortífero.

23

Las intrigas del marqués de Villaverde

Cuando Jaime y sus acompañantes llegaron a la basílica del Valle de los Caídos el ambiente era enfervorizado. Decenas de miles de personas ocupaban los más de treinta mil metros cuadrados de la explanada que daba acceso a la entrada, una marea humana dispuesta alrededor de un pasillo por el que dentro de unas horas pasaría el féretro del caudillo. Se respiraba una atmósfera marcial, con los diferentes grupos portando sus distintivos característicos, uniformes, banderas, pendones y estandartes que destacaban en aquella masa multiforme. En las primeras filas, ocupando un lugar preeminente, estaban los falangistas y los carlistas, representados por decenas de agrupaciones llegadas desde todas las provincias de España. Formados en cuadros según su procedencia, a un lado y otro del largo pasillo de trescientos metros que conducía desde la carretera hasta la entrada de la cripta, las camisas azules y las boinas rojas despuntaban sobre cualquier otra indumentaria. Pero había muchas más organizaciones representadas en aquella multitud uniformada, por ejemplo varias hermandades de excombatientes, con uniformes y gorros chapiri de la Legión; el Cuerpo de Caballeros Mutilados de Guerra por la Patria; la Hermandad de Sargentos y Alféreces Provisionales; los Caballeros Legionarios; exmiembros de la División Azul; viriatos y pides, ultras de Portugal; guardias de hierro fascistas de Rumanía; camisas negras italianos; camisas pardas alemanas; miembros de la OJE (Organización Juvenil Española), incluso una pequeña representación de la Sección Femenina. Relucían las condecoraciones, españolas y extranjeras, las insignias, abundaban los brazaletes, las charreteras, los correajes y algunas cartucheras. Además de todos los uniformados, que ocupaban el espacio más cercano al pasillo por donde iba a pasar el cortejo fúnebre, decenas de miles de ciudadanos vestidos de paisano, que habían llegado durante la noche en coches y autobuses procedentes de todo el Estado, se apretujaban para tener un sitio en la inmensa explanada de la basílica.

Jaime Llopis, Luis Rovira y Josep Bofarull subieron los veinte escalones que llevaban desde la carretera a la explanada devolviendo saludos a los escasos guardias civiles que controlaban el paso de las autoridades. La planta de Jaime, con su aspecto de veterano reverencial, su pelo blanco, sus condecoraciones y su uniforme impoluto, con la capa de cuello de piel de conejo sobre los hombros, infundía respeto y admiración en todos los que lo veían pasar. Atravesaron a paso ligero el pasillo hasta llegar a la última escalinata antes de la puerta de la basílica, donde estaban los requetés carlistas del Tercio de Montserrat, que cuando los vieron llegar se arrancaron a cantar su himno, el «Oriamendi»:

> Por Dios, por la patria y el rey
> lucharon nuestros padres.
> Por Dios, por la patria y el rey
> lucharemos nosotros también.
> Lucharemos todos juntos, todos juntos en unión
> defendiendo la bandera de la Santa Tradición.
> Cueste lo que cueste, se ha de conseguir
> que los boinas rojas entren en Madrid.

Saludaron a los jóvenes que estaban en primera fila y portaban los estandartes y el confalón del tercio y pasaron hacia las filas de más atrás para poder hablar sin estar tan a la vista. Jaime se dirigió a Luis Rovira en tono serio:

—¿Qué más te ha contado Blas Piñar esta mañana de la operación?

—Lo que ya sospechábamos algunos, que este rey está abriendo las puertas a los enemigos del Estado y de España. Que va a desmontar el Régimen y va a dejar morir la obra de Franco. La patria está en peligro y, si no hacemos algo ya, vamos a pasar de una España grande y libre a una roja y marxista —contestó apesadumbrado Rovira.

—Los hombres fieles a los ideales y a las banderas del 18 de julio deberían mantener la misma actitud y declararse fieles a la memoria y a la obra de Franco. Y, por lo que se ve, algunos lo están traicionando antes incluso de enterrar su cuerpo. No se puede permitir esa vileza. —Jaime negaba con la cabeza y apretaba los puños.

—Todos estábamos de acuerdo en lo que queríamos, una monarquía católica, tradicional y social. Una monarquía tradicional que mantenga la unidad de España en vez de fraccionarla. No una monarquía liberal que vaya a legalizar a los separatistas vencidos en la contienda nacional.

—Ya se lo dije una vez al caudillo, cuando me consultó sobre la expulsión de España de Carlos Hugo y su familia: puede que aciertes echando a este posible rey, pero no te equivoques eligiendo un sobrero, porque el sobrero nunca tendrá la misma casta y se te puede revolver.

Jaime se refería a la decisión tomada por Franco en diciembre de 1968 de expulsar del país a Carlos Hugo de Borbón-Parma, pretendiente carlista al trono de España, y a toda su familia.

El carlismo, que, a pesar de haber combatido en el bando nacional durante la guerra, tuvo inicialmente serias discrepancias con el régimen instaurado tras la victoria, reclamando incluso a Franco la instauración de una monarquía tradicional, había llegado a principios de los años sesenta a un momento de colaboración con el sistema. Algunos líderes requetés volvieron a integrarse plenamente en el Movimiento Nacional que dirigía el país y el designado futuro pretendiente carlista a la corona, Carlos Hugo, fue recibido por el caudillo en el Palacio de El Pardo. Franco le habló de la necesidad de conseguir la unanimidad de todos los monárquicos sobre el heredero a la Corona y Carlos Hugo, aceptando esa necesidad de unión, reclamó que la unidad monárquica debía concretarse en torno a los «monárquicos del 18 de julio»:

—Mi general, el heredero debe pertenecer a los que lucharon en la guerra por defender la España tradicional y católica que queremos todos. Entre ellos, que nadie se olvide, los sesenta y siete tercios requetés y sesenta mil boinas rojas carlistas que nos pusimos a su lado para combatir al enemigo.

El joven justificó su derecho a ser el príncipe elegido por Franco para reinar, en lugar de Juan Carlos de Borbón, que era quien aparecía en todas las quinielas como preferido del Generalísimo. Al jefe del Estado le pareció que el muchacho se mostró interesadamente servil, pero le cayó simpático y no le quitó la idea de la cabeza a pesar de sus reticencias al origen francés del pretendiente. Carlos Hugo era descendiente de Felipe V y por tanto un Borbón de la rama francesa que, además, había nacido en Francia, lo que no agradaba al caudillo. Aun así, como la decisión sobre el sucesor todavía no era oficial y no quería molestar a los carlistas, dejó que Carlos Hugo se diera a conocer y viajara por España reivindicándose. Pero aquello se convirtió en un problema porque, en los actos que celebraba en sedes carlistas de todo el país se criticaban algunas políticas del Régimen y se creaban tensiones alrededor de la posible no elección del príncipe de la dinastía legítima. En 1964 Franco se cansó y decidió prohibirle viajar por el Estado:

—Este señor ya no va a ninguna parte. No puedo permitir que esté montando otra guerra de sucesión por toda España. Hay que recordarle que no es español y que aquí no puede hacer lo que le dé la gana —se quejaba Franco en el Palacio de El Pardo a sus colaboradores, a los que ordenó que se limitaran las actividades de Carlos Hugo y también se silenciaran en los medios de comunicación. El almirante Carrero Blanco, desde el Gabinete de Presidencia, y Manuel Fraga, desde el Departamento de Información y Turismo, se encargaron de ello.

El 15 de diciembre de 1968, en un encuentro carlista celebrado en el monasterio de Valvanera, en La Rioja, al que asistieron doscientos oficiales de los tercios de requetés, Carlos Hugo desafió al Régimen proclamando que la entonces provincia de Logroño, integrada en Castilla la Vieja, era una región con entidad propia que debería ser reconocida como tal y llamarse con el nombre de La Rioja. Eso era poner en cuestión la división territorial del franquismo y fue considerado intolerable por el Gobierno. Cinco días después, Franco decidió la expulsión de España, primero de Carlos Hugo y su esposa, y luego de toda la familia Borbón-Parma. Se les acusó de ser «unos extranjeros que quieren interferir en la política española y han incumplido la promesa de no realizar actividades políticas». La decisión provocó malestar entre el carlismo y hubo protestas en algunos lugares como Pamplona, donde tuvo que intervenir la policía para disolver pequeñas manifestaciones en las que se llegaron a ver pancartas contra Franco.

A los pocos meses, para intentar cerrar el problema de la sucesión y que no hubiera más disputas, el caudillo aceleró la elección de Juan Carlos de Borbón como su sucesor en la jefatura del Estado y en julio de 1969 lo propuso como príncipe de Asturias a las Cortes franquistas:

—Consciente de mi responsabilidad ante Dios y ante la historia y valorando con toda objetividad las condiciones que concurren en la persona del príncipe don Juan Carlos de Borbón y Borbón, que, perteneciendo a la dinastía que reinó en España durante varios siglos, ha dado claras muestras de lealtad a los principios e instituciones del Régimen, se halla estrechamente vinculado a los Ejércitos de Tierra, Mar y Aire, en los cuales forjó su carácter, y al correr de los últimos veinte años ha sido perfectamente preparado para la alta misión a que podía ser llamado y que, por otra parte, reúne las condiciones que determina el artículo 11 de la Ley de Sucesión en la Jefatura del Estado, he decidido proponerle a la patria como mi sucesor. —Franco leía acelerado, a tirones y con cierta dificultad un discurso escrito—. Esta designación se halla del todo conforme con el carácter de nuestra tradición, asegura convicciones firmes contra la decadencia liberal y contribuirá en gran medida a que todo quede atado y bien atado para el futuro.

La votación de los procuradores, realizada de viva voz, tuvo ciento veintidós votos a favor y diecinueve votos en contra, entre ellos, gritados con un «¡No!» rotundo, los de los procuradores carlistas.

Al día siguiente Juan Carlos, arrodillado y con la mano derecha apoyada en un atril en el que se hallaban los santos evangelios y un crucifijo, juraba ante las Cortes fidelidad a Franco y a los principios del Movimiento Nacional. El presidente de las Cortes, el carlista Antonio Iturmendi, fue el encargado de tomarle juramento:

—En nombre de Dios y de los santos evangelios, ¿juráis lealtad a su excelencia el jefe del Estado y a los principios del Movimiento Nacional y demás Leyes Fundamentales del Reino?

—Sí, juro lealtad a su excelencia el jefe del Estado y a los principios del Movimiento Nacional y demás Leyes Fundamentales del Reino —contestó con tono monocorde Juan Carlos.

—Si así lo hiciereis, que Dios os lo premie, y, si no, os lo demande.

Un aplauso unánime recibió el juramento, pero fue mucho mayor cuando, en su discurso posterior, el nuevo heredero a la Corona dijo recibir del jefe del Estado «la legitimidad política surgida el 18 de julio de 1936». Esa frase fue interrumpida con una ovación tremenda porque, supuestamente, demostraba que el rey seguiría el camino marcado por los que habían ganado la guerra «en medio de tantos sacrificios tristes pero necesarios para que nuestra patria encauzase de nuevo su destino», como recalcó el príncipe.

—Un infame, eso es lo que es —contestó Luis Rovira mientras se ajustaba los correajes—. Que no ha tardado nada en olvidar sus juramentos y en traicionar los valores del Movimiento. Yo nunca me he creído esa pose mojigata de no haber roto un plato en su vida, que parece a veces medio lelo, pero sabe muy bien lo que está haciendo. Ha sido innoble hasta con su padre.

—En El Pardo siempre renegaron de él. Tenían claro que Franco lo había adoptado como el hijo que no tuvo y que esa ensoñación le impedía ver la realidad. El caudillo se dejó llevar por el sentimentalismo sin darse cuenta de que Juan Carlos no era ni legítimo ni de fiar.

—Hubo mucha gente próxima que se lo advirtió. Si hubiera elegido a Alfonso, todo habría ido mejor. Su mujer, su médico, su confesor, todos intentaron abrirle los ojos, pero le llegó la muerte y no tuvo tiempo de rectificar. Según me ha dicho Blas Piñar, algunos como Girón, Fernández-Cuesta, Rebull y otros militares, incluso algún obispo como Quiroga Palacios, le tenían medio convencido de revocar su decisión. —Luis Rovira bajó entonces la voz y se acercó al oído de Jaime.

—Parece que el marqués de Villaverde hizo todo lo posible por alargar la vida del caudillo para que pudiera firmar el decreto del cambio de heredero.

—Lo sé —asintió resignado Jaime Llopis—. Si hubiera vivido un par de semanas más y recuperado una mínima consciencia, seguro que habría rectificado su mandato. Puede que Alfonso tampoco fuera el legítimo heredero, pero con él en el trono no estaríamos al albur de las traiciones de un sobrero.

El mote de sobrero se lo puso a Juan Carlos el primer médico de Franco, Vicente Gil, que durante años ejerció de primer consejero del dictador. Ese hombre campechano e impulsivo se atrevía a decirle al dictador lo que nadie más osaba y conseguía que el general no se tomase a mal sus comentarios por más punzantes que fueran. Falangista de toda la vida, solía lucir la insignia del yugo y las flechas en la solapa, pero a veces la llevaba boca abajo. Un día Franco le preguntó el porqué de ponérsela vuelta del revés y él le contestó:

—Porque la Falange está jodida, mi general, ha perdido tanto poder que manda ya lo mismo en este país que el Partido Comunista.

Franco soltó una carcajada y contestó sonriente:

—No será para tanto, Vicente.

Vicentón, como le llamaban cariñosamente por lo bruto que se mostraba a veces, también era muy crítico con las cacerías que, según él, se organizaban con el único fin de lisonjear al caudillo y a las que asistían toda una cohorte de personajes interesados:

—Mi general, usted no está ya para estos trotes de escopeta, y menos para que esta panda de aduladores interesados vengan a comer y a beber como cosacos y a hacer negocios con la foto que se han hecho con usted. Porque para eso se la hacen, para ir mañana a que les compren o a que les vendan o a que les presten algo. En estas monterías tiene usted a su alrededor más buitres que ciervos, hágame caso.

Desde que Franco puso en marcha las consultas para elegir a su sucesor, tras la Ley de Sucesión en la Jefatura del Estado de 1947 que le otorgaba poder absoluto para designar al miembro de la familia real española que heredaría su cargo, el médico no dejó de mostrar sus reparos o preferencias por las diferentes opciones. La elección natural era la de don Juan de Borbón, el padre de Juan Carlos, designado heredero por el último rey que reinó en España, Alfonso XIII, pero era considerado una persona soberbia por Franco. Además, los servicios secretos del Régimen habían descubierto sus acercamientos y acuerdos con la oposición democrática, con lo que su candidatura quedaba descartada por rojo y liberal. Como al caudillo tampoco le gustaba la opción carlista de Javier de Borbón-Parma, que además defendía cierto autogobierno de algunas regiones y reivindicaba sus antiguos fueros, se inclinó por el niño Juan Carlos. Eso sí, puso como condición que se educara en España bajo las directrices del Régimen. Franco quería un heredero que fuera leal al espíritu de los vencedores de la cruzada y a los valores del Movimiento Nacional, por encima de todos el de la unidad de España, y pensó en moldear al príncipe teniéndolo cerca. Desde su llegada, la presencia de Juanillo no fue bien vista por la familia del dictador, que lo consideró un elemento extraño y amenazador, a pesar de su aparente carácter blando y apocado.

—Hoy viene el niño Juan, a ver qué ponemos de comer porque como no sabemos qué le gusta… —dijo la esposa del caudillo al entrar en el gabinete médico del Palacio de El Pardo, donde el doctor Vicente Gil revisaba los datos de uno de los análisis de sangre que le hacían periódicamente a Franco.

—Seguro que dice que le gusta todo. No se preocupe, señora, ese sabe que tiene que molestar lo menos posible y hacerse el despistado. Cuando te han elegido de sobrero, no puedes dártelas de nada —contestó el médico.

—Lo que no entiendo es cómo se pone tan contento mi marido cuando viene este niño, si además el muchacho no tiene ninguna gracia. Yo creo que, más que para rey, iría perfecto para ser religioso.

—Desconfíe usted de las mosquitas muertas, doña Carmen, que cuando menos te lo esperas muerden como una avispa.

Doña Carmen tenía mucha confianza con Vicente Gil y este siempre estuvo en su círculo de influencia, incluso cuando se casó con la actriz María Jesús Valdés, lo que no fue del agrado de la «jefa», porque «esa gente de la farándula siempre ha tenido ideas disolutas e izquierdistas».

Cuando Juan Carlos llevaba seis años formándose, viviendo internado en Las Jarillas, una finca a dieciocho kilómetros de Madrid que se había transformado en una especie de residencia-colegio para el niño, llegó a España su primo, Alfonso de Borbón y Dampierre, primogénito del infante Jaime de Borbón y nieto mayor del rey Alfonso XIII. Franco autorizó su viaje a sabiendas de que también era un candidato a rey, pues cumpliría dentro de unos años los tres requisitos estipulados en la ley de sucesión: ser de sangre azul, católico y tener más de treinta años. A Franco, esta otra candidatura le serviría para poder jugar con las distintas ramas de la familia Borbón antes de elegir al sucesor más indicado. Alfonso, a diferencia de Juan Carlos, fue un buen estudiante que se licenció en la Facultad de Derecho de Bilbao y se diplomó en Ciencias Políticas, a la vez que cumplía con el servicio militar. Sus derechos legítimos al trono, reclamados ahora por su padre Jaime, que había renunciado en su día a ellos porque el abuelo Alfonso XIII le obligó a hacerlo por ser sordo, lo convertían para muchos en el candidato ideal para ser elegido sucesor de Franco. Alfonso siempre se creyó poseedor de esos derechos porque su padre se vio presionado por su abuelo a la renuncia:

—No se puede renunciar a la corona de un reino en una habitación de hotel, sin presencia de notarios que dieran fe de ello y presionado de forma intimidatoria. Las renuncias arrancadas a mi padre no son válidas, porque un hijo sordo tiene los mismos derechos que otro que no lo es.

Pero los acontecimientos se precipitaron y, cuando en julio de 1969 el Generalísimo impuso su decisión de elegir como heredero a su primo Juan Carlos, Alfonso no tuvo más remedio que aceptarlo. El general, que apreciaba bastante a Alfonso, lo nombró embajador en Suecia con la esperanza de que la distancia evitase cualquier tipo de rivalidad o de confrontación con su primo que pudiera afectar a la sucesión y a la unidad monárquica. Pero no contaba con que, precisamente en la capital sueca, el embajador iba a conocer a su nietísima Carmen, se iban a enamorar y terminarían enlazando a la familia Franco con la de Borbón.

Carmen Martínez-Bordiú y Franco había nacido el 26 de febrero de 1951 en el Palacio de El Pardo y era la nieta mayor del caudillo. Era la primogénita del matrimonio formado por Cristóbal Martínez-Bordiú y la única hija del dictador, Carmen Franco y Polo. La pareja se había casado en 1950, después de un noviazgo de dos años en el que Nenuca cayó rendida ante los encantos de un seductor de las aristocráticas noches madrileñas. Se conocieron en la puesta de largo de una señorita de la alta sociedad capitalina, donde él tenía ya muchas conocidas, y allí, vestido con el uniforme de las Milicias Universitarias, pues estaba terminando la carrera de Medicina, fue donde Cristóbal apuntó por primera vez a la hija del caudillo. Luego, en muchas noches de bailar boleros en la *boîte* Larré y pasear en la moto Gucci o el Rolls-Royce que le habían comprado sus padres, los condes de Arjillo, con grandeza de España, pero sin un patrimonio boyante, Cristóbal terminó de conquistar a Carmencita. Pero también a su madre, doña Carmen Polo, que supervisó el noviazgo de su hija y la ascendencia familiar del elegido. Se llegó a comentar que fue ella quien recomendó la unión de los dos apellidos de su futuro yerno con un guion para realzar su noble procedencia, porque su hija no podía convertirse en la señora de Martínez a secas. Había que asegurarse de que la niña, que no había tenido más novios porque llevaba una vida muy retirada y familiar, acertaba con la elección, y si eso servía para emparentar con la aristocracia, mucho mejor. Aceptado finalmente por la familia Franco, la fama de ambicioso del yerno del Generalísimo, que pasaba a ostentar el título de marqués de Villaverde, llegaba hasta las coplillas populares, que retrataron el matrimonio con estos versos:

La niña quería un marido.
La mamá quería un marqués.
El marqués quería dinero.
Ya están contentos los tres.

La boda se celebró el 10 de abril de 1950 en la Capilla Real del Palacio de El Pardo y asistieron más de ochocientos invitados. Militares, ministros y algunos representantes de la aristocracia española acompañaron a las familias Franco y Martínez-Bordiú en una ceremonia a la que se quiso dar rango de boda real. Con el boato, la ornamentación —se trasladaron tapices del Palacio Real para adornar la capilla— y la ampulosidad del festejo se quiso dar una imagen de entronque dinástico. Al paso de la comitiva nupcial hacia la capilla, con Franco haciendo de padrino llevando del brazo a su hija, una compañía de la Guardia Mora del general rendía sus alabardas con el yugo y las flechas. La ceremonia fue oficiada por el cardenal primado de España, Enrique Pla y Deniel, autor en 1936 de la famosa carta pastoral «Las Dos Ciudades», donde justificaba la sublevación militar y que constituyó la fundamentación teológica de lo que pasó a llamarse la cruzada. También asistieron otras personalidades eclesiásticas, como el nuncio de su santidad el papa y los obispos de Madrid y Jaén, con lo que la Iglesia refrendaba notoriamente el matrimonio de la hija del caudillo. En el acta matrimonial actuó como notario el ministro de Justicia y destacado dirigente falangista, Raimundo Fernández-Cuesta. La novia vestía un traje de seda natural diseñado por Balenciaga y de sus hombros pendía un manto cubierto con tul de espuma y sujeto con una diadema de diamantes y perlas regalo de sus padres. El novio llevaba el uniforme de la Orden Militar del Santo Sepulcro, de la que, curiosamente, había sido nombrado caballero unos días antes. El catering del banquete de gala para los invitados fue servido por el Hotel Ritz. Pero la celebración no quedó ahí, porque el caudillo, como gesto de generosidad por haber casado a su hija, repartió entre los vecinos del pueblo de El Pardo un cargamento de alimentos para que celebrasen el enlace. Los inicios de los años cincuenta fueron tiempos de muchas penurias alimenticias y de estraperlo, pero aquel día los pardeños disfrutaron de aceite, arroz, sopa, café, patatas, chocolate, pan, carne y hasta tabaco gratis. También se repartieron mantas, prendas de vestir, ropa variada y zapatos. Como rezaban las crónicas de la época, fue una gran fiesta de la primera familia española, en la que recibió, de sus invitados y de todos los españoles, el deseo de paz y felicidad para el nuevo hogar que se fundaba.

—Mamá, soy muy feliz —dijo Nenuca a doña Carmen al día siguiente de la boda mientras partía hacia el aeropuerto donde el matrimonio iba a tomar un vuelo a Lisboa para luego enlazar con Canarias.

—Hija, disfruta mucho del viaje y vigílame a Cristóbal, que este marido tuyo se mueve mucho. Y poneos enseguida con lo de los niños, que eso atempera mucho los devaneos del hombre —advertía doña Carmen, conocedora de la fama de frívolo que se había ganado su yerno.

—Ay, mamá, no me pongas más celosa de lo que ya estoy.

—Tranquila, Nenuca, que a este lo voy a atar yo en corto en cuanto volváis del viaje de novios.

Pero el marqués de Villaverde, aparte de cumplir inmediatamente con la misión de darle herederos al caudillo, pegarse algunas juergas de ruleta y bacará y practicar sin parar esquí acuático, inició muy pronto un camino que iba a deleitar a su suegra, el de acumular y multiplicar la riqueza familiar. Cristóbal Martínez-Bordiú se convirtió en el paradigma del negocio español por antonomasia en aquellos tiempos, la intermediación. El yerno del caudillo era la llave para que los negocios contaran con el respaldo del Régimen y prosperasen, todo el mundo quería tenerlo en su empresa, aunque fuera de forma testimonial, y llegó a estar en veintisiete consejos de administración. Hubo algún episodio turbio, como cuando se le relacionó con un fraude fiscal detectado en la importación-exportación de las motocicletas italianas Vespa, que le supuso el popular apodo de marqués de Villavespa, o el chascarrillo que se contaba sobre el significado del nombre de la marca: «Villaverde Entra Sin Pagar Aduanas». Pero nada afectó a su quehacer empresarial, que además contagió a toda la familia. En el Palacio de El Pardo, un lugar que se tenía por austero y recatado, todos empezaron a hacer negocios aprovechando el fin del racionamiento, el liberalismo económico y los planes de expansión y estabilización. Los Franco lo hicieron sobre todo a través de Nicolás, el hermano del dictador, que, después de ser embajador en Portugal, llegó a ser presidente de siete consejos de administración y máximo accionista de otras empresas como Diesel, FASA-Renault o Frigoríficos de Barcelona y administrador de Transmediterránea; pero también de Pilar, la hermana, que se dedicó a los negocios inmobiliarios donde se la conocía como la Loba; los Polo a través de Felipe, hermano de doña Carmen y secretario personal del caudillo, que llegó a amasar una considerable fortuna, y los Martínez-Bordiú a través de Cristóbal, su padre, José María Martínez Ortega, sus hermanos, Andrés y Tomás, y su tío, José María Sanchis Sancho. Este último, apodado el Bollo, fue el gran aliado del marqués en las operaciones inmobiliarias, y por sus servicios al jefe del Estado recibió en 1963 la Gran Cruz del Mérito Civil. En El Pardo se cerraban operaciones, fusiones, concesiones, licencias y se repartían cargos en consejos de administración mientras se manejaban los intereses de cientos de empresas.

—¡Ay, Cristóbal! Me encanta este nuevo collar de perlas que me has regalado. Es que tienes un buen gusto, hijo, no me extraña que eligieras a Carmencita como esposa —le decía doña Carmen a su yerno, que le acababa de comprar un collar de los que tanto le gustaban a la esposa del caudillo.

Era tan aficionada a lucir estas joyas que en la calle se la conocía como la Collares. Eso sí, al parecer también era aficionada a no pagar y solía marcharse con la mercancía elegida sin preguntar por el precio, hasta el punto de que algunas joyerías de Oviedo y Ferrol cerraban sus establecimientos cuando sabían que la mujer del jefe del Estado estaba en la ciudad.

—No hay de qué, Carmen. A mi suegra que no le falte de nada. Además, que en ningún otro cuello luce tan bien ese collar como en el suyo. —El marqués de Villaverde sonreía mientras se volvía a Franco, que estaba embelesado contemplando a su mujer lucir las nuevas joyas—. Y para usted también tengo una buena noticia, excelencia, porque mi tío José María ha convencido a Luis Figueroa de que nos venda la finca de Valdefuentes que tanto le gusta a usted.

Franco volvió sorprendido la cabeza y sonrió como un niño al que le hubieran regalado el juguete soñado. La adquisición de Valdefuentes, mediante la intermediación de José María Sanchis, tío del marqués de Villaverde, provocó una inmensa felicidad en el caudillo, pues esta finca agrícola y de caza era una de sus ilusiones y a ella se retiraba después de los consejos de ministros. En el coto de Franco se construyó una casa señorial, decorada con los trofeos de caza del dictador, una iglesia para oír misa los domingos y una explotación ganadera con cientos de vacas y miles de gallinas que hacían las delicias del general. Franco siempre agradeció a su yerno la captación de esta finca y le nombró administrador permanente de la misma.

—Cristóbal, cuando vengo a mi propio campo a cazar y cuando estoy rodeado de mis vacas y mis gallinas, es cuando más feliz soy. Sin tener que aguantar al dueño de la finca o a los otros invitados dándome la matraca. Esto no te lo podré agradecer nunca lo suficiente —le decía el dictador a su yerno en una jornada de caza en uno de los cotos de su finca de Valdefuentes.

—Soy yo el que tiene que estar agradecido por la confianza que deposita en mí, excelencia. Ya sabe que nuestro único interés en todo lo que hacemos es el de servirle a usted, que no es otra cosa que servir a España, porque, si usted es feliz, España también lo será, mi general.

Por mediación del caudillo, el doctor Cristóbal también desarrolló su carrera médica y consiguió ocupar hasta ocho plazas en distintos hospitales públicos, cobrando por todas ellas. Tuvo un puesto importante en Sanitas y fue uno de los promotores de la clínica Incosol en Marbella. La propaganda del Régimen hablaba de él como uno de los mejores cardiólogos del mundo y en 1968 se lanzó a realizar el primer trasplante de corazón llevado a cabo en España. El marqués presumía de haber asistido en directo a una operación de trasplante de corazón realizada por el doctor sudafricano Christiaan Barnard, el médico que realizó el primer trasplante cardiaco en humanos, pero obviaba decir que en aquella intervención el trasplantado fue un perro. El caso es que, con Cristóbal a los mandos en un quirófano del hospital La Paz, un fontanero de cuarenta años llamado Juan Alfonso Rodríguez, que padecía una cardiopatía severa, recibió el corazón donado por Aurelia Isidro Moreno, una mujer atropellada por un camión en Meco. La operación, según se dijo en una triunfal rueda de prensa, fue todo un éxito y la foto del doctor apareció con grandes titulares en todas las portadas de la prensa del día siguiente. Pero el trasplantado falleció a las veintiséis horas y la euforia de haber puesto a España a la cabeza de la investigación mundial en trasplantes de corazón, como vendían los medios de propaganda habituales, decayó inmediatamente. Aun así, el doctor Martínez-Bordiú mantuvo que su intervención fue un éxito porque el paciente era un caso perdido y habría muerto pronto en cualquier caso.

Los marqueses de Villaverde también fueron elegidos para representar al Régimen internacionalmente en algunos viajes que llegaron a considerarse de Estado. Entre otros muchos lugares estuvieron en Estados Unidos, donde el vicepresidente Nixon llegó a asistir a una recepción en la embajada española en Washington; en Italia, acompañados de doña Carmen, fueron recibidos por el papa Pío XII y entregaron un donativo a la Santa Sede de dos mil pares de zapatos para obras de beneficencia; en la boda de Balduino de Bélgica con la española Fabiola de Mora, en la que el marqués de Villaverde recibió la Gran Cruz de la Orden de la Corona de Bélgica; en Paraguay, agasajados por el dictador Stroessner. En un viaje a Suecia, donde los acompañaba su hija mayor Carmen, que tenía veinte años, se alojaron en la embajada de España en Estocolmo, y allí se produjo el encuentro de la joven con el que iba a ser su marido, el embajador de España Alfonso de Borbón y Dampierre. «En medio de la noche polar, he visto aparecer a Carmen con la belleza de un rayo de sol español», dijo el deslumbrado embajador sobre aquel primer día en que se vieron. Un encuentro y un romance que para muchos fue una sorpresa, pero no para el marqués de Villaverde.

La fría mañana en la sierra de Madrid no se percibía como tal en la explanada de la basílica del Valle de los Caídos. El ambiente estaba caldeado y por doquier, cada cierto tiempo, se escuchaba un grito:

—Francisco Franco, presente; José Antonio Primo de Rivera, presente; caídos por Dios y por España, presentes.

Luis Rovira sacó su petaca del bolsillo de la chaqueta para echar un trago, se limpió los labios con el dorso de la mano y, mientras levantaba la vista como queriendo atisbar hasta dónde llegaba la multitud, preguntó de nuevo a Jaime:

—¿Toda la gente del búnker sabe lo de la entrevista con Carrillo? Me dijo Blas Piñar que los militares del grupo aún no lo sabían.

—Lo sabe quien lo tiene que saber. Los que están dispuestos a parar la traición. El resto lo sabrá a su tiempo.

Jaime, imitando a Luis, tiró también de petaca y le hizo un gesto a Bofarull, que los observaba a corta distancia, para que se acercarse. Bebieron un trago juntos, iban entrando en calor.

24

Paulino, el enlace del Francés

Cuando llegaban a la altura del camión que portaba el féretro del caudillo envuelto en la bandera nacional, sobre la que seguían depositados la espada y el bastón de mando del general, los oficiales y soldados que desfilaban rindiendo honores a Franco al son de marchas militares giraban su cabeza a la izquierda y saludaban. Unos metros detrás, ocupando el lugar principal de la tribuna, el rey don Juan Carlos presidía el desfile en posición de firmes y devolvía el saludo militar una y otra vez a las tropas que pasaban delante. A su espalda, en los rostros de los miembros del Gobierno, de la Casa del Rey y de la jerarquía militar que lo acompañaban, se notaba la tensión del momento. Los vivas a Franco y al Ejército español se sucedían cada poco tiempo; en cambio, no había alusiones al nuevo monarca, que pasaba prácticamente desapercibido. Después del paso de un grupo de Artillería y un batallón de ingenieros del Ejército de Tierra, el desfile terminó, paró la música de la banda y el rey empezó a descender de la tribuna. A Manuela le llamó la atención que Juan Carlos fuera ahora solo y no acompañado de su esposa Sofía como a la llegada. La megafonía —se habían colocado altavoces en todas las farolas de la plaza de Oriente y la calle Bailén— informó a los espectadores que seguían abarrotando el entorno del Palacio Real:

> Una vez concluido el desfile, va a formarse el cortejo. Se ruega a las autoridades que permanezcan en sus asientos hasta que vayan llegando sus vehículos, a los que serán conducidos. Está llegando en estos instantes el escuadrón de lanceros a caballo que va a dar escolta al féretro.

El rey subió al asiento trasero de un Rolls-Royce descubierto que se colocó justo detrás del Pegaso 3050 que portaba el ataúd del caudillo y que ya tenía su motor diésel encendido dispuesto a arrancar. Cuando los lanceros ocuparon su lugar para iniciar la marcha, cada uno con su casco metálico reluciente y una gran capa blanca que cubría la grupa de sus caballos, sonó de nuevo el himno nacional y los pañuelos blancos volvieron a inundar la plaza al grito de «Franco, Franco, Franco». Los altavoces seguían explicando:

> El cortejo se formará según el orden establecido. Abrirá el mismo una escuadra de motoristas de la Guardia Civil y las fuerzas que rinden honores, un batallón de Marinería, compañía de la Infantería de Marina, escuadrilla de las Fuerzas Aéreas, grupo del Ejército de Tierra, regimiento de Infantería y un grupo de Artillería; después les seguirán las coronas funerarias que han sido enviadas desde las distintas partes del país y desde otras naciones del mundo.

Las coronas iban adosadas a los laterales de seis furgonetas y también iban algunas en el remolque de un camión que cerraba la hilera, donde además se exhibían unos almohadones en los que lucían todas las condecoraciones que había recibido el caudillo a lo largo de su vida.

Justo después, marcha el clero castrense, obispos y arzobispos y príncipes de la Iglesia; a continuación los jefes de las casas Civil y Militar del Generalísimo, precediendo al féretro de Franco, escoltado por los lanceros a caballo con escuadra de cornetas y tambores; les sigue el coche descubierto del rey don Juan Carlos; el jefe de la Casa del Rey y sus ayudantes; la familia del caudillo; el presidente del Gobierno; la familia del rey; el presidente de las Cortes y los ministros del Gobierno; los jefes de la misiones extranjeras venidas extraordinariamente al sepelio y el resto del cuerpo diplomático; Consejo del Reino; exministros; Consejo Nacional del Movimiento; Consejos Regional y Local del Movimiento; Consejo Supremo de Justicia Militar...

La comitiva de coches, la mayoría del modelo Dodge Dart de color negro tan utilizado por todas las instituciones del Régimen, era interminable. Desde su posición de privilegio, Manuela fue observando cómo las autoridades iban bajando de la tribuna para subirse a los vehículos que pasaban a recogerlos y sumarse al cortejo y luego, lentamente, iniciaban la marcha por la calle Bailén camino de los jardines de Ferraz. A lo lejos iba perdiendo de vista ya las figuras de los lanceros que escoltaban al trote el ataúd de Franco. En la plaza de Oriente todo había terminado. Estaba cansada, después de muchas horas de pie, primero en la cola para ver el féretro y luego en la misa y el desfile. Mientras se iba desperdigando la muchedumbre que había asistido a los actos fúnebres, Francisco le explicó lo que iban a hacer: bajarían andando por la calle Segovia para recoger el coche que habían dejado por el paseo de la Virgen del Puerto. Luego irían hasta Carabanchel Alto a visitar a unos familiares del pueblo que tenían alquilado un piso en el barrio. De camino pasaron por delante de la cárcel de Carabanchel, aquella ciudad penitenciaria de ladrillo rojo que tanto impresionó a Manuela cuando la vio por primera vez, aunque había sido mucho después de que allí estuviera prisionero su padre, un episodio que ella había intentado olvidar y del que nunca quiso saber demasiados detalles.

Cuando Gervasio Deán volvió de la guerra era otra persona diferente a la que había sido reclutada por el ejército nacional. Los horrores, la violencia y la sinrazón que había presenciado grabaron una huella en su carácter. Una de las marcas que aquellas barbaridades habían dejado para siempre en su vida era el alcoholismo, la dependencia y el síndrome de abstinencia que sufría en los momentos de tensión. Los soldados iban al combate muchas veces embriagados para vencer el miedo y, tras la refriega, volvían a beber para superar el shock postraumático en un círculo vicioso que los convertía en adictos. Gervasio se había resistido muchas veces a las botellas que les ofrecían los mandos, aunque estuviera muerto de miedo, pero al final, en medio de aquella furibunda locura, sucumbió y terminó aceptando la bebida como parte del ritual de batalla. La vuelta a casa a finales de 1939 trajo un largo paréntesis de felicidad, había sobrevivido, lo que no podían decir muchos otros, y el recibimiento de su esposa y sus dos niños le devolvió inicialmente la alegría. En un año nació su tercer hijo, uno más de la generación de los llamados niños de la guerra, concebidos cuando regresaron a casa los soldados de la contienda. Con otra niña pequeña en casa, las necesidades aumentaron, así que tuvo que retomar con intensidad su trabajo de labrador para alimentar a las cuatro bocas que tenía a su cargo. A pesar de todo lo vivido en la guerra y de la asfixiante represión existente, Gervasio no solo no había abandonado sus ideas políticas, sino que se había reafirmado en ellas, aunque fueran malos tiempos para el libre pensamiento.

—Cualquiera que haya visto lo que yo he visto hacer en nombre de la patria, el Movimiento y la religión tendría que renegar de todas esas ideas. Lo que pasa es que son cosas que no se pueden contar.

—En boca cerrada no entran moscas, así que déjate de ideas y de historias, que bastante hemos tenido ya, y cógeme a la niña un rato, que voy a ordeñar a las cabras —le contestaba su esposa Antonia, que no paraba de trabajar.

En su pueblo el temor a ser señalado por los afectos al Régimen, que ostentaban el poder y seguían castigando cruelmente cualquier indicio de disensión, había cercenado toda posibilidad de discrepancia política. Las ideas o las creencias se precintaban en las casas, con puertas y ventanas bien cerradas que evitaran escuchas o rumores delatores. Incluso se evitaba hablar delante de los niños, pues se había dado el caso de que unos críos a la puerta de su casa habían cantado una canción republicana y los padres fueron detenidos por los falangistas. Se hizo famosa una frase del cabo de la Guardia Civil:

—Los niños dicen en los umbrales lo que los padres callan en los zaguanes.

Gervasio mantenía un control sobre sus palabras, sus interlocutores, sus visitas y sus presencias en determinados ámbitos que pudieran ser peligrosos. Los bares lo eran, porque con el vino se soltaba el espíritu y la lengua, y se corría el riesgo de pasar la delgada línea que los que mandaban habían puesto como límite. Muchas veces, cuando hacían acto de presencia los guardias civiles en una taberna, se acababan las conversaciones y se cortaba el silencio. En ese ambiente opresivo iban a tener lugar unos acontecimientos que terminarían arrastrando a Gervasio ante la justicia y a su familia, especialmente a Manuela, a sufrir el sonrojo y el señalamiento. Fue en el año 1945, cuando una partida de guerrilleros republicanos se instaló en las sierras cercanas al pueblo, la guerrilla de Pedro José Díaz Monge, alias el Francés.

Pedro José Marquino Monge, que era su verdadero nombre, había nacido en una familia de jornaleros en el pueblo cordobés de Hinojosa del Duque en 1913. Al estallar la guerra se alistó en las milicias comunistas en defensa de la República y, dentro de la 1.ª Brigada Mixta del Ejército Popular, participó en la fundación del batallón José Díaz, el dirigente comunista sevillano en honor del cual tomó para sí su primer apellido. Participó en la defensa de Madrid, en la batalla de Brunete, en el frente de Aragón y en la batalla del Ebro, ascendiendo hasta ser nombrado teniente por méritos en el combate. Al terminar la contienda, regresó a Hinojosa del Duque, pero inmediatamente fue detenido y condenado a muerte. Esperando la sentencia en la cárcel, que se había instalado en el convento de las monjas concepcionistas, logró fugarse con otros veinte reclusos aprovechando que se celebraba en el pueblo la famosa Feria de San Agustín. El 31 de agosto de 1940 hicieron un boquete en el muro del convento y huyeron a la sierra, aunque seis compañeros fueron abatidos a tiros por los vigilantes. Después de muchos meses sobreviviendo en aquella zona junto a otros fugados de la prisión de Benalcázar, la llegada de una compañía de la Legión para perseguirlos hizo que huyeran a las sierras de Extremadura. En 1944, siendo ya un contingente cercano al centenar de guerrilleros, divididos en varias partidas, se instalaron en la sierra cacereña de Las Villuercas y llevaron a cabo acciones en pueblos de la zona como Retamosa, Cabañas del Castillo, Roturas, Mesas de Ibor o Campillo de Deleitosa. En enero de 1945 se constituyó oficialmente, bajo la dirección del Partido Comunista, la Primera Agrupación Guerrillera del Ejército de Extremadura Centro, cuya 12.ª División estaba liderada por José Díaz Monge. En algunos lugares ejecutaron a alcaldes falangistas que habían dirigido la represión en los pueblos, también realizaron sabotajes en infraestructuras eléctricas y robos para obtener dinero en metálico con el que comprar provisiones, pero, fundamentalmente, lo que hacían los guerrilleros era sobrevivir al acoso de la Guardia Civil y del hambre. Subsistir en lo más profundo de la sierra, perseguidos en todo momento por las fuerzas del orden, requería una red de colaboradores, unos voluntarios y otros obligados, para sortear los controles y conseguir alimentos, ropa, medicinas y otros artículos que cubrieran las necesidades básicas de los habitantes de los varios campamentos furtivos que los hombres y mujeres del Francés crearon en la zona. Los enlaces eran un apoyo básico para la supervivencia de los de la sierra.

—Tú vas a terminar mal —le decía Gervasio a su amigo Paulino Márquez, el Rubio, que había llegado a su casa para pedirle ayuda para la guerrilla.

—¿Qué voy a hacer, Gervasio? Son compañeros que se están jugando la vida por la libertad que hemos perdido todos. Están perseguidos como si fueran fieras salvajes y necesitan alimentarse. Si no los ayudo, ¿qué clase de camarada soy?

Paulino Márquez Mohedas era comunista desde su juventud y había sido contactado por los guerrilleros de la sierra para actuar de enlace y llevarles provisiones. Conseguir los alimentos en el pueblo era muy complicado debido al control de los víveres que las autoridades llevaban a cabo. Aquellos años de hambre y escasez, la única posibilidad de obtener provisiones saltándose la vigilancia eran las fincas ganaderas y agrícolas cercanas a la sierra. Paulino se había encontrado varias veces con hombres del Francés en los alrededores del pueblo, en concreto con la partida mandada por Antonio León Villa, alias Calandrio, y los había acompañado hasta alguna majada aislada donde los maquis habían comprado alimentos. Si los labriegos o ganaderos se negaban a colaborar, las armas los convencían, pero lo normal es que los guerrilleros no llegaran a utilizar la violencia y pagaran siempre la mercancía. Los víveres que más demandaban eran harina para hacer pan, o panes ya cocidos, huevos, leche, aceite, arroz, azúcar, café y hortalizas como cebollas, tomates y pimientos. De las explotaciones ganaderas también obtenían algún cabrito o cordero para completar la dieta de carne que conseguían de la caza en el monte. Cuando un contacto había funcionado, para que los guerrilleros no se expusieran permanentemente, era Paulino el que se encargaba de pactar las siguientes entregas, recoger la mercancía y llevarla hasta las cercanías de los campamentos secretos.

—Necesito que me dejes tus dos mulas, Gervasio. No puedo confiar en nadie más en el pueblo —suplicaba el Rubio a su amigo sabiendo que le estaba poniendo en un compromiso.

—¡Joder, Paulino, que tengo tres hijos! —maldecía en voz baja Gervasio, consciente de que simplemente mantener esa conversación podía costarle muy caro.

—Lo sé, pero no voy a comprometerte. Simplemente me llevaré de noche las mulas y te las devolveré a la tarde siguiente. Solo necesito que no denuncies su falta, nadie se dará cuenta.

Gervasio se quedó callado un instante y se llevó las manos a la cara. Pensó que, al fin y al cabo, esos hombres estaban emboscados para evitar ser ejecutados, como otros tantos que él había visto fusilar en la guerra. Seguro que entre ellos había buenas personas, sin delito alguno, que simplemente habían defendido a la República en la contienda y que no iban a tener la más mínima oportunidad de sobrevivir si dejaban la clandestinidad porque ya estaban condenados de antemano. Miró a Paulino, suspiró y asintió.

—De algo tendrán que vivir esos pobres. Coge las mulas, están en el cercado que hay al final de la calle. Yo mañana haré como que no las echo de menos.

—Si me pasa algo, tú siempre di que no me diste permiso ni sabías lo que iba a hacer con ellas.

Esa noche de septiembre de 1945 Paulino salió del pueblo con las dos caballerías y llegó hasta una fuente llamada de los Melonares, donde había convenido con el dueño de una finca que este dejase las provisiones para los maquis. Cargó los suministros en las dos bestias, se subió a una de ellas y, a punto de amanecer, se internó en la sierra. A media mañana, después de una dura trocha por un bosque tupido de jaras y alcornoques, llegó al punto convenido y fue interceptado por Calandrio y otro guerrillero, Gerardo Cano, alias Panza Alegre.

—Buenos días, camarada Rubio —lo saludó Calandrio—. El último trayecto hasta el campamento lo tienes que hacer sin ver nada, por seguridad, así que ponte este morral en la cabeza.

Los dos guerrilleros guiaron las mulas hasta el campamento y allí permitieron que Paulino se descubriera y bajase de la mula que montaba. En lo más escarpado de la sierra, en un lugar prácticamente inaccesible, los maquis habían ocupado una cueva que, pobremente acondicionada, hacía de vivienda central y almacén. Alrededor habían construido algunas chozas que eran habitadas cuando el buen tiempo lo permitía. En una de ellas, utilizada como cocina, había un caldero sobre unas brasas y tenían hasta un pequeño horno para cocer pan. Descargaron las provisiones y los tres entraron en una especie de tienda de campaña en la que había una mesa con una máquina de escribir y algunos papeles y revistas amontonados. Los guerrilleros le mostraron las hojas de un periódico que hablaba de la ocupación de Alemania y la próxima rendición de Japón.

> Cuando los aliados terminen la guerra con los japoneses y tengan todos los frentes controlados, vendrán a ayudarnos. Entonces, todo cambiará; mientras tanto, toca resistir.

El refugio no estaba lleno, pues muchos hombres estaban emboscados en misiones o en labores de vigilancia, pero Paulino compartió unos minutos con Amancio Nieto, el Abuelo, que era el cocinero de ese grupo, y con Fausto Navas, también conocido como Virutas o Montgomery. En aquel momento el campamento no tenía mujeres, le dijeron, pero a veces llegaban algunas para encontrarse con sus maridos o novios. Terminada la charla, Calandrio y Panza Alegre volvieron a cubrir la cabeza de Paulino y emprendieron el camino de regreso al lugar de contacto. Allí convinieron la siguiente entrega de víveres, le dieron dinero para pagar al suministrador y se despidieron dejando solo al enlace de regreso al pueblo con las dos mulas. Paulino llevó a los dos animales a la cerca de Gervasio al atardecer y este las recogió al día siguiente para trabajar con ellas en su campo. Nadie pareció darse cuenta de nada.

Los dos amigos siguieron viéndose aquellos días, aunque cada vez había más rumores sobre los apoyos que tenían los de la sierra en el pueblo. La Guardia Civil había doblado las vigilancias de los caminos de la zona y cualquiera que transitase por ellos era interrogado como si fuera sospechoso de ayudar a los guerrilleros. Los guardias advertían a todo el mundo de que quien fuese descubierto apoyando a los maquis iba a tener el máximo castigo. Paulino, con el fin de proteger a su amigo, no le contaba a Gervasio detalles de sus entregas ni los contactos con los que trataba, pero sí hacía referencia a las noticias del exterior que los maquis tenían y que no aparecían en los medios del Régimen.

—Me han enseñado periódicos extranjeros que dicen que los aliados ya están dispuestos a echar a Franco. Y la guerrilla está preparada para resistir hasta que lleguen, por eso hay que apoyarlos.

—No me fío yo de los aliados, Paulino, ya tuvieron tiempo de intervenir y no lo hicieron. Lo mismo te estás jugando la vida por una esperanza que al final no se cumple.

—Cualquier cosa será mejor que vivir el resto de mi vida humillado por esta gentuza o en un campo de prisioneros de los que tienen, esperando a que una noche me saquen y me peguen un tiro —se lamentaba amargamente el enlace.

En noviembre, el Rubio volvió a pedir ayuda a Gervasio.

—Paulino, esto está cada vez más peligroso, un hombre con dos mulas cargadas por esos caminos de la sierra está condenado a que lo pillen los guardias.

—Tú tranquilo, me llevaré solo una. Y si pasa algo y vienen a preguntarte les dices que me la dejaste para ir a llevar algo a Manuelillo, que conozco al guarda de la finca.

Paulino realizó un recorrido parecido al de la vez anterior. Después de recoger los alimentos y cargar el animal se dirigió al punto de encuentro convenido, donde esta vez le esperaban Panza Alegre y Viruta.

—¿Dónde está Calandrio? —preguntó Paulino.

—Anda en otras cosas, que estamos muy vigilados —contestó Panza Alegre—. Ayer tuvimos un encuentro con los guardias al otro lado de la garganta y tuvimos que salir a tiros. Hoy nos llevamos nosotros esto al campamento, no hace falta que vengas con la mula porque seguro que hay muchos ojos observando el terreno. Tú, Rubio, vete rápido que puede haber guardias cerca.

Paulino enfiló el camino de vuelta vigilante, intentando ir por el bosque y salir lo menos posible a los caminos por si se encontraba una patrulla. Cuando estaba llegando al pueblo, le dieron el alto.

—¿De dónde viene usted? —le preguntó uno de los guardias mientras el otro rodeaba la mula revisando si llevaba alguna carga.

—Vengo de la finca de Manuelillo, de llevarle unas herramientas al guarda que le hacían falta para arreglar una alambrada —improvisó el Rubio.

—Pues ese camino es peligroso, que andan por allí los bandoleros. ¿No habrá visto usted a nadie extraño?

—No, señor, no he visto a nadie.

—Usted es Paulino Márquez, ¿verdad? —preguntó el otro guardia después de haber comprobado que no llevaba carga alguna en la mula.

—Sí, señor, para servirle.

—Pues tenga usted cuidado en no salir por esos caminos, que son peligrosos. Tire para casa y la próxima vez que quiera ir por ahí avísenos antes en el cuartel y le acompañamos.

Paulino se dirigió hacia las primeras casas del pueblo intentando contener el nerviosismo. Devolvió la mula a la cerca de Gervasio y se fue a su casa decidido a marcharse esa misma noche a la sierra. Aunque los guardias le habían dejado marchar, tarde o temprano las sospechas recaerían sobre él y tendría problemas. Cuando estaba recogiendo lo imprescindible para la escapada, llamaron a la puerta con fuertes golpes. Era el cabo de la Guardia Civil acompañado de dos ayudantes que le apuntaban con sus mosquetones.

El cadáver de Paulino Márquez apareció al día siguiente a las afueras del pueblo. Tenía el rostro amoratado por los golpes y dos disparos en el pecho. La versión oficial de su muerte, que fue la que hicieron circular las autoridades, decía que había sido asesinado por los guerrilleros como venganza por haberlos delatado después de haber sido su enlace. Por supuesto, nadie se atrevió a preguntar ni a cuestionar el relato, aunque muchos sabían que no era cierto. Especialmente Gervasio, que lloró con rabia la muerte de su amigo, sabiendo que había sido asesinado por los guardias, quizá después de haberlo roto a golpes, pero sin haber conseguido que el Rubio soltara una palabra porque, de haber sido así, él estaría ya en la cárcel o en un sitio peor acusado de haber colaborado con los rebeldes.

Todo esto Manuela lo ignoraba. A sus nueve años se enteraba de algunas cosas aisladas de lo que decían los mayores, pero a los niños se les reñía cuando preguntaban y se les mandaba a jugar a otro sitio. Algunas amigas comentaban que los bandoleros habían matado a un hombre y ese temor a los ladrones que acechaban por la noche fue lo único que quedó de aquel incidente entre los niños. En el pueblo se hizo el silencio sobre lo ocurrido, era mejor ni hablar del asunto, pero la presencia de la guerrilla en la sierra siguió tensionando la vida de todos.

Cada vez más acosados y aislados, los maquis fueron cayendo en los meses siguientes y en julio de 1946 los guardias civiles mataron en una emboscada al Francés. La muerte del jefe y la detención posterior de alguno de sus ayudantes, con la documentación que se les incautó, ayudaron a las fuerzas del orden del Régimen a descubrir y desmantelar la red de enlaces y contactos que la guerrilla tenía en la zona. Se puso en marcha una represión durísima, dirigida por el teniente coronel de la Guardia Civil Manuel Gómez Cantos, que desde la Comandancia de Cáceres llevó a cabo acciones de castigo por toda la región, especialmente en las poblaciones donde supuestamente se había ayudado a los rebeldes. Algunos guerrilleros, aislados y hambrientos, terminaron entregándose, otros consiguieron reagruparse y huyeron hacia las provincias limítrofes. Entre los entregados y detenidos estaban algunos miembros de la partida de Calandrio, como Panza Alegre, el Abuelo o Viruta. Este último, que accedió a colaborar con las fuerzas represivas a cambio de salvar la vida, descubrió a todos los que habían colaborado con su enlace el Rubio. A mediados de agosto, la Guardia Civil detuvo en su domicilio a Gervasio Deán acusado de prestar ayuda a los rebeldes de la sierra y fue trasladado a la prisión de Navalmoral de la Mata.

El encarcelamiento de su padre afectó tremendamente a la vida de Manuela. Su madre, Antonia, se había quedado sola a cargo de tres niños, la pequeña de apenas cinco años, y sin el sustento del único que trabajaba en la casa. No tenían ingresos, por lo que todos debieron trasladarse a vivir con los abuelos maternos, que ya eran prácticamente unos ancianos. Los otros familiares que vivían en el pueblo, tíos y primos, se volcaron en arroparlos, pero la tristeza y el temor por la suerte de Gervasio inundaron a toda la familia. Por una parte, unos lo disculpaban y defendían porque no había hecho nada grave; otros lo acusaban de haber puesto en riesgo el bienestar de todos por su amistad con un comunista. Manuela fue obligada a cambiar de casa y de rutinas, también debió dejar el colegio para ayudar a su madre y empezó a darse cuenta de cómo en el pueblo la miraban con lástima. Inconscientemente, sin saber la realidad de los hechos, también responsabilizaba a su padre de su situación. Para aliviar las difíciles circunstancias, su madre y sus abuelos decidieron que su hermana pequeña, Leonor, se fuera a vivir de forma permanente con una tía que no tenía hijos. Esa forma de ahijar era muy frecuente en aquella época de escasez, pero Manuela no entendía por qué la separaban de su hermana y por qué ella era la que se tenía que quedar para trabajar ayudando a su madre. Las circunstancias habían cortado su infancia inocente y la habían obligado a asumir roles que no le correspondían.

—Madre, ¿cuándo vuelve padre?

Era una pregunta que los niños hicieron muchas veces y que nunca tenía una respuesta concreta.

—Pronto, hija, pronto pasará todo esto —contestaba Antonia, intentando mostrarse confiada para no transmitir más angustia e incertidumbre a los críos.

Manuela recordaba ahora esas palabras de su madre, casi treinta años después, en un pequeño piso de Carabanchel Alto, compartiendo un aperitivo con unos familiares de su marido, en un encuentro en el que también había inquietud por lo que pudiera venir después del entierro de Franco. Pronto lo sabrían, porque, según estaban viendo en la televisión del pequeño salón en el que se encontraban, el cortejo fúnebre estaba a punto de salir de Madrid pasando por delante del Arco de la Victoria que conmemoraba el triunfo del bando sublevado en la Guerra Civil. El locutor de Televisión Española, en un tono doloroso y solemne, ponía en valor la dimensión internacional de la ceremonia:

> Diecisiete cadenas de televisión de otros países están retransmitiendo en directo el funeral del Generalísimo: Suiza, Marruecos, Jordania, México, Perú, Kuwait, Venezuela, Chile, Brasil, Panamá, Honduras, Nicaragua, Guatemala, Costa Rica, El Salvador y las dos cadenas de la televisión francesa están conectadas a la señal que se manda desde España.

La escolta de lanceros a caballo que rodeaba el féretro del Generalísimo había sido sustituida por una escuadra motorizada de la Guardia Civil, el rey cambió su vehículo descapotable por uno cubierto y la comitiva aceleró hacia el Valle de los Caídos.

25

Canteranos de EGI Batasuna

Desde la ventana de la habitación de la planta veinticuatro del Hotel Plaza, Antonio González Pacheco observaba la comitiva fúnebre de Franco atravesando el paso elevado Bailén-Ferraz. Unas banderas colocadas para la ocasión dificultaban la vista del cortejo, pero apreciaba bastante bien el trote de los caballos de la Guardia de Lanceros, con sus cascos metálicos brillando entre la multitud que se agolpaba a los lados de la carretera. Vio pasar entre los jinetes el camión que llevaba en su remolque el ataúd del caudillo y, unos metros detrás, el coche descubierto del rey. Aunque el monarca iba de pie en la parte de atrás del coche, lo que llamó la atención del policía, pensó que no habría sido fácil acertar con un rifle a esa distancia. Con el objetivo en movimiento y los mástiles y las banderas de por medio, el tirador debía haber templado mucho el pulso y afinado la puntería para acertar. Era complicado, pero, sin duda, estaba a tiro. Si ETA había preparado este dispositivo, ¿por qué no podía haber otros en el trayecto más adelante?, se preguntaba Billy el Niño. Conesa le confirmó que se había peinado el recorrido y se habían inspeccionado los edificios, las azoteas y los balcones; se habían controlado los vehículos aparcados en las proximidades; había patrullas de policías de paisano; militares cada cinco metros en todas las calles por donde iba a pasar, pero siempre quedaría una posibilidad de que algo se les escapase. El etarra, Mailua, estaba tumbado en la cama, amordazado y esposado. Después de cantar la traviata lo habían dejado descansar un buen rato y, en cuanto terminase el desfile del cortejo, ya tenían todo preparado para trasladarlo a la Puerta del Sol.

En la Dirección General de Seguridad había mucho movimiento, pero el comisario Conesa solo estaba pendiente de las noticias de San Sebastián. De la actuación rápida de los hombres de Ballesteros dependía que la información obtenida tuviera sus frutos. Había que ser preciso y quirúrgico en el dispositivo porque, tras el último estado de excepción del mes de abril, las protestas arreciaban ante cualquier despliegue policial. Aquellos tres meses que duró la aplicación del decreto en las provincias de Guipúzcoa y Vizcaya, justificados por el Gobierno en la necesidad de proteger la paz ciudadana contra intentos perturbadores de carácter subversivo y terrorista, permitieron a las fuerzas del orden utilizar todos los medios que brindaba la legislación franquista para combatir lo que el Ejecutivo consideraba brotes antisociales. De abril a julio de ese 1975 volvieron a producirse detenciones masivas que llenaron de nuevo las comisarías de Policía y los cuarteles de la Guardia Civil. Cualquiera podía ser detenido entonces y de una persona sospechosa pasaban a serlo todos los conocidos con los que se relacionaba habitualmente. La experiencia que ya tenían los investigadores de la político-social indicaba que las cuadrillas eran un fermento del movimiento subversivo vasco y servían para encauzar la propaganda de la lucha armada. En muchos casos, de una cuadrilla de jóvenes había salido un comando de ETA. Amparados en el estado de excepción, policías y guardias civiles reprimieron con dureza las numerosas protestas que las detenciones provocaron, lo que se convertía en un círculo vicioso imparable que iba creando cada vez más adeptos a la causa de ETA. Se identificó a muchos colaboradores de la banda y se desarticularon algunos comandos, pero la fuerza desmedida empleada en una represión generalizada provocó una ola de apoyo a los terroristas. Ahora, con ese ambiente adverso y sin las prerrogativas judiciales del estado de excepción, había que actuar con más comedimiento.

—A ver, Conesa, que no podemos hacer lo que nos dé la gana en la calle —le decía Ballesteros desde la comisaría de San Sebastián—. Hemos mandado un dispositivo a vigilar la sede de EGI que identificó la madre del etarra y parece que hay alguien dentro, pero para entrar tenemos que mandar refuerzos, y, en cuanto aparezcan las unidades, se va a montar un revuelo tremendo en la calle y va a haber lío.

—O pillamos a los otros del comando esta mañana o se nos escapan; es fundamental actuar rápido, antes de que sepan que ha habido un chivatazo. Además, seguro que saben más del dispositivo de Madrid, estoy convencido de que tienen más gente aquí hoy.

—Lo sé, ya te iré informando, tranquilo. Pero que no estamos en estado de excepción y esto no es tan fácil como cuando los jueces te firmaban la muerte de Manolete y se acababa el problema. Aquellos tiempos han pasado.

Ballesteros se refería a la justicia militar que se aplicó hasta mediados de los años sesenta en España, cuando los jueces eran colaboradores inmediatos de los métodos represivos de la policía política y no había discrepancia alguna en la necesidad de que los castigos fueran contundentes. Los juicios se llevaban a cabo sin ningún tipo de garantías y las penas de muerte se firmaban y se ejecutaban sin temor alguno a las repercusiones que pudieran tener en la sociedad. La policía política franquista había encontrado en algunos jueces una extensión más de su brazo opresor y se habían convertido en compinches de sus métodos. El más insigne cómplice fue el juez Enrique Eymar Fernández, que llegó a recibir un homenaje de la Brigada Político Social y la insignia de la Orden del Mérito Policial «por su clara intuición, experiencia y valor abnegado, que le han llevado en muchas ocasiones a colaborar personalmente en la práctica de arriesgados servicios con los funcionarios del Cuerpo General de la Policía». Conesa había conocido personalmente a Eymar, que, según él, constituía el exponente más acabado del buen juez en todos sus aspectos: prudencia, conocimiento, presencia de ánimo y, sobre todo, una facultad insuperable para valorar y ponderar objetivamente los elementos de juicio. Nunca ponía en duda la versión de las fuerzas del orden, y de sus sumarios y autos se decía que olían fuerte a cadáver. Con jueces del temple y corazón de Eymar, afirmaban los jefes de la BPS, el entusiasmo se duplicaba, la vocación se fortalecía y el servicio fructificaba con el más espléndido de los resultados. No había nada más motivador para aquellos policías que estar seguros de que sus pesquisas, detenciones y acusaciones, sin entrar en los métodos empleados, iban a tener el refuerzo del juez.

Ballesteros dio la orden de entrar en el local de EGI en cuanto llegaron a la zona los refuerzos de la Guardia Civil. Era un local en los bajos de un bloque de viviendas y estaba ocupado, en teoría, por una librería-papelería. Dos coches bloquearon rápidamente las entradas de la calle para impedir movimientos de vehículos y una patrulla de cuatro agentes llamó a la puerta dos veces antes de utilizar un mazo para romper la cerradura y abrirla de un golpe. Desde fuera se escuchaban los gritos de los agentes en el interior: «¡Alto! ¡Policía! ¡Policía! ¡Quieto! ¡No te muevas! ¡Al suelo! ¡Quieto ahí! ¡Despejado! ¡Despejado! ¡No hay nadie más! ¡Adelante! ¡Adelante!». Luego entraron en el local más agentes, algunos de ellos portando cajas y bolsas vacías para iniciar un registro y recoger posibles pruebas. En la calle empezaba a haber cierta expectación y movimiento de personas que estaban pendientes de la operación. También había gente en los balcones y en las ventanas que daban a la calle. Alguien gritó «¡Polizia kanpora!» —«¡Policía fuera!»— y una piedra impactó sobre uno de los coches policiales. De nuevo se escuchó el grito «¡Polizia kanpora!» y otra piedra rompió la luna de uno de los vehículos. Los guardias civiles empezaron a ponerse nerviosos. Del interior del local dos policías sacaron esposada a una persona que se resistía con fuerza y nada más aparecer en la calle comenzó a gritar:

—¡Euskadi Ta Askatasuna! ¡Euskadi Ta Askatasuna!

Los agentes intentaban introducirlo a la fuerza en uno de los coches y en el forcejeo el detenido cayó al suelo. En ese momento arreciaron los gritos desde fuera del cordón policial y desde algunas ventanas: ¡Polizia kanpora! ¡Cipayos kanpora! ¡Gora EGI Batasuna! ¡Gora ETA!

El paso de miembros de EGI, las juventudes del Partido Nacionalista Vasco, al entorno de ETA se estaba produciendo desde hacía unos años. La policía tenía constancia de ese movimiento, provocado por la necesidad de ETA de ir sustituyendo a los miembros detenidos y buscando el impulso de gente nueva, joven y con ganas de hacer méritos. Un hombre clave en ese paso había sido José Ignacio Mújica Arregui, alias Ezquerra, ahora detenido y acusado, entre otras muchas acciones, de haber participado en el asesinato de Carrero Blanco. Múgica Arregi puso en marcha la campaña «Aintzina», «adelante» en euskera, por la que una gran cantidad de jóvenes de EGI decidieron dar el paso de colaborar con la banda armada. Así, tras una gran acción de propaganda clandestina, que utilizó la represión llevada a cabo por las fuerzas del orden del Régimen como gran elemento motivador, nació EGI-Batasuna. Pintadas en las calles, carteles, pasquines y pegatinas llamaban a los jóvenes a traspasar el umbral de la protesta y entrar en la actividad armada. Muchachos como Ander, el amigo de José Luis, el hijo de Amaya, al que ahora buscaban los hombres del comisario Ballesteros, después de que Mari Carmen hubiera dado su nombre en una ambulancia camino del hospital.

—*Aita*, escúchame, tengo que marcharme —le dijo Ander Elorza a su padre Aitor, al que el teléfono había interrumpido ese domingo por la mañana mientras repasaba en el despacho de su casa unos documentos del trabajo—. Han registrado el local de Rentería y nos van a buscar a todos.

El padre de Ander, Aitor Elorza, era un abogado nacionalista vasco de tradición familiar. Siempre había querido que su hijo se educase en la cultura y la reivindicación de la nacionalidad vasca y junto con su esposa Amaya motivó a Ander para que siguiera las tradiciones familiares. Por supuesto, como firme defensor de las ideas democráticas y antifranquistas, era partidario de las movilizaciones contra el Régimen y sus políticas represoras y de la reivindicación de las libertades políticas. Había participado en huelgas y manifestaciones, pero no estaba de acuerdo con el camino hacia la lucha violenta indiscriminada que habían iniciado algunos.

—Ander, ¿adónde vas a ir? No vayas a hacer algo de lo que luego te arrepientas. Tú no has hecho nada grave.

—Mira, *aita*, los policías están rabiosos por la muerte de Franco y van a empezar a detener a gente sin parar, como en el estado de excepción. A mí no me cogen. Esto va a seguir igual que siempre y algunos vamos a tener que continuar luchando contra los enemigos de Euskadi porque no van a parar de maltratarnos. El pueblo nos necesita.

Aitor suspiró, cerró los ojos. Desearía agarrar a su hijo, zarandearle y hacerle ver que estaba cometiendo un error.

—Franco ha muerto y el Régimen va a caer más pronto que tarde. ¡No os podéis volver locos ahora matando gente que no tiene culpa de nada! Tenéis la vista nublada por la sangre.

Ander dudó un instante si contestar. Quería a su padre, pero consideraba que formaba parte de una generación acobardada y, aunque no quería ofenderlo, se dejó llevar por los nervios y contestó con rabia.

—Ya estás igual que siempre. Ese fue vuestro problema, que no hicisteis nada, que os quedasteis quietos después de la Guerra Civil. Nosotros no vamos a permitir que nos sigan haciendo lo que os hicieron a vosotros. No vamos a vivir con miedo.

—Ander, la dictadura se va a acabar, no te confundas, no dejes que te manipulen. Van a venir otros tiempos en los que no será necesario luchar con violencia y habrá paz.

—Para que haya paz, primero hay que luchar. *Aita*, me voy. Estaréis un tiempo sin saber de mí, díselo a *ama*. Os quiero.

Y, sin más, cortó la comunicación telefónica.

Aitor quedó tremendamente impactado y desolado por la conversación. Su hijo se iba a sumir en la oscuridad de la clandestinidad y, posiblemente, de la acción terrorista violenta. Él conocía otros casos de padres que pasaron meses sin saber nada de sus hijos hasta que escucharon sus nombres en la radio como detenidos por pertenecer a un comando de ETA o por haber caído muertos en un enfrentamiento con la policía. ¿Cuánto tardarían en tener noticias de Ander? Se preparó para decírselo a su madre, aunque suponía que Amaya no se lo iba a tomar tan mal como él, porque siempre se había sentido muy orgullosa de la conciencia política que había demostrado el niño. Ella, que disfrutaba viendo cómo su hijo interiorizaba el sentimiento vasco y se comprometía con las organizaciones que defendían la cultura y la nacionalidad de Euskadi, iba a entender que esto era un paso más en el camino que había decidido tomar Ander. Estaba seguro de que Amaya iba a asumir el paso que daba su hijo con dolor, pero también con cierto orgullo, y no se iba a dar cuenta de que esa decisión podía marcar su vida para siempre.

Como había marcado la de su amiga Mari Carmen, que, ingresada en una habitación del ala de urgencias del hospital, se recuperaba de una angina de pecho que los doctores habían calificado como moderada. Los medicamentos que le habían suministrado la mantenían en un estado de semiinconsciencia, pero cuando tenía un instante de lucidez, pensaba inmediatamente en su hijo José Luis y se angustiaba. Cuando Antonio llegó a la habitación, escoltado por los policías que lo acompañaron desde su domicilio, tardó unos instantes en reconocerlo, luego se llevó una mano a la boca y empezó a llorar. Su marido la abrazó, intentando tranquilizarla, pero no pudo evitar unir su llanto al de su esposa. Aunque los agentes habían dicho un par de veces que su hijo estaba bien y que pronto hablarían con él, le habían parecido solo palabras evasivas para tratar de calmarlo y que así contestara a las preguntas que no paraban de hacerle sobre el entorno en el que se movía el chico. Antonio se imaginaba lo peor, el sufrimiento que debía de estar pasando su hijo, pero ahora tenía que centrarse en Carmen y hacer lo que fuera para que su mujer superase el terrible momento por el que estaba pasando y no tuviera más secuelas físicas. Las anímicas, se temía, no las iban a superar nunca ninguno de ellos.

—Cariño, ya está, ya por lo menos sabemos que está vivo. Eso es lo importante, que el niño está vivo —le dijo mientras la besaba en las mejillas humedecidas por las lágrimas—. Ahora lo importante es que te tranquilices y que te recuperes del sofoco para que podamos ir a verlo pronto, mi vida.

Mari Carmen seguía llorando, no tenía consuelo. Una enfermera entró en la habitación diciendo que era necesario que salieran todos porque la paciente necesitaba descansar y se le iba a administrar un sedante. Antonio obedeció acompañado de los policías y se dirigieron a una pequeña sala de espera para familiares.

—Su mujer está en buenas manos y, según los médicos, fuera de peligro. Necesitamos que nos acompañe a comisaría un instante para enseñarle unas fotos y que nos ayude a identificar a algunas personas del entorno de su hijo —le dijo el agente que estaba al mando.

—Ya les he dicho que no conocía a los amigos de José Luis. Nunca venían a casa y yo no iba a las reuniones de padres. Prefiero quedarme aquí con mi mujer.

—Me temo que no puede ser. Tiene que prestar declaración allí. Cuando terminemos, le traerá un coche nuestro, no se preocupe.

El coche en el que la policía introdujo con dificultad al detenido en el registro de la sede de EGI-Batasuna emprendió la marcha mientras arreciaban los gritos de la multitud que se había ido concentrando al otro lado de las barreras de seguridad instaladas por la Guardia Civil. Habían llegado también dos furgonetas de la Policía Armada. Entre las voces de «¡Cipayos kanpora!» y «¡Gora Euskadi!» que se llevaban escuchando desde hacía muchos minutos, alguien gritó «¡ETA, mátalos!». Volvieron a caer varias piedras sobre los coches policiales y los agentes que guardaban el perímetro recibieron la orden de dispersar a los concentrados. Se dispararon pelotas de goma, botes de humo y hubo una carga de la Policía Armada. Una banda sonora de sirenas policiales acompañó el traslado del arrestado hasta la comisaría de San Sebastián. Se trataba de un joven de veintitantos años que no paraba de revolverse en el asiento trasero del vehículo, donde dos policías intentaban sujetarlo de todas las formas posibles y le colocaron una cinta adhesiva en la boca para que no pudiese gritar. Cuando llegaron a la comisaría, fue conducido a una sala en la que había una mesa con unas sillas, en una de las cuales lo sentaron esposado, le cubrieron la cabeza con una bolsa de tela y lo dejaron solo. El detenido respiraba con angustia. Unos minutos después, se abrió la puerta y le quitaron la bolsa de la cabeza y la mordaza. El interrogatorio lo dirigió en persona el comisario Ballesteros.

—Escúchame, Conesa, el chico está cantando rápido en cuanto le hemos apretado un poco. Dice, por supuesto, que él no ha hecho nada, que ocupaba un piso en Pasajes con un tal Mailua o José Luis, pero que hace un par de días el otro se marchó para realizar una acción en Madrid, donde tenía que contactar con otros miembros de la banda. Que solo sabe que se trataba de recoger una carga para un atentado gordo, cree que con explosivos —soltó de carrerilla Ballesteros al teléfono de su despacho tras volver de la sala de interrogatorios.

—¡Qué hijos de puta! —contestó Conesa alterado desde la Puerta del Sol—. Entonces ¿tenían previsto poner una bomba?

—Al parecer a este no le daban información directa de esta operación, pero el otro le debió de comentar eso antes de irse. Ayer recibió una comunicación para que dejara el piso porque estaban quemados y ya no era seguro. Como era tarde, no se le ocurrió otra cosa que ir a esconderse al local de Rentería hasta que le buscaran una escapada. Por el momento, es lo que tengo, pero seguimos interrogándole. Si hay algo nuevo, te volveré a llamar.

Y cortó la comunicación.

Conesa intentó aclarar sus ideas. Si, al margen del rifle en el Hotel España, los etarras tenían una bomba preparada en Madrid, seguro que el plan era hacerla estallar después de que el tirador actuase, para así sembrar el desconcierto y facilitar la escapada. Con el centro de Madrid lleno de gente, cualquier punto del recorrido del funeral podía ser el elegido para provocar el caos. Se levantó y salió a toda prisa de su despacho gritando:

—¿Por dónde coño va el cadáver de Franco ahora mismo? ¡Que alguien se entere! ¿Por dónde hostias va el caudillo ahora mismo?

26

S. A. R. Alfonso de Borbón y Dampierre

El cortejo fúnebre estaba en camino y los primeros motoristas, que habían ido despejando las carreteras para que no hubiera obstáculos en el desplazamiento desde Madrid, ya estaban llegando a Cuelgamuros. A pesar del frío serrano de noviembre, la explanada de la basílica estaba llena desde hacía horas y seguían llegando personas que se iban arrimando y buscando huecos para acercarse lo más posible al pasillo por donde, dentro de un rato, desfilaría el féretro del dictador. En ese pasillo había un constante ir y venir de militares y guardias civiles, sin un control exhaustivo del acceso, pues todo eran uniformes y saludos marciales que se confundían con los de los falangistas, carlistas, veteranos y demás organizaciones. Solo había unanimidad en las consignas y los cánticos que se coreaban y que todos conocían y cantaban al unísono, como el «Yo tenía un camarada», esa canción fúnebre alemana del año 1800, «Ich hatt' einen Kameraden», que los soldados nacionales habían hecho suya en la Guerra Civil. Jaime Llopis y Luis Rovira no se resistieron a cantarla cuando escucharon sus primeros versos:

Yo tenía un camarada,
entre todos el mejor.
Siempre juntos caminábamos
al redoble del tambor.
Cerca suena una descarga.
¿Va por ti o va por mí?
Y a mis pies cayó herido
el amigo más querido
y en su faz la muerte vi.

Al finalizar la canción se sucedían los vivas a Franco y a España: una, grande y libre. Jaime y Luis se habían emocionado. En un momento Jaime creyó reconocer a alguien entre los militares que estaban llegando. Era Alfonso Pérez-Viñeta y Lucio, un veterano teniente general que acababa de pasar a la reserva tras cumplir setenta años, pero que había sido nombrado por Franco consejero nacional del Movimiento y procurador en Cortes. Pérez-Viñeta era un hombre de guerra, había estado en el desembarco de Alhucemas en Marruecos y en las batallas de Brunete, Teruel y el Ebro en la Guerra Civil, donde mandó un tabor de regulares dentro del Cuerpo de Ejército Marroquí. Luego había ostentado los mandos militares más importantes en la posguerra, siendo general de la División Acorazada Brunete número 1 o capitán general de la conflictiva IV Región Militar, la de las provincias catalanas. Durante ese último destino se vinculó con la extrema derecha catalana, presionó a los gobernadores civiles para que persiguieran a las incipientes organizaciones izquierdistas y lanzó proclamas a la movilización, como en una de las conmemoraciones de la victoria:

—Si España se descarriase por los senderos del comunismo internacional, los jóvenes españoles, y los catalanes en particular, levantarían su bandera para llevarla de nuevo al buen camino.

En 1970, después del Proceso de Burgos contra miembros de ETA, que terminó con Franco indultando a los condenados a muerte, visitó al Generalísimo junto con otros tres tenientes generales: el monárquico Joaquín Fernández de Córdoba, de la I Región Militar (Madrid), Manuel Chamorro Martínez, de la II (Sevilla) y el azul Tomás García Rebull, de la VI (Burgos), para mostrar su preocupación y malestar por la situación política y para pedirle más contundencia en la respuesta del Gobierno. Los tres militares creían que el Régimen se estaba ablandando y que se estaba dejando de lado al ejército.

—¡Alfonso! —gritó Jaime mientras avanzaba entre sus carlistas para acceder al pasillo por el que iba el militar.

Pérez-Viñeta se paró al reconocerlo y se acercó a saludarlo. Se conocían desde hacía mucho tiempo y habían coincidido los últimos años en casi todas las reuniones de procuradores en Cortes.

—Ya estamos aquí, Jaime, en el último acto —dijo serio el teniente general en la reserva—. Toda marcha según lo previsto. ¿Cómo estáis vosotros?

—Emocionados, pero conscientes de la situación. Mi camarada Luis Rivera me dice que hay ya más gente al corriente, y eso puede ser peligroso.

—Tranquilo, la información está controlada. Estuve anoche con Rebull y hablamos con otros tenientes generales en activo. También hablamos con Girón, que está en contacto permanente con el marqués de Villaverde para que en El Pardo sepan lo que está pasando.

En el Palacio de El Pardo hacía tiempo que Cristóbal Martínez-Bordiú, el yernísimo, había tomado el mando de la familia Franco. Desde que el general sufrió el primer episodio de tromboflebitis en julio de 1974, el marqués de Villaverde se había puesto al frente de la familia para supervisar los cuidados del caudillo y decidir tanto los tratamientos a los que se le sometía como la información que se daba sobre su estado. Los Franco, y todas sus ramas familiares, eran conscientes de que no solo se estaba jugando el futuro político del país, sino, y esto era lo que más les importaba, el futuro de su familia, de sus privilegios, de sus posesiones y de su vida.

Cuando, a la vuelta de un viaje por Filipinas, donde los marqueses fueron convenientemente agasajados por el dictador Ferdinand Marcos y su esposa Imelda, Cristóbal se encontró con que Franco había sido ingresado en la Ciudad Sanitaria Provincial que llevaba su nombre, quiso tomar inmediatamente el control de la situación. En su ausencia, el doctor Vicente Gil había llamado a unos especialistas a El Pardo para que revisaran el preocupante estado del general y estos le habían diagnosticado una «flebotrombosis iliofemoral derecha» que podía complicarse y provocar embolias pulmonares. Se decidió trasladarlo al hospital aun a sabiendas del revuelo político que eso iba a suponer. El propio Franco advirtió de que aquel ingreso desataría una conmoción en muchos frentes:

—Esto va a ser una bomba —le dijo el dictador a Vicentón con el hilillo de voz que ya le quedaba entonces.

—Mi general, la bomba sería que a usted le pasara algo definitivo —contestó contundente su médico y amigo.

—Me temo que esto pueda tener consecuencias políticas —murmuró el caudillo.

—A ver si se cree usted que los jefes de Estado no ingresan en los hospitales. Lo mismo Stalin que Eisenhower han pasado por el taller y han salido como nuevos.

En la planta F de aquel hospital, acondicionada para recibir en exclusiva al paciente más importante de España y a todo el séquito que le iba a acompañar los días siguientes, se empezó a librar una dura batalla sobre las decisiones médicas y políticas que había que tomar. Lo primero fue mentir al país, rebajando la gravedad del primer parte emitido por los doctores que atendían a Franco hablando de «flebitis superficial sin importancia» y sin hacer mención ninguna del riesgo de trombosis pulmonar. La tensión entre los médicos aumentó exponencialmente con la llegada del marqués de Villaverde, pues el yerno del dictador, que era jefe del Servicio de Cirugía Torácica y Cardiovascular del hospital La Paz, no estaba de acuerdo con que hubieran elegido un equipo médico distinto del suyo. Además, Cristóbal se presentó con una máquina que hacía las funciones de corazón y pulmón artificial y ordenó que a la menor complicación se enchufara a su suegro a la misma. La máquina de circulación extracorpórea estuvo preparada en una habitación contigua a la del caudillo, pero las dudas sobre su eficacia, al ser un prototipo que todavía no se había experimentado lo suficiente, hicieron que el doctor Vicente Gil hubiera dado órdenes a los policías de paisano que custodiaban la habitación 609 de que el artefacto cardiorrespiratorio y los operarios que lo manejaban no entrasen nunca a la misma.

—¡A la habitación de Franco no entra ni Dios sin mi permiso! Me avisan ustedes de cualquiera que intente pasar de esta puerta.

Las únicas visitas que entraban a ver a Franco, además de la familia, eran el presidente del Gobierno, Arias Navarro, y el exministro y presidente de la Confederación Nacional de Excombatientes, José Antonio Girón de Velasco. Ambos formaron parte de un tremendo episodio de tensión que se produjo cuando, ante la prolongada gravedad del caudillo, el Gobierno planteó la posibilidad de que Franco firmara el traspaso provisional de sus poderes como jefe del Estado al príncipe Juan Carlos. Arias Navarro estaba nervioso porque había de firmarse esos días un acuerdo importante con los Estados Unidos y no quería que la firma se demorase; además, la cesión eventual de los derechos por enfermedad estaba recogida en la ley de sucesión. Cuando el presidente del Gobierno planteó esa posibilidad se encontró con la total oposición del yerno del caudillo, el marqués de Villaverde, y se produjo un fuerte enfrentamiento entre ambos. Cristóbal Martínez-Bordiú se negaba a que Franco firmase nada en su estado, pero Arias Navarro insistió y encontró el apoyo del médico del caudillo Vicente Gil. Cristóbal, por su parte, pidió ayuda a Girón de Velasco con el argumento de que ese traspaso de poderes provisional era el primer paso para finiquitar el mando del jefe del Estado y no se debía permitir. Girón se enfrentó en el hospital a Arias Navarro, al que acusó de estar intrigando para declarar la incapacidad total de Franco. La tensión se hizo más evidente cuando el paciente experimentó un ligero empeoramiento y los médicos que lo trataban, con el cardiólogo Ramiro Rivera al frente, propusieron someter al caudillo a una intervención quirúrgica en la pierna afectada y se encontraron con la oposición de Cristóbal:

—¡A este señor no lo opera nadie! —gritó a voces el marqués de Villaverde en los pasillos de la planta F—. Mi suegro no va a entrar en un quirófano de donde hay posibilidades de que no salga con vida.

El marqués ganó la batalla por impedir la operación y mantener un tratamiento conservador, pero Vicente Gil, aprovechando su cercanía con el general, le convenció para que firmara en la cama la cesión de poderes a Juan Carlos, que el 19 de julio de 1974 se convirtió provisionalmente en jefe del Estado.

—No sabes el flaco favor que nos has hecho a todos —le dijo Cristóbal a Vicente Gil al hacerse pública la firma del enfermo—. Tú eres el culpable de lo que pueda pasarnos ahora. Le has traicionado a él y nos has traicionado a todos nosotros.

Vicente Gil, impulsivo y visceral, se abalanzó sobre el marqués y, agarrándole del pecho, le arrancó varios botones de la bata médica que vestía. Consiguieron separarlos cuando Gil, que había sido boxeador en su juventud, le lanzaba un puñetazo a Cristóbal que de milagro no consiguió impactar en su rostro. Aquel último enfrentamiento le costó a Vicentón su salida de El Pardo, donde Cristóbal era ya el que mandaba. El marqués había fracasado en su intento de impedir que Juan Carlos de Borbón fuera el elegido de Franco, pero no se iba a rendir fácilmente ante esta toma de poderes provisional, porque llevaba mucho tiempo preparando su estrategia para que el caudillo cambiase su elección inicial.

Su estrategia comenzó en agosto de 1971, cuando Cristóbal recibió una invitación para asistir a un congreso médico en Estocolmo firmada por el embajador español en Suecia, Alfonso de Borbón y Dampierre.

—Cariño —le dijo a su esposa—, te vas a venir conmigo a Estocolmo y nos vamos a llevar a Carmencita, que está un poco despistada con ciertas amistades. Le va a venir bien salir y ver mundo. Además, nuestro embajador, Alfonso, es un hombre responsable y puede ser una buena influencia para la niña.

Carmen Martínez-Bordiú y Franco, la primera nieta del caudillo, tenía entonces veinte años y un aspecto juvenil esplendoroso. Su indiscutible atractivo cautivó inmediatamente a Alfonso, quince años mayor que ella, y entre ambos cuajó rápidamente una relación íntima. La nietísima, que trabajaba como secretaria en Iberia, pues no se le habían dado nada bien los estudios, encontró en Alfonso un vuelo y una libertad que no tenía en Madrid, donde sus padres la controlaban bastante. En cambio, si los planes los hacía con Alfonso, los marqueses no solo no se oponían, sino que los propiciaban y estimulaban, pues eran planes reales, en todos los significados del término. En un par de meses la pareja encauzó la relación con el beneplácito de las dos familias: los Franco iban a enlazar con una casa real, iban a casar a la primera nieta del caudillo con el primogénito de un hijo del rey Alfonso XIII; los Borbón y

Dampierre volverían por la puerta grande del exilio en el que llevaban años emparentando a su heredero con la familia del hombre que ostentaba el poder absoluto en España y que, aunque ya había designado sucesor en su primo Juan Carlos, podía en cualquier momento revocar su decisión y reconocer los derechos legítimos que, según su familia, Alfonso tenía sobre la corona española.

Desde el primer momento, la noticia del noviazgo de Alfonso y Carmen amenazó la posición de Juan Carlos y Sofía. Por más que Juanito hubiera sido elegido por el caudillo y jurado los principios del Movimiento Nacional ante las Cortes, el posible nuevo enlace ponía en riesgo todo lo estipulado en aquella ceremonia, pues el simple cambio de criterio de Franco serviría para echar por tierra lo acordado dos años antes. El desafío se confirmó cuando, en enero de 1972, a los príncipes les llegó una invitación:

Anuncio de compromiso matrimonial de
María del Carmen Martínez-Bordiú y Franco
con su alteza real don Alfonso de Borbón y Dampierre

El 3 de enero, según contó a toda España el NODO, tuvo lugar una celebración familiar del compromiso en el Palacio de El Pardo, antes de la cual los novios ofrecieron una multitudinaria rueda de prensa donde la gentil pareja contestó a las preguntas que les hicieron los informadores nacionales y extranjeros allí reunidos. Posaron de pie y sentados, cogidos de la mano, ella luciendo un estilizado vestido blanco y él con un elegante chaqué.

—Claro que queremos tener hijos —contestaba sonriente Carmen a las preguntas de los reporteros.

—Darle bisnietos a su excelencia es algo que nos hará doblemente felices —apostillaba Alfonso cogiendo la mano de su prometida.

Luego se incorporaron al encuentro con los medios los marqueses de Villaverde, doña Emanuela Dampierre, madre de don Alfonso, y don Gonzalo, el hermano del novio, que dejaron constancia gráfica de su infinita dicha. Finalmente, y ya con la presencia de Franco y doña Carmen, se celebró una fiesta íntima a la que asistió un reducido número de invitados entre los cuales se encontraban los hermanos de su excelencia el jefe del Estado, don Nicolás y doña Pilar; la reina madre de Grecia; los reyes de Grecia, y los príncipes de España. Las caras de felicidad de todos —las más expresivas, sin duda, eran las del padre y la abuela de la novia— contrastaban con el gesto apesadumbrado de Juan Carlos y Sofía, que parecían ciertamente contrariados y fuera de foco. Cristóbal Martínez-Bordiú no se separaba de su suegro, al que iba dando un lugar preeminente en el acto, hasta hacerlo posar con su esposa Carmen, su hija, los novios y el resto de sus nietos. Era una foto principesca, real, y en ella no salía Juan Carlos.

Doña Carmen Polo estaba entusiasmada con la boda de su nieta. Una mujer clasista como era la esposa del dictador nunca pudo imaginar que su descendencia pudiera emparentar con la última familia que había reinado en España y que iba a tener por yerno al primogénito de un hijo del rey Alfonso XIII. Desde que se hiciera oficial el compromiso, la abuela ordenó al servicio de El Pardo que diese a su nieta Carmen el tratamiento de alteza y realizasen una leve genuflexión cuando estuvieran en su presencia. Ella misma le cedía su asiento en las comidas para evidenciar ante todos que María del Carmen ya pertenecía a una clase superior. Con esta actitud quería también demostrarle a su marido que su nieta podía ser perfectamente reina de España y que se daban las circunstancias apropiadas para, con un cambio de opinión y revocando una decisión tomada hacía dos años, asegurar el futuro de toda su familia.

—¡No te puedes imaginar cómo le queda el vestido de novia a tu nieta! ¡Si es que parece una reina, Paco! ¡Una reina española! Que pudiendo tener una reina española no sé por qué íbamos a tener una reina griega —le decía la jefa al caudillo moviendo la cabeza arriba y abajo.

Franco no contestaba a estas indirectas y hacía como si no escuchase los mensajes.

—No te hagas el sordo, Paco, que sabes muy bien lo que supondría eso para la familia.

Franco imaginaba que en determinados ambientes ya estarían hablando de la boda de su nieta como un enlace de conveniencia para que sus descendientes se perpetuasen en el poder, aunque eso le daba igual. Alfonso le parecía un buen muchacho, formado y respetuoso, y estaba seguro de que cumpliría fielmente con el legado del Régimen. Pero él había elegido a Juan Carlos y, mientras este no cometiera ningún error o cambiaran sus ideas o circunstancias, no tenía pensado revocar su decisión, aunque esto no se lo iba a decir a nadie porque no quería reducir un ápice la ilusión que veía en toda su familia. Los preparativos de la boda tenían emocionados a todos y se ideaban agasajos y celebraciones por todo lo alto, como el encargo al pintor Salvador Dalí de un retrato de Carmen para regalárselo a Alfonso. Dalí aceptó el trabajo y pintó un retrato ecuestre de la nieta del caudillo en el que se veía a Carmen con una blusa blanca montada sobre un caballo transparente que dejaba ver el monasterio de El Escorial y unos personajes supuestamente extraídos de *La rendición de Breda* de Velázquez. El surrealista cuadro se tituló *María del Carmen cabalga sobre el caballo de la historia*.

La boda tuvo lugar en la capilla del Palacio de El Pardo el 8 de marzo de 1972 y fue el acontecimiento social del momento. El novio vestía uniforme diplomático y la novia un diseño de Balenciaga de color blanco con reflejos de gris rosáceo, a lo largo del que se habían bordado a mano con hilos de plata múltiples flores de lis, el emblema de los borbones franceses. Miles de piezas brillantes, perlas, nácar y cristal, que le daban un regio resplandor al vestido, coronado por una tiara de esmeraldas y un manto de varios metros de longitud. Más de dos mil personas asistieron a la celebración, aunque en la lista de las casas reales, a pesar de haber invitado a todas las europeas, hubo muchas ausencias. Únicamente acudieron los príncipes Raniero y Grace de Mónaco, el príncipe Bertil de Suecia acompañado de sus sobrinas Cristina y Desirée y de la reina Geraldine de Albania. También ocuparon un lugar destacado la primera dama de Filipinas, Imelda Marcos, y la esposa del Aga Khan. Entre los invitados nacionales, aparte del Gobierno y el alto mando militar al completo, hubo una amplísima representación de la aristocracia y también algunos famosos de la sociedad civil como Lola Flores, Julio Iglesias, Manolo Santana o Carmen Sevilla. El padrino de la boda fue Franco, lugar cedido obviamente por el marqués de Villaverde, y la madrina, Emanuela Dampierre, la madre del novio. Juan Carlos y Sofía ocuparon un lugar relevante en los actos como príncipes de España, pero había un aire ausente a su alrededor, como si en ningún momento estuvieran disfrutando o se sintieran extraños en aquella celebración. La salida de palacio camino de la capilla, con el viejo general llevando a su nieta del brazo mientras sonaban las notas de la «Marcha Real», levantó la expectación de todos los que esperaban al cortejo.

—Pero qué guapísima que va María del Carmen, si es que parece una reina de cuento de hadas —comentó la actriz Carmen Sevilla desde el lugar reservado a los famosos.

—Con esta música, esto más que una boda parece una ceremonia de entronización —contestó su marido, el compositor Augusto Algueró.

La misa fue oficiada por el arzobispo de Madrid, don Vicente Enrique Tarancón, que preguntó a los novios:

—¿Venís a contraer matrimonio sin ser coaccionados, libre y voluntariamente?

—Sí, venimos libremente —contestaron ambos con voz temblorosa.

A unos metros, vistiendo el uniforme de la Orden Militar de los Caballeros del Santo Sepulcro, Cristóbal Martínez-Bordiú observaba a su hija y a su yerno con una sonrisa en los labios y cruzaba miradas de complicidad con su suegra, doña Carmen, sentada sola al lado del altar, pues su marido como padrino estaba sentado junto a los contrayentes. Entre la esposa del dictador y su yerno había desde hacía tiempo una gran cercanía, pero más ahora con la planificación de la boda de Carmencita.

—Señora —le había dicho Cristóbal hacía unos días a su suegra en una reunión privada—, yo sé que su excelencia estaba muy encariñado con Juan Carlos y por eso tomó la decisión de nombrarle su heredero, pero usted y yo sabemos que Alfonso tiene los mismos derechos o más y, habiéndose casado con nuestra hija, podría unir nuestros apellidos a la corona de España para siempre. Usted sería la abuela de una reina y la familia estaría perpetuamente ligada al futuro de la jefatura del Estado.

—Lo sé, y se lo he dicho varias veces a mi marido, pero sabes cómo es él, que le cuesta mucho rectificar una decisión. Es muy tozudo. Vamos a ver si Carmen y Alfonso le dan pronto un bisnieto, que eso le dará alegría. Yo le voy convenciendo poco a poco de que los otros príncipes no nos convienen.

—Además hay gente importante del Régimen que no se fía de Juan Carlos, creen que está muy influido por el liberalismo de su padre y que en cuanto sea rey tirará por tierra el legado del general, eso tendría que saberlo su excelencia.

—Si ya lo sabe, pero es que se queda embobado cuando habla con Juan Carlitos. Yo creo que cuanto menos lo vea, mejor. Lo conveniente es que ni él ni Sofía aparezcan mucho por El Pardo —sentenció la esposa de Franco, que no disimulaba su poca afección por los príncipes incluso en público, manteniendo una frialdad en el trato con ellos que todo el mundo podía percibir.

A pesar de que finalmente no se dio a los casados el título oficial de príncipes de Borbón, como estaba previsto inicialmente, y se rebajó al de duques de Cádiz con tratamiento de alteza real, en El Pardo se los trataba como si realmente fueran príncipes. Doña Carmen recibía a su nieta siempre con una reverencia, algo que no hacía nunca con doña Sofía. En un acto social celebrado en palacio, el marqués de Villaverde pidió al servicio que trajeran algo de beber al príncipe y cuando el camarero le llevó la copa a don Juan Carlos, se la retiró de malas maneras abroncando al portador de la bandeja.

—¡He dicho al príncipe Alfonso, que no os enteráis!

La promoción de Alfonso de Borbón a candidato a la corona y posible sustituto de Juan Carlos como heredero llegó a la calle, e incluso el Instituto de la Opinión Pública (IOP) lanzó una encuesta entre los ciudadanos con dos preguntas:

¿Piensa Vd. que el príncipe Alfonso de Borbón, por su condición de nieto mayor de Alfonso XIII, puede alegar ciertos derechos a la corona en el orden de sucesión?

A lo que el 47 % contestó que podía reivindicar sus derechos sucesorios.

Como Vd. sabe, para suceder al jefe del Estado a título de rey se exigen una serie de requisitos (estirpe regia, varón, español, tener treinta años, ser católico, jurar las leyes fundamentales) ¿Cree Vd. que el príncipe Alfonso las reúne?

A lo que el 69 % contestó afirmativamente.

Cuando habían pasado dos años desde la boda y la pareja tenía ya dos hijos —Francisco, llamado así en honor de su abuelo, y Luis Alfonso, que tenía solo unos meses de edad—, Franco no solo no había cambiado su decisión sobre la sucesión, sino que había sufrido un grave episodio de salud que le había llevado a renunciar provisionalmente a la jefatura del Estado en beneficio de Juan Carlos. Era agosto de 1974 y, aunque Franco había mejorado de su enfermedad y había abandonado el hospital, todavía estaba débil y seguía sin asumir el mando. Se celebró un consejo de ministros en el pazo de Meirás, donde el general pasaba unos días de reposo con su familia, en el que Juan Carlos ejerció todavía como jefe del Estado y el Generalísimo asistió casi como un oyente. Cuando terminó la reunión y todos se despidieron, nada hacía indicar que la situación de baja del dictador fuera a cambiar, pero al día siguiente el marqués de Villaverde, que no se separaba de su suegro un instante desde la primera recaída, llamó por teléfono al presidente del Gobierno y a don Juan Carlos para comunicarles que su excelencia reasumía de manera inmediata la jefatura del Estado. No hubo más explicaciones, pero todos entendieron que, en esa decisión de reasumir el poder tan pronto y en otras que habían de venir, la influencia de Cristóbal y el clan familiar en el caudillo iban a ser decisivas.

En El Pardo todos eran conscientes de que la enfermedad del Generalísimo avanzaba sin pausa y de que la muerte del cabeza de familia podía suponer un cambio drástico en la vida de todos.

—Hay que hacer algo, porque como se muera su excelencia y reine Juan Carlos, al día siguiente nos echan del palacio y de todos los sitios de donde nos puedan echar. No me fío un pelo de este Gobierno —se lamentaba el marqués de Villaverde en una reunión con el núcleo duro de la familia Franco.

—Yo lo veo cada vez más ausente. Habría que convencer como fuera al general, antes de que empeore, de que revoque su decisión y nombre a Alfonso sucesor —intervino Felipe Polo, el hermano de doña Carmen.

—La mayoría de los negocios están asegurados, pero si Franco muere, según están las cosas ahora mismo, nadie nos garantiza seguir en la posición en la que estamos. Es más, algunos irán a por nosotros, estoy seguro. —Diagnosticó la situación José María Sanchis, el tío del marqués, que era el estratega de las finanzas de la familia Franco.

—No podemos quedarnos quietos. Si desmontan el franquismo, nos desmontan a todos. Hay un grupo de políticos y militares que están dispuestos a defender el Régimen por encima de todo y debemos estar con ellos. Hay que hablar con Girón, con Iniesta, con Pérez-Viñeta, con Blas Piñar, todos son procuradores en Cortes y pueden formar una corriente para influir en su excelencia. Ahora mismo voy a insistirle a doña Carmen. Hay que aprovechar que Franco ha recuperado el poder, no sea que pronto lo vuelva a perder —concluyó el marqués mientras se levantaba y recibía el saludo de sus interlocutores.

Había en la sala una sensación de urgencia y de responsabilidad. El tiempo corría en su contra, pues la enfermedad del Generalísimo, y el doctor Martínez-Bordiú lo sabía mejor que nadie, iba a seguir avanzando sin pausa. Pero estaban a tiempo de darle la vuelta al panorama si lograban, aprovechando la debilidad del viejo general, cambiar su decisión sobre el heredero. Ese único cambio aliviaría todos sus temores y aseguraría un panorama halagüeño en el futuro. Alfonso era un hombre moderno, formado, hablaba idiomas, incluso tenía una cultura democrática mayor que la de su primo, aunque, y eso era lo importante, ahora estaba pasada por el tamiz de la familia. Una familia española, no como la de Juan Carlos y Sofía, que además seguían teniendo la influencia de don Juan, enemigo acérrimo de Franco. Esa baza también la tenían que aprovechar y hacer ver al general que, cuando él faltase, su «niñito» Juan Carlos iba a hacer más caso a su padre que a los principios del Movimiento Nacional que juró cuando fue designado heredero.

En la explanada de Cuelgamuros, Jaime Llopis-Bofill y Alfonso Pérez-Viñeta se despedían:

—Lo dicho, Jaime, fuerza y mucho ánimo, y ten seguro que todos estamos unidos en esto por España.

—¡Siempre España! Lo único que importa.

Se dieron un largo abrazo y luego se saludaron marcialmente. Nadie observó nada extraño en el gesto, pues, en aquel ambiente de duelo, la efusividad en los saludos y las condolencias era lo normal. El militar, que estaba acompañado de dos ayudantes, empezó a subir las últimas escaleras que conducían a la entrada del templo mientras Jaime recuperaba su lugar entre los requetés del Tercio de Montserrat. La megafonía informaba de que el cortejo fúnebre que traía los restos del Generalísimo se estaba acercando por la carretera de La Coruña. Había un rumor creciente de nervios y de tensión. Alguien elevó la voz, «¡Franco, Franco, Franco!», y todos le siguieron al unísono.

27

La nueva cárcel de Carabanchel

Manuela y Francisco se despidieron de los primos de su marido y, antes de iniciar el viaje de vuelta a Extremadura, decidieron comprar algunas golosinas y dulces para sus hijos. Fueron a una de las pequeñas tiendas de alimentación, los ultramarinos o el colmado, que regentaban unos conocidos de su pueblo. El barrio de Carabanchel había recibido sin parar aluviones de emigrantes extremeños y manchegos en los últimos veinte años y muchos de ellos intentaban prosperar con aquellos negocios en los que se vendían todo tipo de comestibles: pan, bollería, embutidos, conservas, aceite, leche, legumbres, golosinas, refrescos y hasta bebidas alcohólicas. En la tienda, que ocupaba un minúsculo local en los bajos de un bloque de pisos, sonaba de fondo la radio con la retransmisión del entierro del dictador y una señora mayor leía una revista detrás del mostrador. Al entrar, la mujer tardó un momento en reconocerlos, pero enseguida mostró su sorpresa e intercambiaron unos cariñosos saludos.

—¡Qué alegría verte, Manuela! ¿Cómo están tus padres? ¡Hace tanto que no los veo! —dijo la señora, casi anciana, que se llamaba Filomena.

—Están bien, tía Filo, dentro de lo que cabe. Mi padre tiene mal los pulmones por el tabaco y el vino, se pasa el día tosiendo. Y mi madre aguantándole —contestó con resignación Manuela.

—¡Ay! Cómo me acuerdo de tu madre, la pobre, cuando vino a ver a tu padre en la cárcel en 1946. Se quedó a dormir unos días en mi casa, en un pequeño escaño que teníamos, no había más sitio allí. Mira que era dura tu madre, aunque algún día, después de venir de la prisión, la mujer lloraba temiendo la pena que el juez le pudiera poner a tu padre. Aquí mataron a muchos aquellos años.

El hombre que iba a juzgar a Gervasio era uno de los jueces estrellas del régimen franquista, el coronel de Infantería Enrique Eymar Fernández, que firmaba sus sentencias como Caballero Mutilado de Guerra por la Patria. Siendo capitán, Eymar había sido herido gravemente en 1924 en Tetuán, en la guerra de Marruecos, y tres años después fue declarado inútil para el servicio. En 1930 prestó juramento a la República y fue ascendido a teniente coronel por una orden que firmó Manuel Azaña. Pasó la guerra en Madrid ocupando cargos en el ejército leal al Gobierno, por lo que al final de la contienda fue sometido a juicio por los vencedores para averiguar su conducta durante el dominio rojo. Llegó a estar en arresto domiciliario, pero finalmente se aceptaron sus alegaciones, entre ellas el asesinato de uno de sus hijos por los milicianos descontrolados, y fue absuelto. Ese proceso y su intento de demostrar la mayor afección posible al nuevo régimen lo convirtieron en el juez más duro y represor contra la oposición al franquismo. Fue nombrado primero juez de prisioneros de la I Región Militar y después juez militar especial para las causas de espionaje, comunismo y masonería. En su instrucción de las causas legitimó y dejó siempre impune la violencia, las torturas y los malos tratos ejercidos por las fuerzas del orden contra los detenidos y llegó a colaborar directamente con la Brigada Político Social, teniendo hasta un despacho en la Dirección General de Seguridad en la Puerta del Sol de Madrid. Ante este ejecutor de la justicia franquista, que tantas condenas a muerte había firmado ya entonces, compareció a mediados de octubre de 1946 Gervasio Deán acusado de colaborar con los huidos rojos de la sierra.

Pero el periplo carcelario del padre de Manuela había comenzado en agosto en la Comandancia de la Guardia Civil de Navalmoral de la Mata, donde lo llevaron los guardias después de sacarlo de su casa. Gervasio formaba parte de un grupo de seis detenidos, todos señalados por ciertos confidentes como enlaces o colaboradores de la guerrilla del Francés. Después de varios días de detención, sin asistencia ninguna, un teniente llevó a cabo los interrogatorios para instruir la causa. Algunos de los acusados negaron inicialmente los hechos, pero los expeditivos métodos utilizados a la hora de preguntar, los guardias seguían los procedimientos dictados por la comandancia, llevaron a todos a confesar. El expediente de la primera declaración de Gervasio decía:

Preguntado cuántas veces ha estado en contacto con los rebeldes y servicios que les haya prestado, dice: que no los ha visto en ninguna ocasión.

Preguntado si tenía conocimiento de que su vecino Paulino Márquez fue enlace de los rebeldes, contesta en sentido afirmativo.

Preguntado si es cierto que el referido Paulino Márquez, siendo enlace de los rebeldes, utilizó las dos caballerías del declarante para llevar comestibles a los rebeldes a sus bases manifiesta: que en septiembre del año anterior, el referido Paulino cogió sus dos mulas que tenía en una cerca próxima al pueblo, con las que llevó suministros a los rebeldes y que, en el mes de noviembre, el mismo Paulino le solicitó una mula, que le facilitó para ir a una finca, sirviéndose de ella para transportar en ella suministros para los rebeldes.

Preguntado si tiene algo más que decir, contesta en sentido negativo, dándose por terminada su declaración, que después de leída y ratificarse en ella firma con el oficial instructor y el guardia auxiliar en la Comandancia de Navalmoral, a 23 de agosto de 1946.

De la declaración que antecede se deduce que es responsable del delito de auxilio a los rebeldes en la sierra por cuyo motivo se procede a su detención para ser puesto a disposición del excelentísimo señor gobernador militar de la provincia, al que se le remiten las presentes diligencias que firman el teniente instructor y el guardia auxiliar.

Gervasio estaba conmocionado. Realmente no sabía muy bien lo que había declarado porque, antes de entrar en la habitación donde le iban a interrogar, había visto salir a algunos de los detenidos sangrando por la nariz y llorando. Reconoció a uno de ellos, era uno de los guardas de una de las fincas que había en los alrededores de su pueblo. Cuando se había sentado esposado delante del teniente que le preguntaba, estaba tan asustado que había dicho a todo que sí rápidamente. Luego, cuando le presentaron la declaración escrita para firmar, se dio cuenta de que parecía estar confesando que sabía en todo momento que sus mulas iban a ser utilizadas para ayudar a los rebeldes y recordó aquellas palabras de Paulino: «Tú siempre di que no sabías lo que yo iba a hacer con ellas». Entonces le dijo al guardia que le entregó los papeles que quería añadir algo a la declaración, que algo no estaba bien, pero este le contestó que no se iban a poner a escribir otra vez y que lo que quisiera rectificar se lo dijera al juez de Cáceres.

A primeros de septiembre, por orden del gobernador civil de Cáceres, los detenidos fueron trasladados a la prisión provincial y puestos a disposición del juez permanente militar de la región. La prisión estaba llena de acusados de colaborar con la guerrilla procedentes de toda la provincia. Algunos de ellos volvían a la cárcel por segunda vez, pues ya habían sido encarcelados durante la guerra, cuando se salvaron de las numerosas sacas que los falangistas llevaron a cabo en la prisión para fusilar rojos. El día 6 por la mañana, Gervasio compareció ante el juez militar:

> Enterado de la obligación que tiene de decir la verdad y de las penas señaladas a los reos de falso testimonio, juró por Dios ser veraz en sus manifestaciones.
> Preguntado si se afirma y ratifica en la declaración que prestó ante la Guardia Civil en Navalmoral de la Mata el día 23 de agosto último, de la cual se le da lectura, y si reconoce como suya la firma y rúbrica que la autoriza dijo: que NO, toda vez que él conocía a Paulino Márquez por ser su convecino, ignorando que fuera enlace de los rebeldes y que solamente le prestó una caballería de su propiedad para trasladarse a la finca de Manuelillo, pero que no sabía que fuera a llevarle suministros a los rebeldes y que, de haberlo sabido, no le hubiera prestado la caballería, y que si firmó la declaración que prestó ante la Guardia Civil fue porque esta se la llevaron después de escrita para firmar a la celda donde estaba preso, haciéndole observaciones al guardia que se la llevó en el sentido de que él no podía firmar lo que no había declarado, el cual le dijo que la firmara y que rectificase luego ante el juez de Cáceres.
> Preguntado si tiene algo más que manifestar dijo: que NO.
> En este estado el señor juez dio por terminada esta declaración y leída por si se afirma y ratifica en ella, lo cual hizo.

A pesar de haber cambiado la versión, lo mismo que hicieron otros de los seis detenidos de su encarte, que justificaron el primer reconocimiento de las acusaciones por los castigos físicos a los que habían sido sometidos, el juez cerró al día siguiente las diligencias afirmando que había «claros indicios de delito, decretando la formación urgente de un sumario y dando conocimiento urgente a la Autoridad Judicial y del Ministerio Fiscal Jurídico, solicitando a la primera el número de registro que corresponda a la causa». Ese mismo día, mediante un telegrama postal, el capitán general de la I Región Militar comunicó al juzgado militar permanente de Cáceres que la causa contra los seis detenidos por enlaces y colaboradores de los rebeldes de la sierra tendría el número de registro 137.752.

Una semana después, la Dirección General de Prisiones envió un documento al gobernador civil de Cáceres:

Excelentísimo señor gobernador:

Intereso V. E. tenga a bien disponer la conducción, con las seguridades convenientes, de los reclusos anotados al margen, con indicación de las prisiones de procedencia y destino, así como la autoridad a cuya disposición deben ser puestos, debiendo efectuarse el transporte en ferrocarril, con arreglo a las condiciones del contrato entre el Estado y las compañías ferroviarias.

Lo que traslado a V. E. para su conocimiento y demás efectos.

Dios guarde a usted muchos años.

Madrid, 15 de octubre de 1946

Gervasio y sus cinco compañeros de encarte ya estaban preparados para iniciar ese viaje en tren desde Cáceres a Madrid, custodiados por la Guardia Civil, esposados, en una de las numerosas cuerdas de presos que se veían en los trenes de aquellos días, instalaciones ferroviarias donde muchos detenidos cumplían luego sus condenas a trabajos forzados por las que se les habían conmutado otras más graves. Evitar la muerte o el destierro a cambio de trabajar como esclavos en la construcción del ferrocarril, ese era el acuerdo que el Estado tenía con las compañías ferroviarias, que se aprovechaban, con la ayuda del Patronato de Redención de Penas, de esa mano de obra forzada. Aparte de aprovechar esa fuerza de trabajo procedente de las cárceles y campos de concentración, las compañías pagaban un excedente a la Hacienda Pública que servía al Régimen para mantener en funcionamiento el sistema represivo del Estado. Cuando el grupo de Gervasio subió al vagón reservado para los presos en el tren, se encontraron con otros hombres encadenados a los bancos. Estaban famélicos y procedían de la Colonia Penitenciaria Militarizada de Montijo, donde miles de presos rebajaban sus condenas trabajando en la construcción de un canal. Los hombres les contaron que vivían en condiciones infrahumanas y que los trabajos que realizaban eran muy duros. Dormían en barracones donde se hacinaban literas de tres pisos, cubiertos por techos de uralita que no protegían ni del frío en invierno ni del calor en verano. Por cada día de trabajo les rebajaban la pena de tres y les pagaban, en teoría, dos pesetas al día, porque el dinero a veces no llegaba al habérseles descontado la escasa comida y otros supuestos servicios que les daban las empresas que construían la obra. Pero nadie se quejaba, pues los que se mostraban conflictivos o levantaban la voz eran devueltos a la cárcel o, como había sucedido alguna vez, fusilados por fuera de las alambradas que rodeaban la colonia de presos. Aquel grupo había sido destinado a los trabajos que se llevaban a cabo en la sierra de Madrid para construir una basílica, que, al parecer, iban muy lentos y el caudillo quería acelerar a toda costa. Gervasio, sentado en el banco de madera corredizo al que estaba esposado, cerró los ojos y se imaginó condenado a trabajos forzados, viviendo en esos barracones, lejos de su familia, de su mujer y de sus tres hijos. Una vez más, estaba aterrorizado.

Mientras tanto, en su pueblo, su detención y proceso penal se estaba siguiendo muy de cerca, porque las instituciones municipales fueron consultadas por el juzgado militar de Cáceres para que informasen del comportamiento social y político del acusado. Esos informes se incluirían en el expediente procesal que iba a ser enviado al juez especial de Delitos de Espionaje, Caballero Mutilado de Guerra por la Patria y coronel del Ejército, Enrique Eymar Fernández.

El primero que contestó al requerimiento del juzgado militar de Cáceres fue el alcalde de su pueblo, que, en una carta escrita a máquina, con el membrete del ayuntamiento y el escudo del Régimen, decía:

> Contesto a su comunicación e informando acerca del individuo al que se refiere, manifiesto a V. S.:

> Gervasio Deán observa una conducta moral buena y su actuación político-social de izquierdas, con alguna significación.

Mucho más explícito en sus descripciones fue el cabo del puesto de la Guardia Civil de la localidad, que, en una carta escrita a mano con letra redondeada pero no muy clara, afirmaba:

> En cumplimiento de su anterior escrito, tengo el honor de informar que el vecino de esta, Gervasio Deán, es de buena conducta moral, pública y privada, perteneció a los partidos de izquierda, sin ser directivo ni significarse acentuadamente, si bien es individuo muy hablador y propagador de sus ideas izquierdistas, aunque se le considera poco peligroso.

> Ha sido detenido y puesto a disposición de la autoridad en concepto de enlace y colaborador de rebeldes.

> Dios guarde a V. S. muchos años.

> CABO 1.ª AL FRENTE DEL PUESTO

El tercer informe fue requerido al jefe local de la Falange, que, curiosamente, empleó un lenguaje muy parecido al del cabo de la Guardia Civil. En una carta escrita también a mano, con un trazo rápido y esquemático y con el sello del yugo y las flechas en el encabezado, explicaba:

> Mediante el presente pongo en su conocimiento que Gervasio Deán es de buena conducta, perteneció a las izquierdas sin ser directivo ni significarse, si bien es muy hablador y propagandista de sus ideas, pero no es de mucho peligro.
> Por Dios, España y su Revolución Nacional Sindicalista.

Mientras las autoridades del pueblo contestaban los requerimientos del juzgado, fueron informando de lo que sabían a la familia de Gervasio, a su mujer, padres y hermanas. Dentro del temor general que había a significarse en la defensa de cualquier encarcelado por desafecto al Régimen, Gervasio era una persona apreciada en el pueblo, se le consideraba un hombre generoso, que ayudaba siempre que podía a cualquiera que lo necesitase, y la gran mayoría de sus convecinos estaban apesadumbrados por su detención. Las muestras de solidaridad con su familia, sin ser públicas ni notorias porque la represión contra cualquier apoyo de los maquis seguía en marcha, eran numerosas y cada día pasaban por su casa vecinos que se lamentaban de lo sucedido e intentaban dar consuelo y esperanza. Manuela veía a su madre llorar cuando venían a informarle de los traslados de su marido de una prisión a otra. Ahora, cuando se cumplían dos meses de su detención, iba camino de la de Carabanchel, donde se suponía que estaría encarcelado hasta que hubiera sentencia. Antonia se preparaba para viajar a visitar a su marido en la prisión, sin saber cuánto tiempo estaría allí y si aquel iba a ser su último destino.

El 26 de octubre de 1946 el juez militar don Eymar Fernández firmó una diligencia y un auto en los que elevaba a prisión preventiva la detención que sufría Gervasio, pues, según decía el temido coronel, «existen indicios de que el acusado formaba parte de una organización clandestina de ayuda a los bandoleros y facilitó al enlace de los rebeldes, Paulino Márquez, una caballería para que este suministrara a dichos bandoleros, con lo cual prestó ayuda a los mismos». Ese mismo día Gervasio compareció ante aquel militar de rostro afilado, cabello oscuro engominado y con prominentes entradas, nariz larga y achatada, sobre cuyo puente se sujetaban unos pequeños lentes metálicos. Vestía uniforme de coronel de Infantería con banda morada cruzada en el pecho, donde lucía la Medalla al Mérito Social Penitenciario que le había sido concedida por orden de 17 de julio de 1946 del ministro de Justicia, Raimundo Fernández-Cuesta, por la meritoria colaboración prestada a la obra penitenciaria que desarrollaba esa Dirección General de Prisiones. También se destacaba la cooperación prestada a la Policía Gubernativa con mención especial a su espíritu patriótico, su celo y su perseverancia.

El coronel Eymar se había convertido en los últimos años en una pieza básica en el engranaje de la represión política del Régimen. El trabajo de las fuerzas del orden que luchaban contra la oposición franquista, ya fueran guerrilleros, políticos, intelectuales o estudiantes, necesitaba el posterior apoyo y sustento de una justicia que legitimara y corroborara sus actuaciones. El juez Eymar refrendaba todas las acusaciones contra los detenidos puestos a su disposición, aunque las únicas pruebas fueran las confesiones de estos obtenidas mediante torturas y malos tratos. Era conocido como el inquisidor de Franco. Mediante sus instrucciones, autos y sentencias llenó las cárceles y los cementerios. Firmó numerosas condenas a muerte, que eran ejecutadas mediante el garrote vil o el fusilamiento en las tapias del cementerio de Carabanchel o en el campo de tiro de

Campamento. Precisamente, en ese campo de tiro había sido fusilado en febrero de ese mismo año uno de sus condenados más famosos, el guerrillero comunista y héroe de la resistencia francesa contra los nazis Cristino García Granda.

A los treinta y tres años que tenía al morir, el asturiano Cristino García había tenido una vida muy intensa. El estallido de la Guerra Civil lo pilló trabajando de fogonero en un barco mercante atracado en Sevilla, donde se amotinó con algunos compañeros y tomaron el mando para escapar a la zona republicana. Integrado en el Cuerpo de Ejército Guerrillero llegó a obtener el grado de teniente, especializándose en acciones de sabotaje tras las líneas enemigas. Al terminar la guerra pasó a los campos de concentración de Francia, pero rápidamente se integró en las fuerzas guerrilleras de la resistencia contra los alemanes, dirigiendo muchas acciones destacadas, entre otras la liberación de la cárcel de Nimes, la batalla de La Madeleine o la liberación del distrito de Lozère, todas ellas en 1944. Por todas esas acciones las autoridades francesas lo consideraban un héroe de la resistencia frente a los nazis. Al año siguiente, dada su experiencia en el combate clandestino, fue enviado a España al frente de un grupo para impulsar la guerrilla antifranquista de la zona centro del país, logrando crear un foco guerrillero primero en la sierra y luego en la ciudad de Madrid. Después de muchas acciones de sabotaje, atracos a bancos para obtener fondos y algún ataque a sedes de Falange, fue detenido en octubre de 1945 y juzgado por el Tribunal Militar Especial para la Represión del Espionaje, la Masonería y el Comunismo que presidía el coronel Eymar. Cristino se enfrentó en aquellas sesiones al juez como no lo había hecho ningún detenido. Cuando el magistrado leía las acusaciones de bandidaje que pesaban sobre ellos, el guerrillero tomaba la palabra y le contestaba:

—Nosotros no somos bandidos, somos la vanguardia de la lucha del pueblo por la libertad. Los bandoleros son quienes nos acusan, quienes martirizan y matan de hambre al pueblo. Franco no ha sido capaz de vencernos definitivamente. Aunque perdamos la vida en esta empresa, Franco no podrá jamás cantar victoria —gritaba Cristino con convicción.

—¡Cállese el acusado! ¡No tiene la palabra! —replicaba el juez.

—Tenéis prisa por deshaceros de nosotros. No queréis que el mundo vea nuestros cuerpos martirizados. Queréis ensuciar con este juicio al glorioso movimiento guerrillero. Podréis matarnos, porque para eso habéis asaltado el poder. Ese es vuestro oficio. Pero no mataréis nuestra dignidad, nunca.

—¡Cállese u ordeno que lo saquen de la sala inmediatamente!

Cuando llegó el turno del abogado de oficio, una defensa que era simplemente una pantomima más en el proceso, el letrado presentó a los guerrilleros como un grupo de hombres engañados por el Partido Comunista, que los había manipulado y llevado a cometer delitos en defensa de unas ideas falsas. Entonces, Cristino volvió a tomar la palabra:

—Es falso lo que dice el abogado, nosotros no somos gente engañada. Somos patriotas antifranquistas convencidos, que no hemos abandonado la lucha contra los verdugos que oprimen a nuestro pueblo. He sido herido cinco veces en la lucha contra los nazis y sus lacayos falangistas. Sé bien lo que me espera, pero declaro con orgullo que, si tuviera mil vidas, las pondría al servicio de la causa de mi pueblo y de mi patria.

El juez ordenó a los guardias que sacaran de la sala del juicio a Cristino, que se resistió y siguió gritando mientras lo arrastraban hasta la puerta. A principios de febrero se hizo pública la condena a muerte firmada por Eymar y la mañana del día 21, a pesar de las protestas y la intermediación del Gobierno de Francia, Cristino García fue fusilado, junto a once antifranquistas más, en el campo de tiro de Campamento y enterrado en el Cementerio Sur de Carabanchel.

Las condenas a muerte se sucedieron aquellos meses entre los detenidos por pertenecer o colaborar con la guerrilla. En la prisión, los reclusos comentaban que se había escuchado al juez Eymar repetir varias veces que por cada pelo de su hijo muerto en la guerra se cargaría a un republicano. En ese sombrío panorama Gervasio compareció ante el juez para una declaración indagatoria. Estaba nervioso. Llevaba más de dos meses detenido, sin recibir visitas ni asistencia legal de ningún tipo, solo los consejos de algunos reclusos, que tenían más formación y experiencia en los procesos penales e intentaban ayudar a los que tenían delitos más leves en sus declaraciones. Le habían sugerido que afirmase desconocer en todo momento las actividades de su amigo Paulino. Al fin y al cabo, el pobre estaba ya muerto y nada iba a cambiar su triste historia, mientras que si Gervasio reconocía saber que quien le pedía prestadas las mulas era enlace de la guerrilla, aunque no se las pidiera expresamente para esa actividad, estaría condenándose inútilmente. Todo esto le daba vueltas en la cabeza cuando le ordenaron que se levantase y leyeron el auto de su acusación. Le preguntaron si se ratificaba en su última declaración y contestó afirmativamente. El juez Eymar tomó en sus manos los documentos del auto y, sin levantar la cabeza de estos, le preguntó:

—¿Cuándo supo o tuvo usted noticias de que Paulino Márquez era enlace de los rebeldes?

—Lo supe después de que se llevara mis mulas. Si lo hubiera sabido antes, no se las habría prestado —mintió con voz temblorosa Gervasio.

Entonces, Eymar soltó los papeles, levantó la vista, frunció el ceño y abrió los brazos con las palmas de las manos hacia arriba, como pidiendo explicaciones.

—Y cuando supo con certeza que Paulino Márquez era enlace de los rebeldes, ¿cómo no dio parte a la Guardia Civil?

Gervasio sintió una punzada en el estómago y tuvo que hacer un esfuerzo por imponerse al dolor. Iba a mentir sobre la memoria de su amigo, pero no le quedaba otra. Mostrarse íntegro y leal solo conduciría a un duro castigo para él y para su familia, y el pobre Rubio no hubiera querido eso.

—Solo supe que Paulino Márquez era enlace de los rebeldes de la sierra cuando los guerrilleros lo mataron, hasta entonces no sabía nada.

Después de estas palabras hubo un breve silencio y el juez le preguntó si quería decir algo más. Gervasio agachó la cabeza y dijo que no. Se dio por terminado el acto, se leyeron las declaraciones para que el acusado diera su conformidad y las firmara, como también hicieron lo propio el militar que hacía de secretario y el juez. Eymar mantenía en todo momento un aire marcial, con el gesto adusto que atemorizaba a muchos reos. Y también a los familiares que se atrevían a pedirle audiencia. Padres, hijos, hermanos y todo tipo de parientes de algunos procesados intentaban acercarse de alguna manera al juez para pedir clemencia y rebajas en las penas para sus familiares. Corría el rumor de que la ferocidad y la intransigencia del juez solo se doblegaba en algunas ocasiones, cuando las que solicitaban su benignidad eran las esposas de los encarcelados que estaban dispuestas a todo con tal de salvar la vida de sus maridos. En esas ocasiones el juez las recibía en su despacho, a solas.

Antonia no iba a visitar al juez Eymar, eso escapaba a su mundo, pero preparó con su familia el viaje hasta Carabanchel para visitar a su esposo en la prisión. Dejó a sus hijos con los abuelos y emprendió un largo viaje en tren hasta Madrid portando una pequeña maleta atada con cuerdas y un gran bolso lleno de alimentos para intentar llevárselos a Gervasio a la cárcel. Había contactado con unos emigrantes de su pueblo que vivían en Carabanchel para que la dejaran quedarse unos días en su casa. Era una vivienda humilde, algo mejor que una chabola, construida por ellos mismos, pero bien acondicionada para vivir y no estaba lejos de la prisión. La tía Filomena y su marido fueron a recoger a Antonia a la estación, la ayudaron a instalarse y la acompañaron a solicitar la visita en la prisión. El contacto con los encarcelados no era sencillo, pues, después de una cierta relajación en las duras normas disciplinarias existentes llevada a cabo por el director general de Prisiones, Ángel Sanz, en 1944, el propio juez Eymar había denunciado que esas medidas legalistas estaban provocando un fuerte crecimiento del comunismo dentro y fuera de las prisiones:

—La nueva política penal, clemente y misericordiosa con los reclusos rojos, es inadmisible. Hay que volver al régimen severo y disciplinario que se impuso tras la guerra o corremos el riesgo de que las prisiones se conviertan en centros de propaganda y difusión de las ideas comunistas.

La ascendencia del juez Eymar en el organigrama judicial franquista era tal que tras su denuncia fue destituido el director general de Prisiones y hasta se cambió al ministro de Justicia, Eduardo Aunós. Las cárceles volvieron a convertirse en centros opresivos, donde el castigo físico y psíquico a los reclusos era habitual y el contacto con el exterior muy reducido y controlado. En ese panorama, después de pasar múltiples filtros y controles, Antonia recibió la autorización para visitar durante media hora a Gervasio. Llevaba tres meses sin verlo, era el 15 de noviembre de 1946, y esperó impaciente la cita en la casa de la tía Filomena. La misma mujer con la que, casi treinta años después, hablaba su hija Manuela en el mismo barrio de Carabanchel.

—¿Y qué se dice en el pueblo de lo que va a pasar ahora con la muerte de Franco? —preguntaba la anciana con preocupación—. Aquí hay miedo a que alguien se líe a tiros.

—En el pueblo la cosa está más tranquila, ya sabe usted que allí pasan pocas cosas.

Manuela y su marido recogieron el paquete con dulces y golosinas que llevaban para sus hijos, se despidieron cariñosamente de la tía Filomena y se montaron en el coche. Mientras el cadáver de Franco iba en dirección del Valle de los Caídos, ellos empezaban el camino de regreso al pueblo.

28

La desesperación de Aitor Elorza

Mari Carmen Domínguez respondía bien al tratamiento que le habían puesto en el hospital para recuperarse de la angina de pecho. La nitroglicerina y los betabloqueadores que le habían administrado controlaban el funcionamiento de su corazón e hicieron desaparecer el dolor torácico. Como cada vez estaba más consciente, no podía parar de pensar en su hijo y eso le provocaba un sufrimiento que ninguna medicina le iba a curar. Llamó a la enfermera y preguntó por su marido. ¿Cómo estaría Antonio? No había podido hablar mucho con él, pues en el breve encuentro que tuvieron en el hospital solo fueron capaces de abrazarse y llorar. La enfermera le dijo que su marido había tenido que irse con los policías, ella no sabía nada más, pero había un agente en el pasillo por si quería preguntarle algo. El policía le informó de que Antonio había ido a comisaría a cumplir una formalidad y que después vendría para estar con ella.

—¿Qué más saben de mi hijo? ¿Dónde está José Luis ahora? —preguntó de nuevo angustiada.

—Su hijo está detenido en Madrid, señora. Pero está bien, no se preocupe. Dentro de unas horas podrá hablar con él, seguro. —El agente la intentó tranquilizar con el mensaje que le habían dicho sus superiores que transmitiese si ella preguntaba, aunque era solo una estrategia porque José Luis no podía hablar con nadie.

Mailua seguía en la habitación del Hotel Plaza. Estaba tumbado en la cama, había podido dormir un rato, no sabía cuánto tiempo, pero le había venido bien. Le seguían doliendo los pies, la espalda, la cara, pero estaba mucho mejor que hacía unas horas. El recuerdo de los golpes y la tortura lo mantenía alerta, aunque, después de haber contado lo que sabía, la actitud de los policías había cambiado.

—Vete espabilando, que nos vamos a otro sitio —le dijo Billy el Niño, que fumaba un cigarrillo mientras miraba por la ventana—. Cuando lleguemos, si te sigues portando bien, lo mismo te dejamos que hables con tus padres, que los pobres están muy preocupados.

La mención de sus padres le dolió como un golpe más. ¿Cómo habría sido la llegada de los policías a su casa? Pobre *ama*, pobre *aita*, sin tener culpa de nada. Seguro que, además del susto y la preocupación, los habían tratado mal cuando ellos no tenían ninguna responsabilidad. Imaginó a su padre, abatido, pensando qué había hecho mal para que su hijo estuviera ahora en este lío. Y a su madre llorando, sin importarle lo que él hubiera hecho, deseando solo que se encontrara bien y poder abrazarle pronto. A él también le gustaría poder abrazarla ahora.

Antonio Murillo llegó a la comisaría de San Sebastián sin saber muy bien lo que querían de él. Había contestado a todas las preguntas que le hicieron sobre su hijo sin ocultar nada, porque, en verdad, casi nada sabía. Los agentes lo condujeron al despacho de Ballesteros.

—Mire, Antonio —le habló el comisario intentando demostrar confianza—. Voy a serle sincero, su hijo está en un buen lío porque estaba en Madrid preparado para cometer un atentado. Me dicen que usted no sabía nada de la gente con la que estaba el muchacho, pero, para nosotros y, sobre todo, para su hijo es importante que nos ayude a detenerlos porque eso a él le puede beneficiar.

—Ya les he dicho todo lo que sé, señor. Mi hijo no me contaba nada ni yo buscaba enterarme de lo que hacía.

—Entiendo, los hijos de hoy no son como los de antes, se comunican menos con los padres, pero su hijo lo mismo no sabe muy bien dónde se ha metido y usted querrá ayudarle, ¿no?

Antonio asintió con la cabeza casi involuntariamente.

—De acuerdo; lo primero, acompáñeme a ver si puede identificar a un amigo de su hijo que tenemos aquí.

En la sala de interrogatorios seguía esposado José Antonio Larrañaga , el joven que había sido detenido en la sede de EGI en Rentería. Unos agentes lo condujeron a otra sala y lo pusieron delante de un espejo, al otro lado del cual lo observaban el comisario y Antonio. El joven tenía la nariz enrojecida y algo hinchada, pero su rostro no tenía rastros de más golpes, señal de que había hablado pronto. A Antonio Murillo le tranquilizó verlo tan entero, sin indicios de haber sido excesivamente maltratado, y deseó en su interior que su hijo no tuviera un aspecto peor. A la pregunta de si lo conocía, contestó que no lo había visto en su vida, y decía la verdad.

En otro punto de San Sebastián, Aitor Elorza, el padre de Ander, estaba llamando al telefonillo del portal de un edificio del centro de la ciudad. Era un buen barrio, de casas grandes y techos altos. Había conducido hasta allí desde su casa en Rentería, después de haberle contado a su mujer la conversación telefónica con su hijo. Como esperaba, Amaya había reaccionado con dolor, llevándose las manos a la cara y sin poder contener las lágrimas, pero no fue una reacción de desesperación, no se volvió loca, sino más bien pareció una toma de conciencia, como si, más tarde o más temprano, lo esperase. Después de abrazarse en silencio durante unos minutos, hablaron. Fue una conversación sin reproches ni culpabilidades, ambos habían sido conscientes de la educación que le habían dado a su hijo y el ambiente de reivindicación nacionalista y lucha por los derechos democráticos y libertades que había habido siempre en su casa. No podían sorprenderse de las ideas de Ander, pero ambos coincidieron en que, con el dictador recién fallecido y el nuevo rey ocupando el trono, las circunstancias iban a cambiar y la apertura democrática era inevitable. Venían tiempos de normalización política y de participación, y ese era el ámbito donde querían que estuviese su hijo, no en el de la violencia, que ya no tenía razón de ser. ¿Qué podían hacer para evitar que Ander entrase de lleno en la oscuridad de la clandestinidad y la violencia? No podían quedarse de brazos cruzados mientras alguien equivocado arrastraba a su hijo a esa nebulosa terrorista que no distinguía entre culpables e inocentes. Tenían un amigo, un contacto en el mundo *abertzale*, Juan Mari Zulueta, un abogado colega de Aitor que había defendido a algunos detenidos y que conocía a gente importante de la organización, la famosa cúpula de ETA. No podían perder tiempo y Aitor se fue a hablar con él.

—Mira, Aitor, te voy a ser sincero. La organización está muy dividida y ahora mismo no hay un mando único. Yo puedo preguntar, pero no puedo asegurarte que te vaya a servir de ayuda —se lamentaba Zulueta.

—Hazlo por mí, Juan Mari, alguien tiene que saber dónde está Ander.

Zulueta era un antiguo compañero de universidad de Aitor, que desde hacía años estaba muy relacionado con la defensa jurídica de los activistas sindicales. Esa cercanía con los movimientos obreros lo había acercado a algunos de los primeros dirigentes de la banda, cuando la lucha política estaba por delante de la lucha armada. Había sido detenido en un par de ocasiones por la policía, pero nunca encontraron pruebas de que colaborase activamente con la organización y había sido puesto en libertad sin cargos. Eso sí, se sabía vigilado por la policía secreta.

—Lo más seguro es que vuestro hijo tenga algún contacto con la rama militar, están reclutando jóvenes sin parar desde las ejecuciones de septiembre. Yo ahí no controlo a nadie, mis contactos son todos de la organización política y muchos de ellos están encarcelados —dijo Juan Mari apesadumbrado.

—Pero algo tienen que hacer. No pueden dejar que estos locos arrastren a los jóvenes a matar a gente porque sí cuando las cosas van a cambiar.

—Bueno, vamos a ver dónde llegan los cambios porque los duros del Régimen van a intentar que cambien pocas cosas a pesar de la muerte de Franco. No es descartable una escalada de acciones de la ultraderecha. No van a querer perder el poder tan fácilmente.

—Vale, Juan Mari, pero yo necesito que preguntes por Ander. Tenemos que saber dónde está y tratar de que no dé un paso del que no pueda volver. Lo necesitamos, por favor —suplicó Aitor llevándose las manos al rostro con desesperación.

—Lo intentaré —asintió—, aunque también te digo que si tu hijo ha tomado la decisión, va a ser difícil que se eche atrás. Y, por otra parte, no sé si le dejarían hacerlo.

En el televisor de la casa de Zulueta se veía la llegada del cortejo fúnebre de Franco al Arco de la Victoria de Madrid. A la altura del monumento todos los vehículos se detuvieron. Ahí iba a tener lugar el cambio de la guardia a caballo por una escolta motorizada y la comitiva enfilaría entonces la carretera de La Coruña a mayor velocidad camino del Valle de los Caídos. Ese era el punto al que se dirigía el comisario Conesa tras salir a toda prisa de la sede de la Puerta del Sol, el último tramo urbano que la comitiva iba a atravesar y, seguramente, pensaba él, el que podían utilizar los terroristas para hacer estallar una bomba y provocar no solo el desconcierto, sino también una masacre, pues las aceras estaban abarrotadas de gente. Desde el coche policial, que avanzaba por la calle Martín de los Heros hacia el paseo de Moret, Conesa mandó órdenes por radio a todas las unidades que tenían desplegadas por la zona.

—¡Atención! Aquí el comisario Conesa, quiero que extremen la vigilancia en toda el área de la Moncloa. Posible actuación de comando terrorista con explosivos. Muy atentos a personas que lleven bolsos grandes o a bultos que estén abandonados en el suelo. Y con serenidad, no quiero que cunda el pánico.

Cuando el vehículo llegó al paseo de Moret, por donde discurría la comitiva y había pasado hacía unos minutos el féretro del Generalísimo, la inmensa hilera de coches oficiales que lo seguía permanecía detenida. Ante la imposibilidad de abrirse paso con el vehículo debido al tumulto de gente, Conesa se bajó y avanzó a pie acompañado por tres agentes. Se identificó ante los soldados que cubrían la carrera en esa zona, que iban vestidos con traje de campaña y armados con fusiles, y pasó al centro del paseo.

—Vamos a subir hasta la plaza de la Moncloa peinando las aceras. Fíjense bien en cualquiera que actúe de forma rara o que lleve bolsas grandes o que intente acercarse a los coches de la caravana. Busquen también bolsos que parezcan abandonados. Ojo, que pueden tener explosivos, así que mucha precaución —ordenó jadeante Conesa.

Se repartieron dos por cada acera e iniciaron la subida hasta la plaza de la Moncloa ocupando el espacio entre la caravana de coches y el público, mirando de cara a la gente, unas diez filas de personas apelotonadas detrás de los militares que marcaban el límite de la carrera. Se habían apagado los vítores a Franco tras el paso del camión con el féretro y ahora había un silencio expectante. Mientras subían hacia la plaza, a su izquierda, Conesa observó una especie de caseta que ocupaba la acera y estaba pegada al asfalto de la calle. Perecía un quiosco de prensa o de helados y golosinas. Aparentaba estar cerrado y del techo salía una pértiga con un cable que enganchaba con el tendido eléctrico. El inspector aceleró el paso y llegó hasta los soldados que ocupaban el lugar más cercano al puesto. Se identificó y les preguntó si habían comprobado lo que había dentro del quiosco. Los soldados se miraron sorprendidos, ellos solo tenían orden de escoltar el recorrido, nadie les había dicho que registraran nada. El comisario estaba nervioso, pero no quería alarmar a nadie con su actitud. Se acercó a la puerta de la caseta y comprobó que había un candado. Al fijarse bien, vio que estaba forzado, señal de que alguien que no era el propietario había entrado allí. Conesa respiró profundamente.

—Me cago en su puta madre —susurró.

Los soldados lo miraban intrigados esperando una orden, pero el público permanecía al margen de todo, preocupado solo por identificar a los distintos ocupantes de los vehículos de la caravana fúnebre que empezaba a moverse muy despacio.

Cuando salió de casa de Zulueta, Aitor Elorza estaba abatido. Juan Mari no le había dado muchas esperanzas de poder encontrar la manera de contactar con Ander, todo lo contrario, casi le había desanimado de intentarlo. Pero no podía rendirse, si había alguna mínima posibilidad de llegar a su hijo y explicarle que cometía un error, que el Régimen político iba a cambiar, que podría defender sus ideas sin ser perseguido y que la violencia no era necesaria, tenía que explorarla. Aitor, y mucha gente más, sabía que en algunos bares de la parte vieja de San Sebastián se juntaban personas nacionalistas que estaban en contacto con los movimientos radicales. Él había frecuentado la zona hacía tiempo, para tomar pinchos y ver el ambiente, pero dejó de ir desde que grupos de ultraderecha pintaron las fachadas de algunos locales con amenazas, rompieron cristales y lanzaron piedras y alguna botella con líquido inflamable. Se decía que el llamado Batallón Vasco Español era el encargado de actuar contra todos los que supuestamente apoyaban al entorno nacionalista y que grupos de falangistas y afiliados al Movimiento Nacional recorrían el casco viejo de la ciudad agrediendo y dando palizas a los que encontraban por aquellos bares. Era una zona peligrosa, pero estaba decidido a hacer cualquier cosa por saber algo de su hijo. Se dirigió hacia el barrio antiguo, al bar Alaya, donde había visto en su día a varios dirigentes nacionalistas charlar largo y tendido con el dueño. Al llegar, se acomodó en la barra, pidió un café y preguntó al camarero si estaba el jefe.

—No lo sé. ¿Quién le busca? —dijo el camarero.

—Dígale a Luis que soy Aitor Elorza, un abogado de los que viene por el bar.

Al poco salió de la cocina un hombre de unos cincuenta años, grande y grueso, que se acercó hasta el lugar que ocupaba Aitor en la barra.

—A ti te he visto por aquí alguna vez, me suena mucho tu cara —reconoció.

—Antes venía más, Luis, perdóneme la confianza, pero quiero…, es que necesito consultarle una cosa urgente.

—No tengo ni quiero pleitos con nadie, que me ha dicho el camarero que es usted abogado.

—Solo serán cinco minutos, por favor, es muy importante para mí.

El dueño se quedó mirándolo un instante, debió de apiadarse al ver su cara de angustia, y le hizo una señal con la cabeza para que lo siguiera. Lo llevó a un pequeño reservado, donde estaban los dos solos, cerró la puerta y le dijo que hablara. Aitor le contó la historia de su hijo, la desesperación por su marcha, el miedo a que se metiera en un comando, la necesidad de hablar con él, le suplicó un contacto, una pista de dónde pudiera estar, una ayuda, la que fuese.

—Ha venido usted al sitio equivocado y, por favor, no vuelva a hacerlo nunca más —dijo Luis mientras se disponía a abrir la puerta.

—¡Por Dios! No soy su enemigo —lo detuvo Aitor—. No voy a delatar a nadie. Solo quiero que me dé una idea de lo que debo hacer.

—Lo que debe hacer es marcharse y olvidarse de mí, porque me está poniendo en peligro. No tengo ni idea de lo que me pide, pero, aunque la tuviera, no podría decirle ni una palabra. Adiós, está usted invitado al café.

Abrió la puerta y casi lo obligó a salir. En su rostro no había nerviosismo ni preocupación, más bien su mirada era de advertencia. Un aviso, tenga cuidado, no se meta en esto, no sabe lo que está haciendo. Contrariado, Aitor salió del bar y caminó hasta su coche. Cuando se disponía a arrancar el motor, una persona abrió la puerta del copiloto y ocupó el asiento. No tuvo tiempo de reaccionar, solo pudo ver una parka azul con capucha y escuchar una voz grave:

—Le estoy apuntando con una pistola, arranque el coche y tire pa'lante, ya le diré yo por dónde vamos —dijo el encapuchado mientras dejaba ver en su regazo el cañón de un arma.

En la comisaría de San Sebastián Manuel Ballesteros había ofrecido un café a Antonio Murillo, que, sentado en el despacho del comisario, esperaba que le dieran más detalles sobre la situación de su hijo. Ballesteros no se anduvo con rodeos, le explicó que José Luis había sido detenido antes de cometer la acción terrorista que estaba preparando, que en el interrogatorio había reconocido los hechos y que se enfrentaba a unos cargos gravísimos que podían costarle muy caro.

—Eso sí, todavía no ha habido muertos, pero sus compañeros están libres y podrían matar a alguien, poner una bomba y llevar a cabo una masacre, y esas muertes también se le cargarían a su hijo. Por eso usted le puede ayudar si nos da cualquier información que sirva para detener a sus compañeros de comando.

—¿Le han pegado? ¿Le han hecho daño a José Luis? —preguntó Antonio.

—Al parecer se resistió a la detención, pero solo sufre heridas leves, no se preocupe. Mire, estamos buscando a un chico que se llama Ander Elorza que era compañero de su hijo en esa asociación juvenil nacionalista. ¿Usted no sabía que ahí intoxican y engañan a los chavales para que se hagan asesinos?

—Yo nunca fui a la asociación, pero mi hijo no es un asesino. Y no conozco al muchacho ese del que me habla.

—Pero su mujer sí le conoce, y también a sus padres, Aitor y Amaya, parece que se llaman. Ya los estamos localizando a ver si ellos hablaban más con su hijo que usted con el suyo. Antonio, le vamos a acompañar al hospital para que esté con su mujer, hable con ella, le repito que toda la información que nos den ustedes irá en beneficio de José Luis, porque, si sucede algo grave en Madrid, si hay muertos, él también tendrá que pagar por la pérdida de esas vidas.

De camino al hospital, Antonio le daba vueltas una y otra vez a la última frase del comisario. ¿Cómo podían ayudar a su hijo? Detenido, herido y, seguramente, torturado. Se estremecía de dolor por dentro. Mari Carmen seguro que conocía a otros chavales de su cuadrilla, de los que iban a las excursiones y convivencias al monte, incluso a algún monitor de los que dirigían las actividades, pero ¿iba a ayudar en algo dar esos nombres a la policía?, ¿de qué iba a servir?, se preguntaba. Al mismo tiempo le asustaba la posibilidad de que pasara algo más grave en Madrid y su hijo cargara con más culpas.

En el paseo de Moret los coches de la caravana que seguía a los restos del Generalísimo estaban avanzando despacio hasta la plaza de la Moncloa para enfilar la carretera de La Coruña. A la puerta del quiosco, Conesa observaba la multitud de personas que había a su alrededor, era imposible pensar en una evacuación preventiva sin organizar un tumulto. Retiró el candado roto con cuidado y entornó la puerta para mirar el interior. El suelo estaba lleno de cajas de cartón vacías y había cristales rotos. Algunas estanterías de la parte superior estaban vencidas y debajo del mostrador se veían varios cajones abiertos. Sobre el mostrador había una caja de cartón de tamaño medio. Estaba abierta, pero desde la puerta era imposible observar el contenido. El comisario entró con cuidado, como si no quisiera hacer ruido, posando despacio un pie detrás del otro sobre los cristales rotos del suelo, y avanzó tenso hasta que pudo observar que la caja estaba vacía. Resopló. Dedujo que lo que allí había eran los restos de un robo. Seguramente, unos cacos de poca monta habían aprovechado la noche anterior para saquear el puesto de golosinas. Recuperado del susto, salió del quiosco y les hizo una señal a sus agentes para que siguieran peinando las aceras hacia la plaza de la Moncloa, que estaba muy cerca y abarrotada de público. A su izquierda podían ver ya el Arco de la Victoria, engalanado para la ocasión con dos grandes crespones en sus pilares y una enorme bandera nacional ondeando en el centro, debajo de la inscripción latina labrada en la piedra:

ARMIS HIC VICTRICIBVS
MENS IVGITER VICTVRA
MONVMENTVM HOC*

---

* «La inteligencia, que siempre es vencedora, dedicó este monumento a los ejércitos aquí victoriosos».

Al llegar junto al monumento, el comisario se detuvo y llamó a sus agentes. Los últimos vehículos de la hilera pasaban por delante de ellos y entraban en la carretera de La Coruña, camino del Valle de los Caídos. Ya no tenía sentido seguir buscando explosivos ahí. Ahora, pensó Conesa, si los terroristas querían dar un golpe de efecto impactante, su objetivo sería el entierro en Cuelgamuros. Aquello debía de estar hasta arriba de gentes venidas desde todos los puntos de España y no había manera de que esa masa pudiera estar mínimamente controlada. Un comando que hubiera llegado en las últimas horas al lugar habría pasado completamente desapercibido. Se le vinieron a la cabeza los autores del atentado contra Carrero Blanco, confundidos entre los transeúntes habituales de la calle Claudio Coello, haciéndose pasar por electricistas subidos en una escalera para conectar los cables que detonaron el explosivo en el momento oportuno. Nadie se fijó en ellos, como nadie se fijaría en nadie ahora mismo entre la multitud que esperaba la llegada del cadáver de Franco. Conesa resopló y decidió llamar al SECED. Al menos, si informaba a los servicios de inteligencia, dejaría constancia de sus sospechas, aunque quizá fuera tarde para actuar.

29

Los enterradores

Un helicóptero de Televisión Española sobrevolaba Cuelgamuros, era la señal de que la comitiva fúnebre estaba llegando.
La televisión estaba retransmitiendo en directo y las imágenes
aéreas mostraban a todo el país la tremenda aglomeración de
gente que abarrotaba la explanada de entrada a la basílica y
que se desparramaba por los alrededores y caminos adyacen-
tes. Se hablaba de que más de medio millón de personas se
habían congregado en la sierra de Guadarrama para despedir
al dictador. Los locutores de TVE comentaban las imágenes con
grandilocuencia, recordando el valor simbólico de esa obra
monumental que el caudillo había querido erigir en memoria
de los muertos caídos en la Guerra Civil.

Este monumento nacional, erigido por iniciativa personal
del Generalísimo Franco a la memoria de cuantos murieron
en la contienda de 1936, tiene un propósito semejante al del
monasterio de El Escorial. Uno y otro simbolizan simultáneamente una acción de gracias y una conmemoración piadosa.
Pero el Valle representa, además, el sentido de la reconciliación
total para quienes cayeron defendiendo posiciones opuestas.
La monumental obra exigió una firme voluntad para su rea-

lización. Desde los primeros meses de 1940 en que Franco eligió personalmente los terrenos para el asentamiento de la basílica hasta su apertura al público en agosto de 1958 pasaron dieciocho años en el colosal esfuerzo de explanar los montes, horadar el risco de la nava y construir dentro y fuera de él. La mayor muestra de su monumentalidad se tiene al exterior por la simple perspectiva de la cruz, prodigio de cálculo y de resistencia, de 150 metros de altura y 46 de longitud en los brazos…

Las explicaciones técnicas se alternaban con las artísticas y religiosas, transmitiendo un aire reverencial y documental a la retransmisión.

En el basamento de la cruz, el escultor, Juan de Ábalos, ha tallado en piedra de Calatorao las enormes figuras miguelangelescas de los cuatro evangelistas y de las cuatro virtudes cardinales. Lo que se ha conjuntado aquí es, a la vez que cripta y templo funerario, basílica y monasterio, además de hospedería y centro de estudios sociales, todo al cuidado de la orden benedictina. A la gran explanada de la basílica, de 30.600 metros cuadrados, se sube por una escalinata de cien metros de ancho de dos tramos y diez peldaños que simbolizan los diez mandamientos. Al fondo de la explanada, desde la que se divisa el imponente paisaje de Guadarrama, está la exedra, o gran porche semicircular, y la gran portada principal sobre cuya cornisa rectangular destaca la gigantesca *Piedad* de Juan de Ábalos. Otra escalinata, de quince escalones y 63 metros de anchura, conduce a la puerta de la cripta…

En esa escalera, en la primera fila que formaba el pasillo por el que debía pasar el féretro de Franco, rodeados por sus escuadras carlistas, banderas, pendones, estandartes y correajes, estaban apostados Jaime Llopis y Luis Rovira, con Bofarull justo detrás, guardando su espalda. Había un enorme murmullo de expectación, y todos, carlistas, falangistas, legionarios, veteranos y militares de todas las armas y ejércitos, intentaban mostrarse solemnes y firmes ante la llegada del muerto. Por el pasillo central iban pasando en dirección a la basílica los invitados al entierro que habían acompañado a la comitiva desde Madrid. La mayoría eran políticos del Régimen, religiosos y militares. Trajes y corbatas oscuros, abrigos con brazaletes negros, gafas de sol, gorras de plato, sotanas, algún velo en las pocas mujeres que se veían, todos desfilaban de riguroso luto hasta atravesar la enorme puerta de bronce, con los quince misterios del rosario grabados en ella, que daba acceso a la nave central. Durante un momento, entre tanta pomposidad, llamaron la atención cuatro hombres vestidos con una especie de mono o uniforme azul que esperaban inquietos en la puerta. Hablaban entre ellos con cierto nerviosismo hasta que alguien salió de la basílica y les dio una serie de instrucciones. Ese hombre era Gabino Abánades, el responsable de los cementerios de Madrid, que había recibido la orden el día anterior de preparar al mejor equipo de enterradores que tuviera a su cargo.

Gabino era un hombre joven, tenía solo veintinueve años, pero había hecho una carrera rápida en la empresa funeraria municipal de Madrid y estaba ya al frente del personal de los once cementerios de la ciudad. Cuando el concejal de Sanidad del ayuntamiento le contactó la primera vez, no le dijo el lugar en el que Franco iba a ser enterrado y todos pensaron que la inhumación tendría lugar en el cementerio de El Pardo, donde la familia tenía reservado un panteón, y no fue hasta el mismo día del entierro cuando supieron que sería en el Valle de los Caídos. Gabino escogió a sus cuatro mejores hombres, expertos con decenas de miles de entierros a sus espaldas. Los habían recogido por la mañana, muy temprano, para que ensayaran bien todos los movimientos que tenían que llevar a cabo en la ceremonia. Habían insistido en que debía ser una maniobra sobria y que era imprescindible que todo saliera perfecto. Cuando llegaron a Cuelgamuros se les dijo que iban a ser los encargados de recoger el ataúd del camión y llevarlo a hombros hasta la basílica atravesando la explanada. Gabino y sus cuatro oficiales de inhumación, abrumados por la responsabilidad, calcularon que el peso del féretro estaría alrededor de los ciento cuarenta kilos y ensayaron un par de veces el recorrido para calcular el ritmo al que tenían que desfilar, pues les habían dicho que no debían demorarse mucho en ese traslado, ya que los ánimos podían estar exaltados entre la multitud. Después, para su alivio, les comunicaron que ellos no tendrían que portarlo a hombros y que no se harían cargo del féretro hasta el momento de hacerlo descender a la tumba. Prepararon las dos cuerdas que irían por debajo de la caja, sujetas por dos de ellos a cada lado, y ensayaron la mejor posición que tendrían que adoptar para, haciendo uso de su maña y experiencia, suspender el ataúd en el aire, con equilibrio, sin bamboleos, y concentrarse en hacerlo descender suavemente hasta que tocase el fondo de la tumba. Uno de los oficiales, el mayor de todos, estaba más nervioso de lo habitual, le sudaban las manos y parecía superado por el compromiso.

—Mateo, ¿estás bien? Venga, que parece que nunca hubieras hecho esto —lo regañó el capataz.

Mateo Gutiérrez tenía sesenta años y no podía olvidar que su difunto hermano había sido uno de los miles de presos políticos penados por el régimen de Franco que había trabajado en la construcción del Valle de los Caídos para reducir su condena. Cuando Gabino lo seleccionó para enterrar al caudillo, Mateo pensó inmediatamente en su hermano Carlos y sintió revolverse algo en su interior, una especie de remordimiento, como si participar en el entierro de Franco fuera traicionar su memoria. Estuvo a punto de pedirle a su jefe que lo relevase del trabajo, de inventarse cualquier circunstancia para no poder estar ese día, una enfermedad, una urgencia, pero al final no se atrevió. No le quedaban muchos años para jubilarse y cualquiera sabía si ese renuncio le podría causar algún problema en la empresa, donde estaba muy bien considerado. Al fin y al cabo, la muerte del dictador era una buena noticia que su hermano celebraría allí donde estuviera. Pero cuando tuvo constancia de que el entierro era en el Valle, donde Carlos trabajó y sufrió durante tantos años, se vino abajo. Llevaba unas horas en Cuelgamuros y su cabeza era incapaz de centrarse en el trabajo. La parafernalia militar, las banderas, los uniformes y los himnos que se cantaban en la explanada lo estaban martirizando. Hubo un momento, la enésima vez que escuchaba cantar el «Cara al sol», en el que estuvo a punto de desmayarse.

Carlos Gutiérrez, su hermano mayor, había sido teniente del Ejército de la República durante la Guerra Civil y al terminar el conflicto fue condenado a treinta años de cárcel por rebelión. En cuanto pudo, se apuntó al programa de redención de penas por trabajo, esa idea promovida por el jesuita José Agustín Pérez del Pulgar como la solución al elevadísimo número de presos políticos que abarrotaban las cárceles.

> Es muy justo que los presos ayuden con su trabajo a la reparación de los daños a que contribuyeron con su cooperación a la rebelión marxista, así estarán colaborando en reconstruir lo que con su rebelión contribuyeron a destruir.

El jesuita también pensó que ese trabajo de los presos para reducir su condena, aparte de liberar espacio en las cárceles y servir de mano de obra gratuita a las empresas del nuevo régimen, los prepararía para la reinserción en la nueva vida del país.

No es posible, sin tomar precauciones, devolver a la sociedad o, como si dijéramos, a la circulación social elementos dañados, pervertidos, envenenados política y moralmente, porque su reingreso en la comunidad libre y normal de los españoles, sin más ni más, representaría un peligro de corrupción y de contagio para todos, a la par que el fracaso histórico de la victoria alcanzada a costa de tanto sacrificio.

Más allá del adoctrinamiento y la humillación, el programa tenía dos claros beneficios para los presos: el primero, la redención de condena, que fue variando con el paso del tiempo —de tres días menos de condena por cada día trabajado a un día menos por cada dos de trabajo—; y el segundo, la mejora de las condiciones de vida respecto a las cárceles, donde el hacinamiento, la falta de higiene y el hambre terminaron con la vida de muchos.

Cuando Carlos fue destinado a la construcción del Valle de los Caídos, después de mandar una solicitud y mostrar una excelente conducta en la prisión, pues los presos con la menor falta eran excluidos del programa, su familia pudo visitarlo con mayor frecuencia porque en la monumental obra se creó una comunidad bastante abierta. La mayoría de los presos dormía en los barracones de piedra que se habían construido para los trabajadores, que, sin ser confortables, eran mejores que las celdas de la prisión, pero otros llegaron a convivir con sus esposas en las chabolas de piedras y madera que se fueron levantando por el monte y que eran toleradas por los vigilantes. En los meses de buen tiempo, las familias de los trabajadores condenados se trasladaban a esas casuchas campestres para pasar esa época cerca de sus maridos, padres o, como en el caso de Mateo, su hermano. Era una convivencia consentida y vigilada, de la que guardaba un recuerdo feliz porque, cuando terminó la guerra, en su casa pensaron que su hermano iba a terminar siendo fusilado como otros muchos militares republicanos. El solo hecho de que Carlos estuviera vivo, aunque fuera preso y trabajando forzosamente, era para sus familiares un milagro. Algunos condenados, tras haber cumplido su pena, decidían quedarse en las obras como trabajadores libres, pues allí el sustento, por humilde que fuera, estaba asegurado en aquellos tiempos de hambre. Además, allí estaban aceptados ya por la comunidad, mientras que volver a sus pueblos de origen, señalados como rojos expresidiarios, no les auguraba un buen trato social.

Pero el trabajo de Carlos en la obra del Valle era muy duro. Aparte del esfuerzo físico de arrastrar piedras enormes ayudándose con palancas —a veces tenían que apoyarse entre ocho o diez hombres para mover un bloque—, como ayudante de barrenero pasaba mucho tiempo en los túneles y muchas veces entraba instantes después del barrenado, cuando todo era una nube de humo que no se había ventilado. Las únicas protecciones que llevaban eran unas leves mascarillas humedecidas con agua, que no solo no protegían, sino que molestaban y muchos terminaban quitándose para respirar a pleno pulmón. Cuando, después de quince años de trabajo, terminó de conmutar su pena y quedó en libertad, sus pulmones, sin él saberlo, estaban ya afectados por la silicosis. En 1956 terminaron oficialmente las obras del Valle, con la construcción de la enorme cruz encima del risco que se puede ver desde cincuenta kilómetros de distancia, pero Carlos no llegó a verla terminada porque la enfermedad pulmonar se lo llevó de forma fulminante, como a otros muchos que trabajaron en aquellas condiciones tan precarias. Mateo recordaba ahora el triste entierro de su hermano, solitario, como el de un marginado social, que se había dejado la vida en el Valle cumpliendo una condena simplemente por haber sido fiel a la República.

—¿Te pasa algo, Mateo? —le preguntó de nuevo Gabino, el capataz.

—Nada, que debo de haber cogido un poco de frío antes, en la explanada, como íbamos sin abrigo… —se excusó Mateo.

—Venga, hay que estar preparados, que esto está a punto de empezar, que me ha dicho el padre prior que ya van a salir a recibir el féretro a la escalinata.

De la puerta de la basílica partía un cortejo de siete personas hacia la gran escalinata: un sacristán portando la cruz procesional, cuatro monaguillos, dos de ellos llevando grandes velones, el padre maestro de ceremonias y el padre prior. Atravesaron la explanada, donde, a pesar de la multitud concentrada, reinaba un gran silencio, hasta llegar al borde de la escalera. El abad mitrado de la basílica, don Luis María de Lojendio, esperaría en la puerta de la iglesia al cadáver de Franco para allí entonar las preces de intercesión por el difunto. Lojendio había sido quien recibió la comunicación oficial para que preparara la basílica de cara a recibir el cuerpo del Generalísimo. Se decía que la decisión de enterrarlo allí había sido del presidente del Gobierno, Arias Navarro, y que Franco no había dejado nada escrito sobre el lugar donde quería ser inhumado, pero parecía imposible que toda aquella grandilocuencia hubiera sido desplegada en unas horas, por lo que era de suponer que el dictador sabía muy bien dónde quería descansar eternamente. Prueba de ello era la existencia del sepulcro construido en el presbiterio de la basílica, que estaba esperando un ocupante desde la inauguración del templo. Franco, que había supervisado la obra en todo momento, en una de sus visitas, cuando se estaba inaugurando la tumba de José Antonio Primo de Rivera, le hizo un guiño en secreto al arquitecto que había construido los dos sepulcros, Diego Méndez:

—Méndez, y luego, aquí, yo —dijo el dictador sonriendo.

—Donde usted diga, mi general —contestó por lo bajo el arquitecto.

La tumba estaba construida en hormigón armado y ladrillo, con el interior revestido de plomo. Se habían grabado en su interior los cuatro escudos representativos de la figura de Franco: el escudo de España, el de su Casa, la insignia de capitán general del Ejército y el de jefe del Movimiento con el yugo y las flechas. La lápida preparada para cubrir la tumba pesaba mil quinientos kilos y era de piedra blanca de Alpedrete. Fue extraída de la cantera al mismo tiempo que la de José Antonio y estuvo guardada durante años en los talleres de la empresa Hermanos Estévez, esperando a ocupar el lugar para el que había sido tallada.

Cumpliendo con las formalidades, Arias Navarro comunicó a la Casa Real que enviase un escrito al abad de la basílica para comunicarle oficialmente que Franco iba a ser enterrado allí. El escrito lo firmaba el recién nombrado rey don Juan Carlos:

> Excmo. y Rvdmo. Padre Abad de la Basílica de la Santa Cruz del Valle de los Caídos y Reverenda Comunidad de Monjes:

> Habiéndose Dios servido llevarse para sí a SU EXCELENCIA EL JEFE DEL ESTADO Y GENERALÍSIMO DE LOS EJÉRCITOS, DON FRANCISCO FRANCO BAHAMONDE (q. D. g. e. s. g.), os encarezco que recibáis sus restos y los coloquéis en el sepulcro destinado al efecto, sito en el presbiterio entre el altar mayor y el coro de la basílica, encomendando al Excmo. Ministro de Justicia, don José María Sánchez-Ventura y Pascual, que levante el acta correspondiente a tan solemne ceremonia.

—¿Sabes que no han querido que el rey jurase aquí fidelidad eterna a los principios del Movimiento Nacional? —le comentó Jaime a Luis Rovira mientras observaban al abad mitrado colocarse en la puerta de la basílica para esperar la llegada del ataúd—. ¡Aquí, delante de todos los que estamos, los verdaderos fieles al Movimiento! ¡Delante del cadáver de Franco y de la Iglesia! Pues se han negado...

—Lo sé —contestó Luis—. Me han dicho que desde la Confederación Nacional de Excombatientes se había pedido al ministro del Movimiento que propusiera al Gobierno un gesto de lealtad y compromiso del monarca delante de todos los que hoy despidieran a Franco aquí, pero no les hicieron ni caso.

—No solo eso, sino que los humillaron. Como si todos los que están aquí, muchos habiéndose jugado la vida por España y otros representando a los que la dieron heroicamente —en ese momento Jaime miró a su ayudante Bofarull, que estaba al lado escuchando—, ya no pintásemos nada. Quieren borrarnos del mapa para hacerse con el poder y echar por tierra todo lo que con tanto esfuerzo conseguimos. El rey es su muleta para mandarnos al infierno.

El círculo más próximo a don Juan Carlos había recibido informaciones en las últimas horas sobre el intento por parte de los sectores más ultras del Régimen de llevar a cabo una especie de toma de juramento al rey en el Valle de los Caídos. No habiendo podido impedir su proclamación a las pocas horas del fallecimiento del Generalísimo, varios dirigentes del Movimiento pensaron en llevar a cabo una ceremonia al estilo de la mítica Jura de Santa Gadea, donde el Cid Campeador obligó a Alfonso VI, rey de León, de Galicia y de Castilla, a jurar en público que no había tomado parte en el asesinato de su propio hermano, el rey Sancho II. Se trataba de que don Juan Carlos contestase, ante la explanada abarrotada por la más genuina representación de los vencedores de la guerra (militares, falangistas, carlistas y excombatientes), y delante del cadáver sin enterrar de Franco, a una serie de preguntas para reiterar su compromiso incuestionable con la continuidad del Régimen. Se había pensado que fuera el exministro, procurador en Cortes y presidente de la Confederación Nacional de Excombatientes José Antonio Girón de Velasco el que tomara juramento al rey. Su figura, que representaba lo más esencial del franquismo, su ascendencia sobre todos los allí congregados y su oratoria de estilo impetuoso habrían dado al acto un tono de juicio histórico que los contrarios a Juan Carlos buscaban y sus protectores querían evitar a toda costa.

¿Juráis fidelidad a los Principios Fundamentales del Movimiento Nacional, defendiendo la permanencia de sus valores y objetivos, como parte irrenunciable del proyecto de su fundador, Francisco Franco?

¿Os comprometéis a impedir el ascenso de movimientos políticos que pongan en peligro la unidad de España, la fe católica y el servicio a la patria como ideal heredero del legítimo alzamiento del 18 de julio?

¿Garantizáis que no ha habido ni habrá por vuestra parte ningún movimiento ni maniobra destinada a suprimir o abolir el orden establecido por el Generalísimo Franco, o a injuriar su obra o su memoria?

Los hombres más próximos a don Juan Carlos, con el marqués de Mondéjar, Nicolás Cotoner, a la cabeza como jefe de la Casa del Rey, no estaban seguros de que, a pesar de las gestiones y órdenes que habían dado, no se fuera a producir algún incidente con exaltados que se saltaran el protocolo afeando la figura del monarca. Sabían que el ambiente en Cuelgamuros iba a estar caldeado por los más ultras del Régimen, que llevaban meses intrigando sobre los movimientos, según ellos, equivocados de la Casa Real. Por eso también se había decidido que la familia del rey no acudiera al acto en el Valle de los Caídos.

—Cuando uno no quiere jurar mirando a la cara a los que le exigen el juramento es que no puede hacerlo porque ya lo ha incumplido —sentenció Luis Rovira.

—Sería jurar en falso, porque ya sabemos que se han hecho cosas que vulneran esos compromisos de lealtad, y mentir delante de toda esta gente sería señalarse a sí mismo como un traidor infame.

Era poco después de la una del mediodía y, a pesar del día otoñal, la temperatura en la sierra había subido unos grados. No hacía demasiado frío. Jaime y Luis observaban a la comitiva religiosa que se había dirigido al principio de la explanada y que llevaba unos minutos esperando al féretro. De pronto sonó un cornetín de órdenes y empezó a verse cierto movimiento; había llegado el camión que transportaba el ataúd en su remolque y que llevaba muchos minutos subiendo por la empinada carretera aclamado en un eterno pasillo de banderas rojigualdas. Desde su puesto en mitad de la escalinata de entrada a la basílica, Jaime y Luis no podían ver las maniobras que se estaban llevando a cabo para descender la caja del camión, pues los veinte escalones de altura de la explanada lo dejaban fuera de su vista, pero ya se escuchaban lejanos los vítores y se veían los primeros brazos alzados, señal de que los soldados de la Guardia del Generalísimo ya estaban portándola a hombros para salvar el primer gran desnivel. Al aparecer el féretro cubierto con la bandera de España a su vista, un estampido de voces recorrió la explanada, al tiempo que, tras una nueva señal de corneta, la banda militar presente empezó a tocar las notas del himno nacional. Aplausos, lágrimas, llantos, brazos en alto y los gritos desacompasados de «Franco, Franco, Franco» inundaron el aire. La emoción era incontenible. En ese momento estaba previsto que los miembros de la Guardia traspasaran el ataúd a los hombros de la familia del general y allí aparecieron en primer plano su hijo político, el marqués de Villaverde, Cristóbal Martínez-Bordiú, y su nieto político, el duque de Cádiz, Alfonso de Borbón y Dampierre. Cuando los familiares de Franco, ayudados por los miembros de las casas Civil y Militar del Generalísimo, tomaron el féretro, se hizo el silencio en la explanada, y en el paseo hasta la puerta de la basílica solo se escuchaba de fondo el himno nacional y el rugir de las aspas del helicóptero de TVE. Detrás de la cruz de guía, acompañaban vigilantes el paso marcial del ataúd los miembros de la Guardia y una escolta de boinas rojas. Unos metros detrás, aparecía la espigada figura solitaria del rey Juan Carlos, que precedía a un grupo de autoridades políticas y militares. Cuando subieron la última escalera y se pararon a la puerta de la basílica, el silencio se rompió y se alzaron de nuevo gritos desgarradores entre el público.

—¡Viva Franco! ¡Arriba España! ¡Viva España! ¡Francisco Franco, presente!

El padre maestro de ceremonias, que había tomado el micrófono para avisar al público de que el padre prior iba a dedicar al difunto las correspondientes preces, pidió silencio por los altavoces un par de veces, pero, en un ambiente denso y constreñido, apretado todo el cortejo por las filas de falangistas y requetés que rodeaban la puerta enarbolando banderas y pendones, empezó a cantarse una estrofa del «Cara al sol»:

Volverán banderas victoriosas
al paso alegre de la paz.
Y traerán prendidas cinco rosas:
las flechas de mi haz.
Volverá a reír la primavera,
que por cielo, tierra y mar se espera.
Arriba escuadras a vencer,
que en España empieza a amanecer.
¡España, una!
¡España, grande!
¡España, libre!
¡Arriba España!
¡Arriba!

El padre maestro de ceremonias pedía de nuevo silencio a través de la megafonía, pero los gritos y vítores a Franco volaban por la explanada entre la multitud y hacían muy difícil que se atendieran sus reclamos. Finalmente pudo hacerse escuchar.

—¡Silencio, por favor! En estos momentos el Estado español y la familia de nuestro caudillo entregan su cuerpo a la Comunidad de la Santa Cruz del Valle de los Caídos. La escolanía de la Comunidad está entonando unos rezos al recibir el cuerpo de nuestro caudillo. ¡Silencio!

Pero las voces de la escolanía llegaban lejanas desde dentro de la basílica y fuera seguía habiendo un gran rumor de voces y gritos. Había tensión. Los gritos de los más exaltados se sucedían.

¡Francisco Franco! ¡Presente! ¡José Antonio Primo de Rivera! ¡Presente! ¡Caídos por Dios y por España! ¡Presentes!

Jaime pudo ver entre las autoridades que iban detrás del féretro a su amigo Ángel Salas Larrazábal, el veterano maestro de la aviación franquista, hoy consejero del Reino, con el que había hablado por la mañana desde El Escorial. En su cara y en las de los otros miembros del consejo que estaban a su alrededor se notaba el nerviosismo. Se miraban unos a otros, como preguntándose qué pasaba, por qué no avanzaba ya el féretro hasta dentro de la iglesia para evitar el tumulto que se estaba produciendo.

En medio del desconcierto y entre toda la gente que se arremolinaba en la entrada de la basílica, Jaime Llopis identificó además a José Antonio Girón de Velasco, que acompañaba al cortejo detrás del rey, pues también era consejero del Reino, y se lo señaló a Luis Rovira. Luis y Girón cruzaron una mirada y se saludaron en la distancia. Girón también le hizo un gesto con la cabeza a Jaime, que a su vez asintió con camaradería. Jaime también reconoció en el cortejo al teniente general Alfonso Pérez-Viñeta, ahora procurador en Cortes como él, otro hombre fuerte de los que se consideraban leales al

Régimen. Con Pérez-Viñeta había mantenido muchos encuentros últimamente en los que el militar extremeño siempre defendía su teoría de que el ejército y la Falange unidos eran invencibles, porque estaban de su lado la razón y la justicia y nada ni nadie les podría arrebatar la victoria si no era con la muerte, porque la muerte era para ellos, como decía el gran José Antonio, un acto de servicio. Cruzaron sus miradas y se saludaron llevándose la mano a la sien.

¡Vivan los mártires de la patria! ¡Viva Cristo Rey! ¡Viva Franco!

—Silencio, por favor —volvía el padre de ceremonias por la megafonía—. Silencio. Ahora, el padre prior va a rezar unas preces.

A pesar de que se hizo el silencio un instante, los rezos no se escuchaban y la multitud, que no podía ver ya el féretro de Franco ni lo que pasaba a su alrededor, pues la entrada de la basílica estaba atiborrada de personas, se mostraba impaciente y nerviosa. Entonces, el padre maestro de ceremonias elevó el tono y gritó al micrófono tres veces obteniendo una respuesta unánime y ensordecedora:

—¡Caudillo de España! ¡Presente! ¡Caudillo de España! ¡Presente! ¡Caudillo de España! ¡Presente!

El cura, que de pronto parecía tan extasiado como el público, hizo una pausa y terminó con un «¡Arriba España!» que fue contestado con un atronador «¡Arriba!». Cuando la cruz de guía, que señalaba dónde estaba el féretro, empezó a moverse hacia el interior, por la megafonía comenzó a sonar el «Cara al sol», que, de nuevo, fue coreado por la multitud con los brazos arriba.

> *Cara al sol con la camisa nueva,*
> *que tú bordaste en rojo ayer.*
> *Me hallará la muerte si me lleva*
> *y no te vuelvo a ver.*

Formaré junto a mis compañeros,
que hacen guardia sobre los luceros,
impasible el ademán,
y están presentes en nuestro afán.

Al terminar la canción de la Falange y mientras el ataúd de Franco entraba lentamente en la oscuridad de la basílica, el padre maestro de ceremonias volvió a tomar el micrófono para arengar a la multitud:

—¡España, una! ¡España, grande! ¡España, libre!

Inmediatamente después, los altavoces atronaron con los compases del «Oriamendi» y el himno de los requetés recorrió el aire de la explanada. El Tercio de Montserrat, con Jaime y Luis a la cabeza, y con Bofarull siendo el que más alto gritaba, lo cantó desplegando sus pendones y banderas sobre sus boinas rojas.

Por Dios, por la patria y el rey
lucharon nuestros padres.
Por Dios, por la patria y el rey
lucharemos nosotros también.
Lucharemos todos juntos, todos juntos, en unión,
defendiendo la bandera de la Santa Tradición.
Cueste lo que cueste, se ha de conseguir
que los boinas rojas entren en Madrid.

Al terminar su himno y sin poder contener las lágrimas, Jaime Llopis se abrazó con su ayudante Bofarull, que también lloraba emocionado. El cortejo ya estaba en el interior de la iglesia, aunque seguían llegando rezagados que apretaban el paso para estar en la ceremonia de inhumación.

—¡Iniesta! —llamó Jaime con el brazo en alto a un militar que subía los primeros peldaños de la última escalera que daba acceso al templo.

El teniente general, que iba escoltado por dos guardias civiles, era Carlos Iniesta Cano, otro de los hombres fuertes del ala ultra del Ejército, los denominados azules, que había ocupado la Dirección General de la Guardia Civil hasta mayo del año anterior y que también era procurador en Cortes como Jaime. Al reconocerlo, Iniesta hizo ademán de acercarse donde estaban los requetés, pero se detuvo a unos metros al ver que Jaime le decía que no con la cabeza.

—¡Siempre España! —gritó Iniesta desde lejos mientras saludaba y se daba la vuelta para retomar el camino hacia la basílica.

En el último año, tras terminar su etapa en la Guardia Civil, Iniesta había aspirado a ser elegido al frente del Alto Estado Mayor (AEM), apoyado por los sectores conservadores y por la familia de Franco, que, ante la enfermedad del Generalísimo, quería un hombre cercano en el puesto de mando del Ejército. Pero hubo movimientos en el Gobierno, intrigas de los sectores más aperturistas y cercanos al todavía príncipe Juan Carlos, que lo rechazaron por su línea radical e inmovilista. El teniente general era muy cercano a Girón de Velasco y uno de los hombres fuertes de la Confederación Nacional de Excombatientes. También era miembro de la Hermandad de Antiguos Caballeros Legionarios, pues durante la guerra pidió entrar en la Legión y formó parte de la 13.ª División, conocida como la Mano Negra. Curiosamente, cuando Iniesta enfilaba hacia la puerta del templo, por la megafonía de la explanada empezó a sonar un tercer himno que fue coreado animosamente por todos, la «Canción del legionario».

> Soy valiente y leal legionario.
> Soy soldado de brava legión.
> Pesa en mi alma doliente calvario,
> que en el fuego busca redención.
> Mi divisa no conoce el miedo.

Mi destino tan solo es sufrir.
Mi bandera, luchar con denuedo
hasta conseguir vencer o morir.
Legionario, legionario,
que te entregas a luchar
y al azar dejas tu suerte,
pues tu vida es un azar.
Legionario, legionario,
de bravura sin igual,
si en la guerra hallas la muerte,
tendrás siempre por sudario,
legionario, la bandera nacional.
¡Legionarios, a luchar!
¡Legionarios, a morir!

Terminado el himno, surgieron por todos lados gritos de ¡Viva la Legión! ¡Franco el primer legionario! ¡Viva José Antonio! ¡Viva el Movimiento Nacional! El ambiente seguía inflamado y el padre de ceremonias tomó de nuevo el micrófono para advertir a todos:

—Que nadie se mueva de sus sitios, por favor. Se ruega silencio porque se va a retransmitir por los altavoces del exterior el desarrollo del acto del entierro de nuestro caudillo.

Los últimos invitados a la ceremonia llegados en la larga comitiva desde Madrid aceleraban el paso para entrar en el templo antes de que comenzase el acto. Chaqués oscuros, hábitos religiosos, trajes y abrigos negros, uniformes militares de gala, velos y casullas obispales subían las últimas escaleras donde un escuadrón de la Guardia Civil había tomado posiciones para abrir un pasillo y facilitar el paso de los invitados.

—Ya habéis visto al rey, ni un saludo a los que llevaban aquí un día entero esperando, ni un gesto de respeto, no parecía ni afectado —dijo Jaime con desprecio.

—Lo que he visto es que ni se le ha nombrado, como si no estuviera. Se le ignora. Nadie de los de aquí considera al rey de los suyos —contestó Luis.

—Y eso que no saben la mitad de lo que está haciendo, pero lo sabrán —contestó mientras se aseguraba los correajes y la cartuchera.

30

La sentencia

Antonia y Gervasio se encontraron durante media hora en la sala de visitas de la Prisión Provincial de Madrid, que era el nombre oficial de la cárcel de Carabanchel. Era una cárcel casi nueva, había sido inaugurada hacía dos años, en 1944, y supuestamente debía ser un centro penitenciario moderno y modelo, que terminase con el hacinamiento y miseria insostenibles que había en la anterior prisión de Madrid, la de Porlier, pero no era así. El complejo, diseñado para albergar un número aproximado de 2300 reclusos, tenía entonces más de 7000: 4922 presos políticos, 535 reclusos que habían cometido delitos contra el nuevo Estado y 1500 presos comunes. La avalancha interminable de prisioneros de la guerra, una vez que se iban cerrando los campos de reclusión, había desbordado las prisiones de todo el país. Además, últimamente, la llegada de los detenidos de las partidas guerrilleras y el descubrimiento de redes comunistas que colaboraban con los internos provocaron que se endurecieran las medidas represivas y de control. Después de tres meses sin verse, Antonia estaba sentada en una silla delante de un largo mostrador, en una fila de mujeres que esperaban que al otro lado apareciera su marido, su padre, su hijo o su hermano. Cuando Gervasio entró, esposado, vistiendo un uniforme de presidiario raído y sucio, que le quedaba grande, y con el pelo cortado al cero, su mujer casi no lo reconoció.

—¡Ay, Gervasio! Cariño, qué delgado estás. ¿Estás bien? ¿Comes bien? ¿Te duele algo? ¿Cómo te tratan? —preguntó sin parar Antonia mientras las lágrimas le corrían por las mejillas y apretaba las manos esposadas de su marido a través de una ventana de barrotes de hierro por donde solo podía tener ese contacto con el preso. No podían ni besarse ni abrazarse.

—Estoy bien, tranquila, pero ¿cómo están los niños, Antonia? ¿Qué les habéis dicho? ¡Que no les afecte esto, por favor! ¿Y tú cómo estás, cariño? ¿Quién te ayuda? —Gervasio utilizaba un tono tranquilizador, aunque por dentro tenía también unas ganas terribles de llorar.

—Están bien. Preguntan por ti, que cuándo vuelves, les decimos que pronto y procuramos que estén entretenidos. Estamos en casa de mis padres. Todos me ayudan, pero son muchas bocas que alimentar y la pequeña se ha ido a vivir con tu hermana un tiempo —seguía llorando Antonia.

Gervasio, que también estaba sentado al otro lado de la reja, apretó las manos de su mujer y se las besó, maldiciéndose internamente por las penurias que estaba haciendo pasar a su familia.

—El alcalde nos ha dicho que el juicio tiene que salir pronto y que él ha intercedido por ti, pero que no puede asegurarnos nada, que todo dependerá del juez militar. ¡Ay, Gervasio, qué desgracia!

—Ya verás como esto termina pronto. Hace poco me tomó declaración el juez y creo que la cosa fue bien —intentó animarla Gervasio.

—Ese amigo tuyo te buscó la ruina cogiendo las mulas.

—Ese pobre está muerto, Antonia. —Bajó el tono para que no le escuchasen los carceleros, que paseaban por detrás de los presos vigilando todas las visitas—: Ha sido una víctima más de todo lo que está pasando. No pienses en él, piensa en nuestros hijos y en que yo voy a salir pronto para volver a casa.

Gervasio quería ser optimista, aunque en la cárcel se comentaba que se estaban imponiendo castigos ejemplares a todos los que habían colaborado con la guerrilla. Algunos de los maquis encarcelados allí habían sido fusilados hacía unos meses en el campo de tiro de Campamento. El Tribunal Especial para la Represión del Comunismo y la Masonería estaba desbordado y el número de presos preventivos, a la espera de juicio, aumentaba sin parar. En la galería donde estaba su celda, que a pesar de estar diseñada para uso individual compartía con otros dos reclusos, las condiciones de higiene eran pésimas, lo que unido a la mala alimentación provocaba numerosas enfermedades entre los internos. Antonia le había llevado una caja con alimentos, embutidos, queso y algunos dulces, que había entregado para su revisión en la entrada de la prisión. Luego, le dijeron, se la harían llegar a su destinatario, y Manuel supuso que, como siempre pasaba, los guardias se quedarían con una parte del contenido del paquete. No se lo dijo a Antonia para no entristecerla más. Cuando el guardia anunció que se había cumplido el tiempo de la visita y que había que despedirse, Antonia apretó fuerte las manos de Gervasio y mirándole a la cara esbozó una leve sonrisa. Su marido, a pesar de lo delgado y demacrado que estaba y del pelo rapado, seguía conservando esa mirada pícara de ojos azules. Primero la guerra y ahora la cárcel habían echado sobre él muchos años más de los que tenía, pero a ella le seguía pareciendo aquel joven idealista con el que se había casado. Gervasio, al ver sonreír a su mujer, también experimentó un momento de ligera felicidad, pero fue apenas un instante, porque en el fondo de su alma habitaba ya para siempre la amargura de saberse derrotado, controlado y señalado.

Llegó la Navidad de 1946 y Gervasio seguía encarcelado. Las esperanzas de pasar esas fechas tan especiales en su casa se habían desvanecido poco a poco. En las cartas que recibía de Antonia, esta le hablaba de los niños, que el mayor estaba grandísimo, que Manuela iba casi todos los días a la iglesia a rezar por él o que la pequeñita se había adaptado perfectamente a la vida en casa de la tía. De las consultas con el alcalde, que era el único que les informaba de algo sobre el proceso, no decía nada en las cartas porque le habían advertido que toda la correspondencia de los presos era leída antes de entregarse y era mejor no contar nada que pudiera ser comprometido. Cuando era evidente que Gervasio pasaría el final del año encarcelado, su mujer intentó animarlo anunciándole que en enero iría de nuevo a visitarlo. Las cartas que Gervasio enviaba al pueblo eran siempre optimistas, no dejaba que una sola línea de lo que escribía pudiera transmitir tristeza o desaliento y estaban llena de frases como: «Cada día estoy más seguro de que pronto se hará justicia y podré abrazaros a todos…», «Tengo la esperanza de que todo se aclare y podamos estar juntos más pronto que tarde…», «Espero que en breve se declare mi inocencia y se me permita volver a mi vida de siempre con los que más quiero…».

Las fiestas navideñas con Gervasio encarcelado fueron muy duras para toda la familia. Las celebraciones, los villancicos, los dulces, la alegría de años anteriores se tornaron en melancolía. No es que otras veces fueran unas fiestas opulentas, era una familia humilde, pero esas fechas eran especiales, sobre todo para los niños pequeños, que ahora veían cómo en su casa no se festejaba ni se cantaba ni se reía como antes. Antonia siguió llevando a sus hijos mayores a todas las celebraciones religiosas, allí donde no faltaba nadie del pueblo, y muchos de sus vecinos se acercaban a preguntarle por su esposo y le daban cariño y consuelo. Todos los amigos de su marido le dieron apoyo económico aquel tiempo y a menudo aparecían en su casa con una liebre o unas perdices que habían cazado, o unas hortalizas de su huerto, o unos quesos que acababan de hacer, o unos chorizos de la matanza del cerdo que habían sacrificado recientemente. No había otra manera de ayudar a Gervasio que intentar facilitarle a Antonia y a sus hijos la vida mientras él no estuviera. Los motivos de su detención eran sabidos por toda la comunidad y el refuerzo que había habido de guardias civiles en el cuartelillo era una advertencia de que se iba a seguir persiguiendo, con más intensidad y más represión, a los posibles colaboradores con los huidos de la sierra. Aunque casi no hizo falta, porque, tras las detenciones y torturas de los últimos meses, algunos de los contactos y enlaces fueron cantando uno tras otro los escondites, campamentos y lugares de aprovisionamiento que los maquis tenían en la zona. La Guardia Civil y el Ejército abatieron a los miembros de las principales partidas guerrilleras y los que pudieron evitar la muerte huyeron hacia el norte, intentando llegar a Francia, o buscaron integrarse en las guerrillas urbanas que estaban poniéndose en marcha en la capital. Finalmente, el teniente coronel de la Guardia Civil Manuel Gómez Cantos, conocido como el Carnicero, consiguió su objetivo.

El Carnicero había llegado a Extremadura desde Pontevedra, donde ocupaba el cargo de gobernador civil, para ponerse al frente de la Comandancia de Cáceres y encargarse de la persecución de rebeldes y guerrilleros en la zona. En la memoria de todos estaban sus sanguinarios métodos de represión, como el fusilamiento en 1942 de treinta vecinos del pueblo de Alía acusados aleatoriamente de «connivencia con los huidos». También fue trágica su intervención de 1945 en Mesas de Ibor, cuando, después de una acción guerrillera que tomó el pueblo dando muerte a un guardia y rindiendo el cuartelillo de la localidad, Gómez Cantos llegó desde Cáceres con un destacamento y, tras la huida de los guerrilleros, mandó fusilar en la plaza del pueblo a los tres guardias civiles que habían sido reducidos por los maquis por su «actitud cobarde».

—¡Y que no se le ocurra al cura prestarles auxilio espiritual! Esta escoria del Cuerpo no merece que se tenga con ellos la menor consideración. Los cobardes no pueden ir al cielo, que se vayan al infierno con los rojos que les han acojonado —bramaba fuera de sí Gómez Cantos ante la mirada atemorizada de los guardias que tenían que fusilar a sus compañeros.

El terror del Carnicero era conocido en toda Extremadura y en otra ocasión el teniente coronel intentó repetir la matanza de Alía en el pueblo cercano de Castilblanco. Convocó a noventa vecinos en el cuartelillo y dispuso a la tropa para empezar los fusilamientos, pero la noticia llegó al sacerdote del pueblo, Ambrosio Eransus Iribarren, un navarro que había hecho la guerra con los requetés carlistas. Tras un fuerte enfrentamiento en el cuartelillo, con la tensión a flor de piel entre los vecinos concentrados alrededor del religioso y los guardias civiles armados delante de su mando, el sacerdote advirtió a Gómez Cantos:

—Si tú eres teniente coronel de la Guardia Civil, yo soy comandante del Requeté, y como se te ocurra intentar hacer aquí lo que has hecho en Alía, te busco, te encuentro y te pego un tiro.

El Carnicero apretó los puños mientras miraba con odio al religioso, pero al final ordenó a sus guardias que se retirasen. Castilblanco se salvó de la masacre, pero no otros pueblos como Cañamero o Logrosán, donde el militar, que ya había hecho gala de su insaciable crueldad anteriormente en Andalucía protegido por el teniente general Queipo de Llano, ordenó fusilamientos indiscriminados para aterrorizar a la población. Por unas y otras razones, a finales de 1946, la guerrilla había desaparecido prácticamente de la provincia de Cáceres.

Quizá ese retroceso de los guerrilleros en la zona y el control recuperado por la Guardia Civil provocaron la resolución final del proceso contra Gervasio y sus compañeros de detención. Con la llegada del nuevo año, el auditor general militar, que era el primero en valorar las causas instruidas por espionaje y colaboración con los rebeldes, elevó un informe al juez:

Examinada la presente causa contra los encartados* por supuestas relaciones con los huidos rojos de la sierra.

CONSIDERANDO que del examen de las actuaciones no resultan méritos suficientes para tener por debidamente justificada la perpetración de delito por parte de los citados encartados, pues, si bien resulta comprobado que en algunas ocasiones facilitaron diversos comestibles a los rebeldes, es de tener en cuenta que ello tuvo lugar bajo las amenazas de muerte hechas por estos, por lo que, estimando tales circunstancias y los buenos informes de los encartados, puede en todo caso reputarse suficientemente sancionados a los mismos con el tiempo de prisión preventiva que llevan sufriendo desde el mes de agosto último.

ES PROCEDENTE que V. E. acuerde el sobreseimiento provisional de la causa que volverá al instructor para notificación y demás diligencias de ejecución correspondientes.

V. E. no obstante resolverá.

Madrid, 11 de enero de 1947

De esta primera resolución Gervasio no tenía conocimiento alguno. Seguía en el módulo de preventivos, en el que cada vez había más internos y las condiciones de vida eran más difíciles. Llevaba medio año detenido y empezaba a desesperarse. A pesar del control y de la represión, las redes comunistas organizadas en las prisiones seguían informando de los movimientos internacionales que, tras el final de la Guerra Mundial, continuaban pidiendo la intervención de los aliados en España para derribar a Franco y devolver la democracia al país, pero él ya no confiaba en nada de eso y estaba asumiendo con amargura que pasaría mucho tiempo en la cárcel y que solo la

---

* Entre ellos se encontraba Gervasio Deán.

piedad del Régimen podría devolverle la libertad. La pesadumbre se había apoderado de él. Mientras tanto, el informe del auditor militar seguía su curso y llegó a la Capitanía General que continuó el trámite del sobreseimiento.

Delitos de Espionaje

Madrid, 17 de enero de 1947

Conforme con el anterior dictamen sobreseo provisionalmente estas actuaciones con arreglo a lo dispuesto en el caso 1.ª art. 723 del Código de Justicia Militar, pasando a su juez instructor para cumplimiento de cuanto en el mismo se propone, dándose por la Sección correspondiente de mi Estado Mayor conocimiento de esta resolución al Ministerio del Ejército.

Capitanía General de la 1.ª Región Militar
Sección de Justicia

En el pueblo, dos meses después de su primera visita, Antonia estaba preparando el segundo viaje a Madrid para ver a su marido en Carabanchel. No era ni mucho menos fácil; aparte del dinero que costaba el desplazamiento, estaba la responsabilidad de dejar a sus hijos al cuidado de los abuelos y su cuñada, en esa época tan dura del año, con ese frío extremo del invierno que dificultaba tanto la vida en el pueblo. En aquellas casas sin calefacción ni agua corriente, la que traían de las fuentes se calentaba en la lumbre y luego se distribuía en bolsas para templar las camas heladas, los niños pequeños solían dormir junto a los padres porque era imposible mantener confortables las habitaciones en los meses fríos. Los inviernos rurales tenían otros muchos compañeros de rutina, como los sabañones en las manos, los pies o las orejas; los resfriados y las infecciones de pecho, que se curaban haciendo vahos con hojas de eucalipto porque no había otra cosa; los braseros de picón, que, a veces, impregnaban la casa de un tufo mareante y venenoso; el arroyo donde se seguía lavando la ropa hasta que el agua helada cortaba las manos; el olor ahumado de algunas prendas que solo podían secarse cerca de la chimenea; el lavarse de pie con una palangana de agua templada, secándose y vistiéndose a toda velocidad; el hielo de los abrevaderos que había que romper para que los animales pudieran beber; el salir a hacer las necesidades al corral o a la cuadra de los animales con temperaturas bajo cero. La dura vida del invierno en el campo extremeño no hacía fácil que una madre, sola provisionalmente al cuidado de una casa y de sus hijos, pudiera ausentarse y desplazarse a la capital para visitar a su marido en la cárcel.

Pero Gervasio echaba de menos todas esas incomodidades del invierno en el pueblo, le parecían una parte de la maravillosa vida en libertad. Su libertad, al menos la física, estaba cerca, aunque él todavía no lo sabía. El juez Eymar había recibido ya el informe de la Capitanía General y emitió la correspondiente providencia.

ENRIQUE EYMAR FERNÁNDEZ, CORONEL DE INFANTERÍA,
CABALLERO MUTILADO DE GUERRA POR LA PATRIA
Y JUEZ ESPECIAL DE ESPIONAJE

En Madrid, a 23 de enero de 1947

Doy por recibida la presente causa de Capitanía General con dictamen auditorial y decreto de aprobación por el que se acuerda el sobreseimiento provisional de la misma; regístrese de nueva entrada con arreglo a derecho y dese cumplimiento al periodo de ejecución deduciéndose testimonios literales, uno para su curso al Consejo Supremo de Justicia Militar; otro para la Inspección General de Juzgados Especiales; siete para la Prisión de Carabanchel Alto para su archivo en los expedientes de los encartados; otros siete para su entrega a los interesados, y otro para su archivo en este juzgado; diríjanse mandamiento de libertad a favor de todos los encartados para la prisión donde se encuentran.

Así lo mando y firma conmigo el secretario, comandante de Artillería don Faustino Gómez Lázaro.

Ese mismo día, en el patio de la cárcel, uno de los reclusos que tenía contactos en el partido le dijo a Gervasio que iban a quedar libres.

—Habéis tenido suerte. Parece que hay necesidad de vaciar las prisiones y a vosotros no os iban a fusilar por llevar víveres a la sierra. Desde Capitanía General le han dicho al juez que aligere a los colaboradores de Extremadura porque aquello creen que lo tienen controlado. Os dejarán libres en unas horas.

Gervasio no quería creérselo del todo, no quería ilusionarse todavía, desconfiaba tanto de la justicia y de la bondad de sus carceleros, había visto tantas cosas en los últimos años, que se prohibió el menor pensamiento positivo. Pasó un día sin noticias del juzgado y siguió sumergiéndose en el pozo de frustración y amargura en el que llevaba ya semanas y del que le iba a ser muy difícil salir. Al día siguiente por la mañana le comunicaron que iba a ser trasladado inmediatamente al juzgado para que le fuera leída su sentencia.

Juzgado Especial de Espionaje
Diligencia de notificación y entrega de testimonios

En Madrid, a 25 de enero de 1947

A las once horas del día de hoy comparece en este juzgado Gervasio Deán, al que se le da lectura íntegra de la resolución recaída en la presente causa, entregándosele un testimonio literal de la citada resolución quedando el mismo en libertad definitiva.

Notificado y enterado, firma en presencia del secretario.

El coche de línea paró en la carretera que atravesaba el pueblo con un estrepitoso chirrido de los frenos gastados y el característico ruido del motor de gasógeno. Gervasio, de pie, dentro del autobús, podía ver la figura de Antonia y de sus tres hijos esperando impacientes a que se abriera la puerta y descendiera. Nada más bajar del coche, abrazó largamente a sus hijos con los ojos llenos de lágrimas. En los seis meses que había durado su cautiverio no se había permitido llorar, no había querido dar esa satisfacción a sus carceleros por muy hundido que estuviera moralmente. Ahora, escuchando las voces de sus niños, percibiendo el olor de su piel y el tacto de sus manos, no pudo aguantarse. Besó a Antonia, acarició su rostro y miró el cielo de aquella tarde de finales de enero, un atardecer que no veía desde hacía más de seis meses.

—Vamos a nuestra casa.

El primer día de Gervasio en el pueblo supuso un carrusel de emociones y en su domicilio fueron apareciendo familiares y amigos en un goteo continuo de abrazos, besos y lágrimas. No fue una celebración, ni mucho menos, sino más bien una jornada de consuelo y alivio en la que todos se reconfortaban por el regreso después de ese medio año de incertidumbre y miedo. El mensaje que todos intentaban transmitir en sus visitas era el de que todo había pasado, que ahora volvería la normalidad, la vida de antes, la rutina del trabajo en el campo y la crianza de los hijos. Había que recuperar el orden y la calma en esa pareja, que se había visto truncada por el encarcelamiento del cabeza de familia y que ahora tendría que superar el trauma que había supuesto ese último medio año. Entre las visitas que recibió Gervasio en las primeras horas estuvo la del alcalde del pueblo, que, según le había contado su esposa, había intercedido por él comunicando al tribunal su buena conducta ciudadana y había mantenido informada a la familia de todos los pasos del proceso. Era un hombre moderado de derechas, con el que Gervasio había hablado muchas veces de política, alejado del radicalismo de la Falange.

—Me alegro mucho de que estés aquí, Gervasio. Hemos estado pendientes todo el tiempo de tu proceso y hemos asistido en lo posible a tu familia —le dijo el alcalde mientras le estrechaba la mano.

—Se lo agradezco, de verdad. Ojalá otras personas fueran como usted, pero tengo la impresión de que algunos de los suyos ni piensan igual ni actúan igual.

—Yo no puedo mandar en la cabeza de otros, Gervasio, solo intento que en el pueblo podamos convivir todos.

Unos meses antes, cuando, tras la desarticulación de las redes de apoyo al maquis del Francés, se produjeron las detenciones que llevaron a Gervasio a prisión, también fue arrestada unos días después una conocida suya, María Mohedas, que había dado apoyo a una partida de guerrilleros en la majada donde vivía. Estando retenida en el cuartel de la Guardia Civil, los falangistas, con la connivencia del cabo del puesto, la sacaron del calabozo, le raparon la cabeza, le dieron aceite de ricino y la pasearon por el pueblo. Hubo hasta un amago de fusilarla en la plaza, pero la intervención del alcalde y el cura lo evitó. Los guardias civiles, que permitían los desmanes de los falangistas, eran el buque insignia de la represión en la región y, precisamente, ante esos guardias y en ese cuartel tenía que presentarse regularmente Gervasio por orden del juzgado que había sobreseído su causa por ayuda a la rebelión.

—Usted no ha sido declarado inocente —le dijo el cabo el primer día que se presentó en el cuartel a dar fe de que estaba en el pueblo—, así que tenga mucho cuidado a partir de ahora en lo que hace y en lo que dice, no vaya a ser que otra denuncia le mande de nuevo a prisión, porque, siendo reincidente, seguro que no sale tan pronto de allí, ¿entendido?

Gervasio agachaba la cabeza y asentía, pero lo hacía para evitar que el cabo viera la rabia en sus ojos. Rabia y frustración de saberse señalado y vigilado, de tener por delante una vida controlada y una espada presta a caer sobre él si no se sometía a los cánones del Régimen. Había hecho la guerra con el bando equivocado, había luchado por los miserables que habían impuesto sus ideas y su credo a sangre y fuego, con venganzas y fusilamientos. Iba a ser muy difícil para él asumir ese rol de sometimiento y oscuridad, de intentar centrarse en el trabajo y la familia, sin salirse del carril, sin saber, sin opinar, sin hablar de nada que no estuviera permitido. Lo intentó durante un tiempo, quería evitar a toda costa más problemas a su familia, pero la amargura y el rencor que tenía dentro fueron saliendo poco a poco y encontraron un vehículo que primero los suavizó y después los potenció: el alcohol. Cumplía como podía con sus obligaciones familiares, trabajaba en el campo, procuraba que no les faltara nada a sus hijos, pero las tabernas fueron los lugares en los que apagó el fuego que tenía dentro. El vino, que, según él mismo decía, había empezado a tomar en el frente, cuando los mandos los invitaban a beber para templar los nervios antes del combate, se convirtió en su inseparable compañero, en su aliado para aplacar tristezas y en su enemigo para buscarle problemas. Con el paso de los años, se acostumbró a terminar cada día en los bares, donde la partida de cartas era la excusa para poder hablar por lo bajo de lo que no se podía decir en alto y donde, cuando la cosa se alargaba y el alcohol había calentado las gargantas, alguien se atrevía a cantar alguna canción prohibida. Las andanzas tabernarias de Gervasio llegaban a oídos de las autoridades y el alcalde ya había ido a advertir a Antonia de que su marido debía controlarse para evitar problemas.

—Lo de cantar «si los curas comieran rollos del río, no estarían tan gordos los muy jodíos» lo puedes hacer en tu casa, aunque esté mal, pero en los bares hay gente a la que le molesta. Díselo tú, Antonia, que un día alguien le va a buscar un conflicto y él ya ha tenido bastantes.

Antonia recibía las advertencias con resignación y discutía con su esposo, pero no quería ir a buscar a su marido a los bares porque, cuando estaba borracho en público, no admitía conminación ni advertencia algunas y defendía que no estaba haciendo nada malo para que tuvieran que ir a buscarlo como si fuera un delincuente.

—A ver si vas a ser tú como la Guardia Civil —le dijo en alguna ocasión cuando Antonia había ido a pedirle que parase de beber y cantar y se volviera a casa.

—Vete a buscar a tu padre a la taberna de la plaza que me ha dicho una vecina que está un poco folclórico, anda, tráetelo para casa —le decía Antonia a su hija Manuela con la esperanza de que la presencia de la niña aplacase el ímpetu del padre.

Manuela era el ojito derecho de Gervasio, la quería y mimaba más que a nadie, pero también era la que sufría más los efectos de su querencia por el vino. La hija pequeña, Leonor, había seguido ahijada en casa de sus tíos y el mayor, Julián, era ya un joven que, entre el trabajo y los amigos, pasaba poco tiempo en casa, así que Manuela era la que lidiaba con las broncas y los conflictos que provocaba en la convivencia el comportamiento de su padre alcohólico. Siendo ya una adolescente, se acostumbró a tener que sacarlo de los bares, algo que inicialmente algunos tomaban como una escena simpática, pero que terminó resultando una tortura desagradable. Entrar en la taberna donde su padre estaba bebiendo con los amigos, muchas veces siendo el centro de atención o de escándalo, y tener que insistirle y rogarle, a la vista de todo el pueblo, para que se fuera a casa era muy humillante para ella. ¿Por qué tenía que someterse a esa vergüenza?

—Vamos, padre, que dice madre que está la comida puesta —rogaba Manuela.

—Tranquila, hija, vete tú para casa y dile a madre que yo voy un poco más tarde, que, aunque es domingo, esto no es la iglesia y aquí no estamos obligados a comulgar todos cuando diga el cura —contestaba Gervasio mientras acompañaba a su hija hasta la puerta del bar.

Manuela sufrió el proceso de alcoholización de su padre durante sus años de juventud. Había épocas en las que Gervasio se controlaba más y dejaba de frecuentar los bares durante un tiempo, convirtiéndose entonces en un padre cariñoso y atento, que incluso animaba a Manuela a ir a misa y a participar en las tradiciones religiosas del pueblo.

—Vamos, hija, que ya están tocando las campanas, no vayas a llegar tarde. Que, aunque Dios está en todos lados, a esta hora os espera a todos en la iglesia —apresuraba cariñosamente a la que ya era una jovenzuela con novio.

Gervasio, por más que fuera un convencido anticlerical, sabía que para su hija era importante sentirse integrada en la comunidad. En esos tiempos sin alcohol solía ocupar parte de su tiempo libre en la lectura de los periódicos que llegaban al pueblo, la prensa propagandista del Movimiento que siempre ensalzaba las virtudes y los progresos conseguidos por los gobiernos del Generalísimo: el crecimiento económico, los avances sociales, la protección de los trabajadores, los derechos políticos. Pero él sabía que la mayoría de todo eso era mentira y que seguían viviendo bajo un yugo del que era imposible liberarse, más si cabe en una región olvidada por el progreso como la suya. Eran esos días, cuando se amargaba viendo que con el paso de los años todo seguía igual y que los ganadores de la guerra seguían imponiendo su mando y sus ideas sin aflojar las correas, en los que volvía a beber y se le soltaba la lengua en los bares, y alguien terminaba avisando en su casa para que fueran a recogerlo antes de que se metiera en un lío porque estaba cantando canciones republicanas. Gervasio llegaba borracho y muchas veces discutía a voces con su esposa mientras Manuela escuchaba la bronca desde la cama.

—Mira, Francisco, yo necesito irme de casa. Mi hermano mayor se ha ido a Madrid a trabajar, mi hermana pequeña vive con la tía y la única que sufre el calvario de mi padre soy yo, además de mi pobre madre —se quejaba Manuela cuando su novio decía que era pronto para casarse.

—Pero si es que solo con lo que yo gano vamos muy justos para alquilar una casa buena. Si ahorramos durante un tiempo, con lo que luego nos den los padres podemos comprar algo.

—Yo así no sigo, tú verás. Si hace falta, me voy a Madrid a servir.

—Mujer, no te lo tomes a la tremenda. Hablaré con mi padre a ver si nos deja la casa de mis abuelos, que está vacía. Es vieja y pequeña, pero es lo único que se me ocurre.

Para Manuela, casarse y salir de la casa de sus padres iba a ser un alivio. Iniciar una nueva vida y formar su propia familia la llenaban de ilusión a la vez que la sacaban de la dura realidad de la convivencia con un alcohólico. La situación dejaba ahora a Antonia viviendo sola con su marido, en un momento en el que la salud de Gervasio ya se estaba viendo afectada por años de tabaco y alcohol. En uno de sus episodios de desafío a la autoridad, un día de invierno frío cuando volvía a casa después de un largo rato en las tabernas, Gervasio pasó por delante del cuartel de la Guardia Civil cantando «La Internacional». El cabo del puesto, que lo estaba viendo acercarse desde la ventana del cuerpo de guardia, salió a su encuentro y le dio el alto.

—¿Qué está cantando usted? Sabe perfectamente que hay cosas que no se pueden cantar.

—Yo por cantar no hago ningún mal a nadie, a ver si tampoco nos van a dejar cantar.

—Pues ahora va a cantar donde yo le diga.

Y ordenó a una pareja de guardias que lo detuvieran y lo llevaran al calabozo.

El cabo avisó de la detención al alguacil del pueblo y este al alcalde, que se presentó en el cuartel para interesarse por lo sucedido e interceder, si fuera posible, por Gervasio.

—Solo es un borrachín sin ninguna maldad ni capacidad de hacer daño —dijo el alcalde quitando hierro a lo sucedido.

—No podemos consentir que venga a burlarse de nosotros a la puerta del cuartel. Necesita un escarmiento, que ya está bien de cantar canciones de rojos en los bares —elevó el tono de voz el cabo—. Este hombre tiene que saber quién manda y a quién se tiene que respetar. Se queda en el calabozo y me voy a pensar si le denuncio al gobernador militar.

—Está enfermo, lo estoy escuchando toser desde aquí, y el calabozo no le va a venir bien —replicó el alcalde con benevolencia.

—Me da igual, así se le pasa la mona y las ganas de joder.

El alcalde, en lugar de ir a casa de Antonia a avisar de la detención de su marido, fue a la de Manuela. Otra vez su padre, otra vez a tener que dar la cara, otra vez a sentirse señalada, otra vez ante las autoridades, otra vez. Acompañada de su marido fue al cuartel, a ver si el cabo se apiadaba de ellos y conseguían que lo dejara en libertad.

—Mire usted, que mi padre está enfermo y que cuando bebe ya no sabe ni lo que dice. Además, tiene los pulmones muy mal por el tabaco y con el frío del calabozo se puede hasta morir.

—Lo siento, Manuela, yo sé que usted es una buena mujer, pero su padre hoy se queda aquí. Si quieren traerle una manta, pueden hacerlo, se la daremos. Ya veremos qué pasa mañana.

El cabo tuvo a Gervasio dos días en el calabozo del cuartel. Cuando avisó a Manuela de que su padre iba a ser liberado, le comunicó que había decidido no denunciarle ante el gobernador militar, pero que no dudaría en hacerlo si volvía a cometer alguna imprudencia de las suyas. De aquellas cuarenta y ocho horas que pasó en el calabozo, una fría y húmeda celda de clausura medieval, pues el cuartel ocupaba el edificio de un antiguo convento, Gervasio salió con una pulmonía crónica que lo tuvo semanas en cama y de la que, según su esposa, nunca terminó de recuperarse, entre otras cosas, porque no dejó del todo ni el tabaco ni el alcohol.

Hoy, escuchando en la radio la retransmisión del entierro de Franco, Gervasio era un enfermo crónico al que el médico visitaba en su casa para controlarle la respiración y el ritmo cardiaco y que apenas salía a la calle. A sus sesenta y seis años, tenía una respiración cavernosa y una voz ronca que no era fácil de entender. Andaba despacio y no podía hacer esfuerzos. Era un anciano prematuro. Hacía mucho tiempo que no iba a los bares ni discutía de política, aquel tiempo de rabia y resistencia intelectual había pasado y la muerte del dictador lo había pillado ya casi sin fuerzas. Por supuesto que seguía la actualidad y en su casa siempre había algún periódico donde leía las noticias que cada vez hablaban más de aperturismo y nuevas ideas. No tenía mucha gente con la que cambiar impresiones sobre la actualidad política porque Antonia, quien cuidaba de que no volviera al trago y cumpliera con las recomendaciones del doctor, era la persona con la que pasaba más tiempo y no estaba por la labor de darle conversación cuando él sacaba el tema.

—Déjate de política, que la política nunca nos ha traído nada bueno a casa —le cortaba su esposa—. Preocúpate más de tu salud y menos de la de Franco.

De la misma opinión era toda la familia, que intentaba aplacar cualquier conato de alteración, el menor atisbo de rebeldía que pudiera perturbar su estado de salud. Pero Gervasio estaba ya agotado, sin energía, había pasado mucho tiempo esperando cambios y ahora con la muerte del dictador, contrariamente a lo que podía esperarse, casi más que ilusión lo que tenía era temor a que pudiera producirse un movimiento reaccionario que volviera a impedir la apertura a las libertades. Era una incertidumbre distinta a la de su hija Manuela, que, a punto de iniciar el regreso desde Madrid al pueblo, se preguntaba si aquella ceremonia a la que había asistido sería el fin definitivo de un periodo que, para ella, al margen de lo de su padre, había sido de paz y de felicidad. Una época en la que se enamoró, se casó, fue madre y había encauzado su familia en el ideario católico en el que creía. Un tiempo en el que fueron mejorando sus condiciones de vida poco a poco, dejó de ir a lavar al río, ya tenía agua corriente en casa, aunque fuera un solo grifo, habían llegado algunos pequeños electrodomésticos para hacer más fácil su rutina diaria, como la lavadora semiautomática, la olla exprés, la batidora o la televisión, y sus hijos iban a poder estudiar si servían para ello, una oportunidad que ella no tuvo. Incluso, si el negocio de su marido seguía yendo bien y Dios lo quería, una semana al año se podían ir todos de vacaciones, aunque no fuera a la playa, sino a un lugar más asequible del interior. Solo quería que eso no se rompiera ahora, nada más. Que no le cambiaran la vida y el orden. La política era lo de menos, lo importante era la vida.

31

La oscuridad de la Puerta del Sol

Mailua iba esposado en el asiento trasero de un coche camuflado de la policía secreta, sentado entre los dos agentes que lo habían arrastrado sosteniéndolo desde la habitación del Hotel Plaza hasta el garaje donde esperaba el vehículo, pues estaba tan disminuido por la paliza y las torturas que no era capaz casi de aguantarse en pie. Billy el Niño iba en el asiento del copiloto. No tardaron mucho en llegar a la Dirección General de Seguridad en la Puerta del Sol y el coche entró por una puerta lateral directamente a uno de los patios interiores del edificio. Había mucho revuelo en las instalaciones y no paraban de entrar y salir vehículos, muchos haciendo sonar las sirenas. En uno de ellos llegó a toda prisa Conesa, que saludó a González Pacheco y juntos se encaminaron a la sala de interrogatorios de la Brigada Político Social, donde los agentes habían conducido ya a José Luis.

—Hay que apretarle un poco más —dijo Conesa—. Tenemos que saber cuántos terroristas más iban a actuar con él y, sobre todo, si tenían explosivos.

—Este yo creo que ya no sabe más, comisario, lo importante es que los de San Sebastián consigan más información allí. Además, si ya no ha explotado la bomba… —Billy dejó la frase en alto porque Conesa le lanzó una mirada de reprobación.

—¡Las bombas pueden explotar en cualquier momento! ¿O le recuerdo lo de los guardias civiles de hace un mes en Oñate? Usted vaya preparándole, que yo voy a hablar con Ballesteros.

Ballesteros seguía en la central donostiarra intentando que el detenido, José Antonio Larrañaga, contase algo más sobre la preparación de la acción en Madrid, pero tenía pocas esperanzas porque el muchacho estaba llorando sin parar y repitiendo que no sabía nada más. El padre de José Luis, Antonio Murillo, había dicho que no lo conocía y, por lo tanto, no podía contar nada sobre las conexiones con su hijo. El hombre se había marchado al hospital para acompañar a su esposa y por esa parte de la investigación no esperaba conseguir nada más. Sus pesquisas se centraban ahora en el entorno de Ander Elorza, el compañero identificado por la madre de José Luis, que al parecer estaba desaparecido. Los agentes habían ido a su domicilio y hablado con su madre, Amaya, que decía desconocer el paradero de su hijo desde hacía unos días. Estaban esperando a que llegara el padre, Aitor, que, según los informes que tenían en la brigada, era un abogado simpatizante con los independentistas. Esa era la pista en la que más confiaba.

Aitor Elorza estaba conduciendo su vehículo bajo una fina lluvia por una carretera secundaria camino del monte Adarra, al sur de San Sebastián. El hombre que lo encañonaba desde el asiento del copiloto lo había ido guiando para salir de la ciudad y dirigiéndolo primero hasta Hernani, luego a Urnieta y finalmente a tomar una pista a la izquierda que empezaba a subir hasta el monte. Durante el trayecto, sin poder disimular su nerviosismo, Aitor le había preguntado si aquello tenía algo que ver con su hijo, pero el encapuchado le ordenó callar.

—Cállese y conduzca —dijo levantando el cañón de la pistola.

Por un momento, el miedo que ya estaba pasando al verse secuestrado y amenazado con un arma de fuego se hizo mayor al pensar que aquel hombre podía no ser del entorno de ETA, que era lo que se había imaginado al principio, sino de los grupos ultras que llevaban meses actuando en el País Vasco contra elementos nacionalistas. Si había estado primero en casa de Juan Mari y luego en el bar Alaya, alguien que lo hubiera seguido podría pensar que pertenecía al mundo independentista. Al margen de las acciones contra negocios, bares y librerías propiedad de personas cercanas al independentismo, grupos incontrolados de ultraderechistas habían agredido a jóvenes que frecuentaban bares de la zona vieja y, en los últimos meses, se había dado a conocer la organización ATE (Antiterrorismo ETA), que actuaba sobre todo en Francia, pero que también había llevado a cabo acciones en Guipúzcoa y Vizcaya. Aitor temió que lo hubieran confundido con un colaborador terrorista.

Después de unos minutos de ascensión, el encapuchado señaló un desvío que conducía a lo que parecía un viejo caserío abandonado y le ordenó aparcar en la parte de atrás, donde había otro coche estacionado.

—¿Dónde estamos? ¿Qué quieren de mí? —preguntó Aitor.

—Apague el motor y salga del coche. Ahora le explicarán.

Entraron por una puerta que daba acceso a una especie de granero. En una mesa, al lado de una ventana por la que entraba tan poca luz que hacía difícil distinguir los detalles, estaban sentados dos hombres que se levantaron al verlos llegar. Uno de ellos, el que parecía de más edad, que vestía un abrigo largo de color oscuro, lo invitó a tomar asiento y se dirigió a él.

—Señor Elorza, siento las molestias, pero teníamos que advertirle de que está usted en peligro. Y está en peligro porque nos está poniendo en peligro a nosotros.

Aitor intentó levantarse y decir algo, pero su acompañante, que estaba de pie a sus espaldas, lo sujetó del hombro con violencia y lo empujó de nuevo a la silla.

—Cálmese —continuó el hombre, que hablaba en castellano con un leve acento francés, pero con total corrección—. Que no le va a pasar nada si nos hace caso. Su hijo Ander está bien, debe de estar a esta hora ya en Iparralde, en un piso de la organización. Él, como sabe, ha decidido unirse a la lucha para liberar Euskadi de la opresión del Estado español y usted tiene que dejar de buscarlo. Sus movimientos de hoy estaban exponiéndolo ante las fuerzas represoras y poniendo en riesgo nuestra organización.

Hizo una pausa y puso una pistola sobre la mesa.

—No podemos arriesgarnos a que su actitud equivocada le convierta en un colaborador de los que oprimen al pueblo de Euskadi, así que necesitamos que entienda este mensaje: usted no sabe dónde está su hijo y no sabe si pertenece a ETA. Eso es lo único que puede decir cuando la policía le pregunte. ¿Lo ha entendido?

—¡Yo no voy a hablar con la policía, se lo juro! —replicó Aitor, que ahora estaba más nervioso aún—. Yo solo quiero que no metáis a mi hijo en una locura de la que no pueda salir. Ander es un chico joven, con toda la vida por delante. Franco ha muerto, el Régimen va a cambiar, la lucha política es el camino, la violencia ya no tiene sentido, tenéis que dejar las armas y esperar…

Mientras hablaba, el hombre del abrigo le había hecho una señal al que estaba detrás de Aitor para que lo hiciese callar y este le había golpeado en la cabeza.

—¡Señor Elorza! Franco ha muerto, pero en este instante hay unos policías en su casa preguntándole a su mujer dónde está su hijo y dónde está usted. Y si tienen la menor sospecha de que saben algo los llevarán a la comisaría o al cuartel de la Guardia Civil y les harán lo que crean oportuno para sacarles la información. Y le aseguro que no iba a ser agradable.

El golpe en la cabeza lo había aturdido, pero escuchar que la policía estaba en su casa con Amaya activó de nuevo todos sus sentidos. El miembro de ETA, que lo miraba fijamente esperando su reacción, al ver que no decía nada, siguió con su discurso:

—Ustedes, que no se comprometieron nunca con el pueblo vasco a pesar de los padecimientos a los que les sometió el Régimen, creen inocentemente que con la muerte de Franco se va a conseguir la libertad. Están equivocados, porque las fuerzas opresoras del Estado van a seguir en nuestra tierra y solo con la lucha armada se conseguirán los objetivos de liberación y socialismo. No hay otro camino.

Aitor lo miraba, todavía dolorido por el golpe, y veía el odio en sus ojos. Le gustaría replicarle, explicarle su visión de la realidad, hablarle de la necesidad de buscar otros caminos fuera de la violencia, de la esperanza en los cambios que venían y en la inevitable apertura política, pero ahora mismo se imponía el temor por su seguridad y la de su esposa Amaya.

—¿Qué queréis que haga? —dijo agachando la cabeza.

En los sótanos de la Puerta del Sol, en un cuarto con una pequeña ventana enrejada y una lámpara de luz tenue colgando del techo, Mailua estaba sentado en una silla con las manos esposadas a la espalda. Billy el Niño se acercó por detrás, le puso una mano en el hombro y le mostró su pistola.

—A ver, muchacho. —Su lenguaje era más dulce desde que José Luis había empezado a contar cosas—. Necesitamos que recuerdes más detalles, nombres que escucharas cuando te mandaron a Madrid, planes, direcciones, material, lo que sea, porque la gente de arriba está muy nerviosa y yo no quiero ponerme nervioso. No te conviene.

—Ya les he dicho todo lo que sabía.

—Pues habrá que motivar un poco esa memoria. Subidlo a la mesa —ordenó a sus ayudantes.

La mesa, rectangular y alargada, estaba preparada con correas para sujetar al interrogado. A un lado de la cabecera había un dispositivo con cables eléctricos. Tras atarle bien las extremidades y sujetarle la cabeza, uno de los policías cubrió el rostro de José Luis con una toalla y vertió sobre él una jarra de agua. La primera descarga se la aplicaron en los brazos. La segunda, en las piernas. A la tercera, perdió el conocimiento.

Mientras esto sucedía en los sótanos, arriba, en su despacho, el comisario Conesa hablaba con el SECED para informarlos de la sospecha de que, además del tirador interceptado y detenido, podía haber otros miembros del comando de ETA con explosivos en Madrid y no era descartable que pudieran haberse desplazado al Valle de los Caídos para actuar allí aprovechando la gran concentración de personas. Pidió una comunicación urgente con la máxima autoridad, el director, el comandante Juan Valverde Díaz. Después de unos minutos de espera, alguien que se identificó como el oficial del Departamento de Operaciones al mando en ese momento le dijo que era imposible hablar con el director y que le comunicase a él mismo el mensaje si era tan urgente.

—Sería conveniente que avisen a sus agentes en Cuelgamuros de que extremen las medidas de control porque nos consta que la banda ha enviado material a la capital y pueden tener explosivos preparados para actuar en cualquier momento —advirtió Conesa con vehemencia.

—A ver, señor comisario, usted no imagina lo que hay allí arriba, es una multitud apelotonada a las puertas de la basílica. La gente no ha pasado ningún control, los falangistas y excombatientes han ido con sus banderas y sus mochilas, muchos llevarán hasta sus armas en el uniforme. Han venido autobuses de toda España, la gente traía bolsas con bocadillos, tortillas, filetes y botellas de vino. ¿Cómo cree que vamos a extremar la precaución ahora?

—Yo cumplo con mi obligación de informar. Se nos había dicho que esta era una de las amenazas prioritarias de la Operación Lucero y, como está confirmada, lo aviso para que el SECED obre en consecuencia.

—Ya estamos controlando lo que hay que controlar. Si hay alguna novedad más concreta, vuelva a llamar, ahora tengo que dejarle. Gracias, comisario.

Y el oficial cortó la comunicación.

Conesa quedó sorprendido de la evasiva respuesta. Por otra parte, pensó, el oficial no se había identificado, lo que le resultó bastante extraño. Era cierto que, últimamente, todo era bastante raro en el SECED, desde que el presidente del Gobierno, Arias Navarro, decidiera sustituir a su fundador, el coronel Ignacio San Martín, por el comandante del Arma de Infantería y hombre de su confianza Juan Valverde. Las intrigas internas, la lucha por acaparar el poder, el intento de algunos por apartar a los militares del control de los servicios de espionaje y los movimientos en una parte del ejército por mantener el dominio sobre la información y las operaciones reservadas habían levantado muchas suspicacias dentro y fuera del organismo. El comandante Juan Valverde Díaz, que era un hombre de Arias Navarro, al que había acompañado incluso cuando este fue alcalde de Madrid ocupando, sorprendentemente, la concejalía de Urbanismo, no tenía ninguna experiencia en los servicios secretos, por lo que su llegada fue aprovechada por muchos para medrar e intentar influir en sus decisiones. Conesa sabía de las discrepancias del SECED con el Alto Estado Mayor del Ejército, pues algunos jefes militares veían mal que el organismo dependiera directamente de Presidencia del Gobierno y no de ellos. Muchas veces se preguntaba si algunas de las investigaciones que se le ordenaban o las informaciones que conseguía llegaban antes al Gobierno o al Ejército, porque era ya muy evidente que una parte del poder militar le había dejado claro a Arias Navarro que el camino de la apertura que había intentado era equivocado. La dura ley antiterrorista aprobada en agosto («... a los grupos u organizaciones comunistas, anarquistas, separatistas y aquellos otros que preconicen o empleen la violencia como instrumento de acción política y social se les impondrá una pena correspondiente a tal delito en su grado máximo») y las cinco condenas a muerte ejecutadas en septiembre demostraban que el ala dura del franquismo se había impuesto de nuevo. ¿Qué pasaría ahora con la muerte del Generalísimo?, se preguntaba Conesa. ¿Qué pasará con el nuevo rey? En la Dirección General de Seguridad circulaban rumores desde hacía meses de informes del SECED sobre el príncipe y su intercambio de mensajes con políticos de la oposición democrática. Se daba por hecho que las comunicaciones de Juan Carlos estaban intervenidas y, por ejemplo, cada vez que hablaba telefónicamente con su padre, circulaba el chascarrillo de que «Juanito había hablado con don Juan». Siempre pensó que alguien poderoso tenía un especial interés en controlar al heredero y que ese control venía directamente del Palacio de El Pardo, o de Franco o de alguien de su entorno. ¿Sería capaz ahora el rey de saltarse el camino señalado por el caudillo y negociar una apertura con las fuerzas opositoras al Régimen? ¿Se terminarían los tiempos en que la Brigada Político Social velaba por el mantenimiento del orden con mano libre para actuar? ¿Qué pasaría ahora con las organizaciones parapoliciales que llevaban años poniendo en marcha para luchar contra la subversión? El inspector se quitó de la cabeza las preguntas que la intrigante comunicación con el SECED le había provocado y decidió bajar a los calabozos a ver si el subinspector González Pacheco le había sacado algo más al detenido.

En el caserío del monte Adarra, el etarra del abrigo oscuro no aflojó la tensión del discurso a pesar de que Aitor Elorza parecía haber entrado en razón y se disponía a seguir sus instrucciones.

—Lo que queremos que haga es que vaya a su casa como si no supiera nada de lo que está pasando. Tiene que sorprenderse al ver a los policías allí y, cuando le pregunten, decir que no sabe nada de su hijo desde hace unos días y que no tiene ni idea de dónde puede estar, ni de que está en ETA, ni nada de nada. ¿Entendido?

Aitor asentía con la cabeza.

—No cambie el discurso en ningún momento porque, si se le escapa algo más y los policías creen que puede estar ocultando información, le aseguro que usted se va a arrepentir. Olvídese de este encuentro, de nosotros, de su hijo, de Juan Mari Zulueta, del bar Alaya y de todo. Hágalo por usted, por su mujer y por su hijo. Y, se lo advierto, si con lo que dice pone en peligro a alguien de nuestra organización, actuaremos contra usted.

—¿Seríais capaces de matarme a mí también? ¿Soy vuestro enemigo? —preguntó desafiante Aitor.

—Cualquiera que ponga en peligro el camino hacia la liberación del pueblo trabajador de Euskadi es nuestro enemigo.

Aitor agachó la cabeza y se llevó las manos al rostro. No podía creer lo que estaba escuchando. No solo había perdido a su hijo en ese mundo de violencia clandestina, sino que además estaba amenazado como si fuera un confidente de la policía. El pistolero que lo había llevado hasta allí le agarró el hombro indicándole que la conversación había terminado y había que levantarse. Antes de salir, el tercer etarra, que había permanecido de pie al lado de la mesa y no había dicho nada hasta entonces, se dirigió a él:

—Señor Elorza, usted cree que con la muerte de Franco va a morir el Régimen opresor, pero Juan Carlos es un hijo del fascismo y por mucho que nos quieran vender un cambio democrático solo será propaganda de cara al exterior porque lo que impondrán será una especie de neofranquismo para impedir que el País Vasco sea libre.

Hizo una pausa y el almacén quedó en silencio. Luego, añadió:

—¿De dónde cree que salen las bombas que ponen los ultras? ¿O las metralletas del Batallón Vasco Español? Tenga también cuidado con todos esos, porque todo lo que sepa de usted la policía lo sabrán también los ultras.

Aitor subió al coche acompañado del pistolero, que lo guio hasta las afueras de Hernani, a la entrada de una zona industrial, donde le ordenó que se detuviera. El etarra se bajó del coche y se volvió a mirarlo.

—Ya sabe lo que tiene que hacer. *Gora Euskadi Ta Askatasuna.*

Cerró la puerta y se marchó.

Condujo hasta su casa de Rentería intentando tranquilizarse, sabiendo lo que se iba a encontrar, tratando de asimilar el cambio radical que había dado su vida en unas horas. Aquel día en el que enterraban al dictador y que, supuestamente, tenía que ser una jornada de esperanza para todos los aspirantes a la democracia y la libertad se había convertido en un abismo para él. Las ideas se le agolpaban en la cabeza: por una parte, su hijo huido; por otra, él amenazado, y, para completar el panorama, su mujer con la policía en casa. ¿Qué les habría dicho Amaya? Habían quedado en que no iban a hablar con nadie del tema, solo con Juan Mari Zulueta, pero con lo visceral que era su esposa lo mismo había soltado algo inoportuno delante de los policías. Al menos ella no sabía nada de su encuentro con los tres miembros de ETA, las amenazas y advertencias. Aunque, más tarde o más temprano, se lo tendría que contar a su mujer, pobrecita. Si ya era insoportable la angustia que sentía ahora mismo, se imaginó la de Amaya cuando se enterase de que no solo habían perdido contacto con su hijo, sino que debían estar callados y asumirlo con resignación porque ahora estaban amenazados. Todo era una locura.

En el hospital provincial, la mejora en el estado de Mari Carmen había hecho que la trasladasen desde urgencias a una habitación más grande, compartida con otro paciente, del que la separaba una cortina de plástico blanca. Era un señor mayor que también sufría un problema cardiaco y que estaba, según le dijeron los enfermeros, a punto de recibir el alta. El hombre tenía encendida la radio, que retransmitía durante toda la mañana el entierro de Franco. Mari Carmen escuchaba de fondo al locutor narrando la entrada del féretro del caudillo en la basílica del Valle de los Caídos:

> Camino del altar, tras la cruz ceremonial, acompañada de dos filas de diez monaguillos, aparece el abad mitrado y a continuación el féretro del Generalísimo. La escolanía y los coros de la comunidad entonan la antífona «In Paradisum»…

El canto gregoriano llenó el silencio de la habitación y por un momento le trajo recuerdos de su juventud en el pueblo de Zamora, de las ceremonias en la iglesia, del olor a incienso y a cera y de las procesiones de la Semana Santa con aquellas imágenes dolientes, de sufrimiento y resignación, los rostros de la Virgen contemplando el martirio de su hijo. La sacó de esos pensamientos la llegada de su marido. Se abrazaron cariñosamente durante largo rato, esta vez sin llorar, ella había agotado las lágrimas.

—¿Qué te han dicho de José Luis en la comisaría? —preguntó mientras acariciaba la cara de Antonio.

—Que está bien, detenido, pero sin heridas, que es lo importante —intentó tranquilizarla Antonio—. Lo mismo que contigo, cariño, lo importante es que te pongas bien, recuperarte, lo otro ya veremos qué pasa después, que todo se irá aclarando, seguro.

—Tendremos que ir a verlo, tendremos que seguir cuidando de él.

—Pues claro, es nuestro hijo y lo será siempre. Pero no pienses ahora en eso, que eso ya se verá. Lo bueno es que ya sabemos dónde está y que está vivo. Intenta descansar, amor mío —le dijo Antonio mientras besaba su frente.

Desde el otro lado de la cortina el canto gregoriano terminaba y el locutor anunciaba que ahora en el órgano de la basílica empezaban a sonar los compases del himno nacional.

Cuando Aitor llegó a su domicilio, Amaya lo esperaba sentada en la cocina, se la notaba nerviosa mientras fumaba un cigarrillo. El cenicero estaba lleno.

—Ha estado aquí la policía —dijo mientras apagaba con fuerza la colilla, se levantaba de la silla y empezaba a moverse inquieta—. Tenemos que ir a prestar declaración a la comisaría. Ya les he dicho que no sé nada de Ander desde hace unos días.

Aitor se dejó caer abatido en una silla y suspiró.

—¿Y te quedas así, tan tranquilo? ¿No dices nada? La policía buscando a tu hijo y tú no tienes nada que decir. ¡Pues vaya!

—Siéntate, por favor, cariño, vamos a hablar.

El rostro serio de su marido indicó a Amaya que algo grave estaba sucediendo, pero ¿qué podía haber más grave que el hecho de que su hijo hubiera decidido pasar a la clandestinidad y la policía lo buscase? Aitor le contó su día paso por paso, primero la frustrante conversación con Juan Mari, luego la visita al bar del casco viejo, el abordaje del desconocido con la pistola, el viaje al monte y el encuentro y las advertencias del caserío. Amaya, que había escuchado con los ojos muy abiertos, estupefacta ante lo que estaba oyendo, se cubrió el rostro con las manos y respiró profundamente.

—Bueno, nos hemos equivocado, no pasa nada —dijo mientras encendía otro cigarrillo.

—¿Cómo que no pasa nada? ¿No te das cuenta de que están tan locos y que serían capaces de cualquier cosa, incluso de actuar contra nosotros? ¡Sabes que ya han ejecutado a algunos que, según ellos, eran chivatos! ¡Y eran gente con familia, con hijos, que no sabemos si de verdad tenían culpa o no!

—Nosotros no somos ningunos chivatos, iremos a la comisaría y les diremos que no sabemos nada, que, por otra parte, es casi la verdad.

—¿Y si nos vigilan? ¿Y si nos detienen y nos torturan? ¿Cómo sabes que vamos a resistir sin decir nada?

Su marido se había puesto en pie, estaba fuera de sí. Ella lo miró con temor y sintió un escalofrío al recordar lo que contaban algunos detenidos de lo que se hacía en las comisarías y cuarteles.

—Eso por no hablar del cuidado que ahora debemos tener con los ultras fascistas, que van por ahí dando palizas y poniendo bombas para responder a ETA golpeando a sus familiares —se lamentaba Aitor—. Esto es todo de frenopático. Entre unos y otros nos van a joder a los que solo queremos que lleguen la democracia y la paz.

Conesa y Billy el Niño habían salido a despejarse a uno de los patios interiores del edificio de la Puerta del Sol. El ambiente en el cuarto donde le estaban aplicando las descargas a Mailua estaba cargado y era conveniente salir de vez en cuando a respirar. Iban a dejar descansar un poco al muchacho antes de volver con el interrogatorio. Conesa seguía dándole vueltas a la conversación con el agente del SECED.

—No entiendo muy bien lo que pasa, pero algo pasa, Pacheco. Últimamente no sé muy bien para dónde tira el SECED. Da la impresión de que algunos quieren una cosa y otros otra. No se sabe bien quién manda ahí adentro.

—Antes, cuando solo existía la OCN estaba todo más claro —reflexionó Billy—. Ahora parece que hay quien quiere darnos de lado y jodernos. No se dan cuenta de que en esto del terrorismo hay que hacer lo que dijo en las Cortes hace poco García Ibáñez: ojo por ojo y diente por diente. Ese sí que tiene huevos.

Julio García Ibáñez era un procurador por Segovia y consejero nacional del Movimiento, que el mes de julio anterior había dirigido un duro discurso en las Cortes contra la poca contundencia del Gobierno de Arias Navarro en la lucha antiterrorista. Su alocución se produjo al día siguiente del ametrallamiento de dos guardias civiles en un tren en Guipúzcoa, en el que murió uno de ellos, Mariano Román Madroñal. García Ibáñez, miembro destacado de la Falange y presidente de la Hermandad de Sargentos Provisionales, fue contundente en su petición al presidente Arias.

—Hay que emprender una represión más dura, empleando el sistema de la violencia por la violencia, diente por diente, ojo por ojo, hasta el total exterminio y aniquilamiento de esas organizaciones criminales y antiespañolas.

Sus palabras habían tenido gran repercusión en los sectores más conservadores y para algunos señalaron el camino de la reacción del Régimen que condujo a los cinco fusilamientos del mes de septiembre. García Ibáñez pertenecía al grupo de procuradores que habían sido más críticos con los devaneos aperturistas del inicio de la etapa del presidente Arias y que dudaban abiertamente de la capacidad de Juan Carlos para sostener sus promesas de fidelidad a los principios del Movimiento Nacional.

—De eso no hay duda —asintió Conesa—. Hay quien nos quiere enterrar debajo de la alfombra, aunque no lo van a tener fácil. Pero estoy notando algo raro estos días. Unos nos han vuelto locos con la Operación Lucero para que no pasara nada en la muerte de Franco y resulta que ahora a otros no les preocupa que pueda haber un comando de ETA en el Valle de los Caídos. Algo no cuadra.

—Hace un instante he escuchado en la radio que hay una multitud a las puertas de la basílica y que había empezado ya el entierro. Todo parecía ir normal, comisario.

—Esperemos. Nosotros a lo nuestro, Pacheco, vamos a ver si el pájaro ha descansado ya lo suficiente y vuelve a cantarnos algo.

Bajaron las escaleras que llevaban a los sótanos de la Puerta del Sol y avanzaron por el largo pasillo oscuro lleno de calabozos. Billy se detuvo y dio tres golpes fuertes a una de las puertas, era su llamada habitual para que los agentes de dentro le reconocieran. Cuando abrieron y pasaron dentro, José Luis seguía tendido en la mesa, desnudo. Había mucha humedad y un cierto olor a carne quemada en el ambiente.

32

El rey solitario

Los veteranos de la Guardia del Generalísimo portaban el féretro por el pasillo central de la basílica. Habían relevado en la puerta de entrada a los familiares de Franco, que dejaron el ataúd para ocupar el lugar prioritario que se les había reservado en la ceremonia de inhumación. Delante del cadáver marchaba el abad mitrado, Luis María de Lojendio, que había recibido los restos del caudillo entregados por el notario mayor del Reino, el ministro de Justicia, José María Sánchez-Ventura. El órgano inundaba el aire con las notas del himno nacional español. Sobre el ataúd, la bandera rojigualda con el escudo, el bastón de mando y la espada del general. Detrás, con la cabeza descubierta y sujetando su gorra de plato en la mano izquierda, iba el rey. El cortejo avanzaba con dificultad hasta la cabecera del templo debido a la aglomeración de militares que acompañaban el paso a ambos lados del pasillo. Cuando llegaron ante las escaleras que conducían al altar, la Guardia depositó, no sin cierta dificultad, el ataúd en una tarima y el rey se dirigió a la izquierda para ocupar el trono que se le había preparado en el lado del Evangelio. Estaba solo. Los únicos pendientes de él, sentados a unos metros a derecha e izquierda, eran el jefe de su Casa, el marqués de Mondéjar, Nicolás

Cotoner y Cotoner, y el secretario de esta, el general Alfonso Armada. Juan Carlos no podía disimular su cara de circunstancias, se le notaba nervioso, inquieto. Se quedó un instante de pie, sin saber dónde dejar la gorra, que sujetaba con su brazo izquierdo, en el que lucía un gran brazalete negro. Ahora estaba muy lejos del ataúd, fuera del centro de la ceremonia, en un tercer plano.

—Nuestro hermano ha muerto en la paz de Cristo. Con la fe y la esperanza puestas en la vida eterna, le confiamos al amor de nuestro padre celestial. Fue adoptado entre los hijos de Dios en el bautismo y, unido a sus hermanos, participó en la mesa del Señor. Pidamos ahora que sea admitido al banquete del reino y herede con los santos los premios eternos.

El abad mitrado recibió de manos del sacristán el incensario y, mientras la escolanía entonaba otro canto fúnebre, fue rodeando la tarima donde estaba el ataúd, moviendo adelante y atrás el turíbulo para incensar y bendecir al difunto. Luego, para entonar las preces, volvió al altar, donde se elevaba una talla de cristo crucificado que tenía mucho que ver con el caudillo. Era un gran crucifijo en madera de sabina, un árbol que, según la propaganda del Régimen, había sido elegido y talado por el mismo Franco en un bosque de Valsaín. Una vez cortado el árbol, curiosamente, se encargó la talla al artista Julio Beobide, un nacionalista vasco que recibió por el encargo del Generalísimo veinte mil pesetas. La talla estuvo durante años en El Pardo hasta que se terminó la obra del Valle de los Caídos, donde Franco quería que permaneciera para siempre.

—Escucha en tu bondad, Señor, nuestras súplicas implorando misericordia por tu siervo Francisco, a quien has llamado de este mundo. Dígnate llevarlo al lugar de la luz y de la paz, para que tenga parte en la asamblea de tus santos. Por Cristo nuestro Señor, amén.

Terminado el responso, el abad y su séquito se pusieron de nuevo en marcha para dirigirse hasta la cabecera de la basílica, en la parte de atrás del altar, donde se encontraba preparada la tumba. De nuevo, toda la procesión fue tras ellos y la Guardia del Generalísimo portó otra vez a hombros el féretro, dando un rodeo por la izquierda del altar para dirigirse al sepulcro. En ese trayecto, durante un momento, el cadáver de Franco pasó justo delante del trono ocupado por el rey, apenas a un metro de donde estaba, serio y en pie, el monarca. Todas las miradas de los presentes estaban puestas allí, esperando su gesto, su ademán, su señal de respeto al hombre que lo había elegido sucesor. Juan Carlos, que parecía tener la mirada perdida, hizo un levísimo gesto con la cabeza. En la bancada que ocupaban los consejeros del Movimiento hubo muchos comentarios.

—Míralo, no ha sido capaz ni de agachar la cabeza como Dios manda —se indignó el teniente general Tomás García Rebull—. Cuando lo votamos como heredero, lo hicimos por lealtad a Franco, pero ya entonces sabíamos que lo iba a traicionar.

García Rebull era uno de los veteranos de la Guerra Civil y había formado parte además de la División Azul que luchó al lado de los alemanes en Rusia. A sus sesenta y ocho años, Rebull era de los que más renegaban del aperturismo en el llamado búnker franquista. Hacía unos meses, en el acto de constitución de la Confederación Nacional de Excombatientes, de la que era vocal, había dicho que estaban preparados para defender el Régimen con uñas y dientes y se oponía abiertamente a la aprobación de las asociaciones políticas porque «los partidos políticos son el opio del pueblo, los políticos unos vampiros y en este país lo único que puede haber son españoles».

—¿Cómo no pudimos advertir antes a Franco de que este reyezuelo se quería cargar el Movimiento? —se lamentaba Rebull.

—Yo se lo advertí hace menos de un año —contestó su compañero de banco, el exministro del Movimiento José Utrera Molina.

El 19 de diciembre de 1974, Utrera Molina, un falangista joven que tenía cuarenta y ocho años y que ya había sido ministro de Vivienda con Carrero Blanco, ocupaba el cargo de ministro-secretario del Movimiento y acudió al Palacio de El Pardo a informar a Franco de las decisiones del Consejo Nacional. En un momento dado, Utrera, que lideraba el ala más ultra del Gobierno y estaba enfrentado al presidente Arias Navarro, abordó el tema del príncipe Juan Carlos.

—Yo le dije a Franco que no creía, en modo alguno, que Juan Carlos estuviera sinceramente identificado con la continuidad del Régimen; él se quedó frío y callado. Aún recuerdo aquel mutismo del general y su mirada clavada en mí. Finalmente, con cierta desilusión me dijo: «Sé que cuando yo muera será distinto, pero existen juramentos que obligan y principios que han de permanecer».

—Los juramentos solo obligan a las personas rectas y leales, no a los traidores. Pobre Franco —volvió a lamentarse Rebull.

—Le contesté al general que ojalá tuviera razón, pero que yo tenía claro que, cuando Juan Carlos le sucediera, España volvería a la monarquía liberal y parlamentaria, con un sistema de partidos políticos en el que entrarían todos, porque ese era el deseo de Juan Carlos.

Utrera Molina, que miraba fijamente al rey, volvió la vista hacia el ataúd de Franco, que ya se acercaba a la cabecera de la basílica, y continuó:

—Franco se quedó de nuevo en silencio, con la mirada fija en la nada, como si contemplase el vacío. Fue un momento tenso. Finalmente, salió de su absorción y me dijo: «Las instituciones actuarán y cumplirán su misión para que España no regrese a la fragmentación y a la discordia».

—Las instituciones no actúan, son los hombres los que tienen que hacerlo, como lo hicimos en su día y volveremos a hacer si España está en peligro —sentenció Rebull mientras se santiguaba—. Nos intentaron alejar de él para que no le hiciéramos ver lo que estaban tramando, pero no nos podrán alejar de nuestro deber con España.

El féretro había llegado hasta la tumba y había sido colocado delante de esta, sobre una alfombra que cubría la lápida blanca preparada para sellar después la sepultura. A la izquierda del ataúd estaban los familiares del difunto, con el marqués de Villaverde y el duque de Cádiz a la cabeza. Alfonso de Borbón y Dampierre consolaba una y otra vez a su esposa Carmen, la única mujer de la familia presente en la basílica, pues su madre y su abuela se habían marchado desde la misa en el Palacio de Oriente al Palacio de El Pardo, donde estaban siguiendo la ceremonia a través de la televisión. Las últimas horas de la viuda de Franco habían sido muy intensas. Además del dolor de la pérdida y las ceremonias, había tenido que revisar el documento de las mercedes nobiliarias que el Gobierno iba a conceder a la familia Franco tras el fallecimiento del caudillo. Doña Carmen no estaba satisfecha con el documento enviado por el ministro de Justicia, pues no se había concedido a su hija el título de duquesa de El Ferrol como quería la familia y, además, se negaba el carácter hereditario del título de duquesa de Franco.

—¿De qué nos sirven los títulos si no se pueden heredar? —decía doña Carmen enfadada—. Nos quieren borrar del mapa.

Eran días de incertidumbre en El Pardo ante el temor de que los acontecimientos se precipitaran. En el círculo de la familia había miedo a un abandono por parte del Gobierno y del rey, incluso corrían rumores de posibles algaradas de incontrolados que podían intentar tomar el palacio por la fuerza reclamando venganza. Cristóbal Martínez-Bordiú, el que era desde hacía meses el jefe de la familia, intentaba tranquilizar los ánimos de todos mientras llevaba semanas moviéndose entre los políticos más próximos a su suegro para asegurar que la situación de los Franco no cambiase con la muerte del caudillo. Los últimos meses habían sido de mucha tensión para el marqués de Villaverde, que, por otra parte, era un hombre vehemente y se dejaba llevar bastantes veces por los nervios. Unas semanas antes de la muerte de Franco, cuando ya el final parecía inevitable, Cristóbal se vio envuelto en una pelea pública por defender el nombre de su suegro. La crónica que la agencia PYRESA difundió a los medios el 7 de octubre de 1975 dejaba constancia del arrojo del yerno del caudillo:

> El marqués de Villaverde resultó herido, con lesiones de pronóstico reservado, cuando salió en defensa de España, a la que insultaban varios holandeses. El hecho se produjo en el restaurante Antonio, de Puerto Banús, en Málaga. Un grupo de holandeses profirió insultos contra España y su Gobierno. En aquel momento el marqués de Villaverde los increpó duramente y los holandeses atacaron al yerno del jefe del Estado, que se defendió de los golpes que los extranjeros le propinaban. El marqués de Villaverde se encuentra internado en una clínica de Marbella. El incidente ocurrió el domingo por la noche.

Ahora, al lado de su hija y su yerno, Cristóbal iba a asistir al último acto oficial antes de depositar el cadáver de su suegro en el fondo de la tumba. El ministro de Justicia iba a tomar juramento a los jefes de la Casa del Generalísimo de que el cadáver que iba dentro del ataúd era el del dictador. Un silencio de hielo recorría la basílica.

—Excelentísimos señores don Ernesto Sánchez-Galiano Fernández, don José Ramón Gavilán y Ponce de León y don Fernando Fuertes de Villavicencio, ¿juráis que el cuerpo que contiene la presente caja es el de su excelencia el jefe del Estado y Generalísimo de los ejércitos, don Francisco Franco Bahamonde, el mismo que os fue entregado para su custodia en el Real Palacio de Oriente de Madrid a las seis horas y treinta minutos del pasado día 21?

—Sí lo es, lo juro —contestaron sin dudar uno tras otro, aunque el teniente general Sánchez-Galiano lo hizo con voz temblorosa y no pudo contener las lágrimas.

Se retiraron de encima del ataúd la bandera, el bastón de mando y la espada del general y llegó el turno de la cuadrilla de enterradores, los cuatro hombres seleccionados por Gabino Abánades para descender el féretro sin el menor fallo. Uno de ellos, Mateo Gutiérrez, estaba muy nervioso. Se adelantó con la cuerda en la mano para pasarla por debajo de la caja, pero en ese momento tomó de nuevo la palabra el abad mitrado. Todavía había que bendecir la tumba.

—Oremos. Señor Jesucristo, tú que permaneciste tres días en el sepulcro dando así a toda sepultura un carácter de espera en la esperanza de la resurrección, concede a tu siervo Francisco reposar en la paz de este sepulcro hasta que tú, resurrección y vida de los hombres, lo recibas y lo lleves a contemplar la luz de tu rostro. Amén.

El abad utilizaba un hisopo para rociar con agua bendita la tumba mientras desde fuera de la basílica llegaba el sonido de los disparos de las salvas de ordenanza realizados como último homenaje al difunto. Por fin, se autorizó el paso a los cuatro enterradores, que saludaron con una reverencia de respeto al muerto y se colocaron dos a cada lado de la caja. Pasaron por debajo del ataúd las dos cuerdas que sostuvieron a pulso para, primero, elevarlo y luego hacerlo descender suavemente hasta el fondo de la tumba, hacia donde se dirigían las miradas de todos los presentes.

En la explanada exterior, donde se había escuchado toda la ceremonia por los altavoces, el momento de la sepultura, acompañado del estruendo de las salvas de honor, había levantado los ánimos y la multitud había vuelto a corear el eterno «Franco, Franco, Franco». Jaime Llopis y Luis Rovira, que seguían en primera fila en las escaleras al frente de sus requetés, se abrazaban emocionados. Jaime también se abrazó con Bofarull, su ayudante, el hijo del hombre que perdió la vida a su lado en Vilalba dels Arcs. Al terminar el abrazo, se saludaron marcialmente.

—Por Dios, por la patria y el rey.

Dentro se estaba colocando la gran lápida de granito con forma de trapecio circular y de mil quinientos kilos que necesitó once operarios para desplazarla hasta cubrir la tumba. Un sistema de rodillos, gatos y poleas facilitó la tarea que duró unos minutos mientras el abad seguía con los rituales.

—Pidamos por nuestro hermano a Jesucristo. Señor, tú que resucitaste a los muertos, dígnate en dar la vida eterna a nuestro hermano Francisco. Todos te lo pedimos, Señor. Tú, que perdonaste en la cruz al buen ladrón y le prometiste el paraíso, dígnate en perdonar y llevar al cielo a nuestro hermano Francisco. Te lo pedimos, Señor.

»Señor, ten misericordia de tu siervo Francisco para que no sufra castigo por sus faltas, pues deseó siempre cumplir tu voluntad.

»Señor, la verdadera fe le unió aquí en la tierra al pueblo fiel, que tu voluntad le una ahora al coro de los ángeles y elegidos.

»Dale, Señor, el descanso eterno.

La lápida estaba colocada y la escolanía entonaba el último canto gregoriano de la ceremonia. En ese momento, haciéndose un hueco entre los que rodeaban la tumba, apareció el rey, que se colocó de pie a la cabecera durante unos breves segundos e inclinó levemente la cabeza. Luego saludó al abad y esperó en el lateral derecho a que el sepulcro fuera sellado. Al otro lado estaba la familia de Franco, no hubo contacto entre ellos. Cuando terminó el sellado, el rey, acompañado del

379

abad, enfiló hacia la puerta de la basílica y detrás de ellos lo hizo el presidente del Gobierno. Los familiares de Franco se quedaban junto a la tumba, recibiendo el pésame de los más allegados. Aunque durante los últimos tres días, la última vez por la mañana en la ceremonia en el Palacio de Oriente, Juan Carlos ya había dado el pésame y confortado a los Franco varias veces, llamó la atención que en ese momento, nada más enterrar al patriarca y cerrar la tumba, no se acercara a ellos. Ese consuelo que se da a una familia cuando se ha terminado el acto fúnebre y se ha cortado definitivamente el último contacto, el visual, con el difunto se toma como mensaje de apoyo y solidaridad para lo que viene, un «animaos, que vamos a estar arropándoos a partir de ahora; no desfallezcáis, que estaremos a vuestro lado para sosteneros». Eso no se produjo. La espantada del rey dejó entre los presentes un aire de desafuero, como un «ahí os quedáis, que yo ya he cumplido; vosotros a lo vuestro y yo a lo mío, que la situación ha cambiado». La estampa del frío monarca alejándose hacia la salida de la basílica, mientras los Franco se quedaban llorando en la tumba del dictador, parecía la escenificación del fin de una era, de los nuevos tiempos y del nuevo poder. Y detrás del nuevo mando, arrimándose a la autoridad, iba el presidente Arias Navarro.

—Míralos, los dos traidores salen corriendo a por su botín —comentó Girón de Velasco.

—Los dos están donde están por Franco y los dos, cada uno a su manera, han ido preparándose para borrar su legado. Pero España, como Roma, no debería pagar traidores —contestó el teniente general Pérez-Viñeta.

Girón y Pérez-Viñeta estaban rodeados de un amplio grupo de personas, que observaban atentamente el avance de la comitiva del rey hacia la puerta de salida. Eran los más significativos representantes del búnker, los hombres que habían luchado los últimos años por evitar que el Régimen cayera al llegar la muerte de Franco. Los que habían advertido al general de los devaneos democráticos de Juan Carlos y de su poca identificación con los principios del Movimiento Nacional. Los que le habían pedido un cambio de rumbo para amarrar el mando e impedir que los traidores socavaran los cimientos del Estado pactando con comunistas y nacionalistas. Además de Girón y Pérez-Viñeta, por allí estaban Utrera Molina, García Rebull, Iniesta Cano, Ángel Salas Larrazábal, Luis Valero, García Ibáñez y otros procuradores en Cortes, consejeros del Movimiento y miembros de la Confederación Nacional de Excombatientes. Había un murmullo general en la basílica, donde todo el mundo hablaba en un tono bajo, en el que se confundían las condolencias con las intrigas.

Mientras tanto, Juan Carlos y sus acompañantes se acercaban por el pasillo central a la salida. Desde los bancos, algunos asistentes lo saludaban, pero eran mayoría los que observaban su paso con frialdad. Llamaba la atención que unos metros por delante, como si estuviera abriendo paso, se había colocado en actitud vigilante el jefe de la Casa del Rey, el marqués de Mondéjar. Aunque el aviso que habían recibido del SECED sobre la posibilidad de que se intentase forzar al monarca a un juramento público de lealtad a Franco parecía descartado, Nicolás Cotoner y Cotoner temía aún que, en el cargado ambiente ultraderechista de la entrada, algún exaltado pudiera importunar al rey. También se había colocado estratégicamente el general Alfonso Armada, secretario de la Casa del Rey, que iba un metro por detrás, a la derecha de don Juan Carlos, mirando a un lado y a otro, como cubriéndole las espaldas. Al salir por la puerta, se encontraron con una nube de gente en su camino: numerosos fotógrafos y reporteros que se cruzaban de un lado a otro tomando imágenes, guardias civiles que intentaban apartar a los periodistas, ujieres que acompañaban no se sabía a quién, asistentes a la ceremonia que habían esperado la salida de las autoridades para luego ir detrás. La bajada del primer tramo de escaleras fue un pequeño desconcierto, con el marqués de Mondéjar acelerando el paso y apartando gente, ayudado por los guardias civiles, algunos con metralletas, que intentaban controlar que nadie rompiera las filas laterales y accediese al pasillo central, algo imposible, pues se confundían los uniformes de unos y otros y se mezclaban tricornios, boinas y gorras de plato por todos lados. Sonó una corneta y la banda se arrancó con el himno nacional, el rey saludaba llevándose su mano derecha a la gorra, pero no había vítores ni aplausos, el ambiente era frío y tenso alrededor. Al descender el segundo tramo de escaleras, de entre la masa de gente que iba tras el monarca, pasando al lado del general Armada, surgió de improviso un requeté de uniforme y disparó dos veces al rey en la cabeza. Fueron dos fogonazos rápidos, muy seguidos, cuyo sonido se mezcló con los tambores y cornetas de la banda que interpretaba el himno. Solo cuando Juan Carlos se desplomó en las escaleras, los presentes parecieron darse cuenta de lo que ocurría. El alarido de espanto del abad, que vio caer a sus pies el cuerpo y ahora miraba aterrorizado la pistola en la mano del autor de los disparos, precedió al de los guardias civiles que se abalanzaron sobre el carlista para desarmarlo. Hubo un forcejeo de apenas unos segundos, mientras la gente se echaba hacia atrás aterrorizada, y sonaron otros dos disparos. El requeté y un guardia civil cayeron al suelo y las armas de ambos rodaron por las escaleras.

Mientras esto sucedía en el exterior, la gente más próxima a la puerta de la basílica corrió a refugiarse dentro cuando oyeron los disparos y el griterío de los de delante. Decenas de personas entraron asustadas por el pasillo central, provocando un tapón al chocar con los que estaban saliendo de la ceremonia. La confusión era tremenda porque no se sabía bien qué estaba ocurriendo fuera. Hubo voces pidiendo calma y alguien gritó que habían disparado al rey. Un rumor de asombro recorrió todo el templo. Varios militares de uniforme intentaban abrirse paso para salir pidiendo a la gente que se desplazara hacia los pasillos laterales, pero pocos se movían en medio de la confusión. Además, seguían entrando muchas personas, por lo que era imposible avanzar. Al fondo de la basílica, los Franco asistían desde lejos al revuelo formado en la entrada. El jefe de la Guardia del Generalísimo, cuyos miembros en ese momento seguían haciendo honores en la tumba, ordenó formar un cordón alrededor de los familiares como medida de protección.

—¡Un médico! ¡Un médico, por Dios! ¡Busquen a algún médico!

El grito se propagaba por la explanada mientras en las escaleras donde se había producido el tiroteo la Guardia Civil intentaba crear un espacio alrededor de los tres cuerpos que había en el suelo y que eran asistidos por las personas que estaban más cercanas y no habían huido entre el pánico del primer instante. Rápidamente se identificaron varios doctores, «¡Soy médico!», a los que abrieron paso hasta los cuerpos. Solo el del guardia civil se movía. Se empezaban a escuchar gritos y lamentos entre los que miraban desde fuera del cordón, que, metralleta en mano, los guardias civiles hacían cada vez más grande, echando hacia atrás a la gente. «¡Atrás! ¡Atrás!». A lo lejos sonaban las sirenas de alguna ambulancia acercándose entre la gente que había huido tras el pavor inicial.

Jaime Llopis observaba desde unos metros la escena, en medio del tumulto, con el corazón latiéndole desbocado, como cuando muchos años atrás entraba en combate en las trincheras de la Guerra Civil. Un impulso desesperado lo llevó a intentar avanzar entre los guardias para acercarse al cuerpo de su ayudante, Josep Bofarull, tendido inmóvil, con los ojos abiertos y la mirada perdida, pero Luis Rovira, que estaba a su lado, lo sujetaba del brazo para impedirle que se moviera. No era el momento todavía. Una voz fue llenando el aire, en medio del desconcierto general: «¡Ha sido un requeté, ha sido un requeté!». Era un momento de un peligro extremo, podía desatarse una refriega si alguien perdía los nervios, hacía falta serenidad. «¡Calma! ¡Calma! ¡Tranquilos! ¡Obedeced a los guardias! ¡Atrás! ¡Atrás!».

Nicolás Cotoner y Cotoner lloraba arrodillado al lado del médico que, nervioso, comprobaba las constantes vitales del rey. El marqués de Mondéjar se cubría el rostro con las manos, como si no quisiera volver a ver la profunda herida que tenía el monarca en la zona occipital. Sentía que no había sido capaz de cumplir con la misión de amparar a su protegido, a pesar de las advertencias, de los rumores y de las informaciones que habían ido llegando a la Casa del Rey. La amenaza de que se produjera un altercado había hecho que se cuestionaran la asistencia al Valle de los Caídos, se había hablado incluso de la posibilidad de un atentado, pero, al final, por sentido de Estado, habían decidido asumir los riesgos y presentarse en aquel escenario donde sabían que no era bien recibido. ¡Qué innecesario y grave error! Pensaba en la familia, la reina, los infantes, los padres del rey. Nunca se perdonaría no haber impuesto su criterio para garantizar ante todo la seguridad del hombre al que servía. Desde que empezó a ascender en el coche por la carretera de acceso al Valle, no le gustó lo que veía, mucha gente, mucho uniforme, mucho ultra y poca seguridad. Su instinto no había fallado, pero sí su prudencia, y ahora Juan Carlos estaba tendido ante él, en un charco de sangre que no paraba de hacerse más grande.

El guardia civil herido tenía un disparo en el costado derecho y el médico que le atendía, un militar de uniforme, le estaba taponando la herida y haciendo presión con unos pañuelos que le habían dejado los mismos compañeros del guardia. La herida no parecía grave y, aunque el guardia había perdido un instante el conocimiento, lo recuperó rápidamente. Con el rostro enajenado por el dolor y todavía en estado de shock, buscaba con la mirada a sus compañeros.

—He tenido que disparar porque nos mataba a todos. No me ha quedado más remedio.

—Tranquilo, tranquilo, que lo hemos visto. Has hecho lo que había que hacer.

Josep Bofarull tenía un disparo en el centro del pecho. El doctor que lo había atendido se había dado cuenta enseguida de la imposibilidad de salvar su vida, porque esa bala le había reventado el corazón. Su mirada estaba helada en un gesto de sorpresa y de la boca le salía un hilo de sangre que le corría por la barbilla. El médico, en lo que pareció un gesto de atención final, pues no había nada más que pudiera hacer, le limpió con su mano la sangre de los labios. Al acercar después la mano a su nariz, percibió en sus dedos un ligero olor a alcohol.

Las armas, tanto la del guardia como la de Bofarull, seguían en el suelo hasta que un oficial de la Guardia Civil ordenó a dos números que las recogieran para ponerlas en custodia.

El presidente del Gobierno había sido trasladado por seguridad al interior de la basílica. Todavía impactado por lo sucedido, solo pudo ver al rey tendido en el suelo un instante antes de que unos guardias civiles lo agarrasen para llevarlo dentro del templo. Estaba sentado en uno de los bancos, rodeado de varios de sus ministros y también se habían acercado algunos procuradores en Cortes a interesarse por su estado. No era capaz de articular palabra.

—Hay que convocar urgentemente el Consejo de Regencia, presidente. Si el rey sale de esto, no estará para mantener la jefatura del Estado y el país no puede estar sin mando.

Arias tenía la mirada fija en el suelo y no la movió. El Consejo de Regencia, el Consejo del Reino, las Cortes, las Leyes Fundamentales del Movimiento, él no podía pensar ahora mismo en ese intríngulis legal. No sabía quién había pronunciado esas palabras, pero no pudo evitar pensar que alguien iba por delante de los acontecimientos, como si el magnicidio que acababa de ocurrir no le impidiese pensar con lucidez y tuviera ya un plan diseñado de actuación. Al fin y al cabo, para eso estaban los servicios secretos del Estado, para adelantarse a lo que pudiera pasar y tener preparado un proyecto de respuesta, como él ordenó en su día montar la Operación Lucero para cuando falleciera el caudillo.

33

El huérfano Josep Bofarull

Josep Bofarull tenía diez años cuando su padre, el sargento Andreu Bofarull, murió en la batalla del Ebro. Había nacido en 1927 en Santa Coloma de Gramanet, pero con apenas tres años se trasladó al barrio barcelonés de El Bon Pastor, una promoción de viviendas sociales construidas para los trabajadores de las fábricas que había en un cercano polígono industrial. Su padre trabajaba en Can Sala, una fábrica de blanqueo de algodón y otros productos que estaba al lado del nuevo barrio y eso le había permitido acceder a una de las llamadas viviendas baratas. El Bon Pastor era un barrio humilde, donde habían sido realojados también muchos propietarios de chabolas de otras zonas de Barcelona y había tenido siempre una tradición izquierdista y revolucionaria, sobre todo a raíz de la crisis económica de los primeros años treinta. Pero el padre de Josep no comulgaba con esas ideas, ni mucho menos. Andreu pertenecía a una familia de tradición carlista. Su abuelo había formado parte de las tropas del general Tristany en 1874, durante la campaña catalana de la Tercera Guerra Carlista contra los liberales, y su padre había seguido perteneciendo a la comunión tradicionalista y había participado en acciones violentas durante la Semana Trágica de 1909 y en los famosos sucesos de Sant Feliu de Llobregat, donde, en un enfrentamiento a tiros entre carlistas y partidarios del Partido Republicano de Alejandro Lerroux, murieron seis personas. En la casa donde se crio Josep siempre hubo un ambiente de conflicto y violencia. Cuando tenía siete años, durante la huelga revolucionaria de 1934, vio cómo su padre y sus compañeros carlistas combatieron en las calles al lado de las fuerzas de orden público y el Ejército para acabar con la rebelión del Gobierno de Cataluña que había proclamado el Estado catalán dentro de la República Federal Española. Josep creció entre las reivindicaciones monárquicas y las llamadas a la unidad de la patria de su padre, que, alistado en el requeté, empezó a recibir instrucción militar permanente. Los tradicionalistas tenían en la comarca de Barcelona más de tres mil voluntarios de primera línea preparados para actuar. Los jefes carlistas llevaban planeando con el ejército un levantamiento contra la República desde hacía meses y este se produjo definitivamente tras la victoria del Frente Popular en las elecciones de 1936. Después del golpe de Estado de julio, que fracasó estrepitosamente en Cataluña, Andreu y sus compañeros se vieron obligados a esconderse o huir, pues eran perseguidos y detenidos por las fuerzas leales al Gobierno.

—Josep, hijo mío, me tengo que marchar. Pero lo hago para defender a Dios y a la patria, y para que más tarde o más temprano vuelva el orden legítimo a mandar en nuestra tierra —le dijo Andreu a su hijo con lágrimas en los ojos el día que huyó—. Te digan lo que te digan, tienes que saber que tu padre te quiere y está luchando por los valores de nuestra familia.

Los carlistas catalanes huidos pasaban la frontera hasta Francia y luego volvían a entrar en la península dirigiéndose a la zona sublevada, a Pamplona, donde tenían orden de concentrarse. Allí nació el Tercio de Montserrat, donde Andreu, dada su experiencia, participó en la instrucción de los jóvenes inexpertos recién alistados y enseguida se convirtió en uno de los sargentos más valorados por la oficialidad carlista y más queridos por la tropa. Su ascendencia sobre los requetés y su arrojo en el combate hicieron del sargento Bofarull un emblema del Tercio de Montserrat.

Mientras tanto, en El Bon Pastor la guerra estaba condicionando la vida de todos sus habitantes. La fábrica de Can Sala, donde la madre de Josep había empezado a trabajar, se colectivizó y los trabajadores tomaron el mando. Cuando se conoció que su padre estaba huido y luchaba en el bando sublevado, la madre fue despedida y se quedaron sin recursos. En el barrio los señalaban casi a diario y Josep tuvo que aguantar las humillaciones de algunos chavales que lo llamaban hijo de fascista y se burlaban de su abandono:

—El cobarde de tu padre se ha ido a luchar por Dios y a ti te ha dejado en el infierno. Ya puedes rezar mucho, fascista.

Las ventanas de su casa fueron apedreadas en varias ocasiones y aparecieron pintadas llamándolos traidores en las paredes de su edificio. Avanzada la guerra, llegaron los bombardeos de la aviación rebelde sobre Barcelona y en su barrio cayeron algunos proyectiles que, además de los daños materiales, provocaron más animadversión en sus vecinos. Había escasez de alimentos y algunas familias empezaron a pasar hambre. Entonces, una partida de milicianos entró en su casa a hacer un registro y encontró en la despensa una caja con legumbres, conservas y algunos embutidos que fueron requisados. Su madre tuvo que declarar un par de veces ante un comité revolucionario sobre la procedencia del apoyo económico que recibía. La organización del tradicionalismo carlista en la retaguardia conseguía hacerles llegar unos pocos alimentos y algo de dinero, pero la situación en el barrio era insostenible y tuvieron que marcharse con unos tíos que vivían en el distrito de Gracia. Josep sufrió aquella partida como un injusto desarraigo en el que perdió a sus amigos de la infancia, con los que había crecido jugando en las calles y compartido todo tipo de vivencias, sin que las ideas políticas de los padres interfirieran en su relación.

La vida de Josep en casa de sus tíos era un reflejo de las noticias de la guerra. Los avances nacionales, que eran mayoría, traían alegría de puertas para dentro y temor en las calles. Las victorias republicanas, las menos, provocaban algarabía de puertas para fuera y silencio en el interior del hogar. Allí llegaron algunas cartas de su padre, que la bien organizada retaguardia carlista hacía llegar en secreto y con mucho retraso, pero esas pocas letras mantenían un cordón umbilical de cariño y esperanza que alegraba la existencia, sobre todo de su madre. Andreu les hablaba de victorias, de camaradería y compañerismo. No había en sus cartas padecimientos ni muerte, sino un elogio permanente del valor de sus compañeros del Tercio de Montserrat, que, entre misas y sardanas, estaban liberando España del yugo comunista y defendiendo los valores tradicionales de la religión católica y la patria. Cuando llevaba un año viviendo con sus tíos llegó la noticia de la muerte de su padre en la batalla del Ebro. La carta estaba escrita por el párroco del tercio y decía que Andreu había muerto hacía una semana en la población de Vilalba dels Arcs defendiendo honrosamente y con su valor habitual la bandera de la cruz de Borgoña. Su padre había recibido, según el sacerdote, los santos sacramentos antes de morir y su cuerpo había tenido cristiana sepultura en el cementerio de la localidad, recuperada a las hordas rojas por el valor de los requetés carlistas. El firmante acompañaba en el duelo a la familia, a la que bendecía desde la distancia, recordándoles que debían estar orgullosos de la entrega y sacrificio del sargento Andreu Bofarull, que sería siempre recordado en el tercio como un hombre bueno, valiente y piadoso, capaz de dejar una huella imborrable de respeto en todos sus compañeros. El escrito acababa diciendo que, al terminar la contienda, con la cada vez más cercana victoria nacional, las muestras de valor de su padre y su contribución a la victoria de la España decente y católica tendrían su justa recompensa. Por Dios, por la patria y el rey.

La noticia sumió a la madre de Josep en una tremenda depresión que derivó en una debilidad crónica de la que nunca se recuperó. Estuvo semanas sin salir de la cama, atendida por los tíos y otros familiares que, al enterarse de la muerte de Andreu, acudieron a la casa de Barcelona a dar alivio y cariño. El duelo, eso sí, tenía que ser discreto, pues, aunque la caída de Cataluña tras la batalla del Ebro parecía cercana, los elementos más radicales de la izquierda seguían ajustando cuentas con los que apoyaban al bando nacional. No pudieron buscar el consuelo en la Iglesia, pues el culto católico estaba prohibido, los templos cerrados y el clero perseguido. En la ciudad había cada vez más represión ante el avance de las tropas franquistas sobre la capital y los numerosos bombardeos de la aviación italiana. Fueron unos días terribles para Josep, de dolor y amargura en casa y sin apenas salir a la calle, pero todos sabían que el final estaba cerca y era cuestión de aguantar unas semanas para ser liberados. En sus breves paseos por el barrio de Gracia, aventurarse más allá era peligroso, Josep veía cada vez más gente dejando sus casas y marchándose de cualquier manera con el equipaje que podían cargar. Había comenzado el éxodo, la escapada hacia el norte huyendo de la inminente llegada del ejército de Franco, y la ciudad se iba quedando desierta. A finales de enero de 1939, las tropas nacionales entraron en Barcelona casi sin resistencia y los Bofarull formaron parte de los numerosos barceloneses que salieron a las calles a darles la bienvenida y aclamar con entusiasmo a los soldados. Al frente de las tropas estaba el general Yagüe, que, tras ocupar los edificios oficiales, mandó un mensaje por radio a la población:

A vosotros, catalanes, que os envenenaron con doctrinas infames y os hicieron maldecir a España, si lo hicisteis engañados por los falsos propagandistas, os traigo también el perdón, porque España es grande, fuerte y puede perdonar. Y a esos que os engañaron, nuestro desprecio, porque la España de Franco tiene un corazón muy grande y no sabe odiar. ¡Viva Cataluña española! ¡Viva Franco!

Una de las primeras medidas que tomaron los militares fue restablecer el culto católico y al día siguiente de la toma de la ciudad se celebró una solemne misa de campaña en la plaza de Cataluña a la que Josep asistió con sus tíos. A pesar del frío, una multitud se congregó para escuchar a los sacerdotes intervinientes señalar el apoyo de Dios a los soldados nacionales en la batalla contra las hordas comunistas anticatólicas. Se bendijo a las tropas victoriosas y hubo llamadas al perdón de los que se habían desviado del credo cristiano y habían cometido errores, pues los corazones católicos tenían que saber olvidar y ser generosos. Pero el corazón de Josep no estaba dispuesto a perdonar tan fácilmente todos los padecimientos de los últimos años, las humillaciones, el señalamiento, el miedo, las amenazas y, sobre todo, la muerte de su padre, la enfermedad crónica de su madre y su familia rota.

Un mes después, la campaña de Cataluña había terminado y Josep y sus tíos acudieron a presenciar una parada militar por la Diagonal presidida por el general Franco. Fueron con la esperanza de ver desfilar a los requetés carlistas, pero el Tercio de Montserrat había sido trasladado al frente sur de la guerra y no participó. Vieron pasar ovacionadas a las tropas italianas, los soldados marroquíes y los tanques de la Legión Cóndor alemana. Al terminar, Franco dirigió un discurso que fue transmitido por radio a toda la nación:

—«Españoles de Cataluña, el espléndido desfile de nuestro ejército por la capital de Barcelona es el acontecimiento más grandioso de nuestro renacer. Catalanes, no olvidéis nunca que por la redención de esta querida patria entregó España su mejor tesoro, la sangre generosa de su juventud, sublime ofrenda a la unidad de la patria».

Aunque la guerra duraría unos meses más, la toma de Cataluña por los nacionales supuso un alivio inmediato para la familia Bofarull. El padre pasó de ser un traidor a un héroe caído en la guerra y, dentro de la situación de penuria generalizada, eso ayudaba bastante a mejorar las condiciones de vida. Las ayudas recibidas de las organizaciones carlistas, aunque seguían siendo escasas, ya no tenían que ocultarse y en cualquier reparto de ayuda humanitaria, como en la entrega de alimentos por parte del Socorro Social, el hecho de ser familiares de un soldado nacional caído en combate les otorgaba un lugar de privilegio. La salud de su madre no mejoraba y su debilidad le impedía realizar tarea alguna, mucho menos trabajar, por lo que los tíos empezaron a buscarle a Josep un empleo con el que pudiera aportar algo de dinero a la necesitada economía familiar. Con trece años empezó a descargar sacos en un almacén de ultramarinos, donde también era el encargado de la limpieza de las instalaciones al final del día.

Acabada la guerra, en julio de 1939 regresó a Barcelona el Tercio de Montserrat, que participó en la celebración final de la victoria que tuvo lugar a través de festejos por toda la ciudad. Antes de la desmovilización de los requetés, la unidad fue destinada a los cuarteles de Jaime I, que no estaban muy lejos del barrio de Gracia donde vivía Josep. De ese cuartel salió una mañana Jaime Llopis para visitar a la viuda del sargento Bofarull, el hombre que un año antes había perdido la vida en el ataque a la posición republicana de Punta Targa, en Vilalba dels Arcs. Jaime, que era considerado un héroe de guerra entre los carlistas por sus acciones intrépidas, había preguntado a la organización en la retaguardia por el actual domicilio de los Bofarull para llevarles los pocos enseres personales de Andreu que habían recuperado y conservado cuando sus restos mortales fueron recogidos del campo de batalla.

Unas cartas, unas fotos, un rosario y su cartilla y oraciones del requeté que custodiaba desde hacía meses en un sobre. Josep le abrió la puerta y Jaime Llopis supo nada más verlo que aquel chico de trece años era el hijo del sargento Bofarull porque el parecido con su padre era innegable. El requeté se identificó y el niño se echó en sus brazos y empezó a llorar.

—Tu padre murió como un valiente, se jugó la vida para que otros soldados no la perdieran al día siguiente. Acabó con un nido de ametralladoras rojas y eso facilitó a nuestros requetés tomar esa posición decisiva. Yo estaba a su lado, pero tuve más suerte. Lo último que hizo tu padre fue intentar ayudarme y eso nunca lo olvidaré.

Jaime se emocionaba al contarles la acción de aquella noche terrible y lloraba junto a la esposa del sargento, que lo escuchaba desde la cama, de donde hacía semanas que no salía porque su enfermedad se agravaba sin remedio. Aquel día, viendo la difícil situación de la familia, el requeté se prometió a sí mismo que iba a ayudarlos en todo lo posible y que se preocuparía por dar a Josep todo lo que su padre no podría ofrecerle. En septiembre de aquel año, después de una subida ceremonial a la montaña de Montserrat, donde entregaron sus banderas y estandartes en el monasterio de Santa María, el tercio fue disuelto oficialmente. En aquel acto, Josep acompañó a Jaime y ocupó un lugar de privilegio en las celebraciones, vistiendo el uniforme carlista y participando en los cánticos y juramentos. El chico estaba entusiasmado escuchando la canción «¿Quién vive?»:

Si nos preguntan alto «¿Quién vive?»,
responderemos en alta voz:
«¡Los voluntarios del rey don Carlos!
¡Vivan sus fueros y religión!».
Nobles carlistas del alma mía,
miedo a las balas no hay que tener.

Miedo a las balas no hay que tener
defendiendo la bandera de Dios, la patria y el rey.

A partir de entonces la vida de Josep estuvo siempre tutelada por Jaime, más si cabe tras la muerte de su madre, que vivió solo unos meses después del fin de la guerra. Fue un tutelaje cercano en el que, aprovechando sus influencias y buena posición tras la victoria, Llopis consiguió que el muchacho fuera mejorando en el trabajo, pasando de unas empresas a otras, de mozo de almacén a conserje, de conserje a encargado, de encargado a capataz, de capataz a oficial, hasta convertirse en jefe de taller en una pequeña empresa de artes gráficas que trabajaba con la administración franquista, cargo que ocupaba cuando disparó sobre el rey en la explanada del Valle de los Caídos.

La autopsia del cuerpo de Josep Bofarull, realizada en el Instituto Anatómico Forense, determinó que había muerto por un disparo en el pecho, realizado a corta distancia, que había afectado directamente al corazón y provocó su fallecimiento inmediato. La bala, alojada en el tórax, pertenecía a una pistola Astra y balística confirmó que había sido disparada por el arma reglamentaria que portaba el guardia civil que había resultado herido en el tiroteo. Los forenses también reflejaban en su informe que el difunto había ingerido en las últimas horas sustancias estimulantes del sistema nervioso como anfetaminas y metilfenidato, además de una importante cantidad de alcohol. El cuerpo permaneció unos días en el instituto y luego fue recogido por familiares llegados de Barcelona y trasladado hasta la Ciudad Condal, donde fue enterrado en el cementerio de Montjuic, en una ceremonia a la que asistieron decenas de requetés carlistas vestidos de uniforme.

A la vez que de su vida profesional, Jaime se había ocupado de que Josep se educara en los valores y principios del carlismo, como le habría gustado a su padre. Enseguida entró a formar parte de una escuadra juvenil de requetés y recibió una instrucción militar básica. Participó en los numerosos desfiles que los veteranos de los tercios carlistas que habían participado en la contienda realizaron por los pueblos por toda Cataluña y fue formándose mediante todo tipo de lecturas en el pensamiento tradicionalista. De entre todos los libros que su protector le hizo llegar, marcó su ideología principalmente el *Catecismo tradicionalista de las Juventudes Carlistas españolas*. Muchos de sus pasajes moldearon la particular manera de pensar de Josep.

> ¡Carlistas hasta el martirio! Para la gloria de Dios, para la prosperidad de la patria y para el honor de nuestra bandera, estuvieron y están dispuestos los tradicionalistas a todo sacrificio.

La fiesta carlista de los mártires, que se celebraba el 10 de marzo, siempre fue un día solemne para él. El recuerdo de la muerte de su padre en combate hacía de ese día una jornada de orgullo y reivindicación. Esos días siempre hablaba con Jaime, si no podían verse; se comunicaban por teléfono para mantener viva la memoria de Andreu.

> Los héroes honran las páginas de la historia con sus hazañas. Los mártires las depositan ante el tribunal de Dios para santificarlas. En cada héroe alienta el alma de un mártir, en cada mártir el espíritu de un santo, en cada santo la causa por la que se ha sacrificado. Lo menos que exige la gloriosa memoria de los que nos precedieron en el camino del deber, el amor y el sacrificio en aras de la causa católica monárquica es conmemorar sus hechos, para poder emular un día, que ha de llegar forzosamente, el heroísmo y lealtad que nos legaron nuestros progenitores.

Tras la muerte de sus tíos, con los que se había ido a vivir cuando falleció su madre, Josep se quedó solo. Su vida transcurría entre el trabajo y la Comunión Tradicionalista Carlista. No se casó. Tuvo un par de novias, pero las relaciones duraron poco y no fructificaron, quizá porque el ideal de esposa que representaban las llamadas margaritas carlistas («jóvenes candorosas y abnegadas, que practican la caridad, subliman la inocencia y abrillantan aún más los encantos de su pureza bajo un nombre simbólico y venerado»), y que él buscaba con fervor, no cuadraba con el proyecto de vida que tenían las chicas con las que había empezado a salir. Después de uno de esos desengaños amorosos, rondó por su cabeza incluso la idea de ingresar en un seminario y hacerse sacerdote, pero, tras hablar con Jaime, la descartó.

—Yo tampoco me he casado y aquí me ves, ¿acaso tengo algo de lo que arrepentirme? —le decía Jaime—. La vida está llena de desafíos más allá de compartirla con una mujer o dedicársela exclusivamente a Dios. Piensa, Josep, en la amistad, la fraternidad, la camaradería y el servicio a la patria. Te puedo asegurar que con los años estarás satisfecho y feliz de haberte entregado a esa causa y sus valores.

—Si usted lo dice, tendré que creerle, porque ha sido la única persona que nunca me ha fallado. Gracias por guiarme siempre, don Jaime.

—¡Que no me llames don, Josep! Y venga arriba ese ánimo, que mañana te vienes conmigo a una cena de veteranos carlistas. Vamos a pasar una noche larga y divertida, ya lo verás…

El caso es que sus emociones, sus deseos, sus aspiraciones y sueños se fueron concentrando alrededor de su militancia en el carlismo. Pasó por varias fases, algunas violentas, como cuando participó en alguna concentración de requetés catalanes reprimida por la Guardia Civil o cuando en el seno del carlismo se produjeron todo tipo de escisiones que dieron lugar a enfrentamientos por la legitimidad de los candidatos a la Corona española. Después de muchos cambios, en los que Josep siempre estuvo en contra de los devaneos izquierdistas de algunos pretendientes carlistas y se mantuvo cercano a la llamada Comunión Tradicionalista, al llegar los años sesenta se acercó a la Hermandad Nacional Monárquica del Maestrazgo, que colaboraba con el régimen franquista y defendía el acuerdo de sucesión en la jefatura del Estado firmado por el caudillo. Dentro de la hermandad también hubo discrepancias, unos integrantes reconocieron la elección en 1969 de Juan Carlos de Borbón como heredero, pero otros, entre los que se encontraba Jaime Llopis, optaron por promover la candidatura al trono de Alfonso de Borbón y Dampierre, sobre todo cuando circularon informaciones sobre los movimientos ocultos de Juan Carlos para aceptar el regreso de los comunistas y fomentar el laicismo del nuevo régimen democrático que estaba preparando para instaurar en España.

La pistola con la que Josep Bofarull disparó al rey era una Beretta 34 de fabricación italiana, un arma vieja, de las utilizadas en la Guerra Civil, que tenía borrado el número de serie y de la que no había ningún registro. Cuando Jaime Llopis fue interrogado como uno de los acompañantes con los que Josep accedió al Valle de los Caídos, afirmó desconocer la procedencia del arma y no haberla visto antes. Jaime dijo mostrarse impactado y apesadumbrado por el comportamiento de su compañero y que nunca pudo imaginar sus intenciones, pues siempre había sido una persona recta y servicial, que respetaba los valores tradicionalistas, la religión y el orden. Confesó emocionado ante los policías que lo interrogaban que Josep había sido para él como un sobrino lejano, al que había apoyado todo lo que pudo, pero su labor como procurador en Cortes le había impedido desde hacía tiempo mantener un contacto frecuente con él. Dijo que se habían reencontrado el día antes del entierro de Franco, en la concentración de los veteranos del Tercio de Montserrat, para asistir a la despedida del caudillo y en ningún momento habían hablado del rey ni de otra cosa que no fuera el respeto a la figura del fallecido. Jaime afirmó no saber si Josep tenía relaciones con los Grupos de Acción Carlista (GAC), un movimiento de izquierdas seguidor del pretendiente Carlos Hugo y de su cambio ideológico hacia el socialismo, que había cometido algunas acciones terroristas hacía unos años. Los miembros del GAC, que habían colocado bombas en un repetidor de TVE y en periódicos o entidades bancarias, se definían como antifranquistas y partidarios del socialismo democrático y habían reconocido tener contactos con la banda ETA. Esa era la principal hipótesis sobre la que trabajaban los investigadores, la pertenencia de Josep a ese grupo, que se creía desactivado, pero que habría llegado a un entendimiento con la banda ETA para atentar contra el nuevo jefe del Estado. Entre la documentación que llevaba Josep Bofarull el día de los hechos, la policía encontró un documento del GAC donde se nombraba a Josep Massana y Joan Antoni Giró, dos carlistas catalanes que estaban encarcelados por el asalto a una entidad bancaria en el que resultó herida una empleada. Los servicios secretos tenían constancia de que varios antiguos miembros del GAC se habían pasado a la banda terrorista vasca y que ambas organizaciones habían colaborado en varios atracos a bancos para obtener fondos con los que sufragar sus acciones y planificaron juntas la posibilidad de secuestrar a personalidades políticas del Régimen para negociar un rescate. Todo indicaba por tanto que la acción contra el rey había sido diseñada por un comando combinado de GAC y ETA en el que Josep Bofarull era la pieza aportada al mismo por los carlistas radicales.

34

La onda de incertidumbre

Manuela y Francisco se enteraron de lo sucedido en el Valle de los Caídos en un restaurante de carretera donde pararon durante el camino de regreso a su pueblo. Los clientes estaban mirando en silencio el televisor en el que un presentador de TVE daba cuenta de la noticia con gesto apesadumbrado. Se mostraban algunas imágenes del desconcierto en la explanada de la basílica y de la salida de las ambulancias con las sirenas encendidas camino del hospital de la Moncloa. No se hablaba del estado de las víctimas ni de cómo se habían producido los disparos, pero se decía que todo apuntaba a un atentado terrorista contra el rey. Se anunciaba una próxima intervención del presidente del Gobierno para enviar un mensaje a la nación y se advertía a los telespectadores de que estuvieran atentos a sus pantallas. Manuela temblaba mientras se tomaba el café con leche que había pedido y que no llegó a terminar, pues decidieron que lo mejor era reemprender rápidamente el viaje hasta el pueblo porque quién sabía lo que podría pasar ahora. En el coche, sentada en el asiento del copiloto del Seat 1500 blanco que conducía su marido, no pudo reprimir el llanto. Eran lágrimas de nervios, de pena y de rabia, pero también de miedo y de frustración. Francisco iba concentrado en la carretera, dándole vueltas a los viajes que tendría que suspender los próximos días y a cómo afectaría a su negocio lo sucedido.

Gervasio escuchó la noticia en el parte de Radio Nacional de España. Sobresaltado, llamó a su mujer con su voz ronca para que escuchase lo que decía el locutor, por si él estaba aún adormilado de la siesta y no se había enterado bien de lo sucedido. Antonia, nada más escuchar la noticia, se puso el abrigo y salió a buscar a los hijos de Manuela, que estaban a su cargo el fin de semana y habían salido después de comer a jugar a la plaza del pueblo. No quería que estuvieran en la calle. De camino, se cruzó con un par de vecinas y comentaron lo ocurrido, más que con alarma, con resignación. Recogió a sus nietos diciéndoles que hacía mucho frío para estar en la plaza y volvieron a casa. Gervasio, en la mesa camilla, al calor del brasero, seguía escuchando la radio. Antonia le dijo que apagara el transistor y atendiera a los nietos. Él obedeció y sacó una baraja de cartas para jugar con los niños. Mientras colocaba los naipes, pensaba en lo que venía, en lo que podía pasar, y miraba a sus nietos, que, inocentes, no tenían ni idea de que lo sucedido podría marcar inevitablemente el futuro de sus vidas.

El comisario Roberto Conesa y Billy el Niño fueron avisados por un policía de que había habido un atentado en el entierro de Franco. El agente, que llegaba jadeante de la sala de comunicaciones, había interceptado una llamada telefónica del SECED, el espionaje entre departamentos era algo muy habitual, en la que se informaba con alarma de que el rey era uno de los heridos y que la situación era de emergencia. «¿Está usted seguro de que ha escuchado eso?». Confirmado. «¿Ha sido una bomba?». No se había especificado, decían que informarían más cuando pudieran. El comisario y el subinspector salieron corriendo hacia la sala de comunicaciones. Conesa repetía que lo había avisado, lo había olido, que sabía que algo estaba pasando y no le habían hecho caso. Billy le seguía por los pasillos de la DGS maldiciendo contra todos. En la sala de escucha, un altavoz reproducía, con cierta distorsión, las palabras del agente que informaba desde el Valle de los Caídos: se trataba de un tiroteo, había tres personas heridas, una de ellas era Juan Carlos; otra, un guardia civil, y la tercera, el presunto terrorista que iba disfrazado de requeté, pero había mucho desconcierto y nada era seguro. Había habido bastante pánico y miles de personas salieron en desbandada. Imposible controlar si había más efectivos terroristas. Las ambulancias estaban tardando bastante en llegar. Militares y guardias civiles intentaban mantener el orden y el control en la zona. Cuando la comunicación se cortó, Conesa pegó un puñetazo en la mesa.

—Se lo habíamos advertido: si bajas la mano, si aflojas la cuerda, si abres la puerta a los subversivos, pasa lo que pasa. Ahora tendremos que ocuparnos otra vez nosotros, los de siempre, pero esta vez que nadie nos diga lo que podemos y no podemos hacer.

Santiago Carrillo se enteró de la noticia en París por una llamada que recibió desde España. Sin que le hubieran podido explicar todos los detalles de lo sucedido, aún no había comunicados sobre el estado de salud de los heridos ni teorías sobre posibles autores, el hecho de que hubieran atentado contra el rey podía dar al traste con todos los movimientos para acelerar la llegada de la democracia y las libertades a España. Aunque Juan Carlos no era santo de su devoción y había creído siempre que era un heredero servicial de Franco, le habían llegado últimamente comentarios sobre su verdadera determinación de cambiar el Régimen. ¿Quién estaría detrás del atentado? ¿Qué pasaría ahora? ¿Seguiría el proceso de apertura o volvería a imponerse lo más reaccionario del sistema? ¿Cómo actuarían las potencias internacionales que parecían haber aceptado que el cambio de Franco por un rey era un movimiento positivo para la apertura de España? Carrillo no era optimista. Cogió su agenda y empezó a buscar los números de teléfono de la dirección de su partido para contrastar informaciones antes de convocar urgentemente una reunión de la Junta Democrática de España, que le parecía iba a ser más que necesaria después de lo sucedido.

El cardenal Tarancón estaba dentro de la basílica de la Santa Cruz cuando sucedieron los hechos. Había asistido al entierro de Franco sentado en el lado de la Epístola, acompañado por otros cardenales, sin participar en la ceremonia ni acercarse al altar en ningún momento. Tampoco se aproximó hasta la tumba durante la inhumación, ni a dar el pésame a los familiares, pues eran conocidas sus malas relaciones con la familia del caudillo. Desde el lugar que ocupaba, vio cómo el rey salía hacia la puerta acompañado por el abad de la basílica y se dispuso a esperar a que se desalojara el templo mientras comentaba con los otros cardenales algunos detalles de la homilía. No quería salir pronto porque el ambiente ultra que había fuera no le era muy propicio y ya en la entrada había escuchado de lejos algún insulto dirigido hacia él. El revuelo del tiroteo en la puerta y el regreso en tropel a la iglesia de algunos asistentes lo asustaron. La noticia de lo sucedido lo conmocionó. El rey y él se habían dado apoyo mutuo en los últimos meses y mantenían un contacto directo para analizar el camino que habían de recorrer la Iglesia y el Estado. Ahora todo podía cambiar. Reunidos en una capilla lateral, los otros cardenales intentaban consolar al presidente de la Conferencia Episcopal, que, abatido, sentado en un banco con los ojos cerrados, como si rezase, esperaba a que las fuerzas del orden autorizasen y asegurasen su salida del templo. Tendría que hablar urgentemente con el papa.

Augusto Pinochet también estaba dentro de la basílica durante el tiroteo. Su coche oficial había sido ovacionado en la ascensión al Valle de los Caídos cuando la gente lo reconoció y también en la entrada a pie al templo recibió aplausos y saludos fascistas a su paso. Ocupó su lugar en el primer banco de los asignados a la escasa representación internacional y estuvo toda la ceremonia comentándole a su esposa, Lucía Hiriart, que le gustaría tener un mausoleo así de grandilocuente en Chile. Cuando, finalizada la ceremonia, se disponía a darles el pésame a los familiares de Franco, el revuelo en la puerta interrumpió todo y provocó un momento de tumulto. Al darse cuenta de que había habido disparos, los agentes de la DINA que lo acompañaban tomaron posiciones alrededor del presidente chileno y, aunque en el templo nunca hubo sensación de peligro, le aconsejaron apartarse hasta un lugar recogido en el que pudieran protegerlo si fuera necesario. Por supuesto, los agentes chilenos iban armados y estaban entrenados para acciones así. Pasados los nervios iniciales y con la situación controlada, uno de los escoltas que había salido hasta la puerta informó a Pinochet de lo sucedido y del estado del rey. Mientras tranquilizaba a su esposa, el general intercambió una mirada irónica con los policías de sus servicios secretos. Iba a resultar que sus chicos tenían razón cuando le decían que los españoles no estaban tan bien preparados como creían y que los terroristas habían desbordado el control de la policía secreta franquista. Que había alguien interesado en dejar crecer la serpiente y que eso, más tarde o más temprano, lo iban a pagar. Eso, en Chile, no le iba a pasar a él, pensó.

Doña Carmen Polo recibió la noticia del atentado en el Palacio de El Pardo, donde se había trasladado con su hija Carmen después de la misa en el Palacio de Oriente. Se había decidido que no asistiera al entierro de su marido en el Valle de los Caídos para ahorrarle más emociones y su hija decidió acompañarla para no dejarla sola. Fue ella quien le comunicó la noticia de los disparos recibidos por el rey Juan Carlos, Juanito, el niño mimado que su esposo había trasplantado a la vida familiar, que nunca había sido aceptado y que tantas discusiones había provocado en el seno de los Franco. Esa incómoda pieza de la que Paco se había encaprichado infantilmente y que había puesto por delante incluso de su sangre, metiéndole en casa y dándole un cariño que a veces negaba a los suyos. Había que disculpar a su marido, pensaba doña Carmen, porque en los últimos meses, cuando habían podido desengañarlo de la falsa lealtad del niño Juan, la salud no le permitió reaccionar como lo hubiera hecho estando en plenitud de condiciones físicas y mentales. Pobre Paco, seguro que en el cielo se pondría triste al enterarse de lo ocurrido. Pero doña Carmen se apartó rápidamente ese pensamiento de la cabeza y preguntó a su hija por su nieta y su yerno. Carmen la tranquilizó. Su marido Cristóbal había hecho llegar un mensaje a través de la seguridad de la Casa del Generalísimo que decía textualmente que tanto el marqués de Villaverde como sus altezas reales don Alfonso de Borbón y Dampierre y doña Carmen Martínez-Bordiú y Franco, los duques de Cádiz, estaban bien. No habían presenciado el suceso, pues ellos se encontraban dentro de la basílica durante el tiroteo, recibiendo el pésame de los asistentes. Tras la agitación y los nervios iniciales, habían sido escoltados por la Guardia del Generalísimo a un lugar resguardado. Se debía extremar la seguridad de la pareja porque ahora podían ser imprescindibles en el devenir de los acontecimientos, tanto los que afectaran al país en general como a la familia en particular. Doña Carmen pidió a su hija que la acompañase a su habitación para rezar ante el brazo incorrupto de santa Teresa, la reliquia ante la que tantas veces había orado su marido, y a dar gracias a Dios por que su familia se había salvado del atentado y pedirle que siguiera protegiéndolos en el futuro.

Aitor Elorza y su esposa, Amaya, se enteraron del atentado en su casa, cuando estaban a punto de desplazarse a la comisaría de San Sebastián para prestar declaración ante el comisario Ballesteros sobre las actividades de su hijo Ander. Después de escuchar la radio y la televisión, a pesar de que las noticias todavía eran escasas y confusas, parecía confirmado que el rey había sufrido un ataque y estaba herido de gravedad. Aitor pensó inmediatamente en las palabras sobre el monarca que había escuchado a los supuestos etarras en el caserío donde le habían conducido para advertirle. El heredero de Franco, el continuador del Régimen opresor, el obstáculo para la libertad del pueblo vasco. Pensó en su hijo, metido en todo ese mundo de violencia, que ahora, de una manera o de otra, iba a revitalizarse. Amaya le sacó de sus pensamientos advirtiendo lo que venía, otro estado de excepción. Menos mal que Ander estaba huido, porque si después de esto lo hubieran detenido en casa, cualquiera sabe lo que le podía haber pasado. Después de hablarlo un rato, concluyeron que en esas circunstancias no era conveniente ir a comisaría, donde el ambiente sería complicado, así que decidieron esperar. Se quedaron sentados en el salón, con un ojo en el televisor y otro en el teléfono, que desde entonces formó parte de la permanente inquietud de sus días esperando noticias de su hijo.

José Luis Murillo Domínguez, Mailua, no sabía lo que había pasado. Estaba reponiéndose de las descargas eléctricas en los sótanos de la Puerta del Sol cuando sintió que alguien entraba en el cuarto gritando e insultándole. «Hijo de puta, cabrón, maricón, nos has mentido, te vas a enterar», fueron algunas expresiones que escuchó antes de notar un chorro de agua fría en el rostro y recibir una nueva tanda de golpes. Sus torturadores parecían más nerviosos y por sus expresiones dedujo que algo grave debía de haber pasado. Había mucho movimiento de personas en la habitación. Empezaron a preguntarle por cosas que desconocía: el contacto con los carlistas catalanes, Josep Bofarull, Massana y Giró, los Grupos de Acción Carlista, los requetés, Montejurra… Intentó gritar que no tenía ni idea de lo que le estaban preguntando, que había contado todo lo que sabía, que no le pegaran, que no podía más, pero había un ambiente vesánico en sus carceleros, como si hubieran perdido la conciencia de lo que hacían y estuvieran dominados por un pánico que les impedía detener aquella locura. Cerró los ojos e intentó desconectar su conciencia y se dejó ir en el nuevo martirio.

Mari Carmen y Antonio escucharon la noticia en la radio del paciente que compartía su habitación de hospital. Al principio no entendían bien lo que había pasado, la información era confusa, pero el revuelo que se fue formando en el hospital al poco tiempo confirmó la gravedad del asunto. Antonio recordó las palabras que le había dicho el comisario Ballesteros: si algo más grave sucedía en Madrid, su hijo también sería responsable de ello. Interiormente estaba abatido, derrotado, pero no podía dejar que Mari Carmen lo percibiera. Bastante alterada estaba ya su esposa con lo que contaban los locutores sobre la acción terrorista a las puertas de la basílica del Valle de los Caídos como para explicarle que lo ocurrido iba a complicar todavía más la situación de su hijo. A medida que se iban conformando detalles del atentado, Mari Carmen se iba poniendo nerviosa y temblaba. Antonio salió al pasillo para pedir a las enfermeras que le suministrasen un calmante, pues temía que pudiera tener otra crisis cardiaca, y percibió la mirada amenazante de los policías que hacían guardia en la puerta de la habitación. Cuando volvió a entrar, encontró a su esposa sobresaltada, repitiendo una y otra vez que José Luis no había sido, que no había podido hacerlo, que su hijo era inocente, como si esa disculpa fuera una especie de consuelo que ella misma se proporcionaba. Antonio la abrazó y acarició cariñosamente sus cabellos. No podía evitar pensar en lo mal que lo estaría pasando su hijo, por el que nada podía hacer ahora. «Ya veremos en el futuro —pensó—, si es que el pobre llega a tener un futuro. Si es que todos llegamos a tener futuro».

35

Epílogo

Agencia EFE

23 de noviembre de 1975
17.00

El estado de salud del rey Juan Carlos I sigue siendo de extrema gravedad. El monarca permanece ingresado en el Hospital Clínico San Carlos, donde fue trasladado de urgencia al mediodía tras recibir dos disparos que le afectaron a la zona occipital del cráneo. El rey permanece sedado y en estado de coma con respiración asistida mientras se intenta estabilizar la inflamación cerebral para evaluar los daños neurológicos producidos por el impacto de los dos proyectiles.

Habrá un nuevo parte médico a las 21.00 horas.

Diario *ABC*

23 de noviembre de 1975
Edición vespertina especial

ATAQUE AL REY

Un terrorista dispara dos veces al monarca.

Don Juan Carlos se encuentra ingresado en estado muy grave tras recibir dos impactos de bala en la cabeza. El autor de los disparos, que estaba infiltrado entre la multitud que despedía a Franco en la explanada del Valle de los Caídos, fue abatido por la Guardia Civil. Las primeras investigaciones apuntan a que el terrorista pertenece a un comando mixto de ETA y los GAC (Grupos de Acción Carlista) que se había desplazado a Madrid para atentar durante el entierro del caudillo. La policía ha detenido a otro miembro del comando que estaba preparado para atentar y no se descarta la presencia de más terroristas camuflados entre las decenas de miles de personas que llegaron en las últimas horas a la capital para despedir a Franco. A la espera de la evolución del estado de Su Majestad, se ha convocado una reunión extraordinaria del Consejo de Regencia para estudiar las medidas que deben tomarse. Por su parte, ante la gravedad de los acontecimientos, el Consejo de Ministros presidido por Carlos Arias Navarro, que estaba junto a don Juan Carlos en el momento del atentado, estudiará en las próximas horas la declaración del estado de excepción en todo el territorio nacional.

El Alcázar

23 de noviembre de 1975
Edición especial de tarde

ATAQUE A ESPAÑA

El rey, víctima de un atentado.

Un terrorista camuflado entre los miles de asistentes al entierro del Generalísimo Franco disparó dos veces a don Juan Carlos hoy al mediodía a la salida de la basílica del Valle de los Caídos. El rey ha sido trasladado al Hospital Clínico con dos impactos de bala en la cabeza y se debate ahora mismo entre la vida y la muerte. El autor de los disparos, que al parecer tenía intención también de atentar contra el presidente del Gobierno, Carlos Arias Navarro, que se encontraba al lado de don Juan Carlos en aquel momento, fue abatido por un agente de la Guardia Civil, quien recibió también un disparo del pistolero, que utilizaba un arma de calibre corto. La policía busca a más miembros del comando terrorista que se cree desplazado a Madrid para sembrar el terror en los actos de despedida del caudillo y, según fuentes de la Dirección General de Seguridad, ya se ha producido una detención. Se cree que la acción ha sido organizada conjuntamente por ETA y los llamados Grupos de Acción Carlista (GAC) que ya habían colaborado en otros atentados e intentos de secuestro.

Ante la gravedad de los hechos y para prevenir posibles respuestas descontroladas, el Gobierno se planteará hoy mismo la declaración del estado de excepción en toda España. Por otra parte, el Consejo de Regencia se reunirá de forma extraordinaria para estudiar las medidas que deben tomarse dada la gravedad del estado de salud de don Juan Carlos, no descartándose que este órgano asuma provisionalmente las funciones del jefe del Estado.

Este nuevo ataque al corazón de la nación y al que es, además, primer representante del Ejército español demuestra el peligroso momento que vive el país, haciéndose a todas luces necesaria una reacción por parte de los españoles de bien para evitar que el radicalismo izquierdista y el separatismo pongan de nuevo en riesgo nuestro futuro.

Radio Nacional de España

23 de noviembre de 1975
Diario hablado noche
Edición especial

Buenas noches:

Ante el grave atentado terrorista sufrido esta mañana por Su Majestad el rey don Juan Carlos I y con el objetivo de evitar mayores consecuencias en el transcurso de las próximas horas, el Consejo de Ministros reunido esta tarde en sesión extraordinaria ha decidido declarar el estado de excepción en todo el territorio nacional desde las 23.00 horas de hoy domingo y durante los próximos catorce días. La medida se toma también para llevar a cabo con urgencia todas las acciones necesarias para identificar y detener a los promotores y ejecutores del atentado, trabajos en los que ya están avanzando las fuerzas de seguridad del Estado.

Su Majestad el rey se encuentra ingresado en estado muy grave en la Unidad de Vigilancia Intensiva del Hospital Clínico de Madrid. El equipo de doctores que lo atienden ha realizado una primera intervención para estabilizar al paciente, que ingresó con una gran hemorragia craneal provocada por los dos disparos de bala recibidos en la parte posterior de la cabeza. Actualmente el rey se encuentra en estado de coma inducido y con respiración asistida. En las próximas horas, cuando baje la inflamación cerebral del paciente, los médicos esperan poder evaluar mejor los daños provocados y, dependiendo de la evolución, decidir el mejor tratamiento posible.

Según informa el Ministerio del Interior, el autor de los disparos, que tenía intención también de atentar contra el presidente del Gobierno, Carlos Arias Navarro, fue interceptado por la Guardia Civil y en el enfrentamiento recibió un disparo que le causó la muerte instantánea. También resultó herido de bala un agente de la Benemérita. El terrorista iba vestido de requeté carlista y se había infiltrado entre los miles de personas que asistieron al entierro de Franco en la explanada del Valle de los Caídos. La operación puesta en marcha por la policía ha permitido ya la detención de otro miembro del comando terrorista que preparaba otra acción en un edificio del centro de Madrid y no se descarta que haya más efectivos del grupo ocultos en otros lugares de la capital, por lo que las autoridades hacen un llamamiento a los ciudadanos madrileños a contactar con las fuerzas del orden ante cualquier movimiento no habitual o sospechoso en su vecindario. Las investigaciones iniciales apuntan a una acción preparada conjuntamente por la banda ETA y los Grupos de Acción Carlista, que habrían formado a los miembros del comando en Francia. Estas dos organizaciones terroristas ya habían colaborado anteriormente organizando atracos a entidades bancarias y planes de secuestro para obtener fondos con los que sufragar sus actuaciones.

También asaltaron el polvorín de un centro militar para robar explosivos.

Por otra parte, el Consejo de Regencia formado por el presidente de las Cortes, don Alejandro Rodríguez de Valcárcel, el obispo don Pedro Cantero Cuadrado y el capitán general del Aire, don Ángel Salas Larrazábal, reunido de manera extraordinaria y ante el grave estado de su majestad don Juan Carlos, ha asumido de nuevo los poderes de la jefatura del Estado.

YA

24 de noviembre de 1975
Edición matinal

AL BORDE DE LA MUERTE

Pesimismo entre los médicos que atienden al rey.

Las heridas causadas por los dos disparos recibidos por don Juan Carlos a la salida del entierro de Franco en el Valle de los Caídos son de una extrema gravedad y han afectado al cerebro del monarca. El equipo de neurocirujanos que lo atiende comunicó que, si no hay una mejoría sustancial en las próximas veinticuatro horas, será muy difícil que el rey sobreviva porque su actividad neuronal se habrá apagado definitivamente. Las imágenes de desconsuelo entre los familiares y las autoridades que visitan la zona del Hospital Clínico reservada para atender al jefe del Estado son descorazonadoras. Aparte del jefe de la Casa del Rey, el presidente del Gobierno y los miembros del Consejo de Regencia, también se interesó personalmente por el estado del monarca el duque de Cádiz, don Alfonso de Borbón y Dampierre. El primo del rey estuvo acompañando a sus familiares en estos momentos de dolor y departiendo con las autoridades sobre la gravedad de la situación. Según ha podido saber esta redacción, un grupo importante de procuradores en Cortes y altos mandos del Ejército van a proponer al Consejo de Regencia, en el caso de fallecimiento de don Juan Carlos, que se designe a don Alfonso de Borbón como candidato a la Corona y que se someta su aprobación a las Cortes lo antes posible.

Por otra parte, al margen del estado de excepción decretado por el Gobierno en el día de ayer, se espera para las próximas horas una reunión urgente del Alto Estado Mayor (AEM) para analizar la situación creada por el atentado y el clima de inseguridad existente en todo el país. Un grupo importante de generales van a pedir al jefe del AEM, el teniente general Carlos Fernández Vallespín, que el Ejército asuma las funciones previstas en casos de grave crisis como la actual.

Le Monde

24 de noviembre de 1975
Edición Matinal

MAGNICIDIO EN ESPAÑA

El nuevo rey, tiroteado y en estado crítico.

Un terrorista disparó ayer al rey Juan Carlos cuando salía del entierro del general Franco. Los dos impactos de bala en la cabeza afectaron gravemente al cerebro del recién proclamado monarca, que, si salva la vida, parece imposible que pueda retomar su reinado.

Los hechos ocurrieron a la salida de la basílica del Valle de los Caídos, donde se acababa de enterrar a Franco en una ceremonia a la que asistieron decenas de miles de sus partidarios. A la salida de la iglesia, cuando el rey se marchaba con su séquito, un hombre rompió la barrera de seguridad y disparó a corta distancia al monarca en la zona occipital de la cabeza. Inmediatamente los guardias de la escolta interceptaron al pistolero y se desató otro tiroteo en el que este resultó herido de muerte. Las investigaciones de la policía española apuntan a que el terrorista fallecido pertenecía a los Grupos de Acción Carlista, que actuaban compinchados con la banda armada ETA. El grupo terrorista vasco había señalado a Juan Carlos como un heredero de Franco y ya había planeado en su día alguna acción contra la Corona. Según fuentes gubernamentales, ambas organizaciones habrían enviado varios pistoleros a Madrid para atentar conjuntamente durante las honras fúnebres del caudillo, uno de los cuales fue detenido por la policía antes de actuar. La capital y el país entero viven bajo el estado de excepción decretado ayer por el presidente del Gobierno, con la policía y el ejército en las calles para intentar detener a más terroristas y controlar que no haya reacciones violentas en contra.

Medios extraoficiales ponen en duda las explicaciones del Gobierno sobre la autoría del atentado, que no ha sido reivindicado aún. Estas fuentes apuntan a un posible movimiento de la ultraderecha más reaccionaria que no estaba de acuerdo con el aperturismo planeado por el nuevo rey, quien mantenía contactos secretos con las fuerzas políticas de la oposición al Régimen para iniciar el camino de la democracia.

A la espera de aclarar la autoría del atentado y pendientes de la evolución del grave estado de salud del monarca, España se enfrenta de nuevo a un tiempo de inestabilidad política e incertidumbre de cara al futuro. Muchos ciuda-

danos se preguntan si lo sucedido supondrá un nuevo retroceso en la apertura política y en el acercamiento a Europa, lo que prolongaría el largo periodo de aislamiento
internacional y falta de libertades que llevan padeciendo
desde hace casi cuarenta años.

Agradecimientos

He disfrutado muchísimo escribiendo esta novela sobre aquellos días trascendentales en la historia de este país. Para hacerme una idea aproximada de todo lo que entonces sucedía, de lo que era conocido en aquel momento y de lo que se ha sabido después, he consultado muchos libros, archivos, vídeos y todo tipo de documentos, algunos de los cuales puedo pasar por alto involuntariamente a causa de mi mala memoria, pero quiero dejar constancia de que sin esa ayuda y conocimiento me habría sido imposible enhebrar esta historia. Por eso quiero destacar los que más me han ayudado:

Operación Lucero, de Juan María de Peñaranda.

Si la memoria no me falla, de José Antonio Girón de Velasco.

Cuarenta años junto a Franco, de Vicente Gil.

La Secreta de Franco, de Pablo Alcántara.

La Familia Franco S. A., de Mariano Sánchez Soler.

Los últimos 476 días de Franco, de Vicente Pozuelo.

Autobiografía del general Franco, de Manuel Vázquez Montalbán.

El ocaso del Régimen, de Luis Herrero.

Biblioteca Digital de la Fundación Juan March.
Archivo LINZ de la Transición Española.
Archivo de RTVE.
Archivo Histórico de Defensa.
Blog «Justicia y Dictadura», de Juanjo del Águila.

De todos los escritores que iluminaron mi imaginación con sus historias y me impulsaron a escribir esta novela quiero destacar a dos: Juan Gabriel Vásquez y Mario Vargas Llosa. Sus novelas me atraparon y sus conferencias y conversaciones sobre literatura e historia me descubrieron el camino.

Por lo demás, y olvidando seguro a algunos autores que me regalaron momentos maravillosos, quiero acordarme aquí de Almudena Grandes, Ignacio Martínez de Pisón, Benjamín Prado, Lorenzo Silva, Javier Cercas y Arturo Pérez Reverte. Y, en otra dimensión, del mítico e inalcanzable Javier Marías.

Esta novela está escrita como parte de un llamamiento a la rebeldía contra el monopolio que las pantallas y los teléfonos móviles están ejerciendo sobre las mentes humanas, acaparando nuestro tiempo e impidiendo el libre desarrollo de la imaginación de las personas.

Los libros permiten a los lectores moldear sus propias historias, cada una diferente y particular, dibujando en su cabeza a los personajes y extrayendo sus propias conclusiones de lo acontecido en su imaginación. Ese ejercicio de libertad neuronal, que desarrolla la capacidad intelectual del ser humano, está amenazado por el abuso y la adicción a la dopamina de las pantallas, que impiden una reflexión serena y meditada sobre los acontecimientos. La ucronía final de esta historia está diseñada para contribuir a ese necesario pensamiento individual, una puerta abierta que invita a cada lector a atravesarla y pensar por sí mismo en lo que fue y en lo que pudo haber sido.

No habría podido escribir esta novela sin el apoyo de mi esposa Silvia, que fue la primera en leerla y ensalzarla, y el de mis hijos Mateo, Gonzalo y Fabio.

También han sido fundamentales los consejos y la guía de mi editor Gonzalo Albert.

Herencia también es de todos ellos.

Queremos compartir
más momentos contigo.

Únete a la comunidad de PenguinLibros
y encuentra tu siguiente lectura.